CUANDO LO PIERDES TODO

AVA DELLAIRA

CUANDO LO PIERDES TODO

Traducción de Mia Postigo

Ọ Plata

Argentina – Chile – Colombia – España
Estados Unidos – México – Perú – Uruguay

Título original: *Exposure*
Editor original: Zibby Books
Traducción: Mia Postigo

1.ª edición: octubre 2024

ISBN: 978-84-92919-74-1
E-ISBN: 978-84-10365-38-4
Depósito legal: M-18.193-2024

Fotocomposición: Urano World Spain, S.A.U.
Impreso por: Rodesa, S.A. – Polígono Industrial San Miguel
Parcelas E7-E8 – 31132 Villatuerta (Navarra)

Impreso en España – *Printed in Spain*

Para Gloria Jean y Tommy D., nunca os olvidaremos.

Y para todos aquellos que nos hemos quedado atrás,
los que sobrevivimos y seguimos luchando con la
esperanza de volver a vernos.

PARTE UNO

CAPÍTULO UNO

2004

Los universitarios que deambulan por la calle Cincuenta y Siete bajo la tenue calidez del sol nunca reparan en Noah. Es un chico del barrio que ni les va ni les viene, como si fuese parte del paisaje, un chico negro al lado de las flores frescas, de los viejos edificios góticos y de los restaurantes de Hyde Park. Trabaja en uno de ellos después de clase, limpiando mesas y recogiendo el desastre que dejan dichos universitarios, al igual que hizo su madre.

No saben que él tiene la esperanza de ser uno de ellos dentro de poco, un estudiante de la Universidad de Chicago. Está a la espera de que el Departamento de Admisiones se comunique con él, por lo que revisa el buzón todos los días, con el estómago hecho un nudo. Cuando su madre trabajaba en la cantina de la universidad, quería que él estudiara ahí. Y Noah había comprendido, incluso entonces, que la ambición es una muestra de rebeldía contra lo que el mundo creía saber sobre él.

Se mete las manos en los bolsillos de su chaqueta acolchada y hecha polvo, juguetea con un agujero que se encuentra ahí dentro y se sienta a esperar. El bus va tarde.

Juliette baja de la línea 6 y sigue andando hasta el Instituto de Arte de Chicago. Lleva su abrigo de ante marrón, el que su madre le

11

compró en rebajas en Bloomingdale's la primavera pasada para celebrar que la aceptaron, el que llama su «abrigo de Chicago». Se lo ha puesto todos los días desde que llegó a la ciudad, cuando aún no hacía el tiempo apropiado, pues el calor pegajoso del verano se negaba a marcharse en aquellas tardes de septiembre, y también cuando empezó a hacer demasiado frío y los demás estudiantes llevaban parkas que los cubrían hasta las rodillas. ¿Cómo se iban a imaginar Juliette y su madre, mientras contemplaban su reflejo en el espejo de la tienda, que aquel abrigo jamás iba a dar la talla para resistir un invierno en esa ciudad?

Sin embargo, la primavera ha llegado, y por fin su abrigo de Chicago es apropiado para la estación.

Entra en el museo, se dobla el abrigo bajo el brazo como si fuese una niña con su mantita preferida, y enfila a su sección favorita: la de los impresionistas y posimpresionistas. Donde están Monet, las bailarinas de Degas y el cuadro de Toulouse-Lautrec que a ella y su mejor amiga Annie les encantó cuando lo vieron en su clase de Francés. Y también su favorito con creces, Van Gogh: *Mujer llorando, El jardín del poeta*. Se sienta en un banco frente a *El dormitorio en Arlés* y se echa a llorar. Porque así es el dolor: omnipresente. La sala se despeja conforme los visitantes del museo pasean por ahí, la ven, y se dan media vuelta para pasear por otro lado.

Noah va al Instituto de Arte de Chicago para ver a su madre. O bueno, para ver los que eran sus cuadros favoritos, más bien. Cuando era niño y su madre lo llevaba al museo, siempre empezaban con *El dormitorio en Arlés*. La primera vez que Noah fue solo, en busca del fantasma de su madre, solo tenía ocho años, y ella llevaba un año muerta. Se subió a un bus con dirección al centro mientras su tío Dev estaba trabajando, en el día en el que las entradas al museo eran gratis, como solía hacer con su madre. Marcó en el mapa los cuadros que solían ver e intentó recordar su ruta de siempre. Y no se permitió llorar, porque entonces alguien se daría cuenta de que no iba acompañado de su madre, como se suponía que debía ser.

Juliette está sola en la galería cuando nota que alguien se acerca y se detiene unos pocos pasos por detrás de ella. Conforme contempla el cuadro junto a su compañero desconocido, tiene el impulso de acortar la distancia que el silencio impone.

—La habitación está muy vacía —dice, tras unos instantes y sin volverse. Lo que dice no es cierto, no en realidad, pues la estancia está llena de cosas, pero quizá su acompañante sepa a qué se refiere.

Cuando se vuelve, distingue a Noah, de la clase de Escritura Creativa que da en el Instituto de Hyde Park, abrazándose a sí mismo.

—Hola —la saluda él, para luego apartarse.

Juliette se pone de pie de un salto.

—Espera…

Al verlo volverse, nota de golpe su desesperación por impedir que la deje a solas con su soledad.

—¿Qué haces aquí? —inquiere.

—Viendo las obras de arte. —La voz de él es suave y carece del sarcasmo que podría atribuirse a una respuesta como la suya.

—Yo también —dice ella, con una ligera risa—. ¿Quieres que vayamos juntos?

—Solo he venido a ver unas cuantas cosas y ya —contesta él, un poco inseguro.

—No pasa nada, puedes ser tú quien nos guíe.

Tras un segundo de vacilación, termina asintiendo.

—Vale.

El camino que Noah traza por el museo tiene cierto misterio; se desplaza por unos pasillos largos, entre planta y planta, sin hacerle ni caso a exposiciones enteras para luego detenerse aposta frente a unos cuantos cuadros salpicados por aquí y por allá. Conversan de vez en cuando. Pese a que creía conocerlo gracias a sus escritos de cuando era su alumno, Juliette cae en la cuenta de que prácticamente nunca han hablado. Su talento era algo obvio, así como que era de los callados que siempre se sentaban en la parte de atrás del aula. Le dice que echa de menos sus clases. No ha podido incluirlas en su horario de este semestre porque tiene entrenamiento de baloncesto, y, si bien es demasiado bajo como para dedicarse a ello de forma profesional, cree que, al ser su último año, debería aprovecharlo para jugar con su equipo.

Si se le da la oportunidad, la tristeza siempre cambia de forma, pues nunca quiere ser ella misma. Prefiere mil veces ser cualquier otra cosa, y, según Juliette sigue a Noah entre cuadro y cuadro, al río que forma su dolor en su interior le empieza a brotar un afluente. Un riachuelo de añoranza se le desplaza por el pecho hasta que, puf, se convierte en deseo. Lo tiene tan cerca de ella que empieza a desear que la toque. Pero, por favor, que el muchacho está en el instituto. Es su exalumno. Solo que ¿en realidad importa eso? Apenas le saca un año o dos, a lo sumo, y no es que fuera su alumno propiamente, dado que no se trataba de una clase de verdad, sino de… una extraescolar optativa.

Que lo acompañe su exprofesora de Poesía en su ritual privado y sagrado lo descoloca un poco, por decirlo de algún modo. Cuando se detienen frente a un cuadro, Juliette lo contempla con una intensidad feroz, como si estuviese leyendo una bola de cristal, y él se pregunta qué es lo que ve. Hace que ya no quiera que se vaya.

Su atractivo es desenfadado, lo que solo consigue hacerlo más potente, con su atuendo curiosamente dispar y el cabello enmarañado, como solía ir a clase. Lleva la falda algo torcida en las caderas y los labios rojos y agrietados contra su piel pálida. Nota la forma en que lo mira, cómo le echa vistazos discretos a los labios y a los bíceps.

Juliette se pone a fumar mientras esperan el bus y le ofrece uno. Aunque él no suele fumar, lo acepta de todos modos y deja que se incline en su dirección para encendérselo, acunando las manos contra el viento. Noah inhala, tira de la llama hacia el pecho, y sus miradas se encuentran. Juliette es la primera en apartarla, soltando humo por la boca. Una ráfaga de viento le enreda más el cabello. El cielo está encapotado, pero solo a medias.

¿Será posible que Noah note, en algún rincón de su cuerpo, que en un futuro le costará recordar este preciso momento? La tarde que pasó en el museo con Juliette, su encuentro fortuito. Probablemente no. La sensación que siente, como si estuviera en algún otro lugar observándose a sí mismo, no le resulta algo extraño.

Piensa en los comentarios que le dejaba Juliette en sus poemas, con su letra cursiva y perfecta: *¡Precioso! Guau, Noah. ¡Qué buen giro!* Y, en ocasiones, en especial cuando sus poemas se tornaban algo turbios, simplemente: *!!!* Normalmente le devolvía sus hojas manchadas con café o vino, pero a él no le importaba, pues aquellos detalles minúsculos que delataban su humanidad caótica hacían que él se sintiera menos vulnerable. Antes de apuntarse a la clase de Juliette, nunca se había considerado a sí mismo un escritor. Y, en ella, descubrió el indicio de una nueva especie de poder: el de ser artista.

—Nunca he leído ninguno de tus poemas —le dice—. Y tú leíste cinco de los míos.

Juliette le sonríe antes de darle una larga calada a su cigarro.

—Me gustaría leer alguno.

—Vale —acepta ella, exhalando.

—Usé uno de los poemas que nos hiciste escribir para pedir plaza en la uni de Chicago.

—¿Ah, sí? —Parece contenta.

—Ajá.

—¿Has pedido plaza en la uni de Chicago?

—Sí. —Fue una de las razones por las que se apuntó a la clase de Escritura Creativa el otoño pasado: le pareció que quedaría bien en su expediente.

»No pareces ser como los demás chicos de aquí —le dice, con lo que se gana una sonrisa de ella, pues sabe que es un cumplido.

Para cuando llega el bus, Noah sabe que no se bajará en su parada, sino en la de ella.

CAPÍTULO DOS

Juliette sigue quitándose los guantes (tirando de la tela oscura y sucia que cubre la punta de los dedos y que huele un poco a cigarro), cuando Noah le rodea la cintura con las manos, se inclina y la besa. Es un beso que va en serio y no pierde tiempo, y la toma por sorpresa. Sus manos, aún frías, se cuelan por debajo de su jersey y la hacen soltar un gritito. Noah se sienta en su cama, donde su colcha rosa y arrugada está hecha un gurruño, pues es demasiado grande para el colchón angosto que tiene en su habitación de la residencia. Los muelles crujen un poquitín bajo su peso, y él la atrae hacia su cuerpo. El calor se extiende por su interior hasta que Juliette nota cómo los dedos, antes ligeramente dormidos, se le empiezan a despertar con un cosquilleo. La estufa se enciende con un siseo. Cuando le besa el cuello, Noah suelta un gemido y hace que sus labios se encuentren una vez más. Comprende que le gusta su forma de besar, con desenfreno. Sus labios carnosos. Le mordisquea el labio inferior y le apoya una mano en el pecho. Entonces él frena de golpe y le sonríe.

—¿Quieres que pongamos un poco de música? —propone.

—Ah, vale. Claro.

Se siente un poco tímida mientras va buscando entre sus CD e intenta escoger la música apropiada. Al final, se decide por *Canciones de Leonard Cohen* y no tarda nada en arrepentirse. Es demasiado triste. Tan solo unos segundos después de ponerlo, lo para y lo cambia por uno de Annie. Conforme Nico canta *I'll Keep It with Mine*, se inclina sobre Noah y le acaricia la espalda con las uñas.

—Menuda profe estoy hecha que me estoy liando con mi alumno.

Él le sonríe.

—¿Quieres que te llame señorita Juliette? —le pregunta. En clase, ella había pedido que la llamasen por su nombre. Noah vuelve a colarle las manos por debajo del jersey.

—Puedes llamarme señorita Marker —le dice.

—Qué te parece si esta vez soy yo quien te enseña un par de cosas, señorita Marker.

Juliette se enciende enterita.

—Primero dime cuántos años tienes —le pide, y él se detiene por un instante.

—La próxima semana cumpliré dieciocho.

—¿Eso quiere decir que esto no es legal, entonces?

Él alza las cejas y le dedica una sonrisilla.

—Nah —le dice, antes de bajarse la bragueta y la ropa interior. Juliette se sorprende un poco. Incluso más cuando decide aceptar y ponerse de rodillas. Pero lo que más le sorprende es lo mucho que le gusta sentirlo en la boca, pues es muy diferente a otras veces en las que lo ha hecho. Noah no cierra los ojos ni clava la vista en el techo, sino que la mira a ella.

—Qué bien se te da, señorita Marker —le dice, con voz grave, y a ella se le acelera el corazón.

Cuando acaba, se siente algo decepcionada; quiere más, quiere que la toque. Noah se tumba de espaldas sobre su colcha rosa y, como ella no quiere ir por el pasillo hasta el baño, se asoma en su armario y escupe en una de sus camisetas, la cual procede a tirar en el cesto de la ropa sucia.

Al volver, casi le sorprende encontrárselo aún en su cama, con los ojos cerrados. Se queda mirándolo, a su mata de rizos ensortijados, sus pestañas larguísimas, sus manos también de dedos largos que se ha apoyado en el pecho, como si se estuviese abrazando a sí mismo. A pesar de lo guapo que está allí tumbado, la tristeza ha vuelto a instalarse en el estómago de Juliette. Tras un rato, Noah vuelve a abrir los ojos.

—¿Tienes agua? —le pide, y ella le pasa una botella de agua a medio beber que encuentra bajo la cama. Noah se pone de pie, se sube los pantalones, echa la cabeza hacia atrás y se la bebe entera. Se pone a observar las fotos que tiene en la pared: una en la que está con Annie tumbada en la cama de roble que tenía en Goldstone, envueltas en la misma colcha de color rosa, y otra que su madre se hizo a sí misma en el jardín, con ella en brazos cuando era una bebé pequeñita y solo iba en pañales. Unas flores moteaban el espacio a su alrededor.

—¿Esa eres tú?

—Sí, con mi madre.

—Es muy guapa —dice él.

—Sí —contesta ella, antes de acercarse a la ventana. Unas nubes se han asegurado de que sea imposible apreciar el atardecer.

—Tú también lo eres —añade.

Juliette se vuelve, con una sonrisa.

—¿Quieres ir a por una copa uno de estos días? —pregunta él.

—Claro.

—¿El viernes te va bien?

—Sí, vale.

—¿Tienes carné falso?

Juliette niega con la cabeza.

—Entonces vayamos a Jimmy's, el portero es un colega. Jugábamos juntos al baloncesto cuando yo iba a primero y él estaba en último curso.

Antes de irse, Noah le deja un beso en la frente, y el gesto la sorprende por lo tierno que es.

Cuando la puerta se cierra, un vacío insondable se abre en el interior de Juliette, como si el contacto físico entre ambos hubiese dejado en evidencia lo sola que se siente. Se sienta a la ventana, para contemplar cómo los críos pasan por ahí, arrebujados en su ropa de abrigo. Su redacción de Sociología sigue en blanco en su ordenador. Descubre una bolsita de almendras en uno de sus cajones y se las come una a una como cena. Calienta un poco de agua en su hornillo para prepararse un té de menta, hace la cama y cubre su colchón blandengue y recubierto de plástico con las sábanas caras que su madre le compró. Intenta llamar a Annie, pero corta antes de dejarle un mensaje, pues ya le ha dejado demasiados. Apretuja una toalla bajo la puerta y abre la ventana, para luego sacar medio cuerpo hacia el aire frío y fumarse un cigarro.

Cuando lo acaba, lo lanza hacia abajo y observa cómo las cenizas aún ardiendo se esparcen por la acera. Sin siquiera lavarse los dientes, se quita los pantalones y se mete en la cama.

Echa de menos hacer el amor con Annie, a la persona que fue la primera noche que pasaron juntas, la risa lejana de su madre con sus amigas, la sensación de que tenía un futuro esperándola. Echa de menos la calidez, la cercanía, la sensación de estar en casa.

CAPÍTULO TRES

Noah no puede hacer que las mariposas que siente en la tripa dejen de revolotear. Sin contar los bailes de la escuela o el par de veces en que su tío Dev los acompañó a él y a la chica con la que salía en secundaria al centro comercial, nunca ha tenido una cita como tal, aunque lleva más de un año acostándose con chicas de la Universidad de Chicago, desde el invierno de primero de bachillerato. Cuando se lesionó la rodilla, tuvo que perderse la temporada de baloncesto entera y necesitaba algo que lo sacara de la tremenda depresión en la que se sumió.

Como Dev trabaja de noche, Noah suele estar solo en el pisito en el que viven, donde su habitación es un cacho del salón aislado con una cortina, los pelos de la barba de su tío salpican el lavabo del baño cuando se afeita, la nevera no tiene nada más que leche y cerveza y el congelador está bien abastecido de platos precocinados. En un día normal, se pone la tele, come en la mesita, hace los deberes e intenta irse a dormir. Pero cuando le cuesta respirar, sabe que tiene que marcharse. A veces lo único que hace es ir al lago y fumarse un porro, mientras contempla las olas y capta algunos rastros de risas que el viento lleva hasta él. Otras, deambula desde Woodlawn hasta Hyde Park y sigue a universitarios a unas fiestas que puede ver por las ventanas de los pisos iluminados, con el rap a todo volumen que se escucha hasta la calle. Dentro, se encuentra con grupitos apretujados en el salón que se pasan un porro de mano en mano y pretenden bailar al ritmo de Jay-Z sobre un suelo de parqué pegajoso por culpa del alcohol que han derramado.

Saca una botella de vodka de la encimera también sucia, al lado de otras bebidas más, bebe un poco y enfila hacia el porche, atiborrado de más universitarios que fuman y hablan sobre Platón y Naomi Klein y el libro de sexualidad de Foucault, y se presenta como Noah, estudiante de primer curso. Es fan del cine, por lo que los impresiona con datos de unas pelis extranjeras y complejas. Las mismas chicas que pasan de él durante el día y que cruzan la calle para evitarlo por la noche lo ven como alguien atractivo y encantador (al fin y al cabo, es uno de ellos, o eso es lo que creen, solo que lo bastante distinto como para llamar la atención). Le pregunta (a la chica de turno) de dónde es y la escucha parlotear sobre salidas a campos de golf, al mar y a heladerías. Y lo más probable es que lo invite a su habitación en la residencia de estudiantes o a su piso.

Esas universitarias, con su cabello largo que huele a fresas y bergamota, con su melena corta y alborotada, con sus pendientes largos y sus gafas, consiguen hacerlo sentir bien con la forma en que lo reciben, con la simple calidez de su cuerpo. Le gusta la sensación de saber que ha logrado hacer que le presten atención. Durante el tiempo que pasan juntos, se siente poderoso, y, dure lo que dure aquel hechizo, ese poder eclipsa su miedo. Ese que viene al saber que está solo en el mundo, al ser consciente de lo fácil que sería que lo hicieran a un lado y lo redujeran a algo ínfimo e inexistente.

Y, cuando acaban, lo normal es que las olvide.

Solo que Juliette es diferente. Juliette se queda. Su aroma: terroso, extraño, como a flores. Con un dulzor intenso. La imagen de ella de bebé junto a su madre, contemplándolo todo desde la pared en su enorme jardín de California. No eran de por allí, claro que no. Su vida era una de privilegios.

Quizá solo es que lo hicieron con las luces encendidas, que ninguno de los dos había bebido, que eran las seis de la tarde y el sol apenas empezaba a ponerse por el horizonte. O tal vez es que técnicamente aún no han follado, que aún hay algo que perseguir. La cuestión es que ya ha habido otras chicas que le han hecho una mamada y no querían follar después. Por norma general, Noah acepta, le da las gracias a la chica y sigue con su vida. Pero esto es diferente. Juliette tiene algo que no puede olvidar sin más: esa extraña combinación de fragilidad y autoridad, el modo en que se le agitan las manos, nerviosas, como aves; la forma en la que se pasa la lengua por los labios agrietados que tiene. Cómo sabe que la está mirando y quiere que lo haga. Casi lo suplica. La recuerda a la perfección en el aula, mientras daba su clase:

—La poesía es como la música, cuando la letra y la melodía se unen en una sola entidad…

A Noah le molesta que su imagen se aferre a él y avive su deseo. Por algo se limita a los rollos de una noche y que pase la siguiente. Pero el dolor es así: como un hambre insistente. Perdió a su madre cuando era un crío y ahora se ha vuelto adicto a las mujeres, encuentra consuelo en ellas por mucho que no se permita encariñarse con nadie. Porque da igual lo mucho que quiera a alguien o si la quiere con cada fibra de su ser, aún existe la posibilidad de que se marche. De que muera. Así que, si no se encariña con nadie, nada puede hacerle daño. Y asunto solucionado.

Es lo más básico del mundo, es cierto, pero Noah no lo había pensado así hasta ahora, cuando está plantado frente al espejo y se arregla para ir a encontrarse con Juliette en el bar, cuando se ha puesto tanta colonia que un poco más y se desmaya, cuando se ha probado tres sudaderas solo para terminar descartándolas todas.

La luz del sol casi al ponerse se cuela entre los edificios, a través de las ramas sin hojas del roble y también de su ventana, hasta marcarle una línea pequeña sobre el pecho. Hace gárgaras con enjuague bucal y se mete en el bolsillo un puñado de billetes de un dólar que ha ganado en Salonica, el restaurante en el que trabaja. Cierra con llave al salir, nervioso por llegar a Jimmy's, por ver a Juliette. Imagina que, si consigue devorarla, podrá volver a poner bajo control su anhelo y apagar los rescoldos de su deseo.

CAPÍTULO CUATRO

Ya son las nueve y Juliette va a llegar tarde. Saca del cajón una botella diminuta de whisky de esas que dan en los aviones y se la bebe entera para armarse de valor antes de ponerse el abrigo sobre su atuendo para esta noche: unas mallas negras y una camiseta blanca, vieja y holgada que se ciñe a la cintura con un pañuelo rojo. Un pelín atrevida, con aires a Edie Sedgwick, fue lo único que se le ocurrió cuando recordó que había dejado la mayoría de su ropa olvidada en la lavadora y apestando a humedad.

La luna llena y con tintes rosa parece hacerle ojitos durante todo el camino por Woodlawn. El viento ha dejado de soplar y el ambiente parece calentarle las mejillas, o al menos es que el frío es más bien suave en lugar de arrollador. Acompañada del calorcito placentero del whisky en el estómago, casi se siente viva. Cuando llega a Jimmy's, lanza su cigarro por una alcantarilla y ve a Noah de pie fuera del establecimiento, con las manos en los bolsillos y una sudadera bajo su chaqueta de cuero. Si bien sigue en bachillerato, no se distingue para nada de un universitario: apuesto, de piel oscura, solo un poquitín más alto que ella, pero de músculos definidos. Le sonríe y él le devuelve la sonrisa, una muy bonita. ¿Lo había visto sonreír antes?

—Perdona la tardanza —le dice.

—No pasa nada, ¿va todo bien?

—Sí, todo bien.

El portero deja que Noah se salte la fila y les permite entrar sin más. A Juliette le gusta cómo el olor del bar de mala muerte se ha impregnado en el suelo de madera, con años de cuerpos y cigarros y birras. Juntos se abren paso entre la niebla de humo hasta llegar a una mesa en el fondo. Cuando él la deja sola para ir a por bebidas, Juliette se quita el abrigo y se sienta, dejándose absorber por el ruido. *P.I.M.P.* suena desde la gramola, mezclada con las voces de unos universitarios que están sumidos en unos debates motivados por el alcohol. Noah vuelve con un whisky con refresco para ella y una cerveza para él, así como tres hamburguesas en unas bandejitas de cartón.

—¿Quieres una? —le ofrece, deslizando la bandeja por la mesa.

—No, gracias, no como carne. —Juliette solo come pescado desde que visitó la granja de protección animal de California del Sur con su clase cuando estaban en sexto.

Noah se encoge de hombros y se acerca la hamburguesa de vuelta.

Mientras le da sorbitos a su copa, Juliette piensa qué decir.

—Una rata ha muerto dentro de una de mis paredes. En el armario. —Esa fue la razón por la que terminó metiendo la mayoría de su ropa en la lavadora. E incluso después de que los de mantenimiento hubiesen retirado el cadáver el día anterior, parecía que la podredumbre ya lo había impregnado todo.

Desde lo de su pérdida, los eventos traumáticos más pequeños se confunden con los devastadores y la peste de la rata muerta se mezcla con la textura de las cenizas.

—Suele pasar en los edificios antiguos —comenta Noah.

—¿Ah, sí?

Él asiente.

—Ajá. —Y sigue dándoles curso a sus hamburguesas. El olor de la carne hace que de pronto le entren náuseas.

—Casi se me olvida, necesito cambiar unas monedas para la lavadora. ¿Quieres que te traiga algo? —pregunta, antes de acabarse el resto de su bebida.

—No, así estoy bien.

Juliette se pide otra copa, paga con el efectivo que saca del cajero y le pide al camarero que le dé el cambio en monedas.

Conforme vuelve a la mesa, ve que Noah la observa desde el otro extremo del bar. La camiseta que lleva le parece más corta de lo que le parecía en su habitación y, a pesar de que se la baja, esta se vuelve a subir mientras camina. Con el roce de la tela contra sus muslos, es capaz de sentir cómo su cuerpo responde ante la mirada de Noah.

—Hoy vas muy guapa, señorita Marker —dice Noah, cuando ella se sienta, y las mejillas se le colorean.

—Gracias. La mayoría de lo que tengo se ensució. Por la rata, ya te imaginas.

Se ríe, y eso la hace reír a ella.

Por suerte, ya ha acabado con sus hamburguesas. Juliette le da sorbitos a su copa; está bebiendo rápido, lo que hace que el cuerpo se le ponga flojo y sus nervios vayan desapareciendo. Se alegra de haberle contado lo de la rata, pues eso le quita un poco de poder al incidente y quizás hasta hace que se sienta un poco menos sola. Entonces decide, en ese mismo momento, que va a ser ella misma con ese muchacho. Y quizás hasta sea buena idea, ya que le vendría bien tener un amigo.

—Bueno, cuéntame cómo es Los Ángeles —le pide él.

—Depende de qué parte.

—¿Cómo es tu parte?

Mientras se termina su tercera copa, Juliette acaba contándole sobre su madre; sobre Annie; sobre Goldstone, su hogar en el cañón de Topanga que fue bautizado por los colores verdosos que rodean el camino de tierra en el que se encuentra, solitario al final de la calle y al borde de un abismo. Le habla de los árboles de fruta, las fotos, las gallinas, los ciervos, el océano y la dicha de su infancia. No le habla mucho sobre la muerte de su madre, sino que le cuenta historias sobre su niñez, sobre el instituto, y le pinta una imagen gloriosa de lo que era su vida. Porque el dolor es así: como un ilusionista. Noah la escucha con atención y le permite devolverle la vida a su mundo abandonado en aquel bar lleno de gente.

Juliette ya se ha emborrachado lo suficiente como para no querer parar, así que Noah va a por más bebidas. ¿Es la cuarta o la quinta copa, quizá? Ya ha perdido la cuenta. Y también depende de si cuenta el chupito de whisky que se ha bebido antes de salir.

No se entera tanto sobre la vida de Noah como él de la suya, pero le cuenta que la Universidad de Chicago es donde quiere estudiar porque su madre así lo quería. Y su madre también está muerta.

El dolor que siente Juliette es reciente, sigue cálido como la sangre que acaba de salir de un cuerpo, mientras que el de Noah es antiguo, es un dolor que lleva consigo desde su infancia y que se ha osificado en torno a sus huesos de modo que todas las emociones que se han formado en él han tenido que adaptarse a ello. Es por eso que se reconocen entre ellos, o eso cree Juliette. Por la herida existencial que deja el vivir sin madre.

Se muerde el labio con frecuencia, se aparta el pelo detrás de la oreja y luego sacude la cabeza para que se vuelva a escapar. Conforme la conversación se va espaciando, se sostienen la mirada el uno al otro, y Juliette nota que algo se le asienta en lo más profundo del estómago.

Cuando se pone de pie para ir al baño, todo le da vueltas. Quizá debería haber cenado algo. El océano de cuerpos parece mantenerla a flote y conducirla hasta el baño. Se oye una canción de Prince. Juliette murmura para sí misma la letra de la canción, mientras Prince le recuerda que todos vamos a morir. Que es mejor vivir el momento y soltarse las trenzas. Beber otro whisky. Sacude un poco la melena y se mira en el espejo. No le encuentra sentido a las piezas que ve. Intenta ver a la chica que iba en coche con Annie, la que estuvo en brazos de su madre, la que posó para que su madre le hiciera fotos, pero es que no la encuentra. La persona que ve frente a ella parece cansada, demasiado mayor, como una desconocida afligida. Aunque se arrepiente de haber bebido tanto, también quiere beber más. Se echa un poco de agua a la cara, saca un pintalabios rojo que le robó a Annie y se reaplica el maquillaje.

Quiere que Noah la vea.

—Venga, hagámonos una foto —le dice al volver, para luego sacar el móvil Nokia que solía ser de su madre y estirar el brazo—. Anda. —Él se acerca un poco, y ella saca la lengua para pasársela por la mejilla, una broma que solía gastarle a Annie, y hace la foto. Noah se echa a reír mientras se limpia sus babas. Le envía la foto a Annie y le escribe un mensaje:

te presento a noah. si crees que estoy intentando ponerte celosa, pues no te equivocas

—He traído un poema —anuncia, con la intención de cumplir su promesa de compartir uno con él. Se tomó su tiempo para escogerlo y ahora, con las copas que sea que se ha bebido, ha juntado el coraje para mostrárselo. Porque quiere que la conozca, quiere que alguien la conozca.

Más tarde no recordará esta parte de la conversación, ya que el alcohol está haciendo mella y hace que unas nubes oscuras le cubran zonas de la mente.

Abre su mochilita para sacar su diario, ese que Annie le regaló por su cumpleaños. El papel está hecho a mano y tiene pétalos de rosa. Lo abre, avanza hasta una página casi al final y se lo tiende.

—Toma —le dice—. ¿Quieres leerlo?

—Quiero que me lo leas tú.

—¿Yo? Pero hay mucho escándalo aquí.

—Pues vamos a tu habitación.

Juliette nota que se sonroja.

—Vale —acepta, y salen juntos del bar.

Noah no sabe que, dos días después de su cita, Juliette va a morir.

PARTE DOS

CAPÍTULO CINCO

2008

Noah aparca su Impala y se adentra en la Zona de Llegadas, donde sí que se nota el aire acondicionado, para buscar a Jesse. Ella lo ve primero, se le acerca por detrás y le apoya una mano en el hombro. Su cabello castaño y lustroso está recogido en un moño bien hecho y lleva puesto el vestido blanco y negro a rayas que recuerda de Chicago, que ya ha empezado a desgastarse por los bordes. Es el mismo que dejó hecho un gurruño en un rincón de su habitación después de la segunda noche en la que se acostaron, cuando lo acompañó al Medici a desayunar solo con mallas y una de las sudaderas de él.

—Hola —lo saluda ella, con voz suave.

—Hola, qué bien que has llegado.

Jesse lleva su bolso verde de cuero y una mezcla de joyas de oro y plata que nunca le había visto antes y que adornan sus muñecas frágiles y su garganta delicada.

Y hay algo más, algo que se le escapa. Es como si se hubiera quitado una de sus capas, la que lleva por encima. Parece más brillante, más trémula, más reluciente y atractiva y triste y adorable de lo que la ha visto en la vida, como si su dolor fuese un exfoliante para sus protecciones exteriores y ahora fuese capaz de ver una capa más adentro, hacia quien es ella en realidad.

Su aroma, por el contrario, es el mismo. Y de eso se percata cuando la abraza, pues hace que quiera estar con ella.

—¿Qué tal el vuelo?

—Bien.

Han hablado por teléfono casi todas las noches durante las últimas seis semanas, desde la muerte de su padre. Jesse se sentaba fuera de su casa, bajo las vides de su padre, y lloraba, mientras Noah la escuchaba. Sin embargo, ahora que la tiene enfrente, le parece más complicado hablar con ella, volver a encontrar el ritmo que tenían hace tres meses, pues sus años de universidad son un recuerdo del pasado. No sabe qué decirle, el esfuerzo de intentar sacar algún tema de conversación lo pone nervioso, y eso complica aún más lo de encontrar cualquier tipo de ritmo.

Jesse parece flotar por la acera mientras lo sigue hacia el coche, como si no estuviese presente de verdad. Noah deja su equipaje en el maletero, enciende el motor y cambia su disco de *Back to the Trap House* por el de *Kind of Blue*. Una mezcla de humo de coches y olor a agua salada se cuela por las ventanas según se abre paso por el caos que supone el tráfico del aeropuerto. Se arrepiente de no haberle llevado flores o algo.

—¿Tienes hambre? —pregunta, tras un rato.

—Un poco. He comido como tres bolsas de esas patatas azules que hay en el avión.

—Tengo algo de fruta en casa. Y te he comprado unas empanadillas. Llevan esperándote toda la semana en el congelador.

—Suena bien —dice ella, con una sonrisa.

En Chicago, cuando emprendían el viajecito hacia el norte para ir a hacer la compra en Trader Joe's, Jesse siempre compraba varias bolsas de empanadillas congeladas y las preparaba para cenar al volver. Dejaba que se tornaran de un color dorado muy apetitoso con un poco de aceite de sésamo mientras Noah guardaba la compra y encendía unas velas en la mesita que tenía ella. Ambos compartían un gusto por pasar tiempo en casa que habían reconocido en el otro de inmediato.

Han pasado unos veinte minutos de los cuarenta que les tomará regresar cuando Jesse vuelve a hablar:

—Me ha tocado sentarme junto a una mujer que se ha emborrachado en el avión y se ha puesto a hablarme de su padre. Me dijo que murió cuando ella tenía mi edad.

Noah asiente, sin saber qué contestar. Varios minutos después, Jesse parece retomar la conversación donde la había dejado:

—Era piloto de avionetas, y me contó que solía llevarla con él cuando era pequeña. Los hacía volar directo hacia arriba para luego caer en picado. Como una montaña rusa, pero en el cielo.

—Qué espeluznante.

—Me dijo que había algo en el hecho de estar en manos de tu padre que te hace sentir invencible. Creo que a eso iba con toda su historia, que, después de su muerte, perdió esa sensación.

Noah vuelve a asentir.

—Lo siento mucho, Jess. —Él nunca tuvo padre, así que no conoce esa sensación. Cuando se mete en la autopista 105, el tráfico se aligera un poco. Le da al acelerador, y este se toma su tiempo en hacer caso.

Se ha sentido solo. Está acostumbrado, pues durante el largo periodo entre perder a su madre y enamorarse de Jesse (lo cual fue prácticamente toda su vida, la verdad), se sintió así. Solo que ya le cuesta un poco más esconder su vulnerabilidad de sí mismo, a sabiendas de que no tiene ningún salvavidas, ahora que el diploma de la Universidad de Chicago donde se graduó con honores está enterrado en una caja en el fondo del armario diminuto en su piso casi sin muebles. Todos los Audi, G-Wagen y Porsche se le meten por delante, así que le sube el volumen a la música en su Impala maltrecho para dejar de oírlos.

—Algún día construirás un arca —solía decirle su madre—. Vas a construir tu propia arca como tu tocayo y nos iremos navegando en ella. —Le preguntaba dónde quería ir, y él contestaba siempre con algún lugar distinto: Hawái, África, la luna.

Pero lo que más había querido él era comprarle una casa enorme a su madre, toda para ella, aunque en su cerebrito de niño pequeño, él iba a vivir allí con ella para siempre, claro. Así no tendría que seguir trabajando en la cantina, sino que se quedaría en casa, leyéndole, construyendo barcos piratas, cocinando en la parrilla junto al lago con el tío Dev y preparando palomitas para las noches de cine. Irían en tren hasta el Instituto de Arte de Chicago. Y, tras ver todos los cuadros que tanto le gustaban a ella, él le compraría un helado de fresa de esa tienda pija que había en el centro. No tendría que contar la calderilla que tenía en el bolsillo para ver si le alcanzaba. Porque iba a ser alguien importante.

Desde su llegada a Los Ángeles hace cuatro meses, Noah prácticamente siente que se ahoga por el deseo. La ambición sin especificaciones que lo ha motivado durante la mayor parte de su vida por fin ha cobrado forma: la de Hollywood, la ciudad que crea cultura. Anhela formar parte de ella.

Dado que el padre de Jesse estaba muy enfermo y, posteriormente, muerto, Noah no le ha hecho saber que le está costando abrirse paso. No le ha contado que incluso ha recurrido a Craiglist en busca de cualquier cosa relacionada con el mundo del cine antes de terminar conformándose con un trabajo de camarero.

Lo que más ha encontrado son anuncios disimulados para salir en pelis porno (tanto detrás de cámara como delante de ella) o unas estafas que casi ni se tomaban la molestia de enmascarar para engañar a los batallones de recién llegados, a quienes la esperanza los volvía ciegos. Sin embargo, él seguía buscando y, a solas en el piso que estaba pagando con el dinero que había ahorrado mientras estudiaba en Chicago (ese que ya solo iba a poder pagar por un mes más), había enviado cientos de correos, con su currículum adjunto. Y todo ello había dado como resultado dos entrevistas.

La primera, que le había parecido esperanzadora («si eres joven, tienes talento y buscas adentrarte en el mundo del cine, esta es tu oportunidad»), resultó ser unas pruebas para un posible *reality* sobre lo que significaba ser joven y no tener dónde caerte muerto en Hollywood. Así que había dicho que no.

La segunda había sido para unas prácticas con un productor de cine independiente, cuyo nombre no se especificaba en el anuncio. Noah condujo su Impala hasta Sunset Boulevard, más allá de la tienda de todo a un dólar y las bodegas, de las cafeterías de moda y las heladerías y los talleres mecánicos, del Paseo de la Fama y de Sunset Strip, hacia el verde opulento de Beverly Hills. La velocidad a la que cambiaban los mundos en esa zona (manzana a manzana) hizo que Noah se mareara un poco. Se adentró por las colinas de Bel Air, tuvo que parar para revisar el mapa y finalmente aparcó en una calle angosta frente a una casa demasiado grande para el jardín que tenía. Parecía una casa abusona, hinchada y acaparando más espacio del que le correspondía hacia los lados. Se aseguró de poner bien el freno de mano, pues no quería que su viejo Impala, el cual había sido un regalo de su tío por su graduación, pasara a mejor vida al irse rodando colina abajo.

Cuando bajó del coche, se volvió a meter la camisa blanca dentro de los pantalones negros de vestir que seguían dejándole las espinillas al descubierto y dio igual la cantidad ingente de desodorante que se había puesto antes de salir, porque estaba sudando a chorros. Se había comprado ropa nueva para la entrevista en un outlet que había en el caótico centro de Los Ángeles, con maletín y todo. Cuando llamó al timbre, una chica un par de años mayor que él le abrió la puerta, descalza y enfundada en una falda acampanada y una camiseta que le dejaba la tripa a la vista. Se había puesto demasiado elegante.

La chica se llamaba Katie y era la asistente del productor. Salió de la casa y acompañó a Noah hasta el anexo para invitados, donde subió los escalones de una terraza y se sentó sobre una manta que había en el suelo. Él la imitó como pudo y se cruzó de piernas como si estuviera en preescolar. Katie extendió las piernas hasta que sus dedos de uñas sin pintar casi lo tocaron.

—Son prácticas —le soltó, sin mayor preámbulo—. Así que no se cobra nada.

—Ah.

—Todos tienen que ser becarios primero, así son las cosas aquí.

—Vale, y ¿de qué vive la gente?

—Pues te mantienen tus padres o te buscas la vida, ya sabes.

—Ya, claro.

Entonces se quedaron en un silencio incómodo, como si fuese el turno de Noah de hacer preguntas.

—¿Y qué clase de pelis hacéis?

Katie sacó un porro y lo encendió.

—De todo. Tenemos un thriller que nos parece que tendrá muy buena recepción en China y para el que está buscando fondos.

Noah rechazó el porro que Katie intentó pasarle y, según continuaba la conversación, fue atando cabos hasta comprender que el productor solo había hecho una película, allá por los años ochenta. La había visto; había recibido una nominación a los Óscar por Mejor Película Internacional (la habían grabado en Argentina) y también por Mejor Película. En los dos meses que llevaba solo en Los Ángeles, se había decidido a ver todas las nominadas a Mejor Película desde que se habían creado los premios. Lo veía como una especie de preparación, un esfuerzo por usar sus noches de forma productiva cuando no las pasaba al teléfono con Jesse. Ya iba por las de 1991. Katie pareció impresionarse y comenzó a acariciar las perneras rígidas de Noah con un dedo del pie. Se parecía mucho a las universitarias con las que solía follar, pero a él no le apetecía. Le daba la sensación de que se estaba ahogando y hacía un calor de los mil demonios. Los Ángeles era muy distinta a lo que había imaginado.

—Bueno, eh, debo irme —dijo Noah tras un rato. Se puso de pie y se acomodó el cuello de la camisa que lo asfixiaba. Trabajar sin que le pagaran para una chiquilla blanca y con pinta de malnutrida, con la esperanza de que un productor que no había hecho ninguna película en veinte años le hiciera caso. Quizá lo habría hecho o al menos lo habría intentado (porque así de desesperado estaba), si ella no se hubiera pasado el rato acariciándole los pantalones con el pie, si no lo estuviera mirando como si quisiera algo de él.

Su tercera entrevista, la más alentadora de todas, le llegó gracias a Cal, un amigo de la Universidad de Chicago. Los dos habían terminado gravitando el uno hacia el otro al ser los dos únicos chicos negros de primer curso en su residencia, por mucho que fuesen de tipos distintos. Cal se crio en Los Ángeles con su madre blanca, quien es cosmetóloga de gente famosa, y su padre negro que trabaja en una discográfica. Quiere ser actor. Asistió a una escuela privada *hippie* en la que aparentemente los estudiantes siempre iban descalzos, y a Noah solía horrorizarle un poco ver que se le presentaba en su habitación con los dedos de los pies al aire libre. Antes de la llegada de Jesse, Cal era la única persona que conocía en Los Ángeles, por lo que, si bien nunca fueron demasiado cercanos en la uni, Noah lo invitó a beber algo y empezaron a hacer planes para ir juntos a la hora feliz, bromeando sobre si les iban a rechazar la tarjeta cuando pretendiesen pagar sus birras de tres pavos. Como era de esperarse, Cal tenía el dinero de su familia en el que apoyarse, algo con lo que Noah no contaba, pero aun así encontraron una especie de camaradería al estar los dos intentando poner un pie en el mundillo. Cal le reenvió un correo masivo que le había llegado de una excompañera de su hermana mayor en el que decía que la chica estaba buscando a alguien que la reemplazara como asistente de dirección.

Noah escribió mil veces el correo que envió junto a su currículum y escogió con cuidado las palabras en un intento por expresar su entusiasmo sin que este sonara demasiado desesperado. El trabajo le habría hecho ilusión sin importar quién fuese el director, pero la verdad era que le flipaban las pelis de aquel tipo. Cuando se despertó en el colchón que tenía en el suelo de su piso, encendió su portátil y encontró un correo en el que le ofrecían una entrevista, el corazón le dio semejante vuelco que creía que se le iba a salir del pecho.

Tras haber aprendido su lección, Noah no se puso pantalones negros de vestir ni zapatos bien lustrados, sino un par de vaqueros y sus deportivas Air Force 1. Una vez más, la asistente era una chica blanca, que se presentó como Olivia. Parecía más profesional que Katie, con su cabello rubio largo y liso, dientes blancos y grandes y un atuendo que envolvía su figura esbelta como solo hacía la ropa cara. Lo acompañó por una oficina hasta llegar a una sala de conferencias vacía, donde se sentó frente a él en una de las muchas sillas desocupadas que había en el lugar.

—Cuéntame qué guion has leído estos últimos días.

—Acabo de terminar con *Pulp Fiction* de nuevo. Para inspirarme un poco, porque es que el modo en que usa el imaginario es…

—Me refería a guiones que estén circulando por ahí estos días. En plan, que no tienen casa aún.

—Ah, no. Es que no he…

—Tranqui, no pasa nada. —Se apartó la melena con una mano—. Háblame sobre ti. ¿De dónde eres?

Noah le dio su respuesta estándar:

—Me crie a las afueras de Hyde Park, mi tío me acogió después de que mi madre muriera. Antes de eso, ella trabajaba en la cantina de la Universidad de Chicago y siempre quiso que estudiara allí. Así que me gradué con honores en un grado doble de Cinematografía y Sociología.

—Ay, qué maravilla —dijo Olivia, en una voz demasiado aguda.

Vivían en un país que «había dejado atrás el racismo», en teoría, dado que el primer hombre negro en la historia se había vuelto el candidato demócrata para las elecciones presidenciales del país, pero parecía que aquella chica blanca y el resto del equipo estaban buscando a alguien como Cal. No como él. Sin importar lo distinguido que Noah intentara sonar o el grado universitario por el que se había partido el lomo, bajo todo ello seguía siendo aquel chiquillo atormentado que buscaba una oportunidad. Y parecía que aquella chica podía olerlo en él: la desesperación por convertirse en alguien mejor que lo que la vida le había asignado.

Sintió que se hundía en sí mismo cuando bajaba en el ascensor de vuelta al aparcamiento, a sabiendas de que no le iban a dar el puesto. Llevaba toda la vida peleando contra aquella sensación, esa que lo hacía sentir como si fuese un don nadie que no valía para nada. Se prometió a sí mismo que, en no mucho tiempo, él también escribiría uno de esos guiones que aún no habían «encontrado casa» y que todos querían.

Unas semanas después, encontró trabajo como camarero (y hasta eso lo hizo sudar la gota gorda) y se dedicó a estudiar, a leer sobre cómo escribir guiones y montar una película; si quería adentrarse en el mundillo, lo mejor sería que escribiera un guion de calidad. Cuando Jesse le dijo que pensaba mudarse a Los Ángeles, dejó de lado los anuncios de búsqueda de empleo y empezó a entrar a Craiglist para buscar algún piso que estuviera a buen precio, mientras echaba todas las horas extra que podía en el Hard Rock Cafe y usaba el dinero de sus propinas para arreglar el piso que seguía sin amoblar del todo, para prepararlo para su llegada. Se estaba gastando todo lo que tenía, pero daba igual. Se dijo que pronto iba a empezar a ganar dinero de verdad. Compró unas guirnaldas de lucecillas para decorar los marcos de las puertas y unas jaboneras de colorinches. Su madre había tenido una con pececitos.

Noah ya se enorgullecía de prepararse unos expresos en una cafetera Bialetti, por lo que se dirigió a la tienda de café hípster que había al final su calle y derrochó un poco para comprarse café en grano, pero del caro. Hizo una puja en eBay por una alfombra Navajo, como un detalle del suroeste del país para hacer que Jesse se sintiera como en casa. Aunque seguía durmiendo en un colchón en el suelo, compró cortinas de lino blanco de IKEA, y estas le dieron una apariencia romántica al dormitorio al cubrir las ventanas que abarcaban la pared entera. Compró dos sillas de escritorio vintage amarillas casi a precio regalado en una tienda de segunda mano y las colocó en la cocina, donde imaginaba que él y Jesse se sentarían juntos a trabajar. Tres meses después de graduarse, le parecía que era una persona que existía en una galaxia completamente distinta. Se imaginó el calor de su cuerpo junto al suyo en el colchón, con las cortinas agitándose.

—Me gusta este lugar —le dice, al bajarse del coche frente al piso de Noah—. El aire huele bien.

Hay una luna casi llena en lo alto, por mucho que sean las cuatro y media de la tarde. Se vuelve para mirarlo y, cuando sus ojos parecen centrarse, su apariencia se solidifica. Las cuerdas invisibles que lo estaban llenando de tensión empiezan a darle un poco de margen. De pronto, Los Ángeles le parece algo más suave con ella ahí, mientras la calidez del sol se extiende sobre Jesse. Le da la impresión de que podría ser su ciudad.

Noah examina su rostro con atención cuando se adentra en el piso, pero no tiene ni idea de qué es lo que opina. Siempre le ha costado leerla. Lleva su maleta excesivamente grande al dormitorio.

Jesse no dice nada, sino que se acerca hasta él y lo besa con pasión. La distancia que había entre ellos desaparece.

CAPÍTULO SEIS

1999

Conforme su padre aparca en lo que parece ser la entrada que hay junto a la arboleda de robles, Annie intenta bajarse los pantalones cortos de tela tejana, que ya le van pequeños desde que ha pegado el estirón. Se siente algo mareada por haber dado tantas vueltas con el coche.

Están en otro mundo, uno cuya existencia Annie desconocía, a tan solo veinticinco minutos del barrio del Valle de San Fernando, donde vive con su padre, lleno de centros comerciales y palmeras.

—Te acompañaré —le dice él, antes de dar un sorbo de agua de su botella metálica y acomodarse la vieja gorra de pana que lleva puesta.

—No hace falta, papá, ya voy yo. —Quiere que tenga una amiga en su nueva escuela. Después de que Annie le contara sobre Juliette, su padre se esforzó por conocer a su madre durante la reunión de padres de familia que organizó la Academia Ventura, donde ella acaba de empezar tercero de ESO.

—Vale, vale —cede él, a regañadientes—. Te quiero, *Annie Banannie*.

—Y yo. —Deja un beso en la mejilla de su padre y baja del coche, para encontrarse con el canto de los pájaros.

41

—¡Yupi, has venido! —exclama Juliette cuando le abre la puerta. Annie se despide de su padre con la mano mientras va sintiendo que empieza a transformarse al cruzar la puerta. Una minicadena reproduce las últimas notas de *Blood on the Tracks*, lado A. En el gran espacio abierto que contiene la cocina, el salón y el comedor, una mesa larga de madera está adornada con varios jarrones de flores y plantas. Unas aves marinas vuelan en el papel pintado que hay detrás de un sofá de terciopelo azul. La cocina tiene una isla, con ollas y sartenes colgando por encima de un horno color marfil y una estufa a juego. Sin embargo, lo primero en lo que Annie repara, como debe ser, es en las elegantes fotografías que adornan las paredes, de las cuales la más impresionante es una en tamaño gigante de una niña de piel blanca y rizos oscuros que caen en cascada, vestida únicamente con un tutú verde mientras se encuentra de puntillas bajo un granado e intenta llegar a la fruta. Es obvio que se trata de Juliette, y Annie se queda observando la foto, embelesada.

—Esa es una de las más conocidas —le dice Juliette.

—¿De quién?

—De mi madre —le explica, como si fuese obvio—. Es fotógrafa, creía que te lo había contado.

Parece que lo único que le gusta fotografiar a la madre es su propia hija, pues está en todos lados y a edades distintas. En las paredes de su hogar, la nueva amiga de Annie le parece legendaria, mítica, como si no encajara en el tiempo.

Sigue a Juliette por el pasillo, más allá del cuarto de baño, hacia una habitación bastante amplia con una cama gigantesca, con una estructura hecha de roble y tallada a mano. Hay unas plantas pegadas a los cristales de los ventanales, como si el cuarto hubiese surgido de la nada en medio de un bosque. Dos atrapasueños cuelgan sobre la cama. Annie puede asistir a la Academia Ventura gracias a una beca, pero imagina que ese no es el caso de Juliette. Si bien la casa no es enorme, tiene el tipo de elegancia que solo concede el dinero.

—Pon tus cosas donde quieras —le instruye Juliette—. Mi madre dormirá en el sofá.

—¿Compartes habitación con tu madre?

—Es que la otra habitación es diminuta y la usa de estudio —responde, encogiéndose de hombros—. Tiene un cuarto oscuro en el armario.

Juliette vuelve hacia la cocina para abrir las puertas dobles con ventanales. El jardín es cosa de otro mundo. Annie pasa la vista por un lecho de flores, un corralito para gallinas que se ve hecho a mano, unos árboles frutales y una larga extensión de césped que desciende hasta un bosque de robles muy espeso. En la amplia terraza de madera de secuoya, ve por primera vez a la madre de Juliette: con un bikini negro, una pamela de paja y la luz del día bañándole una piel ya dorada por el sol. Tiene una novela de las gruesas abierta sobre el regazo.

—Mamá, te presento a Annie. Annie, esta es mi madre, Margot.

Margot se incorpora, aparta su libro y bebe un sorbo de un vaso largo de agua con hielo adornado con hojas de menta. Tiene la piel olivácea, a diferencia de su hija, que es muy blanca, pero la imponencia de su belleza es la misma.

—Hola, Annie. —Cuando Margot le dedica su brillante sonrisa, hace que se sienta demasiado expuesta, como si la hubiese puesto bajo un foco que fuese a revelar que no es digna de ser amiga de su hija. Se da tirones a sus pantalones cortos demasiado sugerentes y retrocede un paso, para ocultarse un poco detrás de Juliette, como si fuese una niña pequeña y nerviosa.

—Hola —contesta, y pega un bote al ver una lagartija pasar rauda a unos cuantos centímetros de su pie.

Margot se echa a reír y empieza a cantar:

—Bienvenida a Goldstone, donde las aves cantan y las lagartijas pasean...

—Donde hay fruta madura y las flores no escasean... —sigue Juliette—. Bienvenida a Goldstone, el hogar en el que dos princesas centellean... —Entonces se vuelve hacia Annie para explicarle—: Nos la inventamos cuando era pequeña. —No parece sentirse nada avergonzada de su madre como Annie ha visto que les pasa a otras chicas.

Desde pequeña, siempre ha sentido un pinchazo de resentimiento motivado por los celos hacia las amigas que tenían madre y no las valoraban; esas que se tumbaban sin cuidado sobre unas alfombras que acababan de limpiar o que se lanzaban sobre unas camas con dosel recién hechas y ponían los ojos en blanco cuando su madre bienintencionada les llevaba bandejas de rodajas de manzanas y cubitos de queso cheddar. Las chicas que ni se dignaban a alzar la mirada cuando su madre les encendía una lámpara porque el sol del invierno ya empezaba a ponerse, que no apartaban la vista de la tele cuando su madre entraba en la habitación y les daba un beso, tras dejar una caricia sobre su cabello fino.

Annie ansiaba esas madres para ella. Las que se quedaban para ver las clases de *ballet* de sus hijas, que preparaban unos almuerzos perfectos, que las arropaban en la cama, les trenzaban el cabello, se ofrecían voluntarias en la escuela y se llenaban el bolso de una lista infinita de provisiones: barra de labios, protector solar y gominolas varias. No obstante, en su rincón del valle, Annie nunca había visto a una madre como Margot, quien parece ser un tipo exclusivo de Mujer de California. Bohemia y elegante a la vez, en sintonía con el mundo natural y también el artístico. Maternal pero libre. El tipo de madre que se pondría un vestidito transparente sobre el bikini para ir al mercado del cañón y comprar un aceite de oliva caro para la cena de su hija, lo cual es precisamente lo que hace tras la llegada de Annie.

Noche de pizza en Goldstone, el hogar de las princesas, no implica llamar al Domino's, sino todo un evento en el que la preparan desde cero. Margot prepara la masa, Annie y Juliette recogen ingredientes de su jardín, y entre las tres montan un desastre monumental en la cocina mientras crean sus pizzas de estilo «romano». Una tiene melocotón, salvia y queso burrata;

otra, albahaca, tomates frescos y unas almejas diminutas. Cuando es hora de cenar, Margot les sirve a ambas unos vasos en miniatura del vino blanco que ella se sirve en una copa grande, muy para la sorpresa de Annie. Bajo el atardecer dorado, es suficiente para hacer que la cabeza le dé vueltas.

Lo normal es que conteste las preguntas sobre sus padres de forma escueta: «Mi padre es profesor de Literatura en el instituto Reseda y mi madre murió». Solo que esta noche, el vino ha hecho que Annie se suelte un poco, así que responde con sinceridad las preguntas que Margot le hace. Dado que su vida es tan normal, le cuesta aceptar que nació en una comuna en mitad de la nada, en el norte de California. Que otro miembro de la comuna se encargó del parto y que, cuando cumplió un año, su padre huyó con ella. Al contar su historia en la cena, la fascinación que demuestra Margot la hace pensar que quizá las heridas enterradas de su historia puedan contener alguna especie de valor secreto.

Después de cenar, Margot, Juliette y Annie salen a la terraza para ver el ocaso. Una vez que el canto de los grillos empieza a apoderarse de la noche, Margot prepara palomitas y todas se ponen el pijama para ver una peli antigua en el pequeño televisor que hay en el salón. Juliette se debate entre dos de sus favoritas (*La dolce vita* y *Desayuno con diamantes*), aunque Annie no ha visto ninguna. Margot y Juliette van vestidas con camisones de seda. Annie lleva unos pantalones cortos y una camiseta extragrande, lo que solía ser el estándar de las fiestas de pijama en su anterior instituto, pero Juliette se ofrece a prestarle un camisón para que vaya a juego con ellas. Lo lujoso que parece hace que Annie se sienta un poco cohibida. Pasa las manos una y otra vez por la tela suavecita, sentada en una esquina del sofá, mientras Juliette acomoda la cabeza sobre el regazo de su madre y esta le da sorbitos a su copa, ahora de vino tinto, y juega con el cabello de su hija, todo ello según Sylvia va chapoteando por la Fontana di Trevi.

Nada de los celos y la envidia que Annie había sentido antes se compara con la chispa eléctrica de anhelo que se le despierta ante la presencia de Margot.

Cuando la película ya casi ha acabado, Annie se recuesta un poco y apoya la cabeza apenas a unos centímetros de la otra pierna de Margot. Tan solo unos segundos después, nota los dedos de la mujer en el cabello y el placer que le hace sentir ese gesto tan tierno casi hace que se sienta en las nubes.

Al cerrar los ojos, puede ver la imagen de su madre apareciendo de la nada: la piel clara y llena de pecas, las trenzas de cabello rubio pálido, los ojos azules... de un color casi antinatural, como si el océano se hubiese metido algo. Recuerda el mareo que experimentó al verse reflejada en el rostro de una desconocida, el deseo que sintió por complacer a su madre, por conectar con ella, pero también por salir corriendo. El nerviosismo en el estómago que hizo que le fuera imposible comer, que le dio ganas de aferrarse a la mano de su padre bajo la mesa de madera oscura.

La última vez que Annie vio a Indigo, hace un año y medio, se confunde con todas las veces anteriores. No tenía ni idea de que aquellas serían las últimas horas que pasaría en compañía de su madre. Llegó junto a su padre al pueblecito de montaña llamado Willow Creek, como solían hacer, y vio el tractor que Indigo «pedía prestado» en el enorme parking del Pie Grande, un restaurante especializado en parrillas. Indigo no tenía coche propio, pues ningún miembro de la comuna tenía nada que no fuese también del resto. Estaba saltándose las reglas al salir del rancho Six Rivers, y por ello nunca podía quedarse demasiado tiempo ni alejarse mucho más.

Ya estaba sentada en uno de los asientos grandes de cuero de un reservado, esos que la hacían parecer más pequeña. Tenía la apariencia confusa de una niña adulta, como si no se le pudiera asignar una edad fija: tenía pechos (pese a que nunca llevaba sujetador) y era una adulta propiamente dicha, pero parecía abrumada por el mundo y sus sonidos, lo cual era una actitud propia de una niña pequeña. Cuando Annie llegó, se puso de pie y la atrajo de una forma un tanto torpe hacia sus brazos antes de olerle el cabello.

Durante la cena, el padre de Annie se encargó de guiar la mayor parte de la conversación, como solía hacer, y le contó a Indigo cómo le iba a su hija en el colegio, en el equipo de natación y también en el de fútbol. La mujer parecía oírlo con atención, aunque casi no pronunciaba palabra mientras comía su patata asada; ella y Annie siempre pedían patatas asadas con crema agria, mantequilla y queso. Cuando terminaron con la cena y esperaban los cuencos de cristal de *mousse* de fresa que siempre pedían de postre, Indigo se estiró para dejar un pequeño tesoro en la mano de su hija, al otro lado de la mesa. En el transcurso de los años, le había dado varios brazaletes de cuentas, un bolsito que había cosido ella misma, unos pendientes con unas piedritas colgantes, un gorro tejido a mano que Annie nunca se ponía y un cristal que Indigo decía que era para protegerla. Esa noche, le entregó un corazón.

—Así siempre recordarás que te quiero —le dijo, pese a que ellas dos no solían intercambiar esas palabras. Annie se quedó mirando aquel corazoncito de madera tallada y pintado de rojo durante toda la cena, dándole vueltas una y otra vez en la palma de la mano, hasta que alzó la vista y se dio cuenta de que su madre tenía su atención clavada en ella.

En la enorme cama de roble que Juliette normalmente compartía con su madre, se pone a acariciarle el cabello a Annie del mismo modo que ha hecho Margot, mientras unas hojas de jacarandá se mecen bajo la luz de la luna. Aunque debería ser algo extraño, no lo es. Le parece perfecto, y siente que se derrite ante las caricias.

—Tienes suerte de tener madre —le dice, en voz baja.

—Lo sé —contesta Juliette—. Puedo compartirla contigo, si quieres.

Annie tiene la impresión de que nadie le ha dicho algo tan bonito en la vida.

—¿Quieres ir fuera a fumar un rato? —propone Juliette.

—Vale.

Pasan a hurtadillas por al lado de una Margot dormida hasta salir al jardín. Juliette abre una cajetilla de Nat Sherman Fantasia y enciende uno rosa que le pasa a Annie. Las estrellas parecen una especie totalmente distinta en la noche oscura que envuelve el cañón.

—Mi madre escogió mi nombre —le cuenta Annie—. En la comuna. A pesar de que se supone que los niños les pertenecen a todos.

—¿Annie?

—No, Anais Dawn. Al menos no es Moon Berry o algo así de ridículo.

—¿Cómo no me habías contado que ese era tu verdadero nombre? —Juliette parece dolida.

—No sé. Mi padre lo puso en mi certificado de nacimiento, pero empezó a llamarme Annie en cuanto nos fuimos de ahí.

—Anais Dawn es un nombre precioso —dice Juliette—. Te queda bien.

—Claro que no.

—¿Puedo llamarte Anais?

—No.

—¿Y Dawn?

—Tampoco.

—¿Por qué no te gusta?

—No es que no me guste. Es que no me llamo así. —Annie siente que quiere ponerse a llorar, hasta que Juliette se inclina hacia ella y le deja un beso en los labios.

Quiere que la vuelva a besar. Quiere volver a estar en ese reservado de vinilo rojo, junto a su madre, mientras examina su rostro.

Solo que no va a crecer y seguir conociendo a su madre cada vez más. Esta no se presentará en la puerta de la casa que comparte con su padre, tras haber abandonado la comuna, como de vez en cuando Annie se permitía fantasear que podría pasar. Nunca se enterará de lo que Indigo sintió al tenerla en su vientre ni de la razón por la que tuvo que quedarse en la comuna cuando el padre de Annie se la llevó con él. Nunca sabrá por qué su madre los dejó ir.

Podía contar el número de horas que había pasado con su madre desde que cumplió un año, todas ellas durante las cenas en las que se reunían tres veces al año, para las que tenían que conducir casi todo el día. Son lo único que tiene de su madre, y eso es casi nada. Porque el dolor es así: se encarga de determinar el futuro.

—Mi madre también era *hippie* —le cuenta Juliette—. Una distinta, supongo. Pero creo que la idea que tenían era la misma: creían en el amor y en la libertad. Y solo porque no haya resultado ser lo que creían, solo porque hayan tenido que madurar, no quiere decir que no sea una idea preciosa.

Annie asiente.

—Espera —dice su amiga—, quiero que escuches una canción.

Juliette se escabulle dentro de casa y, cuando vuelve, lo hace con una minicadena portátil. Adelanta las canciones hasta que Joni Mitchell empieza a cantar *Woodstock*, y entonces se le une, en una voz de soprano muy dulce, con la promesa de que están hechas de polvo de estrellas, doradas, y que, en algún lado, hay un jardín al que pueden volver.

Annie se queda embelesada.

—Prométeme que nunca nos haremos mayores, ¿vale? —propone Juliette, cuando acaba la canción—. Que seremos unas soñadoras para siempre.

—Vale.

Y, de ese modo, Juliette pasa un pincel sobre los orígenes de Annie y cambia su historia: sus padres fueron una pareja joven que creía en sus ideales. Fuera cual fuere la tragedia que afectó a su madre, su viaje había sido uno lleno de nobleza. Había estado buscando el camino de vuelta al jardín del que procedemos todos.

Muy en el fondo, Annie se imagina los demonios que empezaron a darle caza a Indigo incluso antes de que su hija naciera. Aquellos que asustaron lo suficiente a su padre como para hacer que huyera. Puede sentirlos sentados entre ellos en el reservado del restaurante Pie Grande, impidiendo que la madre de Annie se convierta en una madre de verdad.

Aun con todo, deja que la imagen de Indigo se disuelva, como siempre pasaba cada vez que ella y su padre se adentraban por la autopista 5 en su camino de vuelta, y se centra en Juliette. La absorbe poco a poco, con lo que da origen a una lealtad que cambiará el resto de la vida de Annie. El mar oscuro se extiende por el horizonte, y entonces comprende que esta noche será el comienzo de absolutamente todo.

CAPÍTULO SIETE

2000-2001

Una vez al mes, el padre de Juliette la lleva al centro comercial Westfield Village y la deja escoger un regalo antes de llevarla a su casa en Thousand Oaks. Le dice a Annie que ha empezado a ver todos esos bolsos, CD y vestidos nuevos como una forma de compensarla y disculparse por tener que aguantar una noche con su esposa, Jana, y sus mellizos de ocho años. Le describe la velada con lujo de detalles: durante cada cena, su padre se ríe ante los intentos de los mellizos de hacer que el batido de chocolate se les salga disparado por la nariz, Jana les sirve un guiso de atún o de judías verdes o de tres quesos y luego se retiran a los sofás demasiado mullidos que hay en el salón, donde Juliette se pone a observar la repisa que hay sobre la chimenea, llena de fotos familiares de ellos cuatro, con atuendos a juego. Ella sale en uno solo de esos cuadros, una foto escolar escondida en un extremo.

Después de las cenas con su padre, siempre quiere emborracharse.

Es durante una de esas noches que les presentan a Lucas, en un concierto en el Museo Hammer. Es un estudiante de arte que viene de intercambio desde Suiza y se está alojando con una de las amigas de Margot. Después del concierto, Lucas las lleva a la playa en su coche, con unas canciones de hip hop en finlandés a todo volumen, dejando que el viento le despeine su melena rubia casi blanca que le llega a la altura de los hombros.

Juliette se pone a juguetear con un collar de oro que le ha comprado su padre esa misma tarde, con la cadenita delgada que le cuelga sobre las clavículas. Mientras le vuelve a aplicar una barra de labios a Annie en el asiento trasero, decide presumir de ella.

—Mi amiga es guapísima, ¿a que sí? —pregunta, por mucho que sea de forma retórica. Lucas también es guapo, con sus ojos verdes y sus pómulos marcados, y Annie sabe que a Juliette se lo parece.

En la playa beben una botella de prosecco algo tibio que Lucas saca del maletero y se van pasando un porro. Juliette se queda en pelotas para meterse a nadar al mar y se pone a aullarle a la luna. Besa a Annie en los labios enfrente de Lucas, quien las mira con claro interés. Es obvio que tiene la esperanza de acostarse con Juliette o siquiera de enrollarse un rato, pero, cuando aparcan frente a Goldstone, Juliette se despide de él sin más. Lucas protesta y les pide que lo dejen pasar. Cuando no saca nada con eso, pide que le concedan un último deseo y que Juliette le toque las tetas a Annie. Annie se echa a reír.

—¿Puedo? —le pregunta Juliette.

Annie vuelve a reír.

—Bueno, vale.

Juliette se pone manos a la obra y a Annie se le tiñen las mejillas de rojo; puede notar la mirada hambrienta de Lucas sobre ellas. Juliette intenta escabullirse con un beso, pero Lucas la aferra de la muñeca, suplicante.

—Venga, no puedes dejarme así —le dice, llevándole la mano hasta su entrepierna. Juliette la aparta, pero él la devuelve a donde estaba.

Al final, lo deja que las siga, aunque no le permite entrar en casa. En lugar de eso, le hace una mamada —la primera que da en su vida— cerca de la entrada, bajo la protección de las sombras oscuras de los robles, mientras Annie la espera en la terraza de atrás, fumándose un cigarro y contemplando la luna menguante.

Conforme Lucas pone el coche en marcha, Juliette va con Annie y le pide en silencio que le pase el cigarro.

Tras unos segundos, le dice:

—¿Es raro que haya estado pensando en ti mientras se la chupaba?

—Quizás un poco —responde Annie con una risita.

—O sea, estaba pensando en lo que iba a contarte. Como si, mientras lo hacía, ya te lo estuviera contando mentalmente.

—¿Qué ibas a contarme?

—No sé, supongo que no tenía mucho que ver con la mamada en sí, sino con los detalles. Como que las naranjas parecen pequeños planetas a la luz de la luna.

—¿Y te ha gustado?

Puede ver a Juliette pensándose qué contestarle.

—Su pene era más suave de lo que creí que sería. —Da una calada y deja que el humo se le escape de entre los labios—. Y ha durado mucho, quería que acabara ya. —Se tumba sobre el regazo de Annie y clava la vista en ella—. No me dejes nunca, ¿vale?

—No lo haré. —Annie reconoce esa expresión, esa de confusión mezclada con una sensación de poder y de desamparo al mismo tiempo, de ser tanto el cuchillo que corta como la hogaza de pan.

Annie tenía trece años cuando su padre le contó que su madre había muerto. Y no lloró, sino que sintió que la embargaba una sensación de vacío enfermiza que se instaló en el fondo de su ser, como si le hubiesen arrancado algo. Como cuando raspaba un melón con una de esas cucharas redonditas que tanto le gustaban y que dejaban la piel totalmente vacía de pulpa. Mantuvo los ojos abiertos y se impidió parpadear, hasta que le empezaron a arder y se le anegaron de lágrimas y su padre le acarició la espalda. Porque el dolor es así: un espacio vacío permanente.

Habían tenido la intención de encontrarse con Indigo en Willow Creek como hacían a inicios de cada verano, pero, tras enterarse de lo sucedido, su padre la llevó a un parque de atracciones Six Flags. Condujeron hasta Santa Clarita y se quedaron en el Marriott. Annie pidió su patata asada para cenar en el restaurante del hotel y una *mousse* de chocolate de postre, porque no tenían de fresa. Al día siguiente fueron al parque de atracciones en sí y, aunque nunca le habían gustado las que daban más miedo, en esa ocasión se subió a todas, incluso a las que la dejaban colgando hacia abajo, mientras su padre la esperaba a un lado y le ofrecía una sonrisa de oreja a oreja al verla bajarse muy mareada.

Cuando volvieron de su viaje, Annie metió en una mochila unos pantalones cortos y viejos, unas camisetas y unas sandalias deportivas, así como un repelente de mosquitos y varias latas de Pringles. El campamento de verano en el que había conseguido trabajo como monitora se encontraba en las montañas, en algún lugar de California y de camino a Six Rivers.

Trevor trabajaba en la cocina. Annie no sabía qué edad tenía, solo que no era un adulto con todas las letras ni tampoco un crío; podía tener dieciocho o quizá veintidós. Hacía unos trucos de magia para los niños más pequeños y los hacía reír. Aunque era sabido que la comida que servían en el campamento era terrible, Trevor la trataba de forma especial: si Annie se pasaba por el comedor cuando no era hora de comer, él dejaba que lo siguiera a la cocina y le preparaba un sándwich de queso. En ocasiones también le pasaba a escondidas unas cajitas de fresas que ella se metía entre pecho y espalda sentada sobre la fría mesa de metal que había en la parte de atrás de la cocina. Una tarde, le preguntó si quería acompañarlo fuera a fumar y ella le dijo que sí, a pesar de los nervios que le revolvían el estómago. Nunca había fumado. Enfilaron por detrás de la cabina ocho para cruzar el río a escondidas, y Trevor le tendió la mano para ayudarla a pasar por encima de las rocas que se asomaban entre el cauce del río. Luego la ayudó a sentarse detrás de un pino al otro lado del río. El olor del bosque le recordaba a Willow Creek; cuando ella y su padre bajaban del coche para registrarse en el motel Pie Grande, el rugido de las motocicletas en medio del ambiente tranquilo y silencioso de la montaña siempre la ponía nerviosa, pero el olor le encantaba: a limpio.

Trevor sostuvo el cigarro entre los dedos para que Annie diera una calada y se echó a reír cuando inhaló todo el humo y tuvo que escupirlo después. Cuando se inclinó para apoyarle una mano en la cara interior del muslo, donde acababan sus pantalones cortos de tela tejana, Annie se quedó congelada. Un chispazo de adrenalina le surgió en el estómago y se le desplazó hacia el pecho y luego de vuelta en cuestión de un instante, como si hubiese metido un dedo en un enchufe, y entonces la besó. ¿Por qué no salía corriendo, cruzaba el río y volvía al campamento? ¿Por qué no le pedía que parara? Su cuerpo reconoció la sensación, la misma que había sentido en la montaña rusa de Six Flags: una que la mareaba, que la electrizaba y que la envolvía por completo. Aferró los bordes de la camiseta de Trevor cuando este la dejó en el suelo para que ella apoyara la cabeza, mientras que él, con su pelo de color rubio oscuro y sus dientes amarillentos y su sonrisa torcida y los pequeños músculos que tenía en los hombros, le comía el coño. Al principio notó un cosquilleo. Se concentró en el pino que había en lo alto, en el par de cuervos que volaban en círculos en el cielo, y poco después dejó de sentir las piernas. Como si se le hubiera dormido el cuerpo de la cintura para abajo. Cuando el asunto acabó, Trevor fue a hacerse una paja bajo un árbol. Annie se subió los pantalones cortos y apartó la mirada, para contemplar el río. Conforme cruzaban el río de vuelta al campamento, seguía sin sentir las piernas. Al llegar a su cabina, se percató de que ya no quedaba mucho tiempo para descansar. Se subió a su litera, clavó la vista en el techo de madera y vio a esos dos cuervos volando en círculos.

Cuando su padre fue a recogerla dos días después, todos intercambiaban abrazos de despedida. Trevor la atrajo del brazo y le pidió su dirección. Motivada por las prisas y para ahorrarse un papelón, se la dio. Al llegar a casa, las cartas empezaron a llegar una tras otra. Le sorprendió ver los garabatos de una letra que parecía propia de alguien muchísimo menor, las faltas de ortografía, los errores gramaticales. Y no es que se pasara de vulgar; le decía una y otra vez lo guapa que era, cuán especial le parecía, que soñaba con ella. Le preguntaba si volvería al campamento el próximo verano y cuándo podrían verse.

Annie no le contestó. Metió las cartas en su último cajón, el mismo en el que guardaba los regalitos que le había hecho su madre. Empezó a salir con un chico que también iba a primero de ESO como ella y que sabía tocar canciones de los Beatles con la guitarra. Daban largos paseos por el barrio antes del anochecer y se enrollaban en el parque. Cuando encajó una pierna entre las suyas, Annie lo dejó hacer; cuando le coló una mano por debajo de la camiseta, clavó la vista en el estratocúmulo del cielo (pues había aprendido a identificar los tipos de nubes en clase de ciencia) y lo vio extenderse en oleadas por el cielo, tan bajas que casi parecía que podía tocarlas. El estómago le dio un vuelco y el cuerpo le vibraba. Quería más.

Annie creía que era la única que sentía esa ambivalencia tan incómoda: la del terror que se convierte en deseo y otra vez vuelta a lo mismo. Solo que, después de lo de Lucas, lo reconoce en Juliette.

Cuando se ponen guapas para ir a una fiesta de unos estudiantes de último curso, en el hotel Beverly Hills, donde llaman la atención de unos tipos mayores y ricos, o en la playa, donde se tumban en bikini, es un juego en el que se embarcan juntas. No se enrollan con chicos porque eso las haga sentir bien, por mucho que en ocasiones así sea, sino que las atrae la emoción de lo prohibido. Lo hacen porque quieren que las vean. Porque, en ocasiones, hacer una mamada parece la forma más fácil de escapar del asiento trasero de un coche. Porque hay algo aterrador en la voracidad sexual que tienen los chicos, en su urgencia, en la forma absoluta en que parece consumirlos, tanto física como mentalmente. Lo hacen porque los chicos se lo suplican, porque temen que, si se niegan, puedan desenterrar la furia terrible que se esconde bajo su deseo. Y también porque tienen unas heridas escondidas bajo la piel, unas que no entienden y que no saben explicar.

Cuando Annie y Juliette no tienen ganas de salir en busca de aventuras, los sábados por la noche empiezan con ellas recorriendo la autopista 101 a toda pastilla en dirección a la casa de Matt Brody, un chico de último curso que vive en la ladera de Calabasas en una mansión prefabricada en medio de la nada, con todo y establo y un par de caballos. Si el padre de Annie supiera que pasa la noche en casa de un chico de último curso, no la dejaría ir ni en un millón de años. Solo que, para cuando empieza cuarto de ESO, ya suele pasar fines de semana enteros en casa de Margot y Juliette, y solo vuelve a casa justo a tiempo para las cenas de domingo con su padre, las cuales son algo sagrado. Así que las chicas dependen del permiso que les da Margot. Juliette, quien cumplió los dieciséis en agosto, ya tiene carné de conducir y un viejo Land Cruiser que su madre le compró.

Matt parece un Ken que ha cobrado vida, con su piel bronceada y tan lisa que parece hecha de plástico. Consume demasiado éxtasis, pues se mete una pastillita de colorinches casi cada noche, lo que hace que se vuelva lerdo y estúpido, pero también adorable. Un chico guapo con el cerebro roto. Si bien se enrolla con todo lo que se mueve, algo en él lo hace parecer menos peligroso de lo que podría ser. Les sonríe desde el otro extremo de la estancia; tranquilo, amable y desesperado pero en silencio, así que ellas acuden a él.

Su padre es un productor de cine famoso que siempre está trabajando en algún proyecto, y su madre, según las malas lenguas, tiene un amorío. Cuando vuelve de donde sea que haya pasado las mañanas, se encuentra su salón lleno de colegialas tiradas en sus sofás, dormidas en el suelo, entrelazadas entre ellas, con las extremidades enredadas y la boca abierta como si fuesen bebés.

A Annie y a Juliette les encanta colocarse y salir hacia el establo para visitar a los caballos a la luz de la luna, adoran que estos troten hacia ellas para saludarlas, con los cuellos tan lisos que tienen y las cosquillas que les hacen con los labios. Prepararse para una de las fiestas de Matt incluye llenarse el bolso de palitos de zanahoria y manzanas en rodajas para darles de comer a Disco y a Tango.

Lo que Annie no entiende es cómo Juliette mantiene una relación casi infantil con su madre —¡que aún duermen en la misma cama y todo!— y al mismo tiempo goza de todas las libertades que Margot le ofrece y hasta alienta a veces. Sin embargo, eso implica que Juliette siempre tiene un lugar seguro al cual volver, y ahora Annie también. A cada noche de borrachera que pasan en casa de Matt la sigue una mañana en la que despiertan por los rayos del sol, abrazadas en el suelo, y conducen de vuelta a Goldstone para preparar las tortitas del domingo. Juliette y su madre se mueven en sincronía, las dos con el cabello recogido en una coleta idéntica, y se alejan solo para volverse a juntar en un *ballet* totalmente espontáneo, mientras baten huevos, tamizan harina y cortan fruta, todo ello cantando las canciones de *Blonde on Blonde*, casi sin percatarse.

Unas lucecitas navideñas parpadean en la casi oscuridad del atardecer conforme Juliette avanza con su Land Cruiser por el pasaje Regaliz, la calle en la que vive Annie en Tarzana y que recibió su nombre por todas las decoraciones que adornan las casas durante las fiestas y que hacen que todo el mundo quiera pasar por allí durante esa temporada. Y, pese a que la casa de Annie y de su padre es una de las más modestas de la manzana, también es una de las que más brilla. Su padre no hace nada a medias: tiene Papás Noel que relucen, renos en el tejado y carámbanos que se iluminan una y otra vez mientras gotean por todos lados. Tras el Día de Acción de Gracias, Annie siempre prepara chocolate caliente y bocadillos de pavo y se los lleva a su padre hasta el tejado para ayudarlo con las decoraciones.

Su padre sale a la puerta para saludar, con el delantal puesto, y envuelve a Annie en un abrazo. Puede oler el aroma del ajo y de la salsa que emana de la casa.

—¿Qué tal el finde, florecilla? Te he echado de menos.

—Yo también, papá. —Siempre nota un tirón de culpabilidad en el estómago al saber que lo deja solo.

Juliette suele quedarse a cenar, como hace esa noche también, y el padre prepara una cena italiana con todas las letras mientras que ellas componen poemas con el set magnético de poesía que Annie le regaló por el Día del Padre. Le había parecido un buen regalo para un profesor de Literatura de instituto que en algún momento de su vida había querido ser escritor. Aunque su casa en un barrio residencial no es igual de sofisticada que Goldstone, su padre es un chef en toda regla.

—Al menos cada una tiene un padre que vale la pena —bromea Juliette.

El padre de Annie y la madre de Juliette son demasiado diferentes como para ser amigos, pero Margot suele felicitarlo por haber criado a una jovencita tan «maravillosa». Y su padre debe de asumir que está creciendo y por tanto necesita estar cerca de otras mujeres, de una figura materna; es la única razón que se le ocurre para que la deje pasar tanto tiempo fuera. Debe creer que ya no es suficiente para su hija. Y, por mucho que le rompa el corazón admitirlo, Annie sabe que es así.

La primavera llega pronto en Los Ángeles; cuando marzo se asoma en el calendario, Margot les sirve de postre unas tartaletas de fresa recién hechas junto a un vino seco. Las noches cada vez se vuelven más cálidas, el aroma del jazmín se extiende por todos lados y los invitados se han quedado en el exterior, charlando entre ellos. Juliette y Annie están tumbadas bocabajo sobre el césped, algo piripis tras beber sus vasitos de vino, que se han vuelto a llenar más de una vez.

—¿Me haces una trenza? —le pide a Juliette. Tienen pensado salir luego, si consiguen arrastrarse y dejar atrás los placeres de Goldstone. Juliette se le pone encima, a horcajadas sobre el culo, y empieza a tirar de su cabello hacia atrás, para trenzarlo en una corona.

—Creo que mi madre se está acostando con Lina —le dice.

—¿Con Lina? —La periodista de *Vanity Fair* de rizos alborotados, de padre turco y madre del Medio Oeste del país, siempre está presente en las cenas que organiza Margot y lleva años siendo una amiga de la familia bastante cercana.

Sigue la mirada de Juliette hacia el revoltijo de adultos hasta dar con Margot y Lina, bailando juntas en la terraza con unas copas de champán en la mano. Lina se mueve con sensualidad, mientras que Margot parece flotar, sin esfuerzo y con elegancia. Se ríen en silencio y una especie de luz casi tangible va de una hacia la otra.

Si bien la vida social de Margot es bastante activa, nunca tiene novio. Juliette dice que su madre estuvo saliendo un tiempo con un pintor francés cuando era pequeña y desde entonces nada, al menos que ella recuerde. Solo que ¿Margot y Lina? ¿Margot saliendo con una mujer? Annie no lo habría pensado, y la idea la intriga, hace que se le suban un poco los calores.

—A veces se quedaba a dormir en el sofá y para el desayuno a la mañana siguiente. Imaginaba que era porque se emborrachaban, pero quizás es que estaban follando. Creo que mamá a veces va a su casa cuando nosotras pasamos la noche fuera.

—Pero ¿por qué no están juntas? —pregunta Annie, y Juliette se encoge de hombros.

—Dice que no quiere que nadie se interponga en nuestras vidas, que le gusta como vivimos ahora.

Y, como si la hubiesen llamado con la mente, Margot baja las escaleras y avanza hacia ellas, tras recoger unas tartaletas con helado para dejárselas a un lado.

—Gracias, mamá —dice Juliette.

Aunque Margot nunca aparenta estar borracha, tiene un ligero brillo, como si un rocío de sudor la cubriera, y la sonrisa que les dedica es más amplia de lo normal.

—¿Cómo van mis niñas? —pregunta, y antes de que le puedan contestar, añade—: A ver, esperad un segundo. —Se aleja a toda prisa, mientras exclama por encima del hombro—: ¡Julie, no termines de hacerle la trenza!

Cuando vuelve, lo hace con su cámara. Mide la luz en el rostro de Annie con su fotómetro y luego en el de Juliette, y entonces empieza a hacer fotos sin decir nada, de cuclillas sobre el césped con la misma facilidad con la que se pondría una niña pequeña. Una corriente eléctrica se apodera del cuerpo de Annie, hace que el corazón le lata desbocado y que las palmas le empiecen a sudar. Juliette sigue trenzándole el cabello, tras colocarse otra horquilla entre los dientes, acostumbrada a la danza que involucran las fotografías. Annie mira a Margot por un instante y luego aparta la vista. Cuando vuelve a mirarla, Margot baja la cámara y le dedica una sonrisa.

—Ay, mis niñas —exclama, con la voz cargada de afecto y admiración. Vuelve a ponerse la cámara frente a la cara y continúa sacando fotos.

Esa noche comienza la nueva serie de fotos de Margot basada en la amistad de Annie y Juliette. Que les haga fotos juntas se vuelve parte del vocabulario de Annie para los días y las noches que pasa en Goldstone. Margot cree que el arte cuenta con su propio motor y que su trabajo —el de las tres— es simplemente vivir en el presente y dejar que la magia se produzca a su alrededor. Se presenta en cualquier momento con su cámara: mientras ellas se maquillan o se cambian de ropa, cuando se leen algo la una a la otra en la bañera o se sientan en la terraza con sus bikinis a comer fresas y se manchan la tripa con el jugo de la fruta. En ocasiones, Juliette la llama:

—¡Mami! —exclama, mientras ella y Annie están tumbadas en el jardín, aún con sus camisones de seda y bebiendo té—. Trae la cámara, que Annie está guapísima así. —Y Annie sonríe, encantada de la vida.

Las mismas fotografías de Juliette que adornan las paredes de Goldstone están expuestas en galerías de arte, museos y los hogares de gente con dinero. El arte de Margot ha sido objeto de unos artículos que cuestionan si lo que hace es ético y unos grupos religiosos de derecha hasta lo han tildado como pornografía. Sin embargo, lo único que ha conseguido toda esa atención es que las fotos se vuelvan más y más populares.

Annie se pregunta si ella también se verá a sí misma expuesta en lugares importantes algún día. Pero lo que le importa más es que, al estar frente al objetivo de la cámara de Margot, siente como si la hubiesen adoptado en la familia.

Un mes después de cumplir los dieciséis, la última noche de cuarto de ESO, Annie pierde la virginidad con Matt Brody en la habitación de él, mientras que en el resto de la casa se oyen canciones de Usher y los demás invitados beben jarabe para la tos. Le cuesta precisar por qué lo hace exactamente. ¿Es porque cree que puede ser la chica que consiga cambiar a Matt, que pueda salvarlo? ¿O es que el subidón de adrenalina que le daba hacer una mamada ha ido extinguiéndose y necesita una nueva atracción, una montaña rusa que vaya más deprisa? Lo que busca es esa sensación de efervescencia, la misma que sintió tras la muerte de su madre, cuando estaba colgando hacia abajo en la Viper de Six Flags y le resultaba imposible sentirse triste o enfadada, pues las emociones se eclipsaban por la emoción de las sacudidas, por el ímpetu del peligro. O quizás es que las fotos de Margot le han dado una nueva confianza en sí misma y se muere de ganas de ponerla en acción.

Es ella quien se pone a horcajadas sobre Matt en su cama, con sus sábanas que huelen ligeramente a desodorante Old Spice y a detergente y que siguen un poco húmedas por el sudor después de haber dormido; es ella quien lo desnuda y hace lo propio, hasta que se queda sin saber qué hacer. Entonces él toma las riendas, se pone el condón y se la vuelve a colocar encima. Le duele un poco, pero es un buen dolor, y los ojos azul verdoso de Matt de pronto le parecen un océano en el que podría nadar toda la vida.

Cuando acaban, Matt le da la espalda y se queda dormido, y Annie sale de puntillas de la habitación, en busca de Juliette. La casa está a oscuras y tiene que evitar pisar a unos chicos que se han quedado dormidos en el suelo del salón. Fuera, encuentra a su amiga dando botes en un trampolín, con dos chicos observándola. Tiene en las manos un vaso infantil tamaño extragrande y parece borrachísima.

—¿Dónde andabas? —le pregunta Juliette, arrastrando las palabras cuando posa la vista en ella.

Annie no quiere contárselo, por los chicos que tiene de público, así que le dice:

—Te estaba buscando.

—¡Y yo a ti! —chilla Juliette—. Pregúntaselo a ellos. —Se pone a beber de su vaso mientras Annie sube al trampolín.

—Eh, ¿podéis iros, porfa? Queremos estar solas —les pide a los chicos.

Aunque protestan, sin moverse de su sitio, cuando les queda claro que no podrán deshacerse de la amiga cortarrollos, terminan marchándose. Annie saca una manta de la casa para cubrirse a sí misma y a Juliette y se tumban sobre el trampolín para ver las estrellas.

—Este era el color favorito de mi tía —le cuenta Juliette, subiéndose la manta tejida hasta la barbilla—. Decía que era rosa damasco.

—No sabía que tenías una tía.

—Era la hermana de mi madre. Se mudó a México y murió cuando yo tenía ocho años. Era una de esas fanáticas de los cristales que había en California. Tenía el pelo superlargo, hasta el culo, lo que a mí me flipaba cuando era pequeña y ahora que lo pienso me parece superraro, pero es que así era ella. Y mi madre la quería, como es obvio, eran hermanas. Así que yo también la quería. Jeanie me vigilaba cuando mi madre tenía cosas que hacer en la galería y tal. Estaba estudiando para ser masajista y a veces practicaba ciertas cosas conmigo. Supongo que sí que era un poco raro —se ríe, de pronto.

—¿Cómo que practicaba ciertas cosas contigo? —pregunta Annie.

—No sé, es que, como que estaba muy sola en el mundo o así. Joder —se interrumpe a sí misma—. Todo me da vueltas —dice, antes de acercarse a un extremo del trampolín, a gatas—. Annie, no me encuentro bien. —Se hace bolita en su posición y se niega a moverse o a levantarse. Annie la insta a beber un poco de agua, pero Juliette no quiere.

Se tumba detrás de su amiga y la cubre con la manta de color rosa damasco. En el cielo, la luna no se ve y las estrellas parecen pintadas.

Annie tararea su canción, *Woodstock*, y, en cuestión de segundos, Juliette se pone a cantar también. Chillan la letra hacia el cielo nocturno, con la voz de Juliette aguda y dulce y musical, mientras que la de Annie es grave y desafinada, y juntas prometen ser polvo de estrellas.

Antes de que se marchen al día siguiente, Annie va a ver a Matt en su cama.

—Ha sido mi primera vez —le susurra a la oreja, y él abre un ojo a medias para mirarla—. Quiero que me enseñes —le pide, poniéndole ojitos seductores y restregando la cabeza contra su mano. Sabe que ha funcionado cuando le pregunta si tiene planes para luego.

En su Land Rover, de camino a Goldstone y con manchas de rímel en torno a sus ojos cansados, Juliette le pregunta:

—¿Y qué tal estuvo?

—¿El qué?

—Follar. Con Matt.

—¿Cómo lo sabes?

—Porque soy tu mejor amiga.

—No fue como me lo imaginaba. Pero me gustó.

—¿Sangraste?

—No sé, todo estaba muy oscuro. —Y entonces añade—: Creo que me gusta. Quiero hacerlo con él otra vez.

—Ay, no —dice Juliette.

—Ajá.

—Pero que conste que sigues siendo mía —le advierte, dándole un apretón en la mano.

—Lo sé —contesta, y es cierto. Le pertenece a Juliette.

Para sorpresa de Annie, su padre ha encontrado su propio interés amoroso.

—¿Y qué te parece? —le pregunta después de la primera cena de domingo que comparten con Sandra. La bibliotecaria con su jersey de lana no se parece en nada a las mujeres llenas de chispa con las que había intentado emparejar a su padre esos últimos años (una camarera que le puso algunas cerezas de más en su cóctel sin alcohol o la madre divorciada de su amiga Kelly, cuando estaba en secundaria), pero ya tenía sus sospechas de que su padre se hubiese enamorado de alguien cuando lo vio montar un poema en la nevera, mientras esperaba a que las cebollas se caramelizaran: «Tienes la complejidad de un vino hecho de sombras en un sueño profundo de verano».

—No está mal —contesta ella, contemplando el rostro de su padre, apuesto y con unas arruguitas que empiezan a marcarle la frente. Lo imagina solo durante todos esos sábados por la noche hasta que empezó a quedar con Sandra para cenar en ese restaurante de comida china que hay en Encino al que llevaba a Annie desde pequeñita (un detalle que Sandra le había contado durante la cena)—. Quiero decir que es maja —se corrige—. Me alegro de que estés saliendo con alguien.

—Gracias, *Banannie*. Tengo claro que he perdido la práctica, si es que en algún momento tuve alguna. —Le alborota un poco el pelo—. Sabes que yo solo tengo ojitos para ti.

Annie se arrebuja entre los brazos de su padre e inhala la loción para después del afeitado que siempre se pone.

—Te quiero, papá.

Su padre no sabe nada de su propio romance, claro. Cuando tiene dudas sobre métodos anticonceptivos, Annie va en busca de Margot.

Empieza a ir a ver a Matt no solo en las fiestas, sino que conduce por la autopista 101 por las tardes de verano, con la cara interior de los muslos embadurnada con perfume y su cabello limpio y brillante agitándose al viento hasta alborotarse por completo. Matt tiene una vena pretenciosa: sabe que se saldrá con la suya, sin importar lo que sea que quiera. Solo que también tiene un dejo de vulnerabilidad, suave y sereno, que hace que Annie se sienta lo bastante segura; sus orgasmos con él son una caída libre controlada, la montaña rusa que la hace caer en picado y que la vuelve a llevar hasta arriba. Nota una nueva sensación de poder al hacerlo gemir. Al mostrarle su belleza y dejar que la idolatre. Juliette suele acompañarla en el coche y se va a dar de comer a los caballos mientras Annie y Matt desaparecen en dirección a la habitación.

De vuelta en Goldstone, las dos se tumban bajo el sol y se turnan para leerle novelas en voz alta a la otra, dejando que el sol las calcine con sus rayos una y otra vez hasta que su piel adquiere distintas tonalidades de dorado. Preparan limonada de lavanda con las hierbas y los limones que recogen del jardín. Nadan en el océano Pacífico. Recogen melocotones de los árboles para asarlos en la parrilla en las cenas que organiza Margot. Y esta les hace fotos. Incluso cuando no está cerca, a Annie le parece como si las estuviera observando.

No se sorprende una mañana en la que despierta en la enorme cama de roble y tiene la cámara de Margot en la cara. Juliette sigue dormida, y Margot le dedica una sonrisa cálida y secreta, mientras le acomoda el cabello con el dorso de la mano.

Cohibida, Annie aparta la mirada. «Haced como si no estuviera», suele decirles la madre de Juliette cuando aparece con su cámara, como por arte de magia. Sin embargo, esta mañana Margot se estira hacia ella y, con delicadeza, le vuelve el rostro para que mire a la cámara.

Toma una foto. Y luego otra. Una lágrima se desliza por el rostro de Annie, sin saber por qué. Margot la inmortaliza con su cámara y luego se la seca con suavidad.

Juliette se remueve un poco, cerca de despertarse, y se acurruca contra ella. Annie se estira para jugar con el cabello de su amiga, sin apartar la vista de la cámara, como si quisiera mantenerla cautiva. Cuando suena el obturador, Margot captura la cubierta para su libro *La madurez de la juventud*.

En formato medio, Annie y Juliette están destinadas a convertirse en iconos de lo que implica ser mujeres jóvenes, con toda su gloria, complejidad y vulnerabilidad. La gente dirá lo que les venga en gana sobre las fotos, pero, en lo que respecta a Annie, nunca se había sentido tan vista como cuando se encuentra frente al objetivo de Margot. Se siente parte de un mundo femenino exclusivo, y el brillo que obtiene en Goldstone es algo que lleva consigo cuando está con Matt. Es lo que consigue mantenerlo prisionero de sus encantos.

Juliette y Margot hacen que Annie sea algo más que una chica de pueblo, algo más que una huérfana adolescente que folla con un adolescente yonqui, más que una jovencita de dieciséis años, simplona y llena de pecas, a la espera de otro subidón de adrenalina. Hacen que Annie se vuelva poesía pura. Y las fotos de Margot son prueba de ello.

CAPÍTULO OCHO

2008

Durante su infancia y antes del cáncer, el amor de sus padres le daba color a la vida de Jesse, con su textura que era casi palpable. Y ahora, cada vez que comparte un momento bonito con Noah (el jazz que escuchan los domingos por la mañana o cuando la luz del sol le cae sobre las pestañas al apoyar la cabeza en su vientre), echa de menos aquello que ya no puede tener: tamales de maíz para desayunar o gofres con sirope hasta para regalar, las carcajadas de su padre mientras bailaba con su madre y la hacía dar vueltas por toda la cocina. Porque el dolor es así: un romántico empedernido. Tras hacer el amor, en ese momento lleno de dicha que parece envolverlos, cuando caen rendidos sobre la cama, enredados el uno con el otro, y el aire del otoño se cuela por la ventana y entre el cuerpo de los dos, Jesse suele mirar a Noah y pensar en sus padres, preguntándose si así era como se sentían ellos, allá en los viejos tiempos. Aprende a amar bajo la sombra de la pérdida.

En el dúplex antiquísimo y de estilo español que comparten en Silver Lake, desayunan en sus sillas amarillas en su rinconcito con sus portátiles que se tocan sobre la mesa: expreso que prepara Noah en la cafetera, rebanadas de *baguettes* con mantequilla y unas fresas. Se sientan juntos durante horas, dale que te pego a la maquinita, mientras Jesse deambula en silencio por el mundo de su libro, esa novela que está decidida a escribir.

De vez en cuando, Noah la interrumpe para leerle una frase que se le acaba de ocurrir, en un arrebato de emoción, o para saber qué opina sobre el rumbo que está tomando un personaje o la estructura de una escena. Está escribiendo su primer guion, el de la película que está decidido a dirigir algún día. Comparten un cigarro y, a veces, salen a pasear por las tardes. Noah echa mano de su iPhone para hacer los encuadres de algunas escenas y describe el modo en que la cámara hará un barrido por el barrio de Chicago en el que vivía antes. Y entonces vuelven a sus portátiles.

Noah, que quiere escribir y dirigir películas, sueña con dejar huella en el mundo. Hay una imagen que lo atormenta: la de las marcas de los dedos de unos esclavos que siguen presentes en los ladrillos de ciertas calles en el sur, en los hogares que se construyeron en plantaciones; esos son los únicos rastros que dejaron. Se ha jurado que, algún día, el mundo conocerá el nombre que le dio su madre.

—Puedes ser lo que sea que te propongas —le había dicho su madre—. Solo asegúrate de que sepan cómo te llamas: Noah King. Mi hijo que viene de la realeza.

Para Jesse es diferente; escribe para cobrar forma dentro de sí misma, pasa las manos una y otra vez sobre la masa caótica de sentimientos hasta que consigue darle la forma de algo legible. Es un mundo privado en el que esconde su dolor, en el que intenta mantener la cabeza a flote, aunque a veces se sumerja hacia las profundidades, para volver a intentarlo hasta que pueda abrir los ojos bajo el agua y encontrar un tesoro.

El primer diagnóstico les llegó tres días después de que cumpliera catorce años y le puso punto final a la vida que había conocido hasta ese momento. Su madre, una mujer blanca cuya familia era dueña de un negocio de lavanderías en Albuquerque, era una persona sensible y melancólica que se entregaba por completo a sus funciones como madre, pero era su padre, un hombre de ascendencia mexicana que trabajaba en el sector de la óptica cuántica en Sandia Labs, quien ocupaba el centro de la familia: con su calidez, su voz atronadora y siempre al mando y una sonrisa de oreja a oreja. Su padre, quien solía prepararles unos banquetes copiosos (mayormente a partir de las recetas de comida mexicana de su propia madre, porque quería que sus hijas conocieran el sabor de su tierra), pronto iba a tener que empezar a alimentarse mediante un puerto implantado en el pecho. Su papá, quien las lanzaba por los aires y las atrapaba cada vez, quien las había ayudado a llegar hasta lo más alto de todas las formas posibles, pronto iba a estar anclado a su cama mediante unas vías intravenosas, pues los músculos ya no lo sostenían. Iba a tener periodos de remisión, periodos de esperanza, pero, cada vez que el cáncer se las arreglaba para volver (cuatro en total), los embargaba la sensación de que iban derechitos a un abismo cuya presencia ineludible no habían llegado a descubrir.

El cáncer volvió por última vez cuando Jesse estaba a finales de su primer año en la Universidad de Chicago. Su padre probó suerte con todas y cada una de las alternativas posibles y todas demostraron ser igual de inservibles (un tratamiento de inmunoterapia experimental, un viaje a Ohio para conocer a un cirujano de renombre...), hasta que perdió la batalla cinco semanas después de que Jesse se graduara de la universidad.

Ver a su padre consumirse en mitad del verano fue algo muy cruel, mientras que el mundo resplandecía y rebosaba de vida, los algodoneros sacudían sus hojas verdes junto al río y el sol salía temprano para inundarlo todo con su presencia y abrasar el dolor imposible que tuviesen aquel día, todo ello con su padre dormido en su butaca, con la boca abierta y las mejillas hundidas. Bebía agua a sorbitos solo para terminar vomitándola. Masticaba hielo y fumaba marihuana. Le dijo a Jesse, en una voz que parecía un eco desteñido de su voz de siempre, como esa camiseta roja que tanto se ponía, que aun con todo se consideraba un hombre muy afortunado. Que le había tocado la lotería en lo que correspondía a su familia, al tenerlas a ella y a Lucy como hijas, y al haberse casado con su madre.

Y entonces, una noche se fue a dormir y ya no despertó. Pese a que tuvieron suerte, pues fue una muerte de lo más tranquila, no se sintieron nada afortunadas al ver el cuerpo de su padre bajo la luz del amanecer, sin vida. Al sentir que la casa se llenaba de una sensación de vacío lo bastante espesa como para ahogarlas a todas.

—¿Quieres que vaya a verte? —le preguntaba Noah, una y otra vez, durante las horas que pasaban al teléfono.

—No —decía ella—. Ya iré yo. —Necesitaba que fuese su bote salvavidas, su vía de escape. No podía quedarse en la casa en la que se había criado, donde su padre había muerto. No tenía las fuerzas necesarias para descifrar qué vida podía labrarse por su cuenta, por lo que hizo la maleta y se subió a un avión con dirección a Los Ángeles.

Tres meses después, Jesse sigue buscando trabajo y se pasa los días recorriendo a pie cada rincón de Silver Lake con su currículum, conduciendo por Sunset Boulevard hasta Hollywood y West Hollywood, y también por Beverly Hills, donde casi al instante le da la impresión de no dar la talla ni siquiera para trabajar detrás del mostrador de un Starbucks. Por las noches, si Noah está trabajando, pasa horas al teléfono con su hermana, quien es tanto su mejor amiga como su completo opuesto.

Cuando eran pequeñas, Lucy era la bebé de la familia, totalmente despreocupada de la vida. Tras el diagnóstico de su padre, intentó curarlo por medio de la comedia y siempre conseguía hacerlo reír, incluso durante los peores momentos de su tratamiento, con unas cancioncitas y unos bailes bobalicones.

Jesse, por otra parte, siempre ha sido «madura», y mucho más desde que el cáncer se instaló en sus vidas, como si sus buenas cualidades fuesen a aumentar las probabilidades de supervivencia de su padre. Se aseguró de siempre sacar las mejores notas posibles, ayudaba a Lucy con los deberes, a su madre con las comidas y la colada y a su padre con su alimentación intravenosa.

Para cuando empezó la universidad, ya tenía cierta ventaja en cuanto a lo que involucraba ser adulta: mantenía su ropa bien doblada en lugar de dejar que se acumulara en montañas y tenía la neverita llena de frutas y verduras en lugar de sobrevivir a base de fideos instantáneos como hacía su compañera de habitación. Nunca le llamó la atención provocarse el vómito, al haber oído que su padre se pasaba la noche echándolo todo en el baño, ni tampoco salía de fiesta hasta las tantas como sí hacían sus demás compañeros. Su peor vicio era el tabaco, uno que había adquirido en un intercambio de estudios que hizo en París. Cuando iba al bar que tenían cerca, Jimmy's, tras terminar sus sesiones de estudio en la biblioteca, nunca bebía más que un par de copas. Como las amas de casa que se sirven una copa de vino a las cinco de la tarde en punto o un marido miserable que se bebe un par de whiskies antes de irse a dormir, Jesse aprendió a automedicarse de forma controlada, para conseguir escapar de su realidad sin que ello la perjudicara.

Solo que, ahora que se ha graduado de la universidad y su padre está muerto, le da la sensación de que eso de convertirse en adulta se le está dando fatal. Las tareas del día a día en una ciudad nueva le parecen muchísimo más complicadas de lo que tendrían que ser: dar vueltas hasta encontrar dónde aparcar para hacer la compra, solo para que se le metan por medio y le roben el sitio; hacer una hora de cola en el banco solo para que la manden a freír espárragos porque se ha olvidado un mísero papel. Y lo peor de todo es que se ve obligada a recurrir al dinero del seguro de vida de su padre. Si bien Noah se ha encargado de pagar el alquiler los primeros meses, no puede pedirle que siga haciéndolo cuando tiene que trabajar un turno doble para pagar su parte y ella cuenta con unos buenos cien mil dólares ahí muertos de risa.

Llora mientras entra a su cuenta bancaria y se hace una transferencia de mil dólares de la cuenta en la que había guardado los cien mil. Ese dinero, lo último que su padre le dejó, se ha convertido en una especie de símbolo, el punto final de sus esfuerzos durante toda su vida, y se había prometido que algún día lo honraría al hacer algo que de verdad importara con él. Mientras tanto, abandonado en su cuenta con sus cifras enormes y redondas, era una prueba de la recompensa entera que había obtenido su padre. Empezar a ver que desaparece, darse cuenta de lo rápido que podría gastarlo en alquiler y comida en el súper (o, como en el caso del dinero de su hermana menor, que se está esfumando rápidamente en una vorágine desoladora de dolor: en vestidos que algún día ya no le quedarán, cócteles en restaurantes pijos o botellas de vino caro que se quedan a medio beber en la nevera), es comprender que su padre de verdad ya no está en este mundo.

Cuando Noah vuelve a casa después de su turno de mediodía de domingo con su camiseta del Hard Rock Cafe apestando a carne a la plancha, su viejo delantal sobre el hombro y un puñado de billetes de un dólar asomándose por el bolsillo trasero de los pantalones, la encuentra llorando sobre el chili (receta de su padre) que está removiendo en el fuego. Al preguntarle qué le ocurre, Jesse le cuenta que se ha quedado sin dinero y que ha tenido que recurrir al del seguro de vida de su padre.

—¿Cuánto has sacado?

—Mil —le dice—. De momento.

Noah frunce el ceño, confundido.

—Pero eso quiere decir que aún te quedan noventa y nueve mil.

—Es que… —No sabe cómo explicar su pena tan irracional. Porque el dolor es así: egocéntrico, como un tornado—. Se suponía que no iba a tocarlo.

—Te conseguiré esos mil —le dice él, con un atisbo de frustración desamparada en la voz—. Haré más turnos, puedes devolverlos a la cuenta.

—No —le suelta Jesse, casi cortante—. No es eso. —Sabe que no está siendo racional, pero no puede evitarlo. Tiene las mejillas hirviendo y se siente absurda, febril, totalmente perdida.

—Tu padre quería que lo tuvieras para esto, para ayudarte una vez que él ya no estuviera aquí. Juntaré el dinero para reponerlo o encontrarás trabajo pronto. Venderás tu libro. Ya verás que lo recuperaremos.

—Vale —dice ella, moviendo y removiendo el chili aunque no haga falta y haciendo que la carne flotante se desplace por la olla.

Noah le da un beso en la coronilla, la aparta del fogón tras apagarlo, y ella no se lo impide. Deja que la lleve hasta el salón y se la coloque en el regazo. De pronto, nota el cuerpo blandito y cansado y casi líquido. Se deja caer sobre el sofá y él se tumba sobre ella. Su peso la consuela de algún modo, como si la anclara a la realidad. Deja que le quite las bragas por debajo de su vestido rojo y floreado, que su calor la inunde, y entonces es como si cobrara vida. Follar con Noah le parece una afirmación de la vida, una insistencia en seguir viviendo.

Cuando acaban, Jesse sirve el chili con pan de maíz y se acurrucan en el sofá. Si bien preferiría poner *The Bachelorette*, es capaz de tolerar la peli nominada a Mejor Película que quiere ver Noah. Ya han llegado hasta *El pianista*.

Al final, encontrar trabajo en Hollywood (o lo bastante cerca)

resulta más fácil para Jesse que para Noah. Recibe un correo que le reenvía Elenore, una amiga de la Universidad de Chicago que se crio en Venice Beach, en Los Ángeles. La hermana de Elenore necesita que alguien la sustituya como asistente de Dexter Lilly, un «productor famoso» que tiene en su haber una larga fila de películas nominadas a los Óscar.

Cuando Jesse llega a la casa de Dexter en el cañón de Laurel, no tarda nada en reconocer que él y Elenore comparten el mismo tipo de opulencia propia de la Costa Oeste. A pesar de sacarse varias generaciones, ambos calzan unas Birkenstocks andrajosas, se cortan el pelo en sitios caros y se hacen mechas doradas, siempre llevan una sonrisa amable en el rostro y gozan de una confianza en sí mismos de lo más natural.

Dexter suele llevar un montón de brazaletes de oro en una muñeca, tiene su rostro apuesto marcado por unas arruguitas en los lugares correctos y, también, cuatro hijas. La devoción que les dedica hace que Jesse se sienta más tranquila durante la entrevista que llevan a cabo en la mesa que tiene en su terraza tan bonita. Por mucho que Dexter sea muy *Hollywood*, también es padre. Parece agradarle que Jesse quiera ser escritora, dice que es mejor que no esté en el mundillo, de ese modo no andará acosándolo para hacerlo leer uno de sus guiones. Y no parece demasiado preocupado por su experiencia laboral previa (o la falta de ella). Más que nada, le hace preguntas sobre sus estudios y sus metas. Ella le suelta, así a bocajarro, que su padre murió hace poco; no tiene claro por qué se lo dice, salvo quizá porque le resulta complicado mantener cualquier tipo de interacción prolongada sin dejar claro aquel hecho tan trascendental en su vida.

Cuando se le saltan las lágrimas, se las aparta a toda prisa. Así nunca va a conseguir empleo.

—Perdón —se disculpa.

—No hace falta que te disculpes —contesta Dexter. Sari, la menor de sus hijas y también la más rubia, de unos siete añitos, está saltando a la comba en el patio, sin prestarle tanta atención a los saltos en sí como a su conversación. Dexter le pide que le traiga un vaso de agua a Jesse.

Cuando Sari vuelve con un vaso enorme de plástico con una pajita de esas con espiral, su padre le pregunta si deberían darle un *tour* por la casa.

—¡Vamos! —le dice la niña, dándole la mano y tirando de ella. Su hogar es lujoso e inconexo a la vez, con estancias que dan paso a otras, techos de madera, azulejos españoles y diversos cachivaches femeninos regados por doquier: barras de labios, jerséis suavecitos, Barbies y bikinis hechos un gurruño. Dan con Maya, la siguiente en edad con sus nueve años, leyendo *El catalejo lacado* en el banco de la ventana del salón. Lexi, quien según Sari es una «preadolescente», se ha ido a una fiesta en la piscina en la casa de una amiga, y Kat, la mayor, que va a cuarto de la ESO, está en la playa.

—¿Crees que debería contratarla? —le pregunta Dexter a su hija, a modo de juego, mientras se dirigen hacia la terraza que hay en la parte trasera de la casa y encuentran una piscina llena de florecillas púrpura.

—Sí —contesta Sari, con toda la seriedad del mundo.

Noah lleva a Jesse a comer para celebrar. No dice nada sobre lo que a él le costó conseguir un trabajo como el que a ella casi le ha caído del cielo; da igual que al ser una chica que parece blanca y de buena familia tenga unas probabilidades muchísimo mejores que las suyas. Lo que importa es que Jesse está contenta y se quedará con él.

Muchas de las tareas en su trabajo con Dexter involucran a sus hijas: si bien ya tienen a la canguro que contrató su madre (una actriz italiana que se divorció de Dexter hace seis años), siempre necesitan una cosa u otra, y su padre cree que deberían tener a alguien con quien se puedan identificar, alguien como ella, le dice, alguien que pueda ser un buen referente.

Aunque no le cuesta nada meterse a Sari en el bolsillo, las hermanas mayores tampoco se resisten mucho; se dejan caer en su viejo Volkswagen y ponen rap en la radio, apoyan los pies en el salpicadero y le piden que las ayude con su maquillaje o los deberes o la merienda. De vez en cuando, Jesse siente que el resentimiento le susurra al oído, cuando se adentra en aquella casa preciosa en el cañón de Laurel que no le pertenece o mientras lleva a cabo una combinación de tareas propia de una amalgama entre esposa, madre y criada: clasificar el correo de Dexter y pagar sus facturas, planificar sus vuelos, llamar al chico que limpia la piscina, buscar la chaqueta perdida de Sari, quitar las manchas de la falda de Lexi, comprar los zumos prensados en frío que bebe Dexter para su dieta depurativa de jugos verdes en el supermercado pijo en el que siempre le dan empujones, intentar que no le dé un soponcio cuando paga la compra con la tarjeta de su jefe y ve que ha gastado casi lo mismo que ella ganará esa semana. Mete como puede las bolsas de la compra en el asiento trasero de su Volkswagen y, antes de pasarlas a la nevera de la familia, se dedica a vaciarla; tira a la basura bolsas de col rizada que se han puesto malas o sobras en táperes de cristal que nadie ha tocado. Lava y limpia todas las frutas y verduras, corta y mete en bolsitas unas rodajas de manzanas Pink Lady y unos palitos de apio listos para comer con mantequilla de cacahuete, así como unas fresas sin tallo, del mismo modo que su madre había hecho para ella y su hermana Lucy.

Si bien la vida familiar de Dexter no suele recordarle a su propia infancia perdida, cuando lo ve preparar unos helados que le recuerdan a los batidos que preparaba su padre o cuando los ve a todos despatarrados en el sofá comiendo palomitas con queso parmesano mientras ven pelis viejas como *Charlie y la fábrica de chocolate, E.T.* o *La princesa prometida*, casi que puede oler la colonia de su padre o notar que apoya la mejilla contra su hombro. En momentos así, el dolor que le atraviesa el pecho es tan fuerte que necesita huir, por lo que se inventa una excusa para ir a hacer algún recado o finge que la llaman por teléfono.

Aun con todo, el trabajo le viene bien. Está ganando más de lo que ha ganado nunca, más que lo que Noah consigue con sus turnos dobles en el Hard Rock. Y lo que es más importante, trabajar como la asistente de Dexter le recuerda que es capaz de vivir en el mundo real de nuevo. Los primeros días de luto los pasó en una niebla de llaves y tarjetas perdidas, citas que se le olvidaban, bolsas de la compra que se dejaba en la tienda. Pero el cuidar de Dexter y de sus hijas le recuerda que puede hacerse cargo de sí misma, que puede volver a ser la mujer capaz que era antes. Que sí, en ocasiones se quiebra y se pone a llorar en el coche al volver a casa, pero, cuando se acuerde de estos años, cuando piense en los años que pasó como la asistente de Dexter, los verá como aquellos en los que se convirtió en escritora. Porque por mucho que se esfuerce al trabajar para él, se esfuerza más aún en conseguir su sueño. Vivir la vida de otra persona le otorga el ímpetu que necesita para pelear por la suya, para acabar con el dolor y convertirse en la mujer que su padre crio.

CAPÍTULO NUEVE

2009

Noah y Jesse se despiertan temprano y hacen el amor. A Noah le encanta hacerlo así, cuando ella está medio dormida, aún dócil por el sueño y oliendo a sí misma. Su cuerpo desprende calor y la ve temblar y gemir bajo su peso.

Hoy no le toca trabajar, es la primera vez que libra en diez días. Podría cerrar los ojos y volverse a dormir, pero Jesse se ha levantado a hacer café, con el aroma cálido y espeso que se cuela en la habitación, y quiere estar cerca de ella. Sabe que, si se da la vuelta y cierra los ojos, Jesse se irá a su clase de yoga o al mercado y él se despertará solo una vez más. Así que se obliga a levantarse y la sigue hasta la cocina. Ella le sonríe y le entrega la taza de café que estaba a punto de llevarse a los labios, antes de servirse otra.

Si bien pasaron bastante tiempo uno en el piso del otro cuando estaban en la universidad, Noah no ha vivido con una mujer desde que su madre murió cuando tenía siete años, y, ahora que se han mudado juntos, que han empezado a acostumbrarse el uno al otro, su cercanía es tan potente que casi se compara con el sol de invierno en California, que se extiende por todos lados: su aroma, su forma de cocinar, las uñas con las que le acaricia la espalda, la ropa interior de encaje que se mezcla con la suya en la pila de ropa limpia por doblar que tienen en el sofá.

Entre los especímenes masculinos de veintipocos años, Noah es bastante atípico, pues sabe desde ya que algún día quiere ser padre. Vio la forma en que la paternidad transformó a su tío, lo vio enamorarse perdidamente de su hijo. Un verano antes de que empezara la universidad, Dev volvió a casa un día y le dijo:

—Erica está embarazada. —Erica, la novia con la que cortaba un día sí y un día no desde hacía años. Parecía que no podía creérselo.

—Hostia —dijo Noah—. ¿Y qué vas a hacer?

—¿Cómo que qué voy a hacer? Pues voy a tener un crío —le contestó su tío.

La primera vez que vio a su tío cargar a aquel bebé diminuto, Noah reconoció en él una dicha que no había visto en la vida. Vio que todas aquellas noches que pasaba trabajando de seguridad para la universidad, plantado en plena calle con un frío que pelaba, adquirirían un nuevo significado para Dev. Había dejado de ser un guardia de seguridad; se había convertido en padre. Estaba trabajando para mantener a su hijo.

Si resultaba complicado para él ver que su figura paterna quería a su hijo de un modo que nunca había hecho con él, Noah no se permitió a sí mismo reparar en ello. Si bien habían vivido juntos desde la muerte de Gracey, nunca lo vio como a un padre, y su tío nunca se comportó como tal. Se hizo cargo de él, claro, porque se lo había prometido a su madre, y se aseguró de que no le faltara nada, pero nunca compartieron ese amor intenso, profundo y absoluto que hay entre un padre y su hijo. Noah era hijo de su madre, y ambos lo sabían. La única razón por la que vivían juntos era por culpa de una tragedia.

Noah prefería quedarse con él en lugar de con sus abuelos básicamente porque su tío lo dejaba en paz. Una vez que las fábricas Acme Steel empezaron a cerrar de verdad y el abuelo de Noah perdió su empleo, él y su mujer se mudaron a San Luis, donde vivía gran parte de la familia de su abuela. El resto de la familia que le quedaba en Chicago se obsesionó con él: se aseguraron de servirle montones de comida, intentaron que practicara deportes, que bailara como había hecho con su madre, que volviera a ser el crío que había sido con Gracey. Solo que Noah no podía volver a ser ese crío, y le pareció que Dev lo entendía. Su tío se aseguraba de que no muriera de hambre, que llevara el degradado bien recortado, que tuviera ropa de su talla y que fuera al cole con los materiales necesarios. Más allá de eso, lo dejaba en paz.

A pesar de que Noah ya había empezado la universidad para cuando Eric nació (llamarlo así en honor a su madre había sido idea de Dev, «porque tú lo has parido, mujer», le había dicho, con una sonrisa llena de orgullo), iba a verlo durante los fines de semana y a veces se quedaba con él cuando Dev tenía que currar, para que Erica pudiera encargarse de una cosa u otra. Las manitas diminutas de Eric, su mirada fija y sus sonrisas de oreja a oreja hicieron que la armadura con la que Noah se había estado protegiendo toda la vida empezara a resquebrajarse. Con su primo en brazos, notó que en su interior había un lugar blandito del que ya casi se había olvidado.

Cuando Jesse y Noah empezaron a salir, Eric tenía un añito, así que se lo llevaban a comer helado o de paseo por el parque. Cada Navidad, Jesse le compraba los libros que habían sido sus favoritos cuando era niña.

Pese a que no lo dice en voz alta, Noah suele pensarlo mucho: cómo estará Jesse cuando tenga una barriga enorme y redondeada. Casi no había asociado en su mente los conceptos de deseo sexual y embarazo, pero, de vez en cuando, cuando están follando, se pone a pensar que le gustaría darle un hijo.

Debido a que tanto Jesse como Noah trabajan más de la cuenta, pasan casi todo el tiempo libre que les queda escribiendo. Hoy han decidido tomarse un descanso, cosa rara en ellos, e ir a la playa. No son ni las nueve aún, por lo que casi no hay tráfico, así que se deslizan por la interestatal 10 con las ventanillas abiertas, escuchando *In Search of...* de N.E.R.D, un álbum que les recuerda con nostalgia sus años de universidad. Cuando Noah la fue a recoger a su residencia para su primera cita, lo hizo en aquel mismo Impala, apestando a colonia y con *Brain* a todo volumen, por lo que Jesse no se había podido resistir (ella escuchaba a TV on The Radio y a Beach House, así como todas las personas que conocía).

Una vez en Santa Mónica, se compran un segundo café y pasean por la orilla tranquila acompañados de las mareas largas de invierno. Anoche fue la investidura del primer presidente negro de los Estados Unidos, y ambos vieron la ceremonia en casa de Cal junto a sus padres y su nueva novia, Suraya, mientras brindaban con un cava a plena luz del día. Si bien Noah no suele hacer muchas llamadas, decidió llamar a Dev y a Erica en Chicago y pudo oír el escándalo de la celebración de fondo. Les pidió que le pasaran el teléfono a su primo de cuatro añitos para decirle lo que su padre seguramente ya le había dicho.

—¿Lo ves, pequeñajo? Puedes ser lo que sea que te propongas, ¡incluso presidente!

No está muy acostumbrado a la esperanza, así que la burbuja que se le hincha en el pecho le da una sensación casi de incomodidad. Solo que, mientras va de la mano de Jesse con las olas lamiéndoles los dedos de los pies, Noah vuelve a oír los versos de ese poema en su mente: «En la chispa deslumbrante, en este aire invernal, todo puede ocurrir, cada frase puede comenzar...».

Seis meses después, en pleno verano en Los Ángeles, las playas están a rebosar de gente y las calzadas irradian calor incluso cuando ya se ha hecho de noche. Su piso es una sauna, pues no tienen aire acondicionado. Jesse se lleva el portátil al porche, con un vaso de café helado que suda por la condensación en la mano, y nota una pizca de preocupación que se le remueve en la tripa cuando se sienta a leer el guion que Noah acaba de terminar. Le ha descrito el argumento de *El globo rojo* una y otra vez: una reinterpretación en versión de largometraje del clásico en el que se vale de unos elementos de realismo mágico para hacer una crítica social. Tiene como protagonista a un niño pequeño del barrio South Side de Chicago. Apenas unos segundos después de la muerte de su madre, el globo se cuela en su habitación. Jesse sabe que se trata de la historia de Noah, que la ha reproducido mentalmente incontables veces y que es capaz de verla en la gran pantalla. Sueña con vender los derechos y alcanzar el estrellato algún día, con comprarle una casa con piscina como la que tiene Dexter, con convertirse en el héroe de su familia y poder enviarle dinero a Eric para que pueda estudiar en un colegio pijo y poder ayudar a su abuelo a vivir sus últimos años con comodidad.

Pero ¿y si es una bazofia? La idea le preocupa. No sabe si sería capaz de decírselo.

Solo que no hace falta, porque el guion es una maravilla.

Cuando Noah vuelve a casa esa noche, bañado en sudor y en una mimosa que se le ha derramado por la camisa, Jesse le dice que le ha encantado, y la expresión que cruza su rostro es una que le recuerda al cielo en el preciso instante en que el sol se asoma al amanecer. Su brillo es extraordinario.

Jesse se pasa los días siguientes editando, tachando frases y dejándole anotaciones en los márgenes. Se pasan uno al otro el documento; Noah escribe un borrador tras otro y se lo deja para que lo revise, hasta que han pulido cada frase y luego otra vez y deciden que ya está listo. Entonces llega el momento de preguntarse: ¿y ahora qué?

Los contactos que tienen en Hollywood entre los dos son más bien pocos, aunque sí que conocen a unas cuantas personas de

Chicago que están «en el mundillo»: una amiga de la hermana de Cal, un chico que fue novio de la compañera de piso de Jesse en la universidad y que trabaja como representante, una chica que Elenore le presentó a Jesse y a la que acaban de ascender a ejecutiva júnior en Paramount. Todos ellos les hacen una versión de la misma pregunta: «¿Para quién está destinada esta película?». La amiga de Elenore le dice que no tiene ningún problema con leerse el guion y decirle qué opina si con eso puede ayudar en algo y le devuelve a Noah la historia a la que le ha dedicado alma, corazón y vida calificada con un aprobado raspado.

En el Hard Rock, de vez en cuando alguno de sus compañeros —actor o guionista— cuenta que se ha procurado un agente o incluso que piensa dimitir porque ha conseguido lo imposible y ha logrado entrar en el mundillo. Un tipo que quiere ser guionista y necesita que le echen un cable no podría ser más patético, Noah lo tiene asumido. La cuestión es que está desesperado, así que termina tragándose el orgullo y le pide a un par de sus excompañeros de trabajo que les pasen su guion a sus representantes. Y ellos le comunican la respuesta: «Está bien, pero no creo que pueda vender algo así» o «Perdona, pero tengo una pila de pendientes infinita, no podría ponerme con ello hasta el año que viene».

¿Quién le dijo a Noah que alguien como él podía llegar a Hollywood con una crítica social de medio pelo / historia lacrimógena sobre un crío del South Side en Chicago? ¿Qué razón tendría alguien para querer producir su película? Poco a poco, Noah se va dando cuenta de la realidad, una que va devorando su esperanza: sigue siendo un don nadie. Como siempre.

Jesse nota la decepción de Noah en el estómago, en el esternón, en los pulmones. Cuando se han quedado sin más opciones, recurre a Dexter para que lo lea.

Intenta sacar el tema como si no fuera nada de otro mundo. Después de avisarle que ya había reservado su estadía en un hotel para su próximo viaje, según se aleja, reúne el coraje que necesita y se vuelve.

—Por cierto, Dex.

—Dime.

—Mi novio acaba de terminar su primer guion y quería saber si podías echarle un vistazo, si no es molestia. Se llama *El globo rojo*. Está inspirada en la peli, claro. —Le dedica una sonrisa nerviosa.

—¿*El globo rojo*? —Dexter alza una ceja, con escepticismo.

—Sí, es una maravilla llena de realismo mágico... Y tiene a un niño huérfano de protagonista. Después de la muerte de su madre, el globo lo ayuda a sobrevivir, a ver la belleza en el mundo, a huir del peligro. Cuando el niño roba una chocolatina de una bodega porque tiene hambre, el globo lo conduce por un callejón para que pueda escapar del guardia de seguridad y luego lo lleva a un edificio abandonado donde encuentra a un hombre mayor y... —Se ha puesto a parlotear—. En fin, que las secuencias de acción se ponen muy intensas y es muy... Muy atrapante —dice, con un hilo de voz. A pesar de haber practicado lo que iba a decir, las palabras le salen a trompicones.

Dexter se la queda mirando unos segundos.

—Te contraté porque nunca ibas a pedirme este tipo de favores, ¿lo recuerdas? —Aunque le sonríe, Jesse sabe que está hablando en serio.

—Sí, es que...

—Solo te haré este favor una vez —le advierte—. ¿Estás segura de que este es el guion que quieres que lea? ¿Esto es lo mejor que puede escribir? ¿Es la mejor versión?

—No sé —contesta—. O sea, es su primer guion, pero es muy bueno.

—Vale, pues piénsatelo —contesta él—. Si aún quieres que me lo lea, se lo enviaré a Kasey y, si a ella le gusta, le echaré un vistazo. —Kasey, su otra asistente, la que trabaja en su oficina, le organiza las reuniones y redacta análisis de guiones como el que le hizo esa chica que le dio un aprobado raspado a *El globo rojo*.

—Vale —acepta, y se marcha.

Una vez en su coche, Jesse cierra las ventanas, grita a todo pulmón y muerde el volante. Todos los días va a recoger la ropa limpia de Dexter a la lavandería. Contesta las llamadas que le hace Maya a las diez de la noche para hacerle preguntas sobre los deberes. Se encarga de que vivan sus vidas de pijos de mierda sin ningún inconveniente. ¿Y Dexter se atreve a darle tanta importancia a un favor así? Que le den.

Noah es lo único que importa.

Cuando vuelve a casa tras haber comprado comida china, se encuentra a Noah viendo un partido de baloncesto en la cama.

—Le he pedido a Dexter que lea *El globo rojo* —le cuenta.

—¿En serio?

—Sí. Dice que cree que tienes mucho talento y que deberías seguir escribiendo.

—¿En serio?

—Sí.

—¿Y ya está? —pregunta él.

Sin embargo, Jesse puede ver que eso será suficiente. Que incluso una pizca de ánimo, de reconocimiento del mundo exterior, será suficiente para darle el empujoncito que necesita para seguir adelante.

Así que se encoge de hombros y le dedica una pequeña sonrisa.

—¿Crees que conocerá a algún agente a quien le pueda interesar?

—Dice que para dárselo a un agente tienes que empezar con cosas más comerciales. Pero que, una vez que hayas hecho otras producciones, sí que podrías hacer esta. Y creo que lo dice en serio, lo de que tienes talento.

—Vale. —Noah asiente, sin mayor expresión.

—Ya se podrá —le dice ella—. Lo prometo. Puede que nos lleve un tiempo, pero ya sabes que la gente en los Óscar y así dice que las pelis tardan años en hacerse.

—Es cierto. —Y se estira para acercarla a su lado.

Noah no le dice que sabe que está mintiendo. No le importa, porque le basta con que crea en él. Y se aferrará a ello como si fuese una bote salvavidas, del mismo modo que hizo con la confianza que su madre tenía en él.

CAPÍTULO DIEZ

2009-2012

Noah escribe montones de borradores y relee sus libros sobre cómo escribir guiones hasta el hartazgo. En un intento por crear algo más «comercial», escribe una comedia romántica y luego un thriller, ambos con protagonistas de etnia ambigua.

Y nada.

Lleva su Impala a lavar y le toca hacer cola y esperar detrás de los Lexus, Mercedes y Porsche, mientras intenta no reparar mucho en lo bonito que es el nuevo Panamera. Procura hacerse el loco cuando las mujeres le dedican miraditas. Intenta que no le importe —porque ¿por qué debería hacerlo?— cuando el encargado se acerca con sus llaves y quien sea que esté sentado esperando en las sillas de plástico que hay fuera lo ve ponerse de pie y dirigirse hacia su reluciente pero aun así cochambroso vehículo. Siempre se excede con las propinas.

Y también se encarga de llevar a lavar el Jetta de Jesse, porque ella nunca lo hace.

Come por partida doble cuando Jesse prepara enchiladas de queso o carne asada para la cena, como hacía su padre, y luego se tira dos horas en el LA Fitness al día siguiente para intentar quemar todo lo que ha comido, porque en Hollywood la apariencia importa. Toma proteína y creatina, evita el contacto visual con las mujeres que le dan un repaso, claramente interesadas, y en especial con los tipos que van al gimnasio todos los días como hace él, los que van en pleno horario laboral y son unos aspirantes a lo que sea que pretenden ponerse cachas y cubrirse con una coraza de acero que los proteja contra las decepciones.

Van a visitar a Sara, la madre de Jesse, y conducen a través del Valle de la Muerte, embriagados con las estrellas del firmamento. Sara, quien había conservado las fuerzas durante la enfermedad de su marido, ha pasado a marchitarse tras su muerte. Según parece, da igual que sus hijas le demuestren lo mucho que la quieren, pues no consigue reponerse, pero Noah es capaz de animarla de un modo que a ellas les resulta imposible. Noah hace muchas de las cosas que su difunto marido solía hacer: sacar la basura, decirle lo bonito que es su vestido, pedirle que le sirva un segundo plato de los intentos de enchilada que hacía su marido y hasta hacerla bailar por el salón.

En el segundo aniversario de la muerte de su padre, Jesse y Noah hacen el amor en la cama que usaba de pequeña. Y ella está desatada, le muerde los pulgares cuando él se los lleva a la boca para amortiguar sus gritos.

Cuando acaban, Jesse se pone a llorar; se cubre con sus sábanas rosa hasta la barbilla y Noah la abraza, haciendo que apoye la mejilla sobre su pecho desnudo.

—Lo echo muchísimo de menos —le dice, en un susurro.

—Lo sé. —Noah le acaricia el cabello—. Algún día tendremos hijos y lo verás en ellos. En su carita. Compartirás con ellos el amor que él te dedicó.

—¿Me lo prometes? —pregunta ella, en un hilo de voz.

—Te lo prometo —le asegura él.

Se escabullen hasta el jardín trasero junto a Lucy, la hermana de Jesse, y se sientan bajo las vides para compartir un porro. Noah se pone a comer una uva tras otra, sorprendido por su sabor almizclado, el cual le parece más potente por lo colocado que está. Recuerda las noches que pasaron al teléfono después de la muerte del padre de Jesse, sus sollozos mientras comía esa misma fruta. Nunca había visto uvas colgar de unas vides, y, cuando la imaginaba comiéndolas, lo hacía con esos racimos de supermercado con uvas grandes en lugar de las bolitas pequeñitas que tienen la piel fina y polvorienta.

Cuando vuelven a Los Ángeles, Noah va al vivero en Sunset después de su turno de mediodía en el trabajo, compra un mandarino en maceta para su porche y empieza a cuidarlo de forma casi obsesiva.

Van a su bar francés favorito, donde se piden copas de vino a cuatro dólares durante la hora feliz, se atiborran con las *baguettes* de cortesía y luego pasean por El Huerto, el centro comercial que tienen al lado, hasta llegar a Barnes & Noble, donde se imaginan el libro de Jesse en la mesa de las novedades. Se despiertan temprano para llegar a la primera función en los cines ArcLight enfundados en sudaderas, desayunan palomitas con capuchinos, y sueñan con el día en que puedan estar allí, en aquel cine tan tranquilo, viendo la primera película de Noah. Están decididos a cumplir sus sueños, mientras escriben en la misma mesa con las rodillas rozándose por debajo. Se consideran mellizos.

Los pocos amigos que tienen casi que los obligan a salir de casa, pero Elenore tiene éxito cuando los invita al Valle del Antílope para ver las amapolas en flor. Comen los bocadillos que Jesse ha preparado y las setas que Elenore lleva, y se quedan allí durante horas, extasiados con las olas naranjas. Cuando están de vuelta, a Jesse le da un ataque de pánico. Balbucea algo sobre lo que pasó en París que Noah no consigue entender, y lo único que consigue calmarla es que Noah la apretuje contra su pecho, por lo que Elenore conduce mientras ellos se hacen arrumacos en el asiento trasero.

La pareja con la que suelen salir, Cal y su novia, Suraya, los invitan a una fiesta en la casa de un actor famosillo, lo que, en palabras de Cal, es una buena oportunidad para ampliar su red de contactos. La casa está llena de espejos. Suraya, que ya es bastante alta sin tacones pero suele llevarlos igualmente, le saca varios centímetros a su novio, quien decide ir descalzo y se deja los zapatos en la puerta. Parece una moda en Los Ángeles, cuando la gente se conoce, en lugar de empezar una conversación sobre películas, el tiempo o política, lo primero que se preguntan es: «¿Y a qué te dedicas?». A lo que Suraya enarca una de las cejas gruesas y oscuras que tiene y contesta:

—Pues yo bailo, cocino, actúo, medito, me voy de fiesta, leo y doy clases de yoga. ¿Y tú?

Cal, igual de exagerado que su novia, pero de sonrisa más amigable, le sonríe. Si bien Suraya no se crio en una familia rica, tiene un aire de privilegio que no solo se le nota en las uñas y el cabello perfectamente arreglado, sino en lo mucho que le sudan las opiniones de los demás, algo que le da mucha envidia a Jesse. Cuando se lo preguntan a ella, se limita a contestar que es la asistente de un productor. Nunca dice nada sobre la novela que está escribiendo, la cual se guarda con tanto celo como si fuese un amorío.

El libro de Jesse empieza con las siguientes palabras: «El dolor es así: una aventura».

Su protagonista es una adolescente cuyo padre está muriendo por culpa del cáncer. Ambos están huyendo de unas acusaciones por hurto menor y cheques sin fondos y, al final, por robar un banco en un intento por pagar su tratamiento. Cuando muere, deja a una huérfana delincuente a solo unos pocos días de haber cumplido la mayoría de edad. Es tanto una historia sobre la llegada de la adultez como un thriller y un cuento de hadas. Cuanto más se acerca a terminarla, cuanto más le estruja el corazón, Jesse nota que se llena de ansiedad, de nervios y de expectativas.

Sueña con renunciar a su trabajo, harta de los mensajes que recibe a las tantas de la noche para pedirle que vaya a casa a arreglar el internet o que compre mecheros para un proyecto de ciencias y de paso unos antihistamínicos. Ya no quiere tener que ir recogiendo el reguero interminable de chaquetas, calcetines y zapatos que dejan las niñas por toda la casa mientras Dexter le recuerda que debe llamar a la empresa de alarmas y que se asegure de que Sari tenga un asiento de pasillo en su vuelo de primera clase a Londres porque le da un pelín de claustrofobia. Solo que no puede hacerlo, no si no quiere gastarse todo el dinero que su padre le dejó con su seguro de vida, lo que nunca se permitiría hacer. Lo que la motiva a seguir es la esperanza de vivir como escritora, de una vida con Noah.

Noah escribe una peli de acción con comedia y luego un romance de época. Cada vez que termina un guion, le pide a Jesse que se lo lea y lo corrija y que lo lea de nuevo. Repiten esa dinámica una y otra vez hasta que consiguen pulir la obra tanto como es posible. Y, cada vez que Jesse reacciona con entusiasmo, el anhelo de Noah se incrementa más y más. Mientras apunta comandas en el Hard Rock Cafe, enfundado en sus nuevos vaqueros pitillo con manchas de refresco y de alguna especie de grasa misteriosa, la necesidad de ser más de lo que es lo golpea con fuerza. No solo se trata de tener coche y ropa nueva o una casa a estrenar, sino que necesita que lo reconozcan. Que lo vean.

El dolor de las esperanzas truncadas es un tipo específico de dolor, uno que lo desgarra con sus dientes y le deja cicatrices que tardan en sanar. Aun con todo, es un dolor que Noah aprende a aceptar.

Cada vez que empieza de nuevo, se permite creer que esta vez será el proyecto indicado.

Cuando Eric cumple siete años, Noah le compra un billete de avión y el pequeñajo vuela solo por primera vez. Llenan la nevera de «comida apta para niños», compran tizas para dibujar en la acera y coches de juguete y le preparan una cama para él solito en la habitación de invitados con un peluche nuevo. Sin embargo, llegadas las once de la noche, Eric llama a su puerta y les pide que lo dejen dormir con ellos. Noah le prepara leche con chocolate, Jesse le acaricia la espalda, y, cuando Eric se queda dormido y se pone a roncar suavemente, se lanzan miraditas sobre la mata de rizos que tienen entre ambos y no hace falta que digan lo que están pensando: *Podríamos con esto, podríamos ser padres; este de aquí podría ser nuestro hijo.*

Ambos tienen ganas de que les llegue el momento o de que este se acerque, al menos. Al fin y al cabo, el tiempo no deja de pasar.

Noah escribe otro thriller y una comedia de humor negro, pero esos proyectos también acaban en el cementerio de guiones que tiene en el portátil. Tiene que escribir algo distinto.

Asiste a algunas reuniones del mundillo con Cal, a quien se le dan bien esas cosas y se abre paso sin esfuerzo entre el gentío con su figura esbelta, su melena de rizos alborotados y su risa escandalosa. Noah, por otro lado, pasa demasiado tiempo escogiendo qué ponerse para terminar quedándose apartado de los bolsos de diseñador y los trajes hechos a medida mientras se seca las palmas sudorosas contra los pantalones. Le compra unos tranquilizantes a uno de los camareros del curro para lidiar con su ansiedad y lo vuelve a intentar.

Encuentra el correo electrónico de Katie, la chica que fumaba maría y que conoció durante sus primeros meses en Los Ángeles, quien trabajaba de asistente para ese productor ya mayor. Le envía un correo para pedirle que le avise si tiene alguna otra oportunidad para trabajar con ellos.

Katie le contesta a los cuarenta y un minutos: «Debes tener un sexto sentido o algo, porque acabamos de despedir al becario. El tipo era un muermazo. Pásate por aquí el martes si quieres».

Y lo contratan de inmediato.

Entre sus turnos en el Hard Rock, conduce hasta Bel Air para hacer de recadero sin cobrar ni un céntimo. Lenny, el productor, suele estar al teléfono cuando Noah llega, hablando con una pasión exagerada. Suele ver a un desfile interminable de jóvenes por ahí, la mayoría casi de la edad de Noah, que salen del dormitorio por las mañanas.

Katie, la única chica en la casa, se pasa la mayor parte del día trabajando en la oficina de Lenny y sale de vez en cuando para fumarse un porro y decirle a Noah qué es lo que tiene que hacer: compra unos sándwiches macrobióticos cuando alguien que Lenny considera importante los visita para comer; lleva a Butch III, el tercer bulldog que ha sucedido a sus tocayos y que duerme a los pies de la cama de Lenny, al veterinario; le compra comida a Tyga, el loro que Lenny bautizó en honor a uno de sus exnovios, cuyo único legado fue enseñarle a Tyga a decir una y otra vez «Rack city, bitch», como en una de sus canciones. Y Noah hace todo eso con la esperanza de que, algún día, Lenny muestre interés por leer alguno de sus guiones, le encante, y decida hacer su primera película en los últimos veinte años usando el material de Noah. O que al menos le sirva para contactar con alguna persona que no lo haya rechazado ya.

Cuando Katie le apoya una mano sobre el bíceps, Noah le dice que tiene novia. Katie le contesta que ella también.

Cuando Jesse por fin termina de escribir su novela, Noah pide que lo sustituyan en el trabajo y se queda en la cama todo el fin de semana leyendo, mientras ella da vueltas por la casa, consumida por los nervios. Y entonces, al verla salir de la ducha durante el tercer día, Noah entra en el cuarto de baño.

—Es precioso —dice, antes de ponerse a contarle todo lo que opina sobre la historia, con su novia plantada desnuda en mitad del baño. También le ha enviado sus comentarios por correo, y, cuando ella los lee más tarde, aún envuelta en una toalla, siente que una oleada de gratitud la embarga. Él la hace esforzarse más que cualquiera de sus otros lectores, así que se pone manos a la obra.

En su afán por encontrar un agente literario, escribe unas cartas minuciosas que corrige y vuelve a corregir. La mayoría las manda por correo electrónico, aunque algunos agentes mayores y más establecidos en el mundo literario todavía prefieren recibir ese tipo de solicitudes mediante el correo ordinario. Va a la oficina de correos a escoger los sellos: compra unos con flores de cactus, del *Apolo 11*, del Renacimiento de Harlem y de unos tigres de Bengala y escoge qué sello enviar de acuerdo a lo que cree que cada agente está buscando. Compra bolis nuevos en una papelería del bulevar Larchmont, escribe las direcciones en tinta negra con una letra muy cuidada y vuelve a la oficina de correos para enviarlas, pues la superstición le pide que sea ella misma quien deposite los sobres en aquellos buzones azules.

Y, con eso, Jesse empieza a ser capaz de saborear su propia hambre. Como muchas otras mujeres, ha aprendido a refrenar su ambición, incluso en la privacidad de su propio cuarto. Ha soñado con que publicaran su libro, cómo no, con poder dejar atrás su vida de asistente para vivir una de escritora. Sin embargo, la parte de ella que quiere lo mismo que Noah, no solo que la publiquen sino volverse relevante, legendaria incluso, casi ni se había asomado. Y ahora, tras permitir que su libro salga de forma oficial hacia el mundo, le sorprende la ferocidad de sus propios deseos.

Espera mientras lee, dobla la colada, se va con el coche a ver el mar, pasea por allí, recoge a Sari de sus clases de *ballet* y a Maya de los entrenamientos de fútbol, lleva a Lexi al centro comercial Westfield durante la hora punta, hace la compra para Noah y para ella y cuenta las pastillas de Dexter para meterlas en su pastillero, todo eso intentando no contar los días que pasan.

Los rechazos le llegan poco a poco y no se lo cuenta a Noah. Se lame las heridas como puede e intenta seguir adelante. A lo mucho, se bebe una copa extragrande de vino esa noche.

Les envía más cartas a otros agentes, exprime la fruta que ha recogido del mandarino que Noah tiene en el porche y celebra su cumpleaños con su hermana, que ha ido a verla junto a su nueva novia, Mei, antes de irse de viaje por Centroamérica. Lucy le insiste en que vayan a Disneyland. Fueron una vez de vacaciones cuando eran pequeñas, con sus padres, así que repiten los momentos divertidos que recuerdan de su niñez y se atiborran de helado y de algodón de azúcar. Cuando se vuelve a montar en la Splash Mountain, Jesse está igual de aterrada que cuando era pequeña y se aferra a la mano de Noah como antaño hizo con la de su padre.

Durante la última noche de Lucy y Mei en la ciudad, van al hotel Beverly Hills y piden unos sidecares, el cóctel preferido de su padre. Jesse se emborracha y llora en los brazos de su hermana.

—No te vayas —le suplica—. Quédate conmigo.

Lucy abraza a su hermana mayor y le promete que volverá a visitarla pronto. Aunque Jesse quiere aferrarse a ella, sabe que no puede; el único modo que tiene Lucy para sobrevivir al dolor de la pérdida es mantenerse siempre en movimiento.

Antes de irse a trabajar, Jesse prepara unos cuencos de yogur con frutos del bosque para ella y para Noah y le lleva el suyo a la cama. Él está metido bajo las mantas con el portátil, escribiendo antes de que le llegue la hora de ir a sus prácticas.

—Chao, fresita —le dice, aferrándose al brazo de Jesse para que no se vaya. Ella ya tiene el bolso colgado del hombro, pues casi va tarde.

—Chao, arándano —contesta ella.

Noah le deja un beso en la nariz y la hace reír.

—No, espera, que tú no eres un arándano, si eres más grande que yo.

—¿Sandía? —propone él.

—Chao, sandía —dice, mientras él tira de ella para hacerla caer sobre su cuerpo.

—Ah, pero eso es racista, así que piénsatelo bien —le dice, con una sonrisa.

—Vale, pues piña.

—Pero si la que se parece más a una piña eres tú —repone él.

—¿Por qué? ¿Porque soy dulce y ácida a la vez?

—Y porque cuesta mucho quitarte las capas.

—¿Quién dice que a ti no? —se queja Jesse, y él se echa a reír—. Solo porque ya haya llegado a la parte buena no significa que no haya tenido que romperme el lomo para conseguirlo.

—*Touché* —admite él, antes de llevarse sus dedos a los labios y luego estrecharle la mano—. Un gusto quererte, Jesse.

—Un gusto quererte, Noah.

Tira de ella una última vez para besarla en los labios antes de dejarla ir.

—Vuelve pronto.

—Te lo prometo.

Mientras Jesse sale de casa y camina por el sendero delineado por eucaliptos y más allá de los enredos de jazmines, se dice a sí misma que piensa recordar lo que significa querer a Noah un seis de septiembre de 2012. Lo mucho que la hace sentir en un día normal y corriente.

Quizás es que una parte de ella presiente que echará de menos eso de sentirse al borde del abismo. La época en la que todo sigue siendo posible. Su trabajo como asistenta la vuelve desdichada. Noah se pasa los días enfrentándose una y otra vez a los fracasos en su misión por hacerse notar. Aun con todo, se dicen el uno al otro que sus sueños se volverán realidad, que un día serán escritores y cineastas, y el poder de su amor impulsa esas palabras, las vuelve lo bastante sólidas como para que puedan creérselas.

CAPÍTULO ONCE

2003

En la entrada a Goldstone hay tiras de lucecitas parpadeantes, bandejas con ostras flotando sobre hielo derretido en la larga mesa de madera que hay bajo el roble y unas voces que se dispersan entre la calidez de la noche. Es el cumpleaños número diecinueve de Juliette, el cuatro de agosto, y nada es imposible. Echa la cabeza hacia atrás para sorber una de las últimas ostras y le da unos traguitos a la copa de vino diminuta que le ha servido su madre. La tira de lucecitas parpadeantes la ilumina, así como el brillo suave del ocaso y su propia risa.

Annie cree que Juliette tiene la misma textura que estos últimos días de verano: como la fruta madura que está a punto de caerse de las ramas, la más dulce de toda la estación, como la luz del sol que se torna más brillante, más suave. Nota una sensación en el estómago antes de que su cuerpo pueda procesarla: el dolor de la nostalgia que advierte que el final está cerca. El aire se volverá más frío, las hojas de los árboles van a caer y la oscuridad de la noche se irá extendiendo hasta hacerse con la tarde. Pero... ¡aún queda! De momento, estos son los días dorados. Los melocotones y las ciruelas están rebosantes de jugo, el agua del mar está templada y pueden quedarse tumbadas, jóvenes y en traje de baño, durante toda la eternidad.

Annie, sentada al lado de Juliette, lleva el cabello con la misma corona trenzada que su amiga le hizo hace ya cuatro años. Bebe un poco de vino y pasa el dedo por la mancha roja que ha dejado su pintalabios en el cristal. Una brisa salada pero contenida le acaricia las mejillas.

Margot llega desde la cocina en un vestido de seda negra, lo suficientemente arrugado para ir a juego con su cabello un tanto alborotado, y lleva unas pizzas caseras que las chicas le han ayudado a preparar antes de la fiesta. Juliette sirve un poquitín más de vino en la copa de Annie, a escondidas. La voz de Leonard Cohen emana de la casa y se mezcla con las conversaciones de fotógrafos, periodistas, escritores, dueños de galerías y productores de pelis independientes, quienes han visto crecer a Juliette desde que era una niñita precoz y de ojos grandes hasta que se ha convertido en «toda una señorita».

Hace un par de años, Annie y Juliette habrían estado intentando decidir dónde se irían de fiesta después y con quién querían enrollarse, pero han llegado a la etapa en que todo eso les aburre y prefieren quedarse en las reuniones de Margot. Ya saben cómo hablar con aquellos adultos, les gusta impresionarlos, pues eso las hace sentir adultas también, y les encanta el modo en que estos las miran, como si fueran dueñas de un tesoro valiosísimo: su juventud. Les gusta saber que, más tarde, irán recogiendo con sutileza las botellas de vino a medio acabar para llenarse una petaca, exclamar a voz en grito que irán a dar un paseo y alejarse a trompicones entre la oscuridad, mientras dejan que sus sombras alargadas vayan primero, se pasan una a otra unos cigarros de clavo de olor y hablan sobre el futuro: si te enamoraras del mejor trombonista de París y te pidiera que te fueras a vivir con él a su piso en el Marais y lo acompañaras a unos clubes de jazz y bebieras vino pijo francés cada noche, ¿te irías con él o te quedarías conmigo? Si te fueras de safari a África y el guía fuese el hombre más guapo del mundo y te pidiera que te casaras con él y pudieras pasar el resto de tus días haciendo el amor y viendo a los leones y a los leopardos, ¿te irías con él o te quedarías conmigo? Si conocieras al mejor poeta de la faz de la Tierra y te escribiera poemas de amor para leértelos en voz alta bajo la luz de las estrellas, ¿te irías con él o te quedarías conmigo? Si el futuro presidente pidiera tu mano y te prometiera comértelo todo cada noche en el Despacho Oval, ¿te irías con él o te quedarías conmigo? Les gusta ese juego, y la respuesta siempre es la misma: *Contigo, me quedaría contigo.*

Conforme el cielo se va oscureciendo, Margot saca una tarta de melocotón adornada con unas velitas encendidas, y los adultos se ponen a cantar el *Cumpleaños feliz*, de lo más contentos. Annie observa a Juliette inclinarse y tomarse su tiempo según la cera de las velas empieza a gotear sobre la corteza del pastel, dorada a la perfección. Han terminado el instituto. Están a punto de comenzar el resto de su vida. Es el agosto de su adolescencia, listo para caer de la rama.

Sin darse cuenta, Annie se pasa los dedos por los labios. Siente como si un animal dócil habitara en su interior, como si diese vueltas una y otra vez mientras va de aquí para allá. Se muere de hambre. Y sabe que pronto cambiarán de estación; que debe saciar su hambre cuando aún hay fruta en los árboles. Margot saca el whisky el bueno, y los adultos se quedan alrededor de la fogata, compartiendo un porro. Juliette se lleva una botella de vino a medio acabar que se ha quedado en la cocina. Llena la bañera de burbujas, pone una canción de Nico, y Annie se sienta a su lado, en el suelo, mientras beben vino, y lee en voz alta unos fragmentos del libro de Audre Lorde que le ha comprado a su amiga por su cumpleaños, así como a Eavan Boland, James Galvin y un diario muy mono con una cubierta de color azul y dorado, donde Annie ha escrito su propio poema para Juliette y ha dejado el resto de las páginas en blanco para que su amiga pueda llenarlas durante el próximo año.

Juliette se sumerge durante unos instantes de lo más largos, antes de volver a salir con su cabello oscuro echado hacia atrás.

—¿Cómo voy a vivir sin ti el año que viene? —le pregunta, mirándola.

—No lo sé. —El aroma de la espuma de baño de gardenias es embriagador.

—Hemos sido muy tontas al no pedir plaza en la misma universidad.

—Jamás me habrían aceptado en la Universidad de Chicago.

Juliette cierra el grifo, y la ausencia del chorro de agua las deja sumidas en un silencio intempestivo.

—Si en Nueva York conoces a un bailarín contemporáneo de la academia Alvin Ailey que te lleva de paseo por Central Park cuando las hojas están cambiando de color y te da la mano y te compra castañas y te lo come todo cada noche y te prepara café con tostadas con mermelada cada mañana y quiere que te cases con él y que nunca vuelvas a casa para verme, ¿con quién te quedarías?

—Contigo —le promete Annie. Solo que, por primera vez, se preocupa. Le preocupa escoger a Juliette casi tanto como que Juliette la escoja a ella. Sus vidas están tomando rumbos diferentes. Van a dejar de pasar los días juntas. Dejarán de compartir las distintas formas en las que el sol ilumina una habitación; ya no comerán juntas la fruta que recojan de los árboles ni compartirán los detalles de un libro que deban leer para su clase de Literatura; ya no compartirán ropa que le pertenece a ambas y está amontonada en una pila infinita ni la misma barra de labios que se van pasando para llevar en el bolso ni lo que piensan sobre las fotos de Margot. Si cada una se va acostumbrando a su nueva vida, si empiezan a tener una nueva en sus nuevas ciudades, quizás olviden cómo volver a casa, a los brazos de la otra. Quizás el abismo que las separa se vuelva demasiado amplio, o tal vez no sepan contarle a la otra lo que sienten al pasear por las calles de Chicago o de Nueva York. Quizá se enamoren de otras personas.

Annie está tumbada en ropa interior bajo la manta rosa, leyendo poemas para sí misma. Aunque está cansada, no consigue dormir. Nota cada sensación en el cuerpo: las sábanas frías en la piel, la imagen de Juliette moviéndose a la luz de las velas por la habitación mientras se seca y se viste después de su baño, el murmullo de la risa de Margot y de los amigos que quedan en la fiesta que se cuela por la ventana.

Cuando Juliette se mete en la cama y la roza con la pierna bajo las sábanas, esa sensación minúscula le recorre el cuerpo entero como si de un vendaval se tratara. Al notar el roce por segunda vez, sabe que lo que sea que se ha despertado en su interior también lo ha hecho dentro de Juliette; sabe que se trata del animal indefenso que es su deseo, que lleva allí desde el principio, entre ambas, a la espera. Conforme Annie desliza con cuidado la mano hasta dejarla apoyada sobre la cadera de su amiga, el corazón le va dando unos botes nada elegantes.

Juliette se gira hacia ella con una sonrisa y, sin pronunciar palabra ni vacilar en lo más mínimo, la besa. Cuando se monta a horcajadas sobre ella, la cortina espesa y húmeda de su cabello las cubre y las esconde del mundo. Annie se queda quieta, ardiendo por dentro, al sentir que Juliette empieza a restregarse contra ella, lo que hace que esta suelte una risita.

—Te quiero —le dice, y casi parece una niña pequeña. Eso basta para recordarle a Annie que no se trata de una desconocida con quien está a punto de hacer el amor, sino de su mejor amiga, a quien siempre va a escoger, su Juliette. Aprieta la pierna de Juliette entre las suyas y pasa las manos por sus pechos antes de tumbarla para que el cabello oscuro de su amiga se extienda sobre la almohada en lo que ella le deja un reguero de besos al bajar por su cuerpo. Juliette se apretuja la manta contra la cara y muerde la tela para evitar soltar ningún sonido mientras, en el exterior, los adultos siguen charlando y cada vez parecen más borrachos, más escandalosos.

Cuando acaban, Juliette le dice que quiere ir al mar, para luego rodearla con los brazos y quedarse dormida con la cabeza apoyada sobre su pecho. Annie deja que la mano se le duerma bajo el peso de Juliette mientras sueña, medio despierta, con unos bosques de cuentos de hadas, galerías de fotos y su madre perdida entre el gentío.

A la mañana siguiente, se despierta con la mano de Juliette acariciándola por encima de las bragas y sus labios rozándole la nuca, así que lo vuelven a hacer, con Margot dormida en el sofá en la habitación de al lado.

Pese a que no le cuentan nada a Margot sobre su romance naciente, Annie cree que debe saberlo, que debe oler la electricidad que vibra entre ambas, tan clara como el ozono. O quizás es que lo sabía desde antes, y supo percibir el deseo que había entre ambas antes de que ellas mismas lo notaran.

Durante los siguientes diez días, Annie y Juliette hacen el amor todas las veces que pueden, hasta que Juliette la llama por teléfono, casi ahogándose con sus propios sollozos.

—*No, no, no.* —Es lo único que puede decir, hasta que, al final, consigue articular—: *Annie, no. Está muerta. Ha muerto.*

Y Annie sabe perfectamente de quién habla. Es como si se le hubiera escapado el alma.

CAPÍTULO DOCE

El coche se llevó por delante a Margot mientras cruzaba la autopista Pacific Coast, tras haberse dado un chapuzón. Murió al instante. Como Juliette ya ha cumplido los diecinueve, no vendrá ningún trabajador del gobierno a asegurarse de que esté bien, de que alguien se haga cargo de ella, de que tenga a alguien que la proteja.

Annie llega con su padre, entra a toda prisa en la casa y encuentra a Juliette acurrucada en la cama, sin moverse. Los días siguientes pasan muy rápido, entre un torbellino de incredulidad y cruda desolación. El padre de Juliette las ayuda a organizarlo todo, así como el de Annie. Juliette se encarga de atender a quienes asisten al funeral, como su madre habría hecho, y pide unos bagels con salmón, así como unas bandejas de queso y embutidos. No tarda mucho en agotar la reserva secreta de vino blanco que Margot tenía escondida, conforme la gente entra y sale de la casa; los mismos adultos que frecuentaban las reuniones de Margot, los que habían visto a Juliette crecer durante años y que, tan solo hacía unas pocas semanas, habían estado sentados emborrachándose en el jardín.

—Te pareces muchísimo a tu madre —le dicen, aferrándola de los brazos con fuerza y con lágrimas en los ojos. Juliette asiente, distraída y dándole un sorbo a su vino—. Te quería muchísimo —continúan—. Lo eras todo para ella. —Y también añaden—: Dime si necesitas algo, cielo. Sea lo que fuere. Aquí me tienes.

Y luego se van.

Durante los siguientes días, el dolor es así: cuando no está llorando o durmiendo, Juliette se sienta en el jardín bajo el melocotonero para comer el puré de patatas que le ha preparado Annie —lo único que tolera comer—, despacio bajo el sol, mientras acaricia unas hojas de menta entre los dedos. Le parece que podría quedarse ahí para siempre, echando raíces en la tierra de Goldstone.

Lina se presenta para ofrecer cualquier tipo de consuelo maternal que puede aunar, pero Juliette no tiene espacio para el dolor de nadie más, por lo que se encierra dentro de su propia muralla y se niega a presenciar las lágrimas de Lina.

El padre de Annie les lleva la cena: pasta y *biscotti*. Durante los momentos en los que está en casa, él es el adulto, quien se encarga de cuidarlas. El alivio que siente Annie al verlo es casi palpable, lo cual no tarda en verse eclipsado por la culpabilidad: su amiga nunca más volverá a sentir la protección de su madre. Quiere que se la lleve en brazos al coche, como hacía cuando era pequeña para llevarla a casa, pero se limita a darle un beso de buenas noches y quedarse con Juliette, mientras que él vuelve a casa con Sandra, que lo espera.

El propio padre de Juliette le ofrece su habitación de invitados a su hija, pero, como es de esperar, ella se niega. Al principio, él también se pasa un par de veces por semana para llevarle la cena y se sienta a la larga mesa de Margot para intentar charlar un poco (sobre el tiempo, los Dodgers, sus mellizos), todo ello mientras Juliette se limita a remover la comida en su plato en silencio. Sin embargo, no tarda mucho en cambiar las visitas por llamadas en las que invita a su hija a comer en su casa con Jana y los niños, que ya tienen doce años y no hay quien los aguante. Juliette acepta la invitación una vez, pero lo brutos que son los mellizos con sus bromas y lo mucho que se obsesiona Jana con sus hijos («¿Quieres más leche, mi cielo?», «A ver, cariño, deja que te pase otra servilleta...») hace que Juliette se encienda de furia. Porque el dolor es así: como el fuego. Se queda allí sentada, con las lágrimas resbalándole por las mejillas, a la espera de que alguien se dé cuenta. Y su padre lo hace, o eso cree, pero decide pasarlo por alto.

Finalmente, Juliette le manda un mensaje a Annie en mitad de la cena: ven a buscarme, te lo suplico. Se pone de pie sin decir nada, mete su silla bajo la mesa y sale del hogar dulce hogar que tiene su padre para esperar a su amiga junto a los girasoles y las bicicletas. Segundos antes de que Annie llegue a por ella, Jack sale de casa para sentarse a su lado y le da unas palmaditas en la espalda, sin decirle nada. Cuando Annie llega, en su Toyota que no se molesta en apagar en el arcén, Juliette se levanta sin decir nada.

Annie es la única persona en su vida. Solo ella.

En los confines de la calle Goldstone, Juliette se pasa las últimas semanas del verano del 2003 apilando platos en el fregadero y deambulando por su casa en el mismo pantalón de chándal. Annie lava los platos y le prepara unos baños. Le lava el chándal sucio mientras Juliette está en la bañera.

Tras un tiempo, consigue convencerla para que salga de casa y vayan a pasear a la playa. El cielo está gris y parece que sus tonalidades oscuras son una capa de luto. Se quedan en silencio mientras observan a los pelícanos zambullirse. La gente dice que el dolor viene y va, pero, de momento, Annie no ha visto que el dolor de Juliette le dé tregua. No sabe qué decirle; no recuerda un momento en que no haya sabido qué decirle a su mejor amiga. De pronto y sin previo aviso, Juliette se vuelve y sale corriendo en dirección al mar, con los mismos pantalones de chándal, para sumergirse. El corazón de Annie deja de latir. Corre tras ella, lista para sumergirse también, pero entonces Juliette finalmente sale a la superficie.

Esa noche, Annie entra en la habitación y encuentra a su amiga bien vestida por primera vez en cuestión de semanas, con la falda vaporosa de su madre, los ojos pintados de negro y el cabello suelto y salvaje. Se valen de sus carnés falsos para que las dejen entrar en un bar alejado que hay en el valle, donde Juliette bebe demasiado y le hace ojitos a quien sea que se digne a mirarla. Cuando se va al baño y tarda la vida en volver, Annie la encuentra en un rincón en penumbra, morreándose con un tipo que parece al menos veinte años mayor que ella. Los interrumpe y tira de Juliette hasta que ambas se suben a un taxi. Está enfadada con ella —por arriesgarse de esa manera, por enrollarse con otra persona—, pero no piensa decírselo, al menos de momento. De todos modos, Juliette nota su enfado y se estira para rozarle la muñeca.

—Lo siento —le dice, en un hilo de voz que parece propio de una niña pequeña—. No te enfades.

—Tienes que andarte con cuidado —contesta Annie. Cualquier aspecto sexual que haya brotado de forma tan breve entre ellas ha llegado a su fin por el momento. Juliette es intocable.

O más bien, lo que quiere es que Annie la toque como una madre haría con su hija: cosquillas en la espalda, caricias en el cabello mientras apoya la cabeza en su regazo, que la abrace por detrás con cariño. Annie le canta una y otra vez, escoge *All the Tired Horses,* una canción que Margot solía cantarle a su hija cuando era pequeña, y Juliette se aferra a ella mientras duerme, con lo que el dolor emana de su interior como si de calor se tratara.

La angustia que Annie nota en el estómago es algo constante; una sensación vertiginosa de que el mundo ha dado tantas vueltas que se ha salido de control, que nunca volverá a ser igual. El dolor de Annie no tiene lugar junto al de Juliette, pues este exige todo el espacio posible en cualquier estancia en la que esté.

Una parte de Annie siente que Margot debería estar registrando todo por lo que están pasando, que, si su cámara pudiera capturar a su hija hecha una bolita en el jardín, sollozando en la bañera y bebiéndose el vino de cocinar que lleva semanas abierto cuando se le acaba el vino blanco que bebía su madre, quizá podría infundirle algo de belleza a su pérdida tan devastadora. Que de algún modo podría transformar su dolor en arte.

Una noche, después de que Juliette se haya ido a la cama, Annie va a por la Bronica y observa por el visor, pero no encuentra ningún rastro de la magia de Margot. Ya no hay nadie que las contemple, nadie que rescate su juventud del inexorable paso del tiempo.

—He soñado que estaba en el desierto —murmura Juliette, medio dormida, cuando Annie se mete en la cama con ella—. Lo único que podía ver era colinas de arena blanca y caminaba y caminaba, pero nada cambiaba. Me he puesto a gritar, hasta que me he dado cuenta de que nadie podía oírme, nadie podía verme, así que quizás era porque yo misma no estaba ahí. Como si no existiera. Y entonces me ha venido una sensación de vacío absoluto.

Annie le aparta unos mechones oscuros de la frente.

—Yo te veo —le asegura, en voz baja—. Estoy aquí, y tú también.

Juliette la mira.

—Las dos estamos aquí —continúa, para confirmárselo—. Seguimos aquí.

Juliette asiente.

—¿Qué quieres hacer? —le pregunta a su amiga. Ya casi acaba agosto, y su padre le ha preguntado más de una vez cuándo tiene pensado irse a la universidad. Annie está desesperada por huir de Goldstone, por dejar atrás esa sensación como de que está cayendo en picado—. Podemos tomarnos un año sabático e ir a Francia —propone—. Tienes el dinero del seguro y el de las fotos. Y a lo mejor yo podría encontrar trabajo dando clases de inglés.

Juliette se encoge de hombros.

—Mi madre ya me había comprado el billete para Chicago.

—¿Seguro que aún quieres ir?

—Es que ya compró el billete —repite Juliette—. Y también me compró mi abrigo de Chicago. Y todas las cosas para la habitación.

Annie nota que se le retuercen las entrañas: ese fue el último plan que Juliette hizo con su madre, la última contribución de Margot para la dirección que podía tomar la vida de su hija, de modo que Juliette piensa seguirlo.

Se supone que Annie tiene que irse a la universidad en una semana y Juliette, en tres. Le pregunta a su amiga si quiere que cambie sus planes, pero le dice que no, porque no puede perderse el inicio de clases. Y, aunque a Annie le aterra marcharse (no le parece que Juliette vaya a ser capaz de sobrevivir por su cuenta), una sensación de alivio cargada de culpabilidad la embarga de todos modos.

Durante su última noche juntas, Annie insiste en celebrar una fiesta solo para ellas dos. Preparan las pizzas de estilo romano de Margot y una tarta con los últimos melocotones del verano. Ambas se ponen sus mejores galas, así como el pintalabios y las joyas de Margot. Encienden unas velas para cenar en el jardín y se emborrachan con las últimas dos botellas del vino blanco del bueno (esas que Annie había escondido cuando Juliette se las bebía sin pestañear). Se ponen a llorar porque lo están perdiendo todo, pero se prometen que se llamarán todos los días, que irán de visita, se escribirán y se querrán por siempre.

CAPÍTULO TRECE

2013

Para cuando Noah termina su turno en el curro y todas sus tareas secundarias (como llenar las botellas de kétchup mediante un bote gigantesco, limpiar los menús pegajosos y cortar rodajas de limón) y ficha pasadas las siete de la tarde, lo que se encuentra al salir es una adorable noche de primavera con un cielo de tonos violáceos y un ambiente cálido y apacible gracias al mar que hay a lo lejos. Una luna casi llena. Y, si uno no puede encontrar esperanza en una noche semejante, es que ya está perdido.

Da una calada a un porro mientras conduce desde Hollywood Boulevard, deja atrás a las mareas de turistas y actores que acaban de terminar de trabajar y aún están enfundados en los trajes de sus personajes y llama a Jesse. Como no le contesta, le deja un mensaje: «Estoy volviendo, solo quería decirte que salgas de casa un momento si es que no lo has hecho ya, el cielo está precioso hoy. Te quiero». Dobla hacia el cañón en su Impala hecho polvo, con pelos de Butch III pegados en el asiento del copiloto y *Spaceship* a toda marcha en la radio, con Kanye trabajando en una tienda de ropa Gap cuando tenía cantidad de canciones grabadas en su sótano. Recuerda haber deambulado por las calles de Hyde Park cuando aún estaba en el instituto, escuchando ese álbum con los cascos y prometiéndose a sí mismo que alzaría el vuelo.

Aparca en la casa de Dexter Lilly, donde piensan vivir durante los próximos cinco meses mientras el productor está de viaje por unas grabaciones (y las niñas se quedan en casa de su madre). Jesse decidió que necesitaban un cambio de aires, además de un poco de aire acondicionado, así que metieron en cajas todo lo que tenían en su piso, con la intención de ahorrar en alquiler y buscar dónde vivir cuando Dexter vuelva. Aunque Noah se deshizo de bolsas y bolsas de sus pertenencias, se las arregló para cargar con su mandarino, que pesaba como un muerto, y trasladarlo con ellos. El árbol se había convertido en un símbolo: una de las pocas cosas en su vida que había dado frutos.

El susodicho árbol lo espera en el jardín, donde encuentra a Jesse sentada con su portátil y una copa de vino, enmarcada por unas flores en todo su apogeo y con la piel brillante bajo la luz cálida. Está ultimando detalles de una nueva versión de su libro, tras haber empezado a trabajar con una agente literaria muy conocida. Después de pasar meses buscando, una de las primeras mujeres a las que escribió le contestó que quería leer el manuscrito y luego que quería contar con ella como una de sus clientes. Se pasa el día frente al ordenador, y Noah ha visto que anda pendiente del móvil a todas horas para revisar su correo tras haber enviado un borrador, a la espera de la respuesta de Ellen, mientras pretende que no sucede nada.

Por su parte, han pasado cinco años desde que se mudó a Los Ángeles, y no tiene nada a su nombre que no sea una cuenta bancaria que se queda en cero cada mes, un armario lleno de camisetas negras con manchas de grasa y unos conocimientos recién adquiridos sobre las preferencias de comida gourmet de ciertas mascotas: carne de venado y calabaza en el caso de Butch III; brotes de soja, calabacín, moras y albaricoques cuando estaban de temporada para Tyga el loro.

Los dos tipos con los que mejor se llevaba en la universidad se fueron a Nueva York después de graduarse y ambos ganan más de cien mil dólares al año. John está escalando puestos en el mundo de la restauración y Afreem, que trabaja en finanzas, se casó el otoño pasado. «La vida del artista no llega de la noche a la mañana, chico», le escribe John, en un intento por ser delicado. Solo que los sueños que Noah está intentando alcanzar cada vez le parecen más lejanos.

Ha empezado a pensar que lo único que lo distingue de la sarta de actorcillos de Hollywood que entran y salen de la casa de Lenny es su relación con Jesse; su elegancia, su inteligencia, su éxito. Es como esos muchachitos que llegaron a la ciudad con la intención de hacerse famosos, pero que no han encontrado ninguna puerta abierta. Como esos jóvenes que llegaron con nada a su nombre y que es probable que sigan igual el resto de sus días.

Cuando Jesse lo ve llegar, cierra el portátil. No desentona en absoluto en esa casa, como si estuviese hecha para vivir en un lugar así, y Noah nota un pinchazo de vergüenza al no poder dársela, al no poder regalarle la vida que merece.

—Hola, guapo —lo saluda.

—Hola —contesta él, dándole un beso.

—¿Qué tal el curro?

—Bien, lo mismo de siempre. ¿Qué tal el libro?

—Ahí va.

—¿Te ha dicho algo Ellen?

—Sí —dice ella, sin ninguna emoción en la voz—. Me ha enviado unos últimos comentarios. —Y se pone de pie.

Jesse no menciona que Ellen está a punto de enviar su libro a unas editoriales. Se guarda su alegría, su emoción y su ansiedad para que él no las vea. Él sabe que no quiere llamar la atención a su propio éxito, pero eso hace que se sienta muy solo.

—No tienes que parar si no quieres.

—Es que ya estaba por entrar, de todos modos. ¿Quieres que veamos algo?

Esa noche, Noah la desnuda y se la coloca encima, antes de darle una nalgada.

—Me encanta cómo me follas —le dice ella. Cuando acaban, Noah la atrae hacia él para rodearla con los brazos y quedarse junto a ella. Y, por un instante, no se siente tan inútil, tan insignificante.

Una vez que Jesse se queda dormida, sale de la cama a hurtadillas y se va a la cocina, donde se sienta a la mesa para comer crema de cacahuete con una cuchara directo del bote con su portátil destartalado que pesa tropecientos kilos.

La oscuridad absoluta casi sería más sencilla de aceptar que aquella oportunidad minúscula, ese rayo de luz diminuto que se cuela por la puerta entreabierta, solo un resquicio, que le dice que quizás esta vez salga bien, o la siguiente.

Se pone a escribir.

Dos meses después, el verano empieza a asomarse detrás del junio tan gris que han tenido. Jesse está tumbada junto a la piscina, disfrutando del sol, cuando le suena el móvil. Es Ellen, para decirle que ha vendido su libro. El anticipo es muchísimo más de lo que Jesse se habría esperado para una autora novel, y Ellen se las ha arreglado para convertirlo en un contrato para un segundo libro (pese a que Jesse no tiene ni idea de qué podría escribir).

Tras colgar, se lanza sin miramientos a la piscina de Dexter, con el agua aún terriblemente fría. Está a punto de convertirse en escritora. ¡Está a punto de convertirse en escritora, joder! Nada de un lado a otro, para intentar gastar energía y acallar la emoción y el miedo que le pulsan en el cuerpo, solo que, sin importar lo mucho que nade, no nota el cansancio en los músculos.

Noah está dentro, escribiendo. Tras un rato (¿cuánto habrá sido? ¿Una hora? ¿Más?), Jesse se envuelve en una toalla, con el pelo aún chorreando, y cruza las puertas dobles para quedarse plantada frente a la mesa larga y de madera en la que Noah está escribiendo, totalmente concentrado. El corazón le va a toda prisa por el ejercicio o la adrenalina o una combinación de ambos.

Cuando alza la vista hacia ella, la mira con las cejas alzadas.

—¿Qué pasa?

—Ellen ha vendido el libro.

Noah se pone de pie, sonriendo.

—¡Lo sabía! Estoy muy orgulloso de ti, Jess.

La abraza y la apretuja contra los músculos de su pecho. Ella apoya su cabeza empapada contra su camiseta y nota que el cuerpo por fin se le relaja.

Entonces él la suelta.

—¿Cuánto? —le pregunta.

—Doscientos veinte... mil... Pero eso incluye un segundo libro.

—Hostia —suelta él, sin poder creérselo—. Madre mía.

—Exacto. Aunque bueno, no me lo darán todo del tirón. Será por partes, según las distintas etapas. Lo iremos cobrando con el transcurso del tiempo, para cuando termine de escribir el segundo y lo publiquen y tal —se explica, para intentar aliviar el peso de la cifra que flota entre ambos.

Noah asiente, y Jesse sigue goteando agua sobre el suelo.

—Esta noche pago yo la cena —le dice, entre risas.

Él le devuelve la sonrisa, aunque esta no le llega a los ojos.

—Pensaba escribir un poco más.

—Ah, vale. ¿Quizá podamos ir dentro de una hora o dos?

—Claro, como tú quieras.

—Vale, iré a darme un ducha —le dice.

Y eso hace. Cuando sale, lo encuentra aún escribiendo en la cocina. Se sirve una copa de vino y sale al porche para llamar a su madre.

Sara parece rebosar de alegría, le pide que le cuente hasta el último detalle y le dice que va a prepararse un sidecar para celebrar, en honor a su padre. Añaden a su hermana a la llamada, y esta chilla por la emoción.

—¡Mei, que mi hermana ha vendido su libro! —le cuenta a su novia a gritos—. ¡Va a ser una escritora de verdad!

Jesse sonríe.

—Mi hermana es famosa —le dice Lucy, con lo que la hace reír.

Le gustaría que estuvieran en Albuquerque, de camino al Slate Street Cafe, el restaurante elegante en el que las tres habían comido tantísimas veces tras salir del hospital y solían pedir unas patatas trufadas para subirse el ánimo. Echa muchísimo de menos a su madre y a su hermana. A su padre. Por fin ha conseguido lo que llevaba tanto tiempo buscando y no puede compartirlo con él. Contempla las florecillas moradas que flotan en la piscina y el cielo azul e infinito y se pregunta si siempre será así, si todos los momentos de felicidad terminarán dando pie al dolor de la pérdida.

Jesse se termina el vino y vuelve dentro, se pone un vestido, un poco de rímel y se recoge el cabello como a Noah le gusta. Se dirige a la cocina, donde él sigue trabajando, y nota un pinchazo de impaciencia.

—¿Vamos a ir a cenar? —le pregunta.

—Claro —contesta él, sin apartar la vista del ordenador—. ¿A dónde quieres ir?

—No sé, creo que podemos ir a ese restaurante que está más allá de la colina y al lado del mercado, por el que siempre pasamos.

—Vale. Tengo que cambiarme. —Entorna los ojos mirando la pantalla y escribe algo más.

—No tenemos que ir si no quieres —dice Jesse, conteniendo el fastidio que va creciendo en su interior.

—Como tú prefieras —dice él, alzando la vista.

Jesse suelta un suspiro, al sentir que algo en su interior se va deshinchando.

—Es que quería celebrarlo.

—En ese caso, nos vamos —anuncia, para ponerse de pie y cerrar el portátil.

Noah deja las llaves con el aparcacoches y se dirigen hacia el pequeño restaurante lleno de gente que hay en el cañón de Laurel.

Este tiene mesas con manteles blancos, hombres blancos enfundados en camisas elegantes y mujeres blancas con pendientes de oro. Los acomodan en una mesa en un rincón, al lado de un grupo de jazz cuyos integrantes también son todos blancos y que empieza a tocar. La música es tan alta que prácticamente tienen que gritar para oírse.

—¿Qué pasa? —le pregunta Jesse a Noah. Ya sabe que no le gusta el restaurante, que preferiría no tener que estar con esa gente.

—Nada, va todo bien —grita él de vuelta, y, cuando ella no le contesta, menea un poco la cabeza—. No le busques tres pies al gato, anda.

Jesse pide un vino y él, un refresco con limón.

—Felicidades. Estoy muy orgulloso de ti —brinda Noah.

Jesse se seca las lágrimas. No era así como quería que fueran las cosas. Todo va mal.

—¿Pasa algo?

Jesse se encoge de hombros, y ninguno dice nada más. Se sigue secando las lágrimas.

—¿Quieres que nos vayamos? —le pregunta él, tras unos segundos.

—Vale.

Noah le pide al camarero que les ponga la pasta que han pedido para llevar y le pasa su tarjeta antes de que Jesse pueda hacer nada.

Salen del restaurante en silencio. Se siente algo mareada y se tropieza con sus zapatos de plataforma sobre los desniveles de la acera adoquinada. Quizá no debería haber bebido esa copa de vino antes de cenar, pero quiere beber más.

—¿Estás bien? —le vuelve a preguntar él, mientras esperan que les traigan el coche.

—Es lo que te iba a preguntar yo.

—Yo sí, ¿qué pasa?

—Es que quería tener una bonita celebración.

—Jess…

Cuando llega el coche, Noah le abre la puerta antes de que el aparcacoches pueda hacerlo y le entrega a este un billete de diez como propina.

Se la queda mirando unos segundos antes de poner el coche en marcha.

—Sabes que no me gustan este tipo de sitios, pero estaba dispuesto a ir por ti.

—No entiendo por qué no has podido hacer un esfuerzo para que pasáramos un buen rato. Estamos celebrando uno de los días más importantes de mi vida —se explica, y antes de que él pueda decirle algo, añade—: En fin, dejémoslo ya, que da igual. —Se le ha hecho costumbre eso de proteger su enfado, de dejarlo salir solo un poquito para poder devolverlo a su interior.

¿Por qué no ha podido disfrutarlo? Noah quiere decirle que no está acostumbrado a las celebraciones, que no las tuvo cuando era pequeño, pero es que técnicamente no es cierto, al menos no lo era cuando su madre estaba viva. Durante los primeros años de su vida, celebraban todas sus buenas notas yendo a por dónuts y poniéndose a bailar. Su madre apartaba los muebles hasta dejarlos contra la pared, ponía un casete de Marvin Gaye en la minicadena y le daba las manos a Noah para que giraran y giraran por la estancia. Las fiestas de cumpleaños eran un asunto serio que pasaban semanas organizando. Noah ayudaba con la mayoría de los preparativos, aunque era su madre quien horneaba el pastel un día antes de su cumpleaños, una vez que él ya se había ido a dormir, para que fuese una sorpresa. Para cuando cumplió los siete años, su madre ya estaba postrada en cama, por lo que su último pastel lo preparó cuando cumplió los seis. Con dibujitos de las Tortugas Ninja. Para entonces ya había empezado a enfermar, y, cuando Noah se levantó esa noche para ir al baño, la vio sentada sobre las baldosas de la cocina, tomándose un descanso. Aun así, el pastel estuvo perfecto y usó el glaseado de los colores correctos para los antifaces. Donatello, el favorito de Noah, estaba bien grande en el centro.

—Creo que lo que me cuesta es emocionarme por tener que gastar cien dólares en un plato de pasta tal como estamos —le dice, cuando se paran en el semáforo de Lookout Mountain. Y sabe que no es lo que debería decir.

Es un intento por no decirle: «Los restaurantes pijos me ponen incómodo porque, cuando era pequeño, vi a mi madre romperse el lomo limpiando el desastre de todos los demás en la cantina y básicamente sobrevivíamos gracias a las sobras. Porque, más adelante, cuando comía lo que mi tío me dejaba para cenar, a veces me quedaba con hambre, pero no había otra cosa ni tampoco dinero para más».

Es un intento por no decirle: «No tengo ni un duro y la idea de dejarte pagar por la cena me hace sentir como un pringado».

Es un intento por no decirle: «Tus triunfos me asustan porque me da miedo que me dejes».

Lo único que Jesse oye es la sequedad de su tono.

—Iba a pagar yo —repone.

—No puedo ser el tipo negro en un restaurante lleno de blancos al que su novia invita a cenar.

Jesse clava la vista en la ventana mientras Noah va conduciendo por el cañón y se seca unas lágrimas que intenta que él no vea.

—La música era horrible, de todos modos —añade al final, en un intento por hacer las paces.

—Exacto —asiente él, y continúan conduciendo en silencio. Se pasa la salida que los llevaría a casa, y, aunque Jesse se pregunta a dónde van, no le dice nada.

Tras un rato, Noah se estira para apoyarle una mano en el muslo.

—Perdona por ser tan capullo —se disculpa—. Te mereces algo mejor.

—Pues sí —contesta ella, y ambos se ríen un poco. Noah enciende la radio; Marvin Gaye canta *Ain't No Mountain High Enough* y Jesse saca un brazo por la ventana.

Veinte minutos después, llegan al Grand Central Market de la ciudad. Jesse lo ha olvidado, pero lo visitaron ni bien se mudó a Los Ángeles, cuando todavía estaban explorando la ciudad, y a ella le pareció de lo más romántico.

Noah la guía a través del lugar, por una colección de puestos de comida que hay dentro de una especie de almacén al aire libre. Parece estar buscando algo en especial, hasta que lo encuentran: un bar de ostras que Jesse no recordaba. Y le encantan. Noah pide montones de ellas y al camarero le indica que traiga su mejor vino.

—¿Cómo conocías este lugar?

—Estuve buscando el mejor restaurante de ostras de Los Ángeles.

—¿Ah, sí? —Le cuesta imaginárselo sentado leyendo críticas sobre restaurantes.

—Estaba intentando buscar el sitio ideal para pedirte que te cases conmigo. Cuando llegue el momento.

—Ah. —Jesse nota un pinchazo en el pecho. Parece que el amor siempre tiene la última palabra al tratarse de ellos dos. Cuando intenta buscar el enfado que había sentido antes, comprende que ya no está.

El camarero les sirve un Chablis, y Noah alza su copa.

—Por tu libro. Estoy muy orgulloso de ti.

Jesse le da un sorbo a su vino blanco y seco y apoya la cabeza en el hombro de Noah. Lo único que quiere hacer ahora mismo es acurrucarse dentro de él y quedarse allí toda la vida.

CAPÍTULO CATORCE

—**O**ye —dice Noah al acercarse a Katie, quien está fumándose un porro en el porche de Lenny—. Quiero preguntarte una cosa.

—¿Me puedes traer un cafecito primero?

—Vale.

Noah vuelve con su capuchino con canela espolvoreada por encima y le da una calada al porro cuando se lo ofrece.

—Te estás poniendo muy fuertote —comenta Katie—. ¿Te estás metiendo esteroides?

—No.

—Mejor, porque Jeremy estuvo tomando y, según Lenny, no se le levantaba.

—¿Crees que podré conseguir algo en este trabajo? Algo de verdad, que me ayude a avanzar en mi trayectoria profesional. Porque sois la hostia, en serio, pero no puedo quedarme haciendo de recadero y camarero toda la vida. —Han pasado diez meses, y las horas que les dedica las está sacando de su tiempo para escribir. Jesse cree que debería renunciar.

—Tal vez pueda hacer que Lenny te pague un poco. Tenemos un proyecto para el que necesitaremos que nos eches un cable.

—¿Qué clase de proyecto?

—Unos fotocromos. —Lo que vendría a ser unos pequeños pósteres de películas de los años 1910 hasta los 1940, pensados para adornar los pasillos de los cines.

A un amigo de Lenny, un director/guionista famoso, se le ha muerto un hermano. Y resulta que el hermano era un acumulador compulsivo que dejó una colección gigantesca de fotocromos metida en el ático que probablemente valiese millones, la cual debía ser desempolvada y organizada. El director/guionista es uno de los directores/guionistas que Noah aspira a ser algún día, uno que ha recibido un Óscar. Conforme Katie le habla del proyecto, siente que la emoción lo recorre entero.

Lo habla con Lenny, y a cambio de ponerse a organizar los fotocromos, saca trescientos dólares a la semana y, lo que es más importante, la promesa de que Lenny va a pasarle uno de sus guiones al director/guionista. Noah sufre durante días para decidir qué guion enviar y le suplica a Jesse que se relea los cinco que está considerando para ayudarlo a decidir.

Cuando Noah llama a la pesada puerta de madera de la vivienda bien escondida en Hollywood Hills, lo saludan dos galgos ingleses seguidos de una mujer muy frágil de cabello largo y entrecano que lleva un albornoz que apenas se ha cerrado.

—Hola… —intenta presentarse, pero la mujer le hace un ademán en dirección a unas escaleras angostas en medio del amplio y abarrotado lugar. La luz que se cuela por las vidrieras ilumina montones de partículas de polvo y hace que el ambiente parezca vivo.

Cuando se adentra en la casa, el olor enfermizo con el que se encuentra lo sobrepasa, como si se le metiera directo a los órganos. Contiene una arcada, sale corriendo y vomita en la buganvilla. ¿Cómo se las arregla la gente blanca para empezar la vida con tanto privilegio y aun así cagarla de forma tan monumental?

Pota tres veces más antes de terminar de cargar la colección al completo (caja tras caja de fotocromos) en la furgoneta de transporte que ha alquilado.

Las cajas aún conservan algo de la peste de la casa, incluso después de que Noah las descargue en la casa de invitados de

Lenny, y durante las siguientes semanas, tiene que darse un descanso al catalogarlo todo para salir a respirar un poco de aire fresco a la terraza. Aun con todo, el proyecto le parece fascinante en cierto modo: el Hollywood de antaño, preservado de forma muy meticulosa bajo capas y capas de mugre. Si bien no está ni cerca de donde se imaginó que podría llegar cuando cruzó la mitad del país en el Impala de Dev desde Chicago, el hermano muerto que coleccionó todos esos objetos seguro que también creía en el polvo de hadas que tenía Los Ángeles, y Noah cree que, quizá, por fin haya entrado en contacto con algo de él. Vuelve a ver las películas del director/guionista y junto con Jesse se terminan de decidir a pasarle (lo que ella considera) un thriller artístico y de trama interesante.

Noah va escuchando *Money Trees* a todo volumen en su Impala mientras va por el tráfico incesante de Sunset Boulevard en un intento por escapar de Bel Air y revisa su bandeja de entrada. Y entonces le llega el correo del director/guionista: «Muchas gracias, colega, por darle orden a todo el trabajo que hizo mi hermano. Nos criamos en una especie de cueva; nuestra infancia en el Centro Oeste del país estuvo llena de oscuridad, y no todos consiguen dejarla atrás. Tienes talento para esto. ¿Te gustaría que le pasara tu guion a uno de los agentes de mi equipo? Es un poco capullo, pero es lo que hace falta para ganarse la vida en Hollywood».

No se lo puede creer. Tiene que pisar el freno a fondo para no estamparse contra el coche que va delante.

Tres semanas después, el director le pasa la respuesta del agente: «El chico tiene madera. Me gusta su estilo. ¿Me pasas su info?».

¡Por fin le ha llegado su momento! Tiene una reunión con un agente, después de tantísimos años. Se cambia de ropa cinco veces, deja la mitad del contenido de su armario desperdigado sobre la cama, se prueba seis pares de deportivas y limpia con mucho cuidado hasta la manchita más diminuta de las suelas. Se pone los pendientes de diamantes que Jesse le regaló por su cumpleaños, solo para quitárselos y terminar volviéndoselos a poner. Sale de casa una hora antes de lo que debería.

Y, una vez que sale, juraría que nota el perfume de su madre. No puede evitar pensar que lo está acompañando. Mientras surca las calles de Beverly Hills, recuerda su infancia en Chicago, cuando caminaba al lado de su madre para ir al colegio de primaria Ray. Para cuando empezó preescolar, su madre había ahorrado lo suficiente para alquilar un tercero sin ascensor justo saliendo de Hyde Park. Estaba obsesionada con la zona, porque quería asegurarse de que su hijo fuera a una buena escuela. Una que fuese lo bastante buena como para que los profesores mandaran a sus propios hijos, incluso.

Después de que su madre lo dejara en el colegio cada día, se iba a trabajar. Solía recogerlo su tío o su abuelo, y él rogaba para que lo llevaran a verla. Aparcaban fuera de la cantina del campus, normalmente en una zona de carga y descarga, y se quedaban en el coche el tiempo suficiente para que Noah se abriera paso entre las pesadas puertas dobles y corriera en dirección a su madre, que tenía el cabello recogido con una redecilla y un sombrerito blanco, mientras limpiaba las mesas.

—¡Mi bebé! —exclamaba ella, regalándole esa sonrisa tan bella que tenía.

Su madre le servía un poco de helado de la máquina y lo dejaba sentadito en una de las sillas enormes de la cantina mientras ella seguía con lo suyo: barriendo, limpiando mesas manchadas de kétchup y apilando bandejas con platos a medio comer. Cuando creía que él no la estaba mirando, se llevaba una mano a la espalda o se inclinaba un poco para aliviar el dolor. *¿Por qué no pueden recoger sus propias bandejas?*, pensaba él, al ver que los estudiantes se levantaban de las mesas sin afectarse en lo más mínimo. Pasaban por el lado de su madre como si no estuviera.

De vez en cuando, ella se sentaba junto a Noah durante unos minutos para decirle:

—Algún día tú serás uno de estos universitarios.

Lo mandaba a casa a hacer los deberes y le llevaba sobras de lasaña, pizza o comida china grasienta de la cantina para cenar, las cuales le servía en la vajilla de bordes dorados que había heredado de su abuela. Libraba los miércoles, los días en los que Noah salía temprano del colegio. Entonces lo recogía ella misma y tomaban el tren hacia el centro, para ir al Museo de Ciencias e Industria (el favorito de Noah) o al Instituto de Arte de Chicago (el favorito de su madre). Cuando volvían a casa, encontraban chili en una olla y unas galletitas listas para meter en el horno. Su madre le leía antes de comer, mientras le acariciaba el cabello.

—Noah, tú nos vas a construir un arca —le decía.

Noah aparca cinco manzanas más allá del hotel, se echa un vistazo al pelo en el retrovisor y saca el cepillo que lleva en la guantera. Siente nervios, pero también optimismo. Esta podría ser su oportunidad. Va a firmar con el agente, va a vender su guion. Dejará su trabajo en el Hard Rock, le pagará a Eric la matrícula para que pueda estudiar en la Lab School, se casará con Jesse, producirán su película, le comprará una casa, tendrán un hijo…

Encuentra a Josh, el agente, en el bar, vestido con una gorra de béisbol y deportivas de marca y bebiendo una copa de vino blanco. No le saca muchos años, pues es un miembro júnior en el equipo del director.

—Eh, colega, qué tal —lo saluda al verlo llegar—. Encantado de conocerte.

Noah le dedica su sonrisa de oreja a oreja. Se acomoda en el banco al lado de Josh y pide una cerveza que no bebe. El agente le dice que le gustó mucho su guion, que cree que tiene lo que hace falta, pero… Pero que el protagonista le parece un poco cabreado. Noah se obliga a sonreír una vez y le dice que no pasa nada, que es algo que se puede corregir.

—Es que no sé si esta sea la indicada —le dice Josh—. Siendo sinceros, el concepto me pareció un poco genérico. Pero me gusta tu estilo. Últimamente la gente está buscando puntos de vistas más diversos. ¿Qué más has hecho? —Noah pasa por alto la sensación que parece hervirle en el pecho, cómo se le estruja el corazón como hace el barman con un limón para un cóctel elaborado. Un camarero pasa por su lado (uno negro vestido con traje y corbata) con una bandeja de embutidos y quesos. Noah le habla de la comedia romántica, la comedia de acción y el drama familiar, pero Josh casi que no lo está escuchando.

—Me encantaría leer tu siguiente proyecto —le dice—. Una vez que encuentres tu camino, creo que podrías llegar muy lejos. —Y entonces intenta ponerse a hablar sobre baloncesto.

Josh es igual que todos los blanquitos con los que Noah estudió en la Universidad de Chicago, con sus polos Lacoste y sus gorras de béisbol, pantalones de lino ligeramente arrugados y deportivas de las caras, muy seguros de su derecho a opinar en clase, de la importancia de su propia voz; es como aquellos que solían dejar sus bandejas tiradas en la cantina para que su madre las recogiera. Son el tipo de jovencitos que terminan convirtiéndose en los hombres que dirigen el mundo. Siempre lo ha tenido claro.

Se va de la reunión con una furia hirviente que lo cubre entero y lo sofoca, agobiante como el calor de fines de julio que parece más y más intenso cada año. De pronto le entran ganas de correr, aunque ¿a dónde iría? ¿Qué más podría ser?

Para su madre, Noah era su mundo. Sin embargo, tras su muerte, para el mundo que no los comprendía a ellos dos, Noah casi ni era un niño; ya lo veían como el hombre en el que se iba a convertir y que iba a terminar trabajando, en el mejor de los casos, en un restaurante de comida rápida o en una tienda, limpiando baños, conduciendo buses o, en caso contrario, como un peligro en potencia. No veían lo vulnerable que era. Se ha pasado la mayor parte de la vida intentando demostrar que su vida también importa, a pesar de que le digan lo contrario. Y es agotador.

Oye las noticias por la radio en su camino de vuelta a casa: absuelto. Un chiquillo de catorce años que volvía a casa tras comprarse algo para comer asesinado por un adulto. Y el asesino ha quedado absuelto. La furia que Noah nota en el estómago se vuelve peligrosa, como un animal herido y desesperado por defenderse.

Pasa por una estación de servicio y se compra unos Skittles y un zumo de sandía de marca Arizona. Si la dependienta sabe por qué esos artículos se compran juntos, no dice nada, así que él se limita a dejar su compra en el asiento del copiloto. Tres calles antes de llegar a casa, aparca y rompe a llorar.

CAPÍTULO QUINCE

2003

juliettemarker@uchicago.edu
(Sin asunto)
Para: anniebannanie@nyu.edu

Annie, no tengo ni idea de cómo me las arreglo para despertarme y salir de la cama, pero lo hago. Me pongo lo que sea que encuentre tirado por el suelo y hago cola en la cafetería que hay en el campus. Allí sirven nuestro café de vainilla, el que me pido siempre, y un bagel. Básicamente sobrevivo a base de bagels y almendras, la verdad. Y de esas botellitas diminutas de whisky que dan en los aviones. Todo es muy raro y solitario aquí, aunque supongo que al menos me siento sola y en un lugar raro pero nuevo, donde puedo fingir que en casa me espera lo mismo de siempre. El otoño aquí es precioso y muy melancólico, así que me he estado poniendo mi abrigo de Chicago. Más de una vez he vuelto a mi habitación pensando que llamaré a mi madre para contarle lo absurdo que es todo aquí. No dejo de pensar en que volveré a casa para el Día de Acción de Gracias, cuando recogeremos hojas para adornar la mesa y haremos coronas de romero. A veces tardo mucho en recordar que ya no la voy a encontrar allí. Porque no está. Y me siento como un círculo sin centro. Te echo muchísimo de menos. Cuéntamelo todo sobre Nueva York.

Tu Juliette

anniebannanie@nyu.edu

Re:

Para: juliettemarker@uchicago.edu

Julie, perdona que no pude contestar tu llamada anoche, estaba trabajando. Creo que me gusta más ser camarera que estudiar, la verdad. El
dueño me deja beber champán mientras curro siempre y cuando no
meta la pata con nada. Y eso me ayuda a forzar sonrisas. Voy tarde a
clase, te llamo después.
Te quiero infinito.

juliettemarker@uchicago.edu

Oye que sigo viva, eh

Para: anniebannanie@nyu.edu

Annie:

Hoy es uno de esos días en los que me despierto con ansiedad y más
sola que la una e intento seguir con mi vida y hacer caso omiso de este
terror que no me deja en paz, pero me resulta imposible. Siempre tengo frío. Hace mucho frío en Chicago. Y me quedo corta, claro que me
quedo corta, pero es lo que más destaca de esta ciudad. Cuando vuelvo después de clase, me lo quito todo y salgo corriendo por el pasillo
envuelta en una toalla hasta llegar al baño, poner el agua hirviendo y
dejar que me caiga encima hasta que la piel se me pone roja y noto
que los huesos se me empiezan a descongelar. Como la residencia es
mixta, hay un solo baño para chicos y chicas, algo que me sorprende
muchísimo. Hay un chico, Max, que siempre está cuando tengo que ir,
y como es tan alto, la cabeza se le asoma por encima de las separa-
ciones de los cubículos y me preocupa que se esté haciendo una paja
conmigo ahí. Puaj.

¿Ya tienes amigos por allí? Porque yo no.

Lo más cercano a amigas que tengo es mi grupo de estudio de
teoría de matemáticas, y la más maja es Adele. Me invitó a su habitación

y escuchamos música y preparamos ramen en la cocina compartida de su residencia. Me pareció como si me estuviese poniendo a prueba y creo que no la he pasado. Me habló de su familia, lo que llevó a que le contara sobre mi madre muerta y entonces me puse a llorar como si no hubiese un mañana en plena cocina y ella se quedó ahí plantada sin saber qué hacer. Pero es que ¿qué podía decir? ¿Qué puede decir nadie?

El único que me cae bien de verdad es mi profesor de poesía. Le gustan las obras de mi madre, así que me trata bien. En su seminario solo hay estudiantes de otros cursos y yo. ¿Te conté que me aceptaron?

Y también nos da créditos extra si nos ofrecemos voluntarios a enseñar escritura creativa en uno de los institutos de la zona. Me apunté, aunque creo que lo hice más que nada porque me mola (está casado y siempre habla y habla de su mujer, así que tranqui, no creo que un amorío sea posible).

En fin, dar clase me dio miedito al principio. Apenas soy mayor que mis alumnos, pero resulta que, además del seminario, es lo único que me emociona cada semana. Los chicos a los que les doy clase tienen mucho talento, y la mayoría escribe sobre algún tipo de sufrimiento que han pasado en su vida, así que eso hace sentir como si no fuese la única con un sello de tristeza en la frente. Me gusta pensar que quizá pueda serles de ayuda, al menos dentro de lo que permite la poesía.

Supongo que tengo que irme y ponerme con la entrega. Ya no quiero estar en la biblioteca, pero tampoco quiero volver a mi habitación. Ni a ningún otro lado.

Con amor,

Yo

anniebannanie@nyu.edu
Son las cuatro de la mañana...
Para: juliettemarker@uchicago.edu

Juliette, ¿sigues siendo preciosa y lista y mi ser humano favorito de todo el planeta? Pues sí. Sé que soy de lo peor y que te debo una llamada, es que no me da la vida. Llevo como un mes sin hacer la colada… Voy por la vida sin bragas y los calcetines que llevo me los he puesto tres veces ya. De verdad que doy un poco de asco. En mi seminario de Literatura estamos leyendo *Tatuado en el cuerpo*, y es tan bonito que me hace pensar en ti. Me encanta Nueva York y ojalá estuvieses aquí. ¿Cuándo podré verte? Te echo muchísimo de menos, joder. Me paso el día pensando en ti y en Margot.

juliettemarker@uchicago.edu
Pero tú dónde andaaaaas
Para: anniebannanie@nyu.edu

Annie:

Llevo una resaca que no veas hoy. En el único día que se podría decir que casi hace calorcito en medio de todo este tiempo de otoño. Necesito un zumo de pomelo recién hecho y algunos de tus mimitos patentados. Llevo todo el día sin despegarme de la cama más que para ir al baño. Aunque no te lo creas, después de haber berreado en la cocina de la residencia de Adele, me invitó a una fiesta. Me emocionaba un pelín tener planes; o sea, el agujero sin fondo de desolación y desdicha que tengo dentro y que siempre sobrepasa a cualquier otra emoción que sienta sigue ahí, pero esto era mejor que estar sola y hasta me pinté los labios y me puse guapa (en plan, con el jersey sexi que me puse para ir a casa de Matt aquella noche, el rojo de encaje). También fueron otras dos chicas y ambas eran majas, pero ya sabes, da mucho palo tener que averiguar cómo ser tú misma —o una versión de ti misma— cuando conoces a alguien nuevo. Y sobre todo ahora. Pero bueno, la cosa es que estaba haciendo el esfuerzo, Annie. Así que llegamos y todo es así, rollo universitarios pijos y yo me quedé como pues hala, es lo que hay. Seguro que puedo bailar una canción de Nelly o Ludacris, solo necesito un poco de alcohol. Y, cómo no, de eso hay montones. Nos servimos una copa en una mesa llena de botellas de vodka barato y zumo de arándano y toda la pesca. Nada que ver con el vino blanco que servía mi madre, claro. No sabes cómo echo de menos la vida que teníamos antes. Y bueno, empezamos bailando todas juntas, pero como ellas conocían a otras personas pues supongo que terminaron yéndose por ahí y yo me quedé sola, así que me puse a buscar al tipo más guapo de la fiesta para hacerle ojitos. Se me acercó (para entonces ya me había servido varios vodka con Sprite, sin duda) y se puso en plan «eh, qué tal, me llamo Jason» y yo como «y yo, Juliette». Y él «Juliette, estás tremenda» y yo «ah pues, gracias» (¿supongo?). La verdad es que me alegraba tener alguien con quien hablar, hasta que me puse a pensar en todo lo que implicaba, en tener que hacerle una mamada en el cuarto de quién sabe quién y buah, es que no pude. Así que me fui y, no sé cómo, volví sola a casa. Creo que me quedaré virgen para siempre (en teoría, al menos), porque no creo que vaya a poder enamorarme de alguien que no seas tú.

¡Annie, que no me contestas! Te he dejado como cinco mensajes en el buzón de voz y te he llamado mil veces y sé que estás ocupada con tu curro de camarera pija y con todo el rollo de Nueva York, pero es que te necesito, joder.

juliettemarker@uchicago.edu
(Sin asunto)
Para: anniebannanie@nyu.edu

Annie:

Perdona que me haya puesto tan borde por teléfono. La verdad es que no sé si sigo siendo humana del todo: la soledad puede hacer que una pierda la cabeza, según me cuentan. Estaba cabreada porque nunca me contestas, por no estar cuando te necesito, cuando te quiero tanto, cuando eres lo único que tengo en la vida, pero me gustaría haberte contado cosas, haber escuchado lo que querías contarme, para poder imaginarte mejor y proyectarte donde estás, a años luz de distancia. He estado dando vueltas por ahí, buscando un café para poder terminar mi entrega sobre Flaubert. Tengo la sensación de que mi madre está observándome desde algún lado y creo que esa es la única razón por la que me esfuerzo para entregar un trabajo que sé que voy a suspender. Y bueno, que me he enamorado de Hyde Park a las dos de la madrugada. O sea, no de verdad, sino como que he caído bajo su hechizo. El frío no parece tan frío en plena noche.

Los loritos verdes son mágicos. Son estos pajaritos como de cuentos de hadas que escaparon de su prisión en unos barcos cuando los traían para venderlos como mascotas y acabaron formando colonias. Los veo revoloteando por el barrio, con su cuerpecito de colores alegres contra las ramas vacías de los árboles y el cielo gris. Se las arreglan para sobrevivir incluso cuando hace un frío que pela.

Ojalá algún día puedas ser mía de nuevo, y entonces yo seré tuya y, hasta que ese día llegue, no sé qué va a pasar, Annie. No sé dónde estoy ni cómo decirte las ganas que tengo de hacer que me quieras. Creo que son tantas que casi podría conjurarte aquí mismo.

Annie está en la biblioteca, intentando terminar una redacción que debía haber entregado la semana pasada. Cierra el último correo de Juliette, sin saber muy bien qué decirle, y se promete que la llamará luego. Pero entonces va tarde para el curro, a toda prisa, por lo que no la llama en el camino, y cuando sale de trabajar se va de copas con sus compañeros y de pronto ya son casi las dos de la madrugada.

La última vez que hablaron, Juliette estaba imposible, como es clásico en ella: una mezcla entre furiosa y tierna, tan apática que daban ganas de zarandearla y, al final de la llamada, hecha un mar de lágrimas. Cuanto más se enfada con ella, más le cuesta a Annie aunar las fuerzas suficientes para contestarle, para devolverle las llamadas. Aun así, la intensidad del amor que siente por Juliette no ha disminuido ni un poco; lo lleva consigo a todos lados, para sus adentros, incluso cuando no puede ni consigo misma, incluso cuando se arriesga a sobrepasar sus límites.

Cuando le dice a su amiga que va de culo, que no puede con su vida, no le miente. Quizás es que se ha montado una vida imposible a propósito, para intentar ir al mismo ritmo que la ciudad, con la necesidad de estar en todos lados a la vez y siempre llegando tarde a alguna parte. En busca de ese chute de adrenalina que pretende ahogar las pérdidas idénticas de su propia madre y de Margot, lo más cercano que tuvo a una madre de verdad.

Si bien su padre la está ayudando de forma económica para complementar lo que le dan con la beca, el hombre no es millonario y Nueva York es una ciudad muy cara en la que vivir, por lo que, además de sus clases, Annie tiene que trabajar de camarera a tiempo completo. Se enorgullece del trabajo que tiene, y el restaurante francés en la calle Bleecker le da acceso a una dimensión totalmente distinta de la ciudad. Porque no es una universitaria sin más, sino que es casi una neoyorquina. Ha empezado a acostarse con Florian, un compañero de trabajo que también es camarero y casi un adulto, con sus veintiséis tacos. Y eso la hace sentir culpable, claro. No soportaría contárselo a Juliette, pero el hambre que siente por Florian es casi voraz. Porque el dolor es así: salvaje. Sabe que está siendo egoísta. Sabe que el deseo de vivir sin más (de sentirse viva) es egoísta. Pero, según parece, es el único modo que tiene de seguir adelante.

Muy tarde a la noche siguiente, después de salir del trabajo un poco piripi por haberse bebido unas copas de vino blanco con sus compañeros al terminar de currar, se percata de que tiene otra llamada perdida de Juliette, así que se obliga a llamarla.

—*Hola* —contesta ella.

—Hola, ¿cómo estás?

—*Ahí voy.* —Annie puede oír cómo las lágrimas tiñen sus palabras. Dobla en la calle Clinton, lo que la hace pensar en la canción de Leonard Cohen que les encanta a las dos.

»*¿Qué haces?* —le pregunta Juliette, tras un rato en silencio.

—Voy de camino a casa. He tenido turno doble hoy.

—*Ah.*

—Perdona que haya tardado tanto en llamarte. He perdido el cargador, así que he pasado días con el móvil sin batería. El barman me lo ha puesto a cargar en el curro.

Juliette no le dice nada.

—¿Y tú que haces? —le pregunta Annie, tras otro silencio.

—*Fumo un rato. Te oigo muy lejos.*

—Es que estoy muy lejos —repone, antes de añadir—: Estoy en la calle Clinton.

—*¿Ah, sí?*

—Sí. Y te echo de menos. Iré pronto a visitarte, lo prometo.

—*Ya iré yo a verte. Quizás en Navidad.*

—¿En Navidad?

—*Salvo que quieras darte una escapadita a México o algo.*

Annie se echa a reír.

—*No puedo volver a casa, Annie. No puedo hacerlo este año. Creo que me mataría.*

Annie no se ha perdido ni una sola Navidad en el pasaje Regaliz desde que su padre compró la casa cuando ella tenía cuatro años. Es su época favorita en el sur de California: le gusta la combinación de las palmeras y la nieve falsa, ayudar a su padre a colgar las luces y beber chocolate caliente juntos en el tejado. No hay ninguna época en la que se sienta más cercana a él. Pero Juliette tiene razón, ¿cómo podría soportar pasar las Navidades en Goldstone sin su madre ahí con ella? Además, Sandra se mudó con su padre un mes después de que ella se fuera a la universidad, por lo que las fiestas serían muy raras de todos modos. Quizás una Navidad en Nueva York sea algo divertido. Tal vez si están en la misma ciudad, Annie pueda compensarla por todo lo que ha pasado.

—Vale —acepta—. Se lo diré a mi padre. Tengamos nuestra propia celebración aquí. Iremos a ver el árbol enorme que hay en el Rockefeller Center y a patinar sobre hielo.

Ambas tienen sus últimos exámenes finales el veintitrés de diciembre, y Juliette llega esa misma noche. Sí que se van a patinar al Rockefeller Center, en Nochebuena, y es precioso. Se emborrachan lo justo y necesario con la petaca de whisky que ha llevado Annie para el paseo y van de la mano cantando villancicos todo el camino de vuelta a casa. Juliette sigue teniendo una voz adorable. Se quedan en un piso en Chelsea que es de una de las amigas de Margot que se ha ido de viaje por las fiestas, lo cual es un cambio bastante lujoso en comparación con la habitación de Annie en la residencia de estudiantes. Sobre la cama tan alta en la que van a dormir, las piernas de Juliette están llenas de pecas, sus labios, cuarteados y rojos, y Annie la ve tan guapa que se queda sin aliento, pues su belleza es de lo más natural. Se abrazan, rozándose con los pies bajo las mantas y, por fin, hacen el amor.

Dejan la cocina patas arriba al preparar sus propias versiones de los platos típicos que sus padres solían preparar en las fiestas: berenjena a la parmesana en el caso del padre de Annie y puré de chirivías y anchoas asadas con salsa romesco en el caso de Margot. También preparan unas galletitas con forma de medialuna y azúcar espolvoreado por encima. Beben vino especiado y Juliette les compra unas botellas de un Beaujolais muy caro.

Annie tiene esperanzas: a pesar de la distancia y la tragedia, siguen siendo ellas dos. Juliette le trenza el cabello en una corona y se ponen a comer galletitas saladas que mojan en té. Salen a disfrutar de un desayuno alcoholizado —en un lugar que sirve mimosas baratas todo el día—, dan largos paseos por la ciudad enfundadas en sendas bufandas y se pasan por el museo Whitney y el Met. Annie evita llevar a Juliette al MoMA, donde hay una exhibición de Margot Marker con una foto en la que una Juliette de seis años y tal como Dios la trajo al mundo hace el pino al lado del gallinero en Goldstone y otra de ella a los doce en un vestido de encaje rasgado, durmiendo (o eso parece) bajo el melocotonero.

Sin embargo, conforme van pasando los días, Annie empieza a notar las grietas en Juliette. Como si fuese una niña pequeña, su amiga no quiere separarse de ella. Cuando salen, le hace ojitos a todos los chicos que ven en bares, restaurantes o caminando por la calle, según parece con la intención de que Annie vea lo fácil que le resulta llamar la atención. Quiere que la miren en todo momento, como si fuera a tenderse desnuda sobre la cama a la espera de que le hagan fotos.

Pese a que se pidió todos los días libres que pudo en el restaurante, antes de que la visita de Juliette llegue a su fin Annie debe volver al trabajo. Su amiga rechaza todos los planes que le propone de ir a ver una película o visitar el museo Guggenheim y decide quedarse en el bar del restaurante para emborracharse. Pero en mal plan. A Florian le toca trabajar esa noche, y Annie aún no ha encontrado un modo de contárselo a Juliette. Intenta no tontear con él, pero su amiga debe habérselo olido cuando las acompaña a casa después del curro y la ayuda a subir a una Juliette tambaleante por las escaleras hasta la cuarta planta. En cuanto Florian las deja, Juliette abre los ojos de par en par, se incorpora en la cama y le pregunta, arrastrando un poco las palabras en tono acusador:

—¿Es tu novio o solo te lo estás tirando?

—No sé. Creo que algo entre esas dos cosas —responde Annie, evasiva.

—¿Y no me lo has contado? —La traición en su voz es evidente.

—Es que da igual. Es sexo y ya. Sabes que me gusta follar.

—Pero nos lo contamos todo.

—Lo sé, lo siento. No quería hacerte enfadar.

—¿Por qué me iba a enfadar? —Juliette abraza la almohada de Annie contra su pecho.

—No sé —contesta ella, sentándose a su lado.

—Creías que iba a ponerme celosa.

—Puede ser. O quizás es que me sentía mal por... No sé, por intentar olvidar.

—Si te puedes permitir el lujo de olvidar, ¿por qué no lo harías? —El tono que usa es ligeramente afilado, y, para ser que está tan borracha, es bastante sorprendente—. Llevas todo el año intentando olvidarme.

—A ti no —dice Annie—. A ti nunca. Eres mi alma gemela, Julie. Te quiero más que a nadie en este planeta.

—Si estás saliendo con él, quiero conocerlo de verdad.

—Vale —contesta, y entonces Juliette empieza a desvestirla.

Al día siguiente, bajo la luz de la mañana, Juliette declara que quiere conocer al «follamigo» de Annie, como insiste en llamarlo. De modo que, esa misma noche, los tres van a cenar. Al principio, Juliette es un encanto. Es la chica radiante de la que todos se enamoran, y Annie se siente orgullosa de poder presumir de ella.

—Que sepas que es mía —le informa Juliette a Florian con una sonrisa, conforme ocupan sus asientos en el restaurante de comida india—. Solo quería dejarlo claro. —Florian le devuelve la sonrisa, y Annie nota que se sonroja, pues la emoción de ser el centro de la atención de ambos la hace sentir por las nubes. Cuando se marchan, los tres tienen la barriga llena, van un poco piripis y con las mejillas sonrojadas por hacerle frente al frío aire nocturno mientras se dirigen a un bar subterráneo. Sin embargo, conforme la noche sigue avanzando y beben más y más, Juliette empieza a perder el control al ver a Florian acariciarle las piernas a Annie, dejarle besos por el cuello y tocarle el culo. Se pone a berrear en pleno bar, pero se rehúsa a que Annie la lleve de vuelta a casa. Al final, termina desapareciendo un rato y cuando vuelve va de la mano con una mujer mayor que ellas (de unos treinta o así).

—Nos vemos mañana —se despide, hasta que Annie la sujeta del brazo.

—Julie, espera —le dice, pero Juliette aparta el brazo de un tirón y se marcha de todos modos. Al día siguiente, Annie se despierta muy temprano al oír la voz de Juliette y, cuando se asoma por la ventana, la ve plantada en la calle, con el cabello hecho un lío, descalza y con la misma ropa del día anterior. Está envuelta en la bufanda que llevaba y no deja de gritar, presa de la desesperación:

—¡Annie! ¡Joder, Annie! ¡Annie, Annie, Annie!

Así que Annie baja corriendo a abrirle la puerta. Juliette pasa por su lado sin más, murmurando que ha perdido el móvil. Puede ver que su amiga se está desmoronando, pero no sabe cómo detener las grietas que no dejan de extenderse en la estructura de su alma. Después de que Juliette se dé una ducha, van a la tienda de móviles y a desayunar, con una niebla tristona y difusa que las rodea. Una sensación enfermiza que nada consigue calmar. Se beben unos Bloody Mary y Juliette juguetea con sus patatas.

—¿Qué pasó anoche? —quiere saber Annie, y su amiga se encoge de hombros.

—Nos liamos.

—¿Y te gustó?

Juliette se encoge de hombros de nuevo.

—No estuvo mal.

—Sabes que lo de Florian es algo del momento y ya, ¿no? Sabes que a ti te querré para siempre —le dice Annie, sin saber qué hacer.

—¿Cuándo podremos vernos de nuevo? —pregunta Juliette. Se supone que su vuelo de vuelta a Chicago sale esa noche. Annie le pregunta si asistirá a la boda de su padre con Sandra en primavera y le promete que irán a París en verano.

Y ese es el último día que la ve.

CAPÍTULO DIECISÉIS

2013

—Es precioso, ¿no te parece? —pregunta Jesse, abriendo la puerta con la llave que su casero les ha dejado en la cajita de seguridad y las cejas alzadas por la expectativa—. Tiene un jardincito y todo, mira.

—Dexter y sus hijas volverán en unas pocas semanas, por lo que Noah y Jesse deben buscar un lugar donde vivir.

Solo que Noah no comparte su entusiasmo.

—Es un poco pequeño —comenta—. Sobre todo para lo que cuesta. —Este bungaló en la playa cuesta el doble de lo que costaba su casa en Silver Lake.

Y más tarde, mientras pasean por el vecindario, Noah añade:

—Parece que Santa Mónica está llena de blancos.

Jesse examina la calle hasta que clava la vista en un hombre negro con rastas que lleva un bebé en el pecho y sale de una Groundwork Coffee.

—Ese de ahí no es blanco —señala.

El tipo porta una sonrisa alegre, un bañador y unas sandalias de marca Teva. Le dedica un ademán con la cabeza que Noah no se digna a devolver.

—¿Estás segura? —inquiere, y Jesse no puede evitar echarse a reír, por lo que Noah le devuelve la sonrisa—. No vas a conseguir que me encante, pero si quieres mudarte aquí, eso haremos —decide, mientras una chica blanca con trenzas rosa pasa junto a ellos a toda prisa en su bici de paseo.

—Es que estaríamos a solo dos calles de la playa —contesta Jesse.

Dos días después, firman el contrato.

Tras trasladar todas sus cajas, Noah le da una llamada a Cal para que lo ayude con su mandarino, y, entre los dos, sacan la maceta del asiento trasero de su descapotable, bañados en sudor, y lo colocan en el porche.

Esa noche, Katie le escribe a Noah para contarle que han vendido la colección de fotocromos por diez millones de dólares a un miembro de la realeza en India. Diez millones, mientras que él ganó trescientos cincuenta pavos a la semana por desenterrar y organizar aquel caos polvoriento, además de los cero dólares que gana por hacerle de recadero a Lenny. A la mañana siguiente, Noah renuncia a sus prácticas. Les dice que necesita un trabajo de verdad. Uno donde pueda cobrar un sueldo.

Mientras Jesse va acomodando platos, Noah busca un segundo empleo en Craigslist y empieza a enviar solicitudes para hoteles y restaurantes lujosos. De esos que le repatean. Unos gusanillos de culpabilidad y preocupación empiezan a torturar a Jesse; cuando arrastró a Noah hasta este piso, se convenció a sí misma de que podría hablar con él para que la dejara encargarse del alquiler, pero él insiste con pagar la mitad. Y tendría que haberlo sabido.

Jesse le sugiere que les pregunte a sus amigos si alguien sabe de algún trabajo, pero a Noah se le han acabado las fuerzas para pedir favores, por lo que, sin que él se entere, ella misma se encarga de preguntar por ahí. A la semana siguiente, la madre de Cal lo contacta para decirle que una de sus clientas (una ejecutiva de televisión que acaba de divorciarse) está buscando un asistente personal a media jornada.

Cuando Noah llega a la vivienda en Los Feliz, una urbanización cerrada, se encuentra con la mujer, Jodi, en el jardín con sus dos hijos: una niña en edad preescolar que está coloreando y un pequeñín de unos dos años que va jugando con el monopatín de un lado para otro en la acera. Jodi tiene el cabello rubio y liso, una sonrisa fácil, y el tipo de figura que solo se consigue con mucho empeño a su edad (unos cuarenta y tantos, según calcula).

—¡Noah! ¡Qué tal! —exclama ella.

—Hola, mucho gusto.

—Jenna no me dijo que eras así de guapo.

Noah se pregunta si por «guapo» lo que en realidad quiere decir es «negro» y se queda plantado en el borde del jardín tan bien cuidado.

—Venga, pasa. Te daré el *tour*.

Una hora más tarde, Noah termina enfundado en un bañador viejo del exmarido de Jodi y nadando en la piscina con los niños. La niña, Ivy, le ordena una y otra vez que la lance por los aires, mientras que su hermano, Jax, quien no se ha quitado sus gafas de sol diminutas desde su llegada, parece estar en otra dimensión. A Noah le gustan los críos; algo en la vulnerabilidad que tienen todos hace que le resulte imposible resistirse a su encanto.

Jodi se sienta en una tumbona para vigilarlos. Tiene una copa de vino rosado en la mano, las piernas bronceadas con unos puntitos diminutos, como si no se hubiese rasurado en un par de días, y una mirada de absoluto cansancio que la delata.

Jax sale de la piscina y corre hacia ella para tirarle de la camiseta.

—Leche, mamá —exige, con lo que Jodi se saca un pecho de la camiseta y Noah intenta mantenerlos fuera de su campo visual mientras el crío se queda bebiendo allí plantado.

—Sé que ya no debería darle el pecho —se excusa, aunque sin mucha vergüenza—. Pero después del divorcio…, no me pareció el momento adecuado. Necesita todo el apoyo que pueda darle.

Noah asiente.

—¡Ay! —se queja, porque la ha mordido. El niño sale corriendo—. Y bueno —le dice a Noah, mientras vuelve a cubrirse con la camiseta—. Jenna me contó que eres guionista.

—Sí, eso intento.

—Genial. Pues, una vez que termine tu tiempo con nosotros, leeré alguno de tus guiones y veré si puedo echarte un cable.

—Vaya —exclama él—. Eso me ayudaría mucho.

—¡Noah! —lo llama Ivy—. ¡Otra vez! ¡Quiero volar otra vez!

Después de lanzar a la niña por los aires varias veces más, ayuda a Jodi a secar a los niños y ella los deja viendo la tele. Conforme los adultos conversan, los niños van reclamando cosas de rato en rato, a lo que Jodi contesta de inmediato: sirve agua, recalienta una quesadilla que había quedado olvidada en la encimera, corta un melón en trocitos, vuelve a servir agua, solo que esta vez con unos cubitos de colores reutilizables en ella.

—Como ves, lo que necesito es un marido sustituto —dice, con una risa algo forzada—. Ambos van al cole todos los días, pero necesito que los recojas y los entretengas un rato en lo que yo termino de trabajar. Puedes llevarlos al parque o a nadar o lo que sea. Que me ayudes un poco con la organización, porque hay una montaña infinita de chorradas de las que encargarse, como formularios para excursiones y uniformes para los entrenamientos de fútbol y quedadas con otros niños y toda la pesca. Y me gusta que seas hombre, así puedo enseñarles a los críos que este no es solo un trabajo para mujeres.

—Vale, sin problema.

—Y ya que eres guionista, de vez en cuando te pediré que leas algunas cosas para mí. Nos llega material de forma constante y mi asistente a veces no da abasto.

—Y que lo digas.

—Deja que me escape un ratito fuera, si no te molesta —le pide—. Me hace falta un cigarro.

—Ningún problema —dice él, sentándose en el sofá mientras empieza otro episodio de *Fancy Nancy*.

Dos meses después, tras volver de una clase de yoga, Jesse se asoma en la oficina para ver a Noah en su escritorio, con la vista clavada en el portátil. No lo veía desde que se fue a trabajar para Jodi la mañana anterior. Después de eso, se fue directo al Hard Rock y, para cuando volvió de currar, ella ya estaba dormida.

—Hola, guapo —lo saluda—. Te he traído un café.

—Gracias.

Jesse se acerca, y Noah le da un beso antes de seguir trabajando. Aunque sabe que le está interrumpiendo las ideas, lo echa mucho de menos.

—¿Quieres que demos un paseo por la playa más tarde?

—Me encantaría, pero tengo que terminar con esta escena y me toca currar en una hora.

—Vale —contesta ella, y, a pesar de que ya se imaginaba que se iba a negar, nota un pinchazo de decepción en el pecho. Quiere ir y sentarse a horcajadas sobre él, quiere que él quiera desnudarla. Últimamente, lo único que consigue es que la acompañe al cine, pues es algo que él considera parte de su trabajo. Los sábados o domingos por la mañana, se sientan juntos en la fría oscuridad de una sala de cine casi vacía. Pero, incluso entonces, Noah se muestra taciturno y reservado o directamente estresado.

Si bien tiene dos empleos, la mayoría de lo que Noah gana se va directo al alquiler o a pagar sus préstamos universitarios, además de la membresía del gimnasio, el seguro del coche, la factura del móvil y lo poquito que envía para ayudar a su abuelo. Jesse se encarga de la compra sin decir nada y a veces se lleva el coche de Noah (que siempre está a punto de quedarse sin gasolina) y lo devuelve con el depósito lleno, sin hacer mayor aspaviento. Cuando él no está currando en el Hard Rock o en casa de Jodi o frente al portátil, se toma su suplemento de creatina, da una calada al porro de la noche anterior y se va al gimnasio, donde pasa horas y horas convirtiendo su cuerpo en una roca.

Últimamente, Jesse se reúne con Suraya a solas. La semana anterior, mientras desayunaban (en un lugar que Noah habría detestado), Suraya presumió de su anillo de diamantes de oro rosa entre bocados de un gazpacho que había adquirido un color amarillento gracias al azafrán. Cal había hecho lo imposible en Hollywood y había conseguido un papel como personaje recurrente en una sitcom de la ABC. Suraya ha dejado la actuación, aunque sigue dando clases de yoga y tiene un pódcast de bienestar que se está volviendo más y más popular. La parejita rebosa de emoción mientras se encargan de organizar su boda.

Una ligera intranquilidad se le queda a Jesse en la tripa y, cuando se sienta a escribir, le cuesta respirar bien. Se pone a fumar cual chimenea. En ocasiones, no consigue escribir ni una palabra hasta que no se bebe su copita de vino de la tarde. Y más de una vez termina bebiéndose la botella entera.

El día en que Jesse termina con sus correcciones y entrega el último borrador de *El dolor es así*, Noah vuelve a casa después del trabajo con unos tacos de su restaurante favorito y una botella de champán excesivamente cara que hace que Jesse se sienta culpable. Se toma un selfi de los dos brindando para subirlo a sus redes sociales, las cuales se creó por petición de su editorial (ser activa en redes hace que le entre un pelín de ansiedad, pues, según comprende, ser escritora implicará hacerse notar, algo que de pronto la aterroriza).

Se beben el champán, y Jesse picotea un poco de sus tacos. Como hay demasiado silencio, pone algo de música. Cuando Noah se pone a ver el móvil, se enfada.

—Perdona, es por trabajo —se excusa.

Solo que, cuando él la mira, no sabe qué decirle. Las lágrimas que se le escapan y le resbalan por las mejillas se convierten en sollozos, hasta que termina llorando a moco tendido.

—¿Qué pasa? —le pregunta Noah—. ¿Por qué lloras?

—No sé, es que haber finalizado el libro…

Noah la mira, esperando a que termine de hablar. Ella no le dice que haber concluido el libro, que había sido una forma de guardarle luto a su padre, es como si se estuviera despidiendo de nuevo. No le dice que lo echa de menos, a su mellizo.

CAPÍTULO DIECISIETE

2014

Ivy sale corriendo para recibir a Noah con un abrazo en la puerta, mientras grita:

—¡Mamá, mamá, mamá!

—*¿Qué pasa?* —La voz de Jodi llega desde la cocina.

—¡Que tengo hambre!

Jodi le entrega un plato de huevos revueltos con beicon y se deja caer sobre el sofá. Los niños se le suben al regazo y se acurrucan contra ella.

—¿Mamá, mamá, mamá?

—Dime, cielo.

—Te quiero.

—Yo también te quiero, preciosa.

El escenario de la vida de Jodi es algo totalmente ajeno para Noah, las infancias de Ivy y Jax son diametralmente opuestas a lo que fue la suya, pero es complicado no simpatizar con una madre, en especial una soltera. La desesperación debe de ser la única culpable de que Jodi termine exponiéndose a sí misma, a su hogar y a sus hijos, frente a un desconocido, con lo que deja visibles los detalles de su vida doméstica: unos discos de algodón usados y olvidados en el lavabo, las uñitas de los niños tras cortárselas en el sofá, la paciencia que escasea, las amenazas de castigos sin tele que nunca se cumplen, un pecho al descubierto en la mesa del desayuno, piruletas como sobornos y botellas de vino y briks de batidos de chocolate que llenan el contenedor de reciclaje. El curro pasa a ser a tiempo completo en lugar de solo unas horas, por lo que Noah solo puede trabajar de camarero los fines de semana.

Cuando Jodi le sugiere que se lleve su coche para recoger a los peques del cole, Noah descubre que tiene un Mercedes Clase G abandonado en el garaje. Era de su exmarido, el que usaba para ir con sus hijos (pues usa un Porsche para moverse en su día a día), y ya cuenta con sillitas para los niños. El ex solo lo usa cuando se lleva a Ivy y a Jax durante los fines de semana. Y, si lo va a tener ahí muerto de risa en el garaje, le dice Jodi, pues qué mejor que Noah le dé uso.

De modo que, durante los días de semana, conduce uno de los Clase G que tanto había envidiado. Se pone A$AP Rocky en la radio hasta que llega al cole de los niños, donde cambia a las noticias hasta que Ivy se sube y pone canciones de Disney. Quiere disfrutarlo, de verdad que sí, pero sabe que no es más que una patraña. El coche no es suyo, sino de un tipo blanco y viejo que abandonó a su mujer y a sus hijos.

Jodi parece un tiburón cuando sale de casa, con sus joyas de oro delicadas adornándole las clavículas, unos vestidos ceñidos y unas deportivas rebeldes. Haciendo a un lado todo el caos de su vida doméstica, su trabajo la vuelve una guardiana, una mujer que decide qué sale en televisión y qué no, alguien con acceso a los círculos más exclusivos de Hollywood, a los agentes, cineastas y jefes de estudios.

Quizás es por la forma tan vulnerable en la que depende de él cuando deja de ser «Jodi» para convertirse en «Mamá» o porque quizás, en el mejor de los casos, algún día, podría echarle un cable. Pero cuando Jodi le pide que se quede un rato más para ayudarla a meter a los niños en la cama, Noah siempre lo hace. Hace que Jax rompa a reír y luego lo convence para que se cepille los dientes; va conduciendo el Clase G del ex de Jodi en dirección a su casa en Sunset Boulevard una noche a fines de otoño y contesta cuando lo llama para pedirle que, antes de pasarse por casa al día siguiente, vaya a comprar arena para gatos. Se presenta en su casa a las siete de la mañana y le dice que se siente a beber el café, mientras él termina de encargarse de lo que los niños llevarán de almuerzo a la escuela.

Quiere creer que está más cerca de alcanzar sus sueños de lo que estaba hace seis años al llegar a Los Ángeles, más cerca de convertirse en «alguien» de renombre, pero ¿es cierto? Tiene un portátil viejo lleno de guiones sin producir y un trabajo jugando a las casitas con una mujer que no es la persona con la que quiere casarse.

Si bien se ha vuelto un experto a la hora de esquivar invitaciones a bodas, no tiene excusa para no presentarse a la de Cal y Suraya, la cual será a tan solo una hora y media de la ciudad, en Ojai. Y menos cuando el anticipo de Jesse hace que sea posible pagar una habitación en un hotel de lujo.

Al principio parece que la excursión no irá tan mal. Se lo pasan bien en el camino, escuchan música nostálgica que les recuerda a su época de universitarios y dejan que la mente se les despeje mientras contemplan el paisaje infinito. Sin embargo, en cuanto llegan al Ojai Valley Inn, donde una multitud de invitados bien peinados se entremezcla en el extenso jardín de un verde casi fosforito, Noah se tensa de pies a cabeza. Entre los nuevos contactos que Cal ha hecho en Hollywood y los contactos que sus padres ya tenían desde antes, la mayoría de los invitados parece haber pasado por un estilista profesional.

Durante los votos, a Jesse se le llenan los ojos de lágrimas y mira de reojo a Noah, como si estuviese buscando algo. Él le da la mano y se da un tirón a su traje baratucho y de lo más incómodo. Tendría que haberse vestido con ropa cómoda. Quiere que Jesse se ría con él, ponerse a bromear hasta hacer desaparecer a todos esos estirados de Hollywood, escaquearse e irse a ver una peli, solo que su Jesse, su melliza, no está presente. En su lugar se encuentra la Jesse que ha adquirido su papel de invitada melancólica.

Mientras beben una copa y luego en las mesas de sitios asignados, cuando la gente le pregunta a qué se dedica, Noah tiene tres posibles respuestas, las cuales va alternando en el transcurso de la velada: «Soy camarero», «soy niñero» y «soy guionista». Y, si escoge la última opción, un supervisor de música hípster o un director creativo de Amazon o un asistente al que acaben de ascender y que se está encargando de una agencia de actores le preguntará inevitablemente:

—Anda, ¿algo que haya visto?

A lo que Noah contesta con una negativa a secas, un golpe tajante que le pone fin a la conversación.

Le gustaría poder ponerse de pie y dar un discurso en la boda de su amigo, bromear sobre los buenos tiempos cuando seguían siendo unos críos que bebían cerveza y se atrevían a soñar, mientras se preguntaban si les iban a rechazar la tarjeta al pagar. Solo que Noah sigue siendo ese crío. Su novia —quien sigue siendo solo su novia después de ocho añazos— está estupenda con su vestido y su pintalabios rojos y esa melena castaña tan bonita que tiene. Ve cómo llama la atención de la gente. Y a él también lo notan; las mujeres siempre lo hacen, y a veces tiene que resistirse al impulso de terminar follando con alguna de ellas solo para poder sentirse, por un instante, como si no fuese un don nadie.

Tarda un poco en darse cuenta de que Jesse lleva una buena cogorza, no solo tras haber bebido una copa o dos de más, sino tras meterse las margaritas de maracuyá entre pecho y espalda como si no hubiera un mañana. Para el final de la velada, después de que sirvieran tacos, hicieran brindis y cortaran el pastel, Jesse se va a la pista de baile con un grupo de chicas y se pone a toquetearse el cabello mientras menea las caderas y echa la cabeza hacia atrás. Entonces se acerca a un lado del salón, donde Noah está sentado charlando sobre baloncesto con el hermano de Cal, un tema que, por suerte, no es nada peliagudo.

—¿Se puede saber cuándo me vas a pedir que me case contigo? —le pregunta Jesse, arrastrando un poco las palabras mientras se deja caer sobre su regazo.

Aunque tensa un poco la mandíbula, se obliga a mantener la calma, pues no quiere pasar más vergüenza de la que ya está pasando.

—Pronto.

—Pero ¿cuándo?

—Apenas pueda permitirme comprar un anillo —le dice él, modulando la voz para que sus palabras salgan como un susurro cortante.

—Pero si a mí me importa una mierda el anillo.

—A mí no. —Por suerte, el hermano de Cal se ha retirado en dirección al bar.

—Bueno, mientras tanto, estaría bien que hicieras como que de verdad estás enamorado de mí.

—Jess, por favor. No te pongas así.

Ella alza las cejas, sin afectarse, y lo mira con una expresión dolida.

—Solo intento concentrarme en nuestro objetivo...

—Y pasar olímpicamente de mi existencia —acota ella.

—Has bebido demasiado —dice él, haciendo un esfuerzo para aunar toda su paciencia y evitar ponerse a discutir con ella en la boda de sus amigos.

Noah tiene razón: Jesse ha bebido de más, incluso para discutir como Dios manda, así que lo deja llevarla de vuelta al hotel, donde se quita el vestido y se queda dormida sin desmaquillarse primero.

A la mañana siguiente, se despierta sola con unos rayos de sol alumbrándole la cara, una oleada de náuseas y una tristeza súbita e infinita. Y entonces, un segundo después, llega Noah con dos cafés y una botella de agua que le entrega.

—Estoy enamorado de ti —le dice, mientras ella bebe sorbitos de agua—. Lo sabes, ¿verdad?

—Sí. Eso creo.

—No sería nada sin ti, Jess. Solo intento dar la talla para que no creas que te toca joderte y cargar conmigo desde el principio. Para que no decidas marcharte y dejarme atrás.

—No digas eso. No pienso ir a ningún lado si no es contigo.

—Eso espero.

Se tumba junto a ella, Jesse acomoda la cabeza sobre su pecho y los dos se quedan dormidos de nuevo.

CAPÍTULO DIECIOCHO

2004

Annie abre los ojos solo para volver a cerrarlos, por el martilleo que nota en la cabeza. Oye a Florian en la cocina, huele el aroma del café y le llega el siseo de la mantequilla en la sartén. Está desnuda bajo las sábanas a cuadros de él. ¿Dónde se ha dejado el móvil? El miedo se apodera de ella cuando cree que lo ha dejado en uno de los bares por los que se pasaron la noche anterior, antes de encontrarlo enterrado bajo una montaña de ropa en el suelo. Es casi la una de la tarde, y tiene cinco llamadas perdidas de Juliette. Cinco. *Mierda*. Nota que la culpabilidad que nunca la abandona pero que tiene ahí de fondo se intensifica. Abre un mensaje que le envió por la noche. Hay una foto granulada de Juliette lamiéndole la cara a un chico en un bar. Es un chico negro y atractivo que le sonríe a la cámara. te presento a noah. si crees que estoy intentando ponerte celosa, pues no te equivocas. Annie nota un pinchazo, aunque no precisamente de celos. Le cuesta definir la emoción: quizá tristeza. O preocupación.

Se descubre a sí misma cruzando los dedos para que Juliette haya vuelto a su habitación con Noah, que el chico sea un candidato para una relación. Cree que a su amiga le iría bien estar con alguien. No para una relación permanente, no alguien que la reemplace a ella, pero sí quizás alguien que consiga que Juliette la necesite un poco menos. Alguien que calme su soledad. Alguien como Florian.

El susodicho entra en la habitación con un plato de huevos y tortitas de patata, así como una taza de café. Annie le sonríe antes de gimotear un poco.

—Menuda resaca —se queja.

—Menuda chica más guapa —contesta él, dándole un beso en la nariz antes de dejarle la comida a un lado. Annie cree que debería llamar a Juliette, pero no quiere que oiga a Florian de fondo y se ponga de mal humor. Se promete que la llamará de camino al trabajo.

Y eso hace, unas cuantas horas más tarde. Se le ha pasado un poco la resaca, los cerezos están en flor, y Annie está de buenas. El móvil de Juliette la manda directo al buzón de voz.

Juliette la vuelve a llamar cuando está trabajando, pero, para cuando termina, ya es medianoche.

Annie le devuelve la llamada al día siguiente, por la tarde, mientras va de camino a leer en el Washington Square Park. Y nada. *Quizás está en clase*, piensa.

A la noche siguiente, acurrucada en la cama de su habitación intentando terminar su entrega de humanidades para la que ya va tarde, le suena el teléfono.

—¿*Annie?* —Oye la voz de un hombre cuando contesta, una afectada por el dolor.

—¿Quién es? —pregunta ella.

—*Soy Jack* —le dice—. *El padre de Juliette.*

A Annie le lleva unos segundos orientarse.

—Jack —repite.

—*Lo siento mucho, cariño. Tengo…* —La voz se le apaga a media oración y, cuando vuelve a hablar, lo hace en un susurro—. *Se ha ahogado.*

—¿Cómo dices? —Annie se enciende un cigarro, con manos temblorosas. Jack le empieza a hablar de un funeral—. Debo irme —le dice ella, y vuelve a llamar a Juliette. Directo al buzón de voz, con el mensaje que parece que grabó en un túnel de viento de Chicago. «Hola, soy Juliette Marker, deja tu mensaje, adiós».

Annie siente que no puede moverse. Se ha quedado paralizada, como si las extremidades se le hubiesen vuelto tiesas y pesadas de golpe. Quiere encenderse otro cigarro, pero no consigue aunar las fuerzas para mover el brazo y estirarlo hacia la cajetilla. Se le ocurre que podría llamar a Florian, solo que ¿qué le diría? No puede repetir lo que Jack le acaba de decir. Tampoco puede contárselo a su padre. Es que no puede ser cierto.

Alza la vista hacia la foto que tiene colgada en la pared, de ella y Juliette tumbadas en la cama de roble a los dieciséis, enredadas una con la otra como si fuesen unas niñas pequeñas. Margot les regaló una copia a cada una cuando se graduaron, y ambas prometieron que la colgarían en su habitación. Clava la vista en la foto sin parpadear, hasta que su cuerpo y el de Juliette empiezan a desdibujarse y volverse abstractos.

Finalmente, Annie consigue ponerse de pie, ir a por el abrigo y los cigarros, aunque se deja una parte de sí misma en la cama.

Deambula por las calles de Manhattan, fumando como un carretero. Se pasa por el apartamento en Chelsea en el que se quedaron durante Navidad y se cuela dentro del edificio detrás de alguien que vive ahí. Quizá Juliette se esté escondiendo dentro. Aporrea la puerta del 3C hasta que una mujer envuelta en una bata de seda le abre.

—¿Necesitas algo? —le pregunta, y Annie le devuelve la mirada sin ser capaz de pronunciar palabra.

Esa noche, casi espera que Juliette se presente bajo su ventana y le pida que la deje entrar, tal cual hizo aquella última mañana que pasaron juntas en diciembre. Que llame a su puerta y se meta en la cama con ella. Cuando le suena el móvil, pega un bote, lista para contestar al pensar que podría ser Juliette.

Pero es su padre, quien llega temprano al día siguiente para acompañarla a Los Ángeles para el funeral. La abraza y tal vez se pregunte por qué Annie no se quiebra, por qué no se le echa al hombro para llorar desconsolada.

Y es que Annie está segura de que, cuando vuelva a casa, va a encontrarse a Juliette escondida en Goldstone. Su convicción es tan absoluta, en algún rincón de sus adentros, que sigue sin llorar, ni siquiera cuando pronuncian el discurso para el entierro de su mejor amiga. Fulmina con la mirada al pastor, ese que el padre de Juliette ha escogido, y piensa: *Si ni siquiera la conoces.* Se supone que las cenizas de Juliette están en una urna, pero eso tampoco se lo cree.

Tras la ceremonia, cuando su padre se ofrece a llevarla hasta Goldstone, le contesta que tiene que ir ella sola. Va por el camino de siempre de vuelta a la casa que, según le han dicho, ahora le pertenece. Cuando el abogado encargado del testamento de Margot le preguntó a Juliette qué querría hacer, esta dijo que le gustaría dejárselo todo a Annie. Pero es que no puede ser cierto. No puede ser.

Aunque el ambiente está cargado al haber pasado tanto tiempo cerrado, la casa, por el contrario, parece estar viva: un jersey de cachemira arrugado descansa sobre el lomo del sofá y unas plantas secas cuelgan sobre el lavabo. Parece como si Juliette y Margot acabasen de irse al mercado gourmet del cañón para comprar el par de ingredientes que les falta para hacer la cena.

Annie entra en la habitación y se encuentra con una pila de ropa sobre la cama que seguro que Juliette no se llevó a Chicago. Tras abrir un cajón, ve la montañita de vestidos de seda que todas se ponían como camisón para dormir. En otro cajón, un montón de camisetas. Una pila de bragas viejas de Juliette, las descartadas que no se llevó en la maleta: unas sencillas de algodón demasiado viejas o con manchas de sangre. Ese cajón lo cierra deprisa, como si tras su muerte las pruebas de que su amiga tenía un cuerpo con vida fuesen algo demasiado íntimo.

Le parece demasiado íntimo, cuando hubo un tiempo en que Annie y Juliette lo compartían todo. En la primavera de su primer año de bachillerato, corrieron juntas por un campo de amapolas, las dos colocadísimas a más no poder, mientras Juliette la arrastraba para alejarla de los chicos con los que habían ido, los cuales seguían fumando cerca del coche. Una vez que estuvieron lo bastante lejos como para que no las oyeran, Juliette le dijo a Annie:

—Mujer, ¡que me ha bajado la regla y voy sin bragas! —Y entonces se echaron a reír hasta que se les saltaron las lágrimas. Annie se quitó las suyas y se las dio a su amiga, quien se las deslizó por debajo de su vestido de lino verde.

¿Dónde está Juliette?

Annie abre las puertas dobles que dan al jardín y se imagina que la encontrará tumbada bajo el melocotonero.

—¡Juliette! —chilla, como si pudiera hacerla salir de su escondite con sus gritos—. ¡Julie! ¡Julie!

Un sollozo se le escapa en medio de uno de sus gritos, y la invade la sensación urgente de salir corriendo.

La casa se ha convertido en arenas movedizas, y, si no se va en ese preciso instante, esta la devorará. Saca una bolsa tejida de un gancho de la habitación, la que usaban para llenarla de las frutas y verduras que recogían del jardín. Mete una vela que encuentra en la mesita de noche, la espuma de baño de gardenias de Juliette, un camisón del cajón y unas cuantas cosas de su vida juntas, para luego cerrar la puerta con llave a sus espaldas.

Cuando vuelve a la ciudad, se va directo a clase después de su vuelo nocturno y, esa misma noche, a trabajar, donde le da sorbitos a un cóctel de Aperol de vez en cuando. No lo bastante seguido como para emborracharse, sino tan solo lo suficiente como para poder obligarse a sonreírles a los clientes. A Florian no le toca trabajar esa noche. No lo ha visto desde la mañana en la que despertó en su piso con las llamadas perdidas de Juliette. Tendría que haber contestado. Cinco llamadas perdidas. Es algo que la tortura. ¿Qué habría querido decirle Juliette? ¿Habría tenido algo que ver con Noah, el chico con el que se tomó la foto en el bar?

Annie se mete en la cuenta de Juliette de la Universidad de Chicago, en busca de pistas. No le cuesta adivinar su contraseña, pues es Goldstone0969, la fecha de cumpleaños de Margot. Se pasa el fin de semana tirada en la cama y leyendo los correos de Juliette, aunque no encuentra ninguno del tal Noah. No ve ningún rastro de nada antes de su muerte que no sean entregas. Ninguna pista de a dónde podría haber ido. Examina con atención las listas de alumnos y encuentra cinco Noahs: Noah Hansen, un estudiante de posgrado que se especializa en la teoría del trauma; Noah Zelden, que está en el Departamento de Alemán; Noah Friedmann; Noah Aarons, y Noah Johnson, y todos son blancos.

Annie sale a cenar ostras con sus compañeros de trabajo el domingo a la medianoche, y las botellas de vino terminan regadas por la mesa. Se enrolla con alguien esa noche y corre a su habitación para ducharse a la mañana siguiente, con lo que llega justa a su clase de Literatura. Está en busca de los subidones de adrenalina de antaño, aunque casi ni le encuentra la gracia a follar por follar. De todos modos, sigue poniéndole los cuernos a Florian, hasta que él lo descubre y termina con ella.

Su padre le sugiere, más de una vez, de hecho, que se dé un descanso el resto del semestre. Que vuelva a casa y deje que se encargue de ella. Pero Annie le dice que no quiere repetir las clases, que estará bien. Y, más adelante, que no podrá volver a casa durante el verano. Tiene que trabajar y se ha apuntado a un curso de verano sobre el «universo de Einstein» para quitarse de encima las últimas materias obligatorias que le quedan.

Así que es su padre quien la visita y duerme en un colchón hinchable en el suelo de su habitación. Annie lo atiende en el restaurante, lo lleva a ver *Wicked* en Broadway y van en transbordador a la Estatua de la Libertad. Llena sus días de actividades y de sonrisas, para intentar demostrarle que no se está hundiendo.

Y es así, solo que, bajo la superficie, se está consumiendo muchísimo para poder mantenerse a flote.

En un sueño que la acecha noche tras noche, Juliette vuelve a Goldstone, donde Annie la estaba esperando. Y a ella la embarga una mezcla de alivio, ternura y una furia indescriptible hacia su amiga por haberla abandonado.

—¡Te he buscado por todos lados! —llora Annie—. Te estaba esperando. —Y Juliette le cuenta que la muerte no era como se la había imaginado, que no había conseguido hacerla feliz, por lo que había decidido volver. Annie la abraza con fuerza, hasta que se desnudan la una a la otra casi con violencia y hacen el amor.

En el caos de tarjetas de metro, cerillas y calderilla que Annie tiene en la cómoda, se encuentra la vela que se llevó de Goldstone, sin terminar de usar. El verano llega a su fin y lo sigue el otoño; el ambiente está tan lleno de nostalgia que duele. Annie empieza su segundo año en la universidad.

En esa ciudad con ocho millones de habitantes, ve a Juliette por todos lados. De camino al bistró, vislumbra por delante a una chica de cabello oscuro y una falda con volantes. Se desvía de su trayecto para seguirla por las calles, con el corazón en la garganta, hasta que la desconocida que sea se vuelve, y con ello su mejor amiga desaparece. Annie vuelve en sí, cruza la calle y regresa hasta el trabajo, donde se pone el mismo tono de pintalabios CoverGirl que Juliette le dio durante la primera fiesta a la que fueron cuando estaban en tercero de la ESO.

Una tarde en el Met, mientras contempla un cuadro de Vermeer que a Juliette le encantaba, Annie rompe en llanto y tiene que ir al baño a secarse las lágrimas. Luego se va a beber con unos amigos y de ahí a una fiesta, donde esnifa unas cuantas rayas y encuentra a alguien con quien follar. Se dice a sí misma que está bien, por mucho que sepa que no es cierto. Porque el dolor es así: como un depredador al acecho. Y lo nota a la caza.

Día de Acción de Gracias: da igual lo mucho que intente no pensarlo, Annie puede ver la luz opaca del invierno sobre el mar, el relleno de salvia, las calabazas asadas con semillas de granada sobre la mesa en Topanga, con Margot en la cabeza de la mesa sirviendo un Beaujolais Nouveau. Le prometió a su padre que iría a la celebración en casa de una de sus compañeras de trabajo en un pisito diminuto en East Village. Después de buscar en varias tiendas, encuentra el vino favorito de Margot y se presenta a la cena con dos botellas. Se emborracha tanto esa noche que termina potando la cena. Y, al día siguiente, le da un gripazo. Es lo más enferma que se ha puesto desde que era pequeña y su padre le dejaba su cacerola donde preparaba los macarrones junto a su cama por si tenía que vomitar. Ahora, sola en su habitación y alimentándose a base de galletitas saladas, la fiebre tarda varios días en bajarle. Llega la primera nevada del año y es algo precioso, hasta que se convierte en el barro que durará meses. Cuando intenta ponerse de pie, no consigue avanzar más allá de la ducha. Le es imposible seguir huyendo, y el dolor le salta encima, hasta hundirla.

Ese año, el invierno es brutal. Hace tanto frío que no siente nada.

Si bien logra curarse de su gripe, se mantiene enferma a base de alcohol y cigarrillos. Solo consigue vestirse cuando es inevitable por el trabajo, donde se pasa el turno bebiendo entre cliente y cliente. En los días que libra, no se ducha ni come ni se lava los dientes. Se pasa días enteros con el mismo camisón que se llevó de Goldstone y en ocasiones se salta alguna clase.

Nunca ha sentido un deseo tan intenso como el que la apremia por los muertos. Tumbada bajo las mantas, con la calefacción encendiéndose y apagándose, juraría que puede notar los dedos de Juliette acariciándole el cabello, que puede olerla.

Solo pretende que está bien unos veinte minutos al día, mientras habla con su padre por teléfono. Aunque es lo bastante convincente como para evitar que la descubra e intente echarle el freno al asunto, su padre le sigue preguntando todos los días si quiere volver a casa.

—Aquí estaremos cuando nos necesites —le asegura—. Tu habitación sigue igual. Sandra puso su máquina de coser, pero todo lo demás sigue tal cual. —Le envía fotos del pasaje Regaliz iluminado por sus lucecitas. Y, cuando ni siquiera eso consigue tentarla, lo deja estar. La entiende; sería demasiado para ella.

En su cama, Annie sigue contemplando la foto del muchacho, quien le devuelve la mirada enfundado en su sudadera azul y su chaqueta de cuero, con la lengua de Juliette en la mejilla. Busca sin cesar «Noah, Universidad de Chicago» en Google y recorre páginas enteras de resultados en vano. Lo intenta también en Facebook, porque, si hay alguien que puede saber qué le pasó a su amiga, tiene que ser él, ¿verdad?

Según el forense, lo más probable era que Juliette fuera una chiquilla universitaria que había decidido ir a darse un chapuzón en el lago en una de las primeras noches del año que hacía bueno y terminó en tragedia. Si bien hacía buen tiempo, también soplaba mucho viento y las olas eran contundentes. Había bebido alcohol, lo cual habría afectado no solo su capacidad para tomar decisiones sino para nadar. Lo más seguro es que una corriente la hubiera sorprendido y no hubiera conseguido volver a la orilla.

Annie intenta imaginársela, a la Juliette que conoce, en las nubes por haber conocido a un chico que le gusta, quizá, calentita por el sol que empezaba a asomarse después de tanto tiempo, maravillada por la calidez de una larga noche de primavera, sintiéndose viva y tratando de encontrar un atisbo de aquel salvaje y maravilloso ser que solía ser al ir a darse un chapuzón espontáneo. El frío del lago Michigan la habría hecho despertar y la habría seducido, hasta que se había adentrado demasiado, incapaz de luchar en su camino de vuelta.

Solo que le resulta imposible no pensar en *El despertar*, una novela que a ambas les encantaba y en la que Edna había decidido ahogarse en el mar: Esta vez no volvió la vista atrás: siguió y siguió, pensando en aquel prado de hierba azul que había atravesado cuando era niña, creyendo que no tenía principio ni final…

Bajo sus sábanas húmedas por el sudor, puede oír a Juliette leyéndole ese fragmento en voz alta. Puede verla rodeada de burbujas en la bañera, sus piernas largas de piel blanca y aterciopelada con unos pelitos oscuros diminutos que se rasuraba con una mano mientras sostenía el libro con la otra.

Annie no quiere pensar que Juliette decidió no seguir viviendo. No quiere pensar que haya sido una muerte provocada por la desesperación, que si tan solo hubiese contestado el móvil cuando la había llamado, si hubiese estado junto a ella ese último año, Juliette seguiría viva, seguiría con ella. Sin embargo, la sensación intenta sumergirla del mismo modo que esa corriente. Y no puede soportarlo. Cinco llamadas perdidas.

Se sirve otro vaso de vino y se cubre entera con las mantas.

Por alguna razón, Annie piensa en Indigo, en estar sentada en aquel banco de vinilo rojo frente a ella bebiéndose un cóctel sin alcohol. Recuerda haberse obligado a poner su corazón tras las rejas para no caer bajo el hechizo de su madre, a sabiendas de que esas horas en presencia de sus padres no tardarían en llegar a su fin. El dolor antiguo de Annie vuelve a salir a la superficie y entrelaza a Indigo con Juliette en su mente. *¿Por qué no podrían haberla salvado a ella?*

Hay muchísimas cosas que Annie nunca supo sobre su madre. Si bien en ocasiones se preguntaba cosas sobre su familia, nunca se permitía hacerles caso a esas preguntas fugaces sobre sus orígenes. Annie no tenía madre, solo tenía a su padre. Era italiana como él y sus abuelos; una identidad que provenía más que nada de la comida que preparaban y comían. Nicola, la abuela de Annie, casi nunca hablaba sobre la granja en Iowa en la que se había criado junto a sus seis hermanos y hermanas, mientras ayudaba a cuidar de su madre postrada en cama. Y sin duda nunca mencionaba qué era lo que había hecho que su familia abandonara su vida en el viejo continente. Los traumas de su linaje quedaron desatendidos, escondidos bajo el abrigo de visón del sueño americano.

Claro que había algo innegable: Nicola quería a su hijo con locura y haría cualquier cosa por él. Cuando Mikey la llamó a las cinco de la madrugada desde una estación de servicio en algún lugar del norte de California para decirle que había abandonado Six Rivers con una bebé, su bebé, y que necesitaba ayuda porque no tenía dinero ni a dónde ir, Nicola fue directo a un Western Union para transferirle todo lo que tenía en su cuenta de ahorros.

El padre de Annie podría haber dejado la comuna sin mayor problema si se hubiese marchado por su cuenta, pero para hacerlo con Annie tenía que escabullirse. Le encantaba contar la historia de cómo había cargado con ella por la nieve a oscuras, atada con fuerza contra el pecho mientras dormía, y él bajaba de la montaña conforme el sol salía.

Cuando era pequeña, a Annie le encantaba oír la historia una y otra vez y, al final, siempre preguntaba lo mismo:

—¿Por qué mi madre no vino con nosotros?

—Es que le habían lavado el cerebro —intentó explicarle su padre.

Annie no entendía nada.

—Es como cuando estás enfermo… No es algo que puedas evitar.

—¿Y se curará?

—No lo sé.

En estos momentos, Annie cree que, si pudiese encontrar una respuesta para lo imposible de contestar (¿por qué su madre la dejó ir?), seguir con su vida podría ser más sencillo.

Empieza preguntándoselo a su padre durante su llamada nocturna de cada día.

—¿Recuerdas si mi madre alguna vez te dijo algo sobre su familia? —Intenta restarle importancia a su pregunta.

—*No le gustaba mucho hablar sobre su pasado, pero recuerdo que mencionó que se había criado en Kansas.*

—Ah —contesta ella—. Quizás eso ya lo sabía. ¿Y cómo se apellidaba?

—*Sabel. Antes de ser Indigo, se llamaba Suzanne Sabel. Me lo contó cuando oímos esa canción de Leonard Cohen. Esa que va así...* —Le tararea unas cuantas notas.

—Sí, la conozco —lo corta Annie. En el instituto, la escuchó con Juliette más veces de las que podía recordar.

—*Ya, claro. Cuando te oía ponerla en tu cuarto, a veces me acordaba de que a tu madre también le gustaba.*

—¿Y por qué no me lo contaste?

—*No sé* —contesta él—. *Nunca tuve claro cuánto querías saber sobre ella. Me pareció que lo mejor sería... dejarla en el pasado. Era una mujer muy atormentada, hija.*

—Entonces, ¿por qué me seguías llevando allí a verla?

—*Porque se lo prometí. Antes de marcharme contigo, le dije que te llevaría de visita. Era tu madre, te trajo a este mundo, y sentía que debía cumplirle esa promesa.*

—Nunca fue mi madre de verdad —repone ella, aunque se siente menos segura de esa afirmación de lo que se sentía antes. Una versión de un dolor antiguo y difuso se le asienta en el centro del cuerpo.

A diferencia de la búsqueda en vano por dar con Noah, encontrar a la familia de su madre le resulta más fácil de lo que debería. Se mete en Facebook y busca personas con el apellido Sabel que vivan en Kansas. Hay cinco, y uno de ellos se parece a ella y a su madre: Jonathan Sabel. Es viejo y con barriga, tiene la cara llena de pecas y sale jugando al golf en su foto de perfil. Siempre ha vivido ahí, y le resulta de lo más extraño. Es probable que ese sea tu tío.

Se pone *Suzanne* en el móvil, en bucle. Y entonces abre la app de mensajes y le escribe uno a Jonathan: No sé si verás esto. Es algo un poco extraño de decir, pero creo que somos familia. Me crie en Los Ángeles con mi padre, pero nací en el rancho Six Rivers y creo que mi madre era parte de tu familia. Creo que me gustaría saber más sobre ella, si estás dispuesto a contármelo.

Dos días después, le llega una respuesta: Eres clavadita a ella. ¿Vives en Nueva York? Mi hijo vive ahí, tu primo. He hecho todo lo posible por dejar el pasado atrás, pero deberías llamar a Con si quieres. Connor Sabel. 2129483939.

Los últimos rayos de luz del frágil sol del invierno se cuelan entre los edificios, y a Annie le va el corazón a mil. Pero eso quiere decir que, al menos por unos segundos, el corazón le vuelve a latir.

CAPÍTULO DIECINUEVE

2005

—La madre que te parió —suelta Connor cuando Annie se acerca a su mesa, cubierta de pies a cabeza con su plumífero, la nariz colorada por el frío y las yemas de los dedos apestándole a cigarro. Está demasiado delgada y tiene la piel tan pálida que casi parece traslúcida. Él se ha bebido la mitad de su cerveza y se le nota en las mejillas sonrosadas y en la gran sonrisa que esboza; debe tener unos veintimuchos, es corpulento, de mandíbula cuadrada y algo atractivo. Tiene pecas como ella y va vestido con el uniforme clásico del distrito financiero de Manhattan: una camisa formal con una corbata que se ha soltado un poco—. ¿Qué tal, prima?

Annie se las arregla para devolverle la sonrisa, sorprendida y a la vez aliviada por lo majo que parece.

—Hola, gracias por venir. —Se siente un poco insegura, como si hubiese olvidado cómo hacer eso tan básico que es hablar con otro ser humano.

—Pues claro. ¿Quieres algo de beber? —le pregunta, en lo que ella aparta una silla y se sienta, con el abrigo aún cerrado.

—Vale, un whisky escocés está bien. —A Margot le encantaba el whisky lo que a Annie siempre le pareció algo muy sofisticado. Al empezar la universidad, había adoptado esa bebida en su honor.

—Anda, qué buen gusto.

Connor desaparece unos segundos y vuelve con dos copas, una de las cuales le entrega a Annie con orgullo.

—Un Macallan de dieciocho años —presume.

—Vaya, gracias. —Annie da un sorbo y nota cómo el líquido la quema al bajarle por la garganta y le calienta el estómago vacío. Ya había probado esa versión cara de dieciocho años en otra ocasión, cuando Margot abrió la botella para celebrar su graduación.

—Te pareces mucho a tu madre —le dice Connor.

—Sí. —Annie da otro sorbito antes de quitarse el abrigo. Da gracias por la madera oscura de ese bar deportivo lujoso, por el ruido y el whisky, pues todo eso parece extenderse sobre ella como una manta de peso, para proporcionarle un consuelo sin palabras.

—Es muy raro, es como si me hubiese criado viéndote la cara —comenta Connor, examinándola.

Según le cuenta, Jonathan, el padre de Connor, tenía una foto enmarcada de Suzanne y él cuando eran niños, en la estantería de su oficina. Cuando Connor era pequeño, solía quedarse mirando a Suzi (como la llamaba su padre) y se inventaba historias sobre su tía perdida, aventuras incluso, casi como si fuese una especie de amiga imaginaria para él.

Curiosamente, sentarse frente a su primo, quien no podría ser más distinto a Indigo, parece confirmarle que su madre fue real, que alguna vez vivió en el mundo y que no solo habitó un espacio liminal de sus recuerdos.

Connor le cuenta que Suzi dejó los estudios a los dieciséis años para huir de casa. Que sus abuelos (de Annie y de él) eran unos borrachos racistas y gilipollas. Y Annie cree que es posible que Connor parezca el nieto de unos gilipollas (no porque él mismo lo sea, sino porque parece el tipo de persona que ha heredado una confianza en sí mismo que le viene fácil, una especie de privilegio), el tipo de persona que estaría bien tener de tu parte.

—¿Y sus padres la dejaron ir sin más? —pregunta.

—Ya te digo que eran gilipollas. Ya sabes, de esos blancos estirados, religiosos y de clase alta, y ella era una especie de cría *hippie*. Creo que la pescaron haciendo algo chungo y a su padre se le fue la olla. Solía pegarles con el cinturón y eso. Mi padre nos dijo que jamás nos pondría la mano encima por lo que él había tenido que pasar.

Connor le sigue contando cosas cuando Annie se las pregunta, gesticulando al hablar para enfatizar sus palabras. Annie da otro sorbito a su copa y se lo mueve de un lado a otro de la boca, intentando procesar lo que le está diciendo.

—Mi padre era mayor que Suzi, ya estaba en la universidad cuando ella se fue. Y ni siquiera se enteró de que se había ido hasta que volvió a casa esas Navidades y preguntó dónde estaba. Imagina eso, vuelves a casa y tu hermana ha desaparecido sin más. Su padre no quería ni que la mencionaran, aunque su madre hacía que pareciese que iba a volver. De verdad, esa gente vivía en otro mundo. Cuando quedó claro que Suzi no iba a volver, mi padre contrató a un detective privado para que la buscara. Para entonces ya se había graduado y estaba ganando algo de pasta.

A pesar del barullo del bar, de las pantallas que emiten deportes y de los camareros que van y vienen, Annie está tan absorta en la historia que Connor le está contando que es como si no hubiera nadie más con ellos.

—Cuando el tipo averiguó dónde estaba —continúa él—, mi padre fue a la comuna. A ver, no conoces a mi padre, él también es medio estirado y clasista, pero no es gilipollas, así que ya te lo imaginarás metiéndose en esa comuna en el culo del mundo con su polo en medio de todos esos tipos en pelotas. Al dar con ella, le explicó que Suzi ya no existía, que se llamaba Indigo. Y él nos contó que eso parecía, porque no había rastro de la Suzi que él conocía. Nos dijo que parecía colocada, como si no estuviera del todo presente. Ella le dijo que lo quería, pero que no podía volver con él, y mi padre le dijo que no tenía que volver a esa casa si no quería, que él podía ayudarla, que podría ir a la universidad o quedarse con él. «Es que no lo entiendes, John. No puedo»; esas fueron sus palabras. Y mi padre nos contó que apenas llevaban cinco minutos hablando cuando llegó un hombre mayor que ellos (o sea, un cuarentón o así) y le puso las manos encima. Anunció que estaba embarazada de su hijo y que él iba a hacerse cargo de ella. A mi padre se le fue la pinza, porque estaba desesperado el pobre, pero el tipo se fue con Suzi. Y, aunque mi padre volvió a la mañana siguiente y a la siguiente después de esa, Suzi no quiso verlo. Ya había cumplido los dieciocho, así que no había nada que pudiera hacer.

Annie siente un vacío en el estómago y tiene que inclinarse hacia adelante para apoyar los codos en la mesa y reponerse un poco.

—¿Embarazada?

—Ajá —contesta Connor, como si acabara de recordarlo—. Mi padre nos dijo que estaba muy embarazada, como si fuese a parir pronto.

—¿Y cuándo fue eso? ¿En qué año? —insiste ella, sin ser capaz de contener la urgencia en su voz.

—A ver, mi padre es cuatro años mayor que ella y él nació en el 59… así que ella debe ser del 63. Si tenía dieciocho, imagino que debe haber sido en el 81.

Annie suelta el aliento que había estado conteniendo. Su padre llegó a la comuna después de la universidad con un amigo, en 1982. Ella nació en 1984, así que es imposible que ese bebé haya sido ella. Quizá su madre tuvo más hijos en Six Rivers, quizás esa era parte de la razón por la que no podía marcharse. ¿Era posible que Annie tuviese hermanastros? Si eso era cierto, ¿por qué su padre no se lo había contado? ¿Acaso lo sabría, cuando se suponía que los niños les pertenecían a todos? O quizás era que algo le había pasado al bebé, si su madre estaba colocada como había dicho el padre de Connor. Se siente un poco mareada; le está costando procesar toda esa nueva información en contraposición con lo que recordaba sobre Indigo.

Connor se reclina un poco en su asiento, observándola. Cómo le gustaría sacar a su madre del restaurante en el que se veían, meterla en el coche con su padre y conducir de vuelta a la civilización, para rescatarla.

—Que haya contestado las cartas de tu padre y se haya presentado todas esas veces para verte parece casi un milagro —le dice él, tras unos segundos en silencio—. Cuando mi padre fue a verla, esa fue la última vez que hablaron. Lo intentó de nuevo algunos meses después, pero ella se negó a verlo. Y eso que se llevaban muy bien, en plan superbién cuando eran críos. En serio te lo digo, he visto al hombre llorar dos veces en mi vida, y mientras me contaba lo de su hermana, tras enterarse que había muerto, fue una de ellas.

Quizá sí que le había importado a su madre más de lo que creía. Había puesto algo en riesgo por tener esos encuentros tan breves: su sensación de seguridad, los límites tan extraños del mundo que había creado para sí misma. Cuanto más real se vuelve Indigo/Suzi, más devastador le parece a Annie haber perdido la posibilidad de tenerla como madre. Pese a que todo eso es algo que ella se ha buscado (porque quería saberlo, por eso es que se puso en contacto con Connor), siente que el corazón se le estruja en protesta. No necesita más sufrimiento.

Se termina su copa de un solo trago.

—Ya vuelvo —le dice a Connor.

Una noche en la que llegaron pronto al restaurante Pie Grande, Annie se encontró a su madre en el baño, quitándose la mugre de la cara con una servilleta de papel mojada. Había un cepillo nuevo en el lavabo, uno que quizás había comprado (o, lo que era más probable, robado), en la tienda que había enfrente. Intercambiaron una mirada en el espejo y, por un instante, Indigo pareció sorprenderse, como si hubiese visto a un fantasma.

—Cuando eras pequeñita —le dijo, en voz baja—, te parecías a Mikey. Pero ahora te pareces a mí.

Y Annie asintió. No sabía qué decirle, así que se metió en uno de los cubículos, y para cuando salió, Indigo ya se había ido a esperarla en la mesa con su padre.

Annie se echa un poco de agua a la cara del grifo negro y elegante. Su reflejo se desdibuja en el agua que ha salpicado al espejo. No se queda quieto. Casi que espera que el fantasma de su madre salga a la superficie dando una gran bocanada de aire.

Cuando vuelve a la mesa, su primo se está bebiendo lo último que le queda de cerveza y tiene las mejillas aún más coloradas que antes.

—¿Quieres otra? —le pregunta ella.

—Claro.

Se encarga de comprar la siguiente ronda (un Glenlivet normalito de doce años para ella), así como una montaña de patatas fritas. Lleva todo el día sin comer y se siente como si hubiera perdido su centro de gravedad, así que hace a un lado las preguntas sobre su madre y se dispone a escuchar a Connor contarle historias de su infancia, de su vida en la ciudad. Le cuenta que hace poco se graduó de Columbia y que está trabajando en Merrill Lynch y «pasándoselo pipa». Para ser que su padre aún arrastra sus cicatrices, al menos en apariencia, su hijo parece haberse librado de la mayoría de ellas. Es majo por naturaleza, uno de esos chicos simpáticos que trata a todo aquel que no piensa llevarse a la cama como si fuese un hermano. Es raro pensar que puedan tener algo en común, mucho menos un vínculo familiar. Solo que lleva muchísimo tiempo sola y el contacto humano hace que empiece a derretirse un poquitín, así como la calidez de su segundo whisky. Picotea un poco de patatas y empieza a contarle cosas ella también, sobre la uni y sobre su trabajo como camarera. Teme decir algo sobre Juliette y ponerse a berrear ahí mismo, de modo que le cuenta un poco sobre cómo fue su infancia en Los Ángeles con su padre.

Connor le pregunta si tiene novio, y, cuando le responde que no, él le dice que quiere presentarle a alguien.

—Claro, a lo mejor algún día.

—Ah, venga ya. Si prácticamente me has contado que te has pasado el invierno encerrada en tu pisito diminuto. Tienes que vivir un poco, pequeñaja.

—Supongo que tienes razón —acepta, aunque, cuando su primo le pide un taxi, se lo paga por adelantado y la manda entre las calles serpenteantes de la noche, imagina que no volverá a verlo nunca más.

CAPÍTULO VEINTE

2014

Conforme avanzan por el caos que es el centro comercial exterior bajo el sol (a más de treinta y dos grados a las seis y media de la tarde), Noah está distraído e inquieto, mirando el móvil. Un hombre negro, padre de seis criaturas, ha muerto asfixiado a manos de la policía. ¿Y cuál fue su crimen? Vender tabaco.

Como Jesse va un poco inestable en sus tacones, Noah se guarda el móvil y le ofrece el brazo. Tiene el estómago revuelto. «Dejadme en paz, por favor», suplicó el hombre, segundos antes de que lo asesinaran.

Jesse se detiene en seco al verse en un cartel gigante en una ventana de Barnes & Noble. Hoy es su primera firma de autora.

—Madre mía, menuda estrella estás hecha, cariño —le dice Noah.

Jesse esboza su sonrisa avergonzada pero complacida.

—Quién iba a decir que iba a pasar de verdad, cuando nos pasábamos por la librería y soñábamos con esto.

—Yo ya lo sabía. Siempre supe que serías una estrella —le asegura.

Al entrar en la librería, la coordinadora de eventos no tarda nada en llevarse a Jesse. Noah respira hondo mientras se acerca a la multitud e intenta hacer a un lado la ansiedad que no deja de estrujarle los pulmones. Quiere encontrar un poco de anonimato, algún lugar en el que nadie vaya a preguntarle a qué se dedica. Ha estado haciendo unos análisis de guiones extra para Jodi y aceptando más horas los domingos en el turno del mediodía (el que menos le gusta) tras terminar de trabajar tarde los sábados, todo ello para poder ahorrar un poco.

A veces le prepara la cena a Jesse, hace malabares con el dinero que no tiene para comprarle el mejor bistec posible, el cual dora en la sartén con el romero que crece en su porche. Otras veces se pasa por el súper al volver del trabajo para poder prepararle el desayuno al día siguiente y gasta de más en unas cajitas de fresas y frutos del bosque porque a ella le encantan los que son orgánicos. Aun así, la ve mirar con añoranza por la ventanilla del coche cuando pasan al lado de las multitudes de hípsters y jóvenes profesionales que se están bebiendo un vinito o un cóctel en alguna terraza, con sus aperitivos en platos diminutos que van variando de acuerdo a la estación.

Por eso había ahorrado para llevarla a cenar y sorprenderla con una reserva. No hay nada que le apetezca menos que derrochar cientos de dólares en un plato con escarola rizada y chantarelas y ortigas; alimentos cuya existencia no conocía hasta hace poco. Sin embargo, acaban de publicar el primer libro de su novia y, tras su primera firma, no quiere que lo mire como si fuese un pringado porque no supo hacer lo correcto para celebrar, además de todas las otras razones por las que ya es un pringado. Quiere hacerla feliz; quiere que sea feliz.

Se aleja de los amigos de ella y ocupa un asiento en la segunda fila, un poco apartado y al lado de una adolescente que tiene su ejemplar de *El dolor es así* apoyado con cuidado sobre el regazo. «Una novela de Jesse Baca», reza la cubierta en letras rosa. Conforme el público espera, Noah ve montones de imágenes de protesta en redes sociales: *No puedo respirar, no puedo respirar, no puedo respirar, no puedo respirar, no puedo respirar, no puedo respirar, no puedo respirar, no puedo respirar, no puedo respirar, no puedo respirar, no puedo respirar.*

Cuando Jesse aparece, apaga el móvil para verla avanzar por el pasillo angosto entre las sillas y subirse a su podio. Está deslumbrante mientras se da tirones a su vestido nuevo, aún algo inestable con los tacones y toda ella es un amasijo de risitas nerviosas al presentarse. Solo que, una vez que empieza a leer, su voz se va volviendo más serena, más confiada. Lo atrapa por completo, y mantiene la vista centrada en ella según una sensación de terror lo va invadiendo poco a poco.

Cuando acaba la lectura, se forma una larga fila de personas que quieren que les firme su libro. Jesse se toma su tiempo, reparte abrazos y se hace fotos con todos. En silencio, Noah la insta a que se dé prisa mientras la espera a un lado, conversando un rato con su amiga del instituto, Morgan, y su prometido. Por esas cosas de la vida, Morgan consiguió un trabajo en el equipo de guionistas de *New Girl* tres meses después de mudarse a la ciudad.

Una hora más tarde, cuando Jesse se encuentra parloteando con la última chica de la fila, los únicos que quedan son Cal y Suraya, Morgan y el prometido, así como Dexter acompañado de Maya y Sari. Conforme Jesse recoge sus cosas, el grupo empieza a debatir sobre cuál es el mejor restaurante que hay en la zona y que siga abierto a esas horas. Ash, que es la chica que reemplazó a Jesse como asistente de Dexter, y su madre, que ha llegado de visita, salen del baño cada una con unas gafas de sol Prada sobre la cabeza (por mucho que no quede ni rastro del sol en el cielo) y se suman a la conversación. Todo el mundo parecer querer quedarse y formar parte de la celebración posterior, y a Noah se le viene el mundo encima. Pero, cuando Jesse se les acerca, esboza una sonrisa y le rodea la cintura con un brazo. Al verla aceptar la cena que ha pasado a incluir a nueve personas, se aparta un poco para cancelar la reserva que tenía solo para ellos dos.

A pedido de la homenajeada, todos terminan en el restaurante francés al que Noah y Jesse solían ir para la hora feliz. A Noah le toca sentarse al final de la mesa, con su novia a un lado y la madre de Ash enfrente. Pero no consigue probar bocado. No puede dejar de pensar en el hombre que ha muerto, con la cara apretujada contra la acera.

Entre bocaditos de paté, la madre de Ash se inclina hacia él.

—Creo que lo que le hicieron a ese pobre hombre en Nueva York fue terrible —le dice. Y Noah asiente. Puede que se ponga a vomitar.

Cuatro botellas de vino después (así como unos platos de bistec con patatas a medio acabar, alcachofas, queso y dulce de membrillo repartidos por la mesa), les llega la cuenta. Aunque Dexter le dedica una mirada a Noah en plan «¿quieres que me encargue yo?», Noah niega con la cabeza, recoge la cuenta y desliza su tarjeta de crédito sin atreverse a mirar la cifra. Se trata de una tarjeta que tiene un límite muy bajo, técnicamente solo para emergencias, pero que usa de vez en cuando para hacer la compra, por lo que cierra los ojos y cruza los dedos para que no la rechacen. Según el camarero se aleja, nadie más que Jesse, con el ceño fruncido, parece notarlo.

—Noah, no tienes que pagarlo todo tú —dice, con voz algo más alta de lo necesario y echando un vistazo en derredor, como para motivar a los demás a decir algo. Solo Dexter y la madre de Ash parecen oírla. El primero le da un sorbo a su vino, observando la escena sin mayor preocupación, mientras que la mujer empieza a sacar el bolso.

—Yo me encargo —dice Noah, a lo que Jesse traga en seco.

Se despiden y empiezan la marcha en dirección al Clase G de Jodi.

—Lo has hecho muy bien —la felicita él, abriéndole la puerta del coche.

—Gracias.

Noah enciende el coche.

—No tenías que pagar por la cena —le dice ella—. Podríamos haber pagado a medias. O como mínimo podrías haber dejado que Dexter se encargase.

Después de todo por lo que han pasado, ¿por qué no puede entender que le resulta imposible quedarse sentado y permitir que otro hombre (sea su exjefe o cualquier otro) pague por su cena?

—No pasa nada —le dice.

—Es que prefiero que no tengas que gastar dinero en estas cosas. No quería que tuvieras que hacer algo así.

Noah tensa la mandíbula. Conducen en silencio en lo que él se encarga del parquímetro. Le toca pagar catorce pavos, incluso tras el sello del parking, porque han tardado la vida en salir. Jesse saca la cartera, pero Noah le hace un ademán para que la guarde.

Cuando doblan hacia el barrio de Fairfax, Jesse baja la ventana y se enciende un cigarro.

—¿En serio te pones a fumar ahora?

—Parece que sí.

No vuelven a decir nada hasta que Noah abre la puerta de su bungaló. Deben estar a unos diez grados menos ahí dentro, lo cual es la ventaja más que considerable de su vivienda tan cara al lado del mar.

Inhala el aire salobre e intenta que eso lo calme.

—¿Qué quieres hacer ahora? —le pregunta.

—Estoy agotada. Creo que leeré algo y me iré a dormir.

—Vale.

Noah se va al salón y la oye pasar por la cocina, abrir una botella de vino y llenarse una copa durante un buen rato. Enciende la tele, pone *La gran estafa americana* y se queda frito viéndola.

La peli va por la mitad cuando oye que Jesse se le acerca y se planta frente a él con los ojos entrecerrados y húmedos.

—Buenas noches —dice ella, sin expresión.

—Buenas noches —contesta él.

Solo que, cuando Jesse se gira, Noah la sujeta de la mano para hacerla caer sobre su regazo. La besa con pasión y le cuela la mano por debajo de la camiseta. Ella suelta un gemido, y es el deseo que sienten ambos aquello que los vuelve a unir. Expresan todo lo que no han podido decir al hacer el amor con tanto desenfreno, mientras desequilibran las balanzas del poder, el miedo y la rendición hasta encontrar su propio equilibrio que deja un mensaje muy claro: te deseo, te necesito, te quiero. No me dejes. No te vayas.

CAPÍTULO VEINTIUNO

2014

AJodi le gusta hornear pan. Tiene un libro que se llama *El libro del pan* y una báscula especial y hasta le pide a Noah que vaya a la tienda de productos orgánicos que hay en la otra punta del pueblo para que compre alguna especie de harina muy cara. Dice que la relaja, que la hace sentir como si fuese una «buena madre» (comillas puestas por ella misma). Tiene la esperanza de que sus hijos la recuerden así; como la madre que les ofreció un hogar que olía a pan recién horneado, que les servía esa delicia suavecita y con mantequilla que se deshacía en la boca. Aspira a que recuerden los mimos por la mañana y las canciones a la hora de irse a dormir. No a la mujer ajetreada que va tarde al trabajo, la que contiene las lágrimas mientras se maquilla y se pellizca a sí misma para evitar ponerse a gritar cuando les pide por quinta vez que se pongan los zapatos para ir a la escuela. Le cuenta todo eso a Noah mientras lo mantiene prisionero sentado en un banco a la encimera de la cocina. Está bebiendo un poco de vino según mezcla la masa; parece que siempre está bebiendo, que se sirve el vino poco a poco en la copa, como si solo quisiera un sorbito y luego otro diez minutos más tarde. Lleva puesta una camiseta de pijama sin sujetador y unos pantaloncitos muy cortos que le traslucen las bragas. Los críos llevan como una hora durmiendo.

Noah ha decidido quedarse esa noche, mientras bebe su vino blanco y la observa hornear, porque está intentando juntar el coraje necesario para pedirle que lea el guion que acaba de terminar de escribir, a pesar de que le dijo que solo lo leería una vez que ya no estuviera trabajando para ella. El guion es una comedia romántica muy provocadora y cree que podría gustarle. Tiene la esperanza de que se la pueda pasar a algún agente o algo así.

—Me he comprado el libro de tu novia —dice Jodi.

—¿Ah, sí?

—Sí, anoche me leí unas páginas. Es muy bueno.

—Lo es. —*El dolor es así* está siendo todo un éxito, ha llegado a las listas de libros más vendidos en su segunda semana.

—¿Piensas casarte con ella?

—Me gustaría. Pero primero estoy intentando hacer algo con mi vida.

—¿Y la quieres?

—Sí.

—¿Y en la cama qué tal?

Noah le dedica una mirada esquiva, aunque Jodi no parece enterarse.

—Eh… bien.

—Diría que Dave nunca supo entenderme a nivel sexual. Y esa conexión es necesaria desde el principio, si no la relación está condenada al fracaso.

—¿A qué te refieres? —pregunta, haciendo caso omiso de la incomodidad que se le va formando en sus adentros.

—O sea, a veces nos echábamos un buen polvo, claro, que estuvimos juntos una vida prácticamente. Pero es como que no tenía lugar en mis fantasías, no sé. —Saca el pan del horno, con lo que sus pantalones cortos se le suben cuando se inclina—. Tampoco es que todos los problemas de nuestro matrimonio vinieran del sexo, no. Creo que somos muchísimas las mujeres que terminamos agotadas, ¿sabes? O sea, es imposible que trabaje todo el día, les dé de comer a los niños, le conteste un correo a la profe, recuerde pedirles cita para el dentista, los acueste, ponga el lavaplatos, avance con mis pendientes de lectura y, después de todo eso, me den ganas de follar cuando tengo que levantarme a las cinco y media si quiero tener siquiera un mínimo de posibilidades de tener un cuerpo atractivo.

—Claro —dice Noah, como si tuviera alguna idea de lo que le está diciendo.

—La verdad es que es un bodrio hablar de esto, suena todo muy a cliché.

Noah le echa un vistazo a su móvil y ve que son las 10:03 p. m. Tiene un mensaje de Jesse: ¿Dónde andas?

Sigo en el curro, le contesta.

—¿Quieres un poco de pan?

—La verdad es que estoy intentando no comer muchos carbohidratos últimamente —se excusa, y ella se echa a reír.

—¿Por qué? Si eres joven y tienes un cuerpazo.

—Es prácticamente lo único que tengo, así que mejor no lo echo a perder.

—Come un poco de pan y ya, coño.

Noah se echa a reír.

—Bueno, vale.

Jodi le unta un poco de mantequilla, y le pone la rodaja en un plato frente a él, para luego rellenarle el vaso y hacer lo propio con el suyo.

—Ahora vuelvo, saldré un segundo a fumar —le dice.

—Vale —contesta él, echándole un vistazo al móvil.

Cuando Jodi se marcha, Noah empieza a recoger, limpia la harina de la encimera y un poco de mermelada de fresa de la mesa del lugar en el que Jax suele sentarse. Jodi le dijo que leería sus guiones cuando «termine su tiempo con ellos», pero ¿no es eso una especie de círculo vicioso? Si Jodi lo ayudara a encontrar trabajo como guionista, quizás entonces podría dejar de trabajar para ellos. Pero bueno, que eso lo dijo hace siete meses, antes de que tuvieran la oportunidad de conocerse. Quizás ahora quiera hacerle un favor. Tiene la impresión de que ya se han pasado de la raya en todos los demás sentidos, así que ¿por qué no lo harían con eso?

Se termina el pan y el vino antes de ver el reloj. Las 10:43 p. m. Jodi debe de haberse puesto a fumar la cajetilla entera ahí fuera.

Saca el portátil de su mochila y empieza a revisar su último guion.

Se queda atascado con un detalle en el diálogo de la cuarta escena, por lo que se pone a reescribirla. El único sonido en la casa son los chasquidos de su teclado hasta que la puerta se abre y lo hace pegar un bote. Jodi está empapada y su camiseta blanca se le pega a los pechos.

—Me he dado un chapuzón —dice, riendo—. A veces una tiene que vivir la vida un poco, ¿no?

Noah alza las cejas y hace todo lo que puede por no quedarse mirándole los pechos.

—Hace una noche preciosa. ¿Puedes pasarme una toalla?

Noah va al cuarto de baño y saca una de las toallas suavecitas y blancas que hay en el estante. Cuando se la entrega, ella da un paso hacia él y Noah se congela. Jodi lo besa, y él nota un sabor cálido a vino blanco en la boca. A Jodi se le ponen las mejillas coloradas bajo todas sus pecas, y de pronto parece muchísimo más joven de lo que es, como si algo de su juventud se estuviera abriendo paso bajo su piel de mujer mayor.

Él vuelve a ser un chico, con dieciséis o diecisiete años, en las habitaciones de unas chicas universitarias. Con una voz ronca y casi atascada en el fondo de su garganta, le pregunta en un susurro:

—Te mueres de ganas, ¿verdad?

Ella asiente, poniéndose de rodillas. Y él se la mete en la boca, con lo que el subidón de poder le sienta como una droga. Por un segundo, hace que se olvide de todos sus fracasos. Ve a Jodi mirándolo desde abajo y guía sus movimientos.

En el instante en que se corre y todo el deseo abandona su cuerpo, le entran náuseas.

Jodi se pone de pie y va hacia el baño. Noah la oye abrir el grifo.

—Eh, mmm… Creo que debería irme —exclama él en voz alta.

Entra en el baño, y Jodi se vuelve para mirarlo por encima del hombro. Se está enjuagando la boca.

Noah no sabe qué decirle.

—Esto… lo siento.

—No pasa nada, chico —dice ella, sin emoción en la voz.

Quiere llevarse su propio coche, pero está metido en el garaje de Jodi, y no tiene nada de ganas de volver a entrar a buscar la llave del garaje, así que vuelve a su casa con el Clase G del ex-marido y tiene que contener el impulso de estrellarse contra el quitamiedos de la autopista 101 o de salir por la carretera Mull-holland y tirarse por uno de sus barrancos. A pesar de que está a años luz del chico que solía ser, con su chaqueta acolchada y su sudadera con la capucha puesta, ese que se montaba solo en el bus para ir al Instituto de Arte a perseguir el fantasma de su madre, nota su presencia en el coche con él: con sus ocho años, nueve, diez. Quiere bajarse y echar a correr.

En la radio, hablan sobre cómo la ciudad está encendida por las protestas, después de que un policía asesinara a un joven negro desarmado y lo dejara tirado en la calle durante horas. ¿Por qué no lo entienden? La furia necesita algún tipo de desfo-gue. No puede mantenerse contenida para siempre.

No tiene nada en lo que apoyarse que no sea su propia am-bición, porque si fracasa, entonces no será nadie. No tolera la idea de ver a Jesse, a la única persona que sigue creyendo en él: no se imagina contándole que la ha engañado.

Cuando entra en el bungaló, ya casi es medianoche y Jesse ya está en la cama. Tiene la cena esperándolo bajo un trapo de cocina sin usar: pollo al horno con patatas con romero, de las hierbas aromáticas que ella plantó y que tanto le gustan. Unas flores blancas adornan la mesa.

Noah hace lo mismo de siempre, saca su portátil e intenta continuar con su guion. Pero le parece una patraña. Ha perdido el hilo.

Se da una ducha con agua caliente. Puede saborear la soledad de su infancia, casi de sabor metálico, como si fuese sangre en la boca. Recuerda todas esas veces que follaba de adolescente, en busca de un subidón, de la sensación de poder. De demostrar que importaba.

Se dice a sí mismo que se lo va a contar, pero, al verla tumbada en la cama, con su moño mal hecho y sus hombros delgados, despertándose a medias cuando lo nota tumbarse a su lado para darse la vuelta y abrazarlo… ¿Cómo podría destrozar toda esa dulzura?

¿Cómo podría lastimarla así? ¿Cómo podría perderla?

A la mañana siguiente, cuando Jesse se despierta, Noah está listo para hacerle el amor. Más tarde, cuando se dirige a la cocina en ropa interior para poner la cafetera, él la sigue. Le dice que su trabajo con Jodi no va como esperaba.

—No creo que pueda seguir con ella —comenta, en lo que saca dos tazas de la alacena y la leche de la nevera—. Lo que busca es un marido, no un asistente.

—Ah, pues yo también —interpone ella—. Así que dile que se ande con cuidado.

Noah le sonríe.

—Tengo que buscarme otro curro.

—Aún tienes lo del Hard Rock —repone Jesse—. Haz eso un tiempo y concéntrate en escribir.

—Tengo cosas que pagar, Jess. Y tú también.

—Deja que me encargue yo de eso por un tiempo, ¿vale?

—No podría...

—En serio, Noah. Déjame a mí. Tú escribe.

—Eso he estado haciendo.

—Lo sé. —Hace una pausa, sirve el café y se vuelve hacia él—. Escribe algo que demuestre quién eres. Olvídate de Hollywood y de intentar dar con lo que se vende de momento y escribe algo que demuestre quién es Noah.

—Eso hice con *El globo rojo* —dice él, antes de añadir—, y mira a dónde nos llevó.

—Es que eso fue hace mucho tiempo. Y has mejorado muchísimo con tus guiones. Quizá deberías volver a leerlo y ver si hay algo que puedas sacar de ahí.

Entonces Noah le devuelve la mirada. Si no contara con su fe, ¿qué sería de él?

—Vale —asiente. Por mucho que no se merezca su amabilidad, el decidir aceptarla es un modo de rendirse. Le pertenece a ella.

CAPÍTULO VEINTIDÓS

Las nubes grises relucen detrás de las cortinas blancas transparentes, el primer atisbo del sol de las seis de la mañana asomándose, mientras el metro de Chicago abandona los sueños de Noah a toda velocidad.

La noche anterior tuvieron otra firma en un festival de la ciudad, tras lo cual se fueron a por unas copas con la agente de Jesse y su mujer. A Noah no le molestaría si hubiese una forma de evitar los silencios incómodos que siguen al momento en que se dan cuenta de que Jesse es una escritora exitosa que sale con un chiquillo que lleva toda su vida adulta trabajando de camarero e «intentando escribir un guion».

Jesse se da la vuelta y se remueve sobre él como si estuviese intentando dar con alguna forma de metérsele dentro. Noah la rodea con un brazo y se queda mirando por la ventana. Tiene calor y quiere levantarse de la cama. Quiere ir a correr. No quiere despertarla, pero no consigue aunar la paciencia necesaria para quedarse pegado a la cama.

Se desplaza ligeramente para salir de debajo de ella; Jesse se queja un poco y se remueve.

Noah busca unos pantalones cortos y sus deportivas.

En la playa, un crío de piel oscura corretea esquivando las olas a la luz del amanecer, seguido por su madre. Bien podría haber sido él en el lago Michigan.

Pasa por su lado y corre más deprisa. Sube y sube la velocidad, hasta que parece escapar de sí mismo. Si pudiese correr lo bastante rápido, podría desafiar la gravedad.

Es un niño correteando en la playa con su madre, entre risas. *¡A que no me atrapas, mamá!*

#SiMeMatanATiros; Noah usa el hashtag para subir una foto de sí mismo sonriendo con su madre y su pastel de las Tortugas Ninja cuando cumplió seis años, al lado de una foto granulada de su anuario del instituto, con la capucha puesta y negándose olímpicamente a sonreír para la cámara.

Podría haber sido él quien hubiese acabado tirado en mitad de la calle en un charco de su propia sangre. El cuerpo que creció en el vientre de su madre: agua oscura, latidos del corazón, su hogar.

En sueños, oye la voz de su madre: *construyeme un arca, Noah.* Y él sigue buscando palabras, las adecuadas, mientras siente que va hacia atrás. Se sienta a su escritorio en aquella habitación pequeñita al lado del mar.

Noah vuelve a casa después de su turno en el Hard Rock apestando al vodka que se ha pasado la noche entera sirviendo y ve el estante del salón donde se encuentran los ejemplares del libro de su novia, traducido a dieciséis idiomas.

Le pide a Jesse que se ponga de rodillas y ella obedece. La hace levantarse y que se suba a la cama, para luego darle la vuelta y hundirse en ella. Algo ruge dentro de él, una especie de zumbido que no calla, y lo hace correrse sobre su espalda, para luego quitarse la camiseta y usarla para limpiarla. Le da las gracias y deja un beso en su cabeza. Ella se aparta. Noah le pide disculpas y le dice que se lo compensará, pero Jesse se levanta y se mete en la ducha.

Jesse prepara sopa de lentejas para cenar. Fuman maría y, en la tele, alguien dice que la madre del crío no debió permitir que su hijo saliera de casa con una pistola de juguete. Jesse cambia de canal. Cierran las ventanas para refugiarse del invierno de California y encienden la calefacción. A pesar de que ya han olvidado el frío que puede hacer en Chicago, el cuerpo de Noah lo tiene grabado en los huesos: ese frío que cala no es algo que se olvide. No se olvida de cuando encendían el horno para que la casa se calentara un poquitín mientras los cristales de las ventanas se sacudían por el viento. De cuando entraba en calor arrebujado contra el cuerpo de su madre en la cama, contra su piel suave, hecho un ovillo contra ella mientras lo abrazaba. Pese a que aún sentía frío, su madre estaba calentita, y el pecho se le empezaba a llenar de calorcito, por lo que podía cerrar los ojos. Eso era sentirse seguro; por mucho que casi se le escape ya, todavía recuerda esa sensación.

Y luego la caída libre cuando su cuerpo pasó a estar lejos de él, el modo en el que el invierno le clavó los dientes.

Jesse está en Ciudad de México, en Montevideo, en São Paulo, lejos de él. Es una gira de veintitrés días por Latinoamérica para promocionar su libro, y nunca habían pasado tanto tiempo separados. Noah está solo, con la vista clavada en las mismas palabras que hay en la página, que se le desdibujan.

Jesse está en Buenos Aires, en Guadalajara, lejos de él. Noah siente la mandíbula tensa, incapaz de moverse.

Es ella quien cambia las flores blancas que tiene en su escritorio. Noah lleva en el cuello la cadenita de oro que era de su madre. En sueños, se ahoga. Algo tira de él desde los tobillos y las muñecas. No consigue salir hacia la superficie.

Se hace unos huevos revueltos con espinacas. Echa tanto de menos a Jesse que nota un vacío en el estómago, coma lo que coma. Ella le envía fotos de las largas filas de lectores que quieren que les firme su libro. Intentan hablar por teléfono, pero se les da de pena para ser que son una pareja que lleva tantísimo tiempo juntos.

Se masturba tres veces al día con un porno que es cada vez más violento. Se coloca en mitad de la tarde, cierra las persianas y se pone a ver *Taxi Driver* por cuarta vez consecutiva.

Contempla las gardenias blancas en su escritorio, que ya tienen los bordes marchitados. Las flores que le dejó Jesse. Jesse que está lejos de él, que se fue hace diez días. Piensa comprarle un anillo a su mujer; piensa casarse con ella, tiene que hacerlo. Tiene que poder acabar con esto. No puede seguir siendo un pringado.

Tienen el mar tan cerca de casa que, en las noches más tranquilas, oye el vaivén de las olas.

Es un crío en la playa, correteando con su madre y diciendo «¡A que no me atrapas, mamá!». Corre un poco más, retrocede y espera para ver si lo sigue. Porque así es su juego. Él corre por delante.

—¡Mamá! ¡Date prisa, mamá!

—No puedo, hijo.

Su madre avanza despacio, como a cámara lenta.

—No puedo.

—¡Mamá, venga! —¿Por qué no lo persigue?

Algo no está bien. Cuando lo alcanza, tiene la respiración entrecortada y laboriosa. Se apoya en su hombro, como para intentar recuperar un poco el equilibrio.

—Ya estoy aquí, Noah —le dice después de unos segundos, en un hilo de voz. Antes lo alzaba en brazos y lo lanzaba por los aires.

—Mamá —contesta él—. Ya estoy aquí, mamá. —Es un día de diciembre y sopla un viento frío desde el lago. Van enfundados en sus chaquetas acolchadas y el viento hace que los ojos les escuezan por las lágrimas.

—Noah, qué calor hace —se queja ella.

—Dame la mano, mamá.

En su viejo guion, Noah encontró los restos de todo el dolor de su infancia. Vio a un niño intentando navegar solo por el mundo. Vio una súplica por algo de magia. Y tiene más que decir al respecto. Se sienta a su escritorio para escribir y luchar contra la presión que siente en el pecho.

Noah va a cumplir siete años en pleno invierno: ve montañitas de nieve oscura por las ventanas y unos globos rojos que casi llegan hasta el techo. Es su cumpleaños, y su madre no puede respirar. La máquina le está llevando el oxígeno hasta los pulmones y su tío Dev y sus abuelos están cantando. Quiere taparse los oídos, acurrucado a los pies de la cama como si fuese un cachorro. Están intentando convencerlo para que sople las velas, pero, cuando mira a su madre, no sabe si ella puede verlo a él.

Cómo no, lo que desea es que se ponga buena. Así que cierra los ojos y sopla.

Podría haber sido Noah a quien le dispararan dieciséis veces por la espalda.

Podría haber sido Noah quien estuviese jugando en el parque. Con doce años, el aroma del invierno en la nariz, a humedad, a frío y a limpio. El niño hace una bola de nieve en sus manos desnudas y se sienta en un banco. Un coche aparca cerca, y él se levanta. Antes de bajarse siquiera, acribillan a tiros a un niño que solo tiene doce años.

Noah consigue que lo cubran en el trabajo. Se salta el gimnasio y no bebe ni una sola gota de alcohol. Escribe como si le fuera la vida en ello.

CAPÍTULO VEINTITRÉS

2005-2011

Annie ya casi acaba con su turno, los clientes que quedan están todos borrachos y van por su tercera botella de vino, por lo que por fin tiene un momento de ir al baño a mear, volver a ponerse el pintalabios e intentar acomodarse los cabellos que se le han pegado a la frente por el sudor y llevan ahí atascados toda la noche. Al salir del lavabo, ve que tiene una nueva mesa de dos comensales que atender en un rincón. Cruza los dedos para que los tipos no pretendan ponerse a disfrutar de una cena a estas horas; detesta a la gente que se sienta con toda la tranquilidad del mundo a empezar una comida cuando es obvio que al restaurante no le queda mucho para cerrar, los que siguen debatiendo la carta de postres mientras los camareros ya han empezado a recoger las sillas.

—¿Qué os pongo, chicos? —pregunta, haciendo un esfuerzo por que su sonrisa cansada no lo parezca tanto.

—Hola, prima.

Se centra en el rostro de Connor, iluminado por la tenue luz de las velas del salón.

—¡Anda! —exclama. Han pasado semanas desde que se vieron—. Has venido.

—¡Te dije que me pasaría por aquí! Te presento a Spencer, el amigo del que te hablé.

—Hola —saluda él, con un aire de confianza en sí mismo. Ella lo observa con atención: una línea de nacimiento del cabello que apenas empieza a escasear, pómulos marcados, nariz estrecha y una boca de labios sorprendentemente carnosos. Ojos de un color azul claro. Parece adinerado, como una especie más aristocrática del estilo de chico simpático que tiene Connor.

—Hola —contesta ella—. Bienvenidos.

Conforme él la recorre con la mirada, Annie de pronto repara en el jersey negro que lleva y que no le queda del todo bien, el sudor que se le ha concentrado bajo las marcas del sujetador, las mallas con bolitas que se sigue poniendo porque le da palo comprarse otras y sus botas de cuero negro sobre las que ya han derramado una copa de Malbec y un Negroni dos clientes diferentes esa misma noche.

—¿Qué queréis beber?

—Lo que tú nos recomiendes —contesta Connor.

—Sorpréndenos.

Annie le pide a Jake, el barman, que le prepare dos Black Manhattan y, en cocina, uno de los aperitivos que no figura en la carta y que probaron la semana anterior durante la cena de empleados (confit de pato con un budín de pan con cerezas negras), así como unos *agnolotti* de chirivías con salvia y trufas. Sirve las bebidas y los aperitivos que ha escogido de forma deliberada para transmitir un aire de elegancia. Y funciona; consigue impresionarlos con sus ofrendas. Cuando se marcha para dejarlos comer, echa un vistazo de reojo a Spencer y lo ve guiñarle un ojo. Le pone que parezca valerse de una sensación de poder despreocupada, hace que quiera arrebatársela y obligarlo a ponerse a suplicar.

La pequeña chispa de deseo que ha prendido en ella le parece un rastro de miguitas de pan, algo que seguir en su camino de vuelta a la tierra de los vivos.

Unas cuantas semanas después, Annie se encuentra en la ducha mientras deja que el chorro de agua caliente caiga sobre ella tanto tiempo que se va enfriando poco a poco. Tiene una cita esta noche. Una doble. Una razón para fingir que es normal. Vuelve a su habitación envuelta en la toalla y contempla la montaña de ropa sucia que tiene en el suelo, el cenicero a rebosar, la cama sin hacer. ¿Cómo se las va a arreglar para pretender ser una adulta funcional con estas personas?

Empieza poniéndose un poco de pintalabios CoverGirl y algo de rímel. Intenta hacerse una corona trenzada como la que solía hacerle Juliette, pero no lo consigue. Cuando se rinde, encuentra un rizador abandonado en un cajón del baño lleno de botes de crema viejos. Se fuma un cigarro mientras escoge qué ponerse: por suerte, los pocos vestidos bonitos que tiene son casi lo único que sigue limpio.

Después de ir al ballet con Connor y su novia, Kelly, además de a por unos martinis en un bar pijo, Annie se va al piso de Spencer en el barrio SoHo. El estereotipo de soltero con pasta: vive en un edificio con guardia de seguridad y suelos de mármol y su piso se ve impecable salvo por un par de detalles descuidados como la ropa que ha recogido de la lavandería y que ha dejado colgada sobre una silla o un vaso de whisky que se ha quedado sin lavar en la encimera. Casi que espera encontrarse con la lencería de encaje de alguna otra mujer en su habitación. Después de la maratón de sexo que desencadenó la muerte de Juliette, lleva meses sin acostarse con nadie.

Cuando Spencer la desnuda, Annie parece que deja de contenerse. Lo normal en una primera vez sería que se mostrase recatada, pero una ventaja de Spencer es que parece impenetrable, por lo que le da la impresión de que podría soportar los estragos de su deseo. Y el polvo está bien, muy pero que muy bien.

Al terminar, quiere irse a casa, pues no tiene ganas de dormir en sus sábanas de seiscientos hilos. Solo que es tarde y él ya se ha quedado dormido. Escaparse en ese momento sería demasiado dramático, así que se dispone a cerrar los ojos y, cuando los abre, le sorprende que pasen de las nueve de la mañana y que la cama esté vacía.

—Has dormido como un tronco —le informa Spencer, entrando en la habitación con un capuchino para ella—. ¿Tienes hambre?

—¿Te quedan huevos? —contesta ella.

—Claro.

Así que se mueve por su cocina recopilando todos los ingredientes que necesita para hacer la clásica tortilla que siempre le hacía su padre. El simple hecho de prepararle el desayuno a otra persona parece reparar algo en sus adentros.

Con sus veinticinco años y tras haber acabado la universidad hace un tiempo, Spencer es un adulto hecho y derecho y le abre la puerta a una vida ya resuelta en la que Annie puede adentrarse sin más. Hay muebles donde corresponde. Connor ya le ha contado la historia de la madre muerta y distante que tuvo Annie, lo que probablemente le concede un aire de avecilla herida, algo que resulta atractivo en combinación con sus artes culinarias y su habilidad para preparar cócteles, su amor por la poesía (la cual le lee en voz alta durante los siguientes meses), su grado en Literatura Comparada que aún tiene que sacarse, su fluidez en francés o su capacidad para discutir sobre la última edición del *New Yorker* de principio a fin. Y, lo que es más importante, las fotos que Margot Marker le hizo cuando era adolescente (tiene la impresión de que Margot y Juliette han conseguido trascender el tiempo y el espacio para ayudarla a seducir a Spencer, sin ser conscientes de ello, del mismo modo que hicieron en su momento con Matt). A la madre de Spencer, Jacqueline, un ama de casa tan inteligente como controladora, le encanta el arte (hace donaciones al MoMA y al Whitney) y es fan de las obras de Margot. Metérsela en el bolsillo le resulta pan comido cuando Jacqueline la reconoce como la jovencita de las fotos de Margot.

Annie se viste con elegancia, prepara unas cenas de lo más elaboradas y cuenta chistes ocurrentes, todo ello por Spencer. Y luego vuelve a su piso, se pone el camisón viejo y sin lavar, come sobras de comida para llevar que le quedaron de hace dos días (si es que come) y fuma como una condenada. Va tarde en todas sus entregas, pero se las arregla para aprobar de algún modo. Sigue trabajando como camarera. Y, conforme pasa más y más tiempo en el mundo de Spencer, cada vez le queda menos espacio para que el suyo se venga abajo. Poquito a poco, su puesta en escena se convierte en su vida real. Se transforma en la mujer que Spencer cree que es.

Para su último año en la Universidad de Nueva York, se muda al piso de Spencer en el SoHo. Organizan cenas en su tejado, se quedan hasta tarde en eventos culturales o de caridad, en unas cenas lujosas y sin fin, en discotecas exclusivas en las que esnifan cocaína de la buena, todo eso mientras se guarda el dolor que no ha sabido procesar en una caja fuerte en algún rincón del cuerpo.

Encuentra unas válvulas de escape para dejar salir la presión suficiente: empieza a ir a Reactívate, unas clases tres veces por semana con unas mujeres sudorosas en un estudio en Park Place para hacer «gimnasia espiritual». Corre kilómetros y kilómetros por la autopista del East Side. Y folla como una desquiciada con Spencer, su montaña rusa que no deja de acelerar más y más. Le hunde las uñas en la piel, le deja marcas con los dientes. Duro.

—Eres una fierecilla —le dice él—. Me encanta.

Annie no puede ir a Starbucks ese invierno porque tienen un CD que venden por las fiestas en los mostradores y que ponen una y otra vez en el que suena *River*, de Joni Mitchell. Ya no puede escuchar a Joni Mitchell ni a Leonard Cohen ni a Bob Dylan. En ocasiones tiene que salir de algún bar o tienda solo para escapar de la música.

Sin embargo, Joni Mitchell la pone a prueba al año siguiente, durante su primera entrevista de trabajo tras terminar la universidad, cuando *Woodstock* suena en la cafetería en la que tiene que reunirse con alguien que quizá vaya a ofrecerle trabajo: una escritora reconocida que está buscando una asistente. Porque el dolor es así: como intentar recuperar el aliento en una calle del centro mientras sientes que los pulmones te dejan de funcionar.

Más tarde, Spencer le pregunta cómo le ha ido la entrevista y ella decide no contarle que se ha marchado antes de que acabara. Sigue trabajando en el bistró, aunque él intenta convencerla para que renuncie. Le insiste en que no necesitan el dinero. Solo que Annie quiere sus propios ingresos, por muy minúsculos que sean en comparación con los de él.

Cuando Spencer se entera de que Annie es dueña de una casa, una que tiene ahí muerta de risa, no se lo puede creer. Le dice que tiene que ponerla en alquiler, y Annie se limita a encogerse de hombros. No se imagina tener que despedazar las entrañas de Goldstone, limpiarla de pies a cabeza, todo para dejar que unos desconocidos entren en el universo sagrado que, para sus adentros, le sigue perteneciendo a los fantasmas de Margot y Juliette.

Aun así, debe de ser mucho lío para su padre, porque tiene que conducir hasta allí todas las semanas para ver que todo vaya bien, que los jardineros se estén encargando de las plantas, que las cañerías y todo lo demás siga funcionando. Si bien lo ha hecho sin quejarse, no es algo que le pase desapercibido. ¿A qué está esperando? ¿Cuándo piensa volver?

Echa de menos California de una forma que es casi física, palpable; añora las vistas al mar abierto, el olor del agua salada, el aroma tan intenso de las naranjas frescas, la corteza de los eucaliptos, la luz centelleante, los aromas que provienen de la cocina de su padre y los domingos que pasaban en el cañón.

Siempre y cuando no regrese, puede echar de menos la California que tuvo en su infancia. Puede volverla un mito. Es la alternativa a la realidad de la desolación de plantarse en un cuarto vacío en el que Juliette tendría que estar y saber que la ha decepcionado. Mantenerse lejos es una cuestión de super-vivencia.

Tras un tiempo, Spencer termina convenciéndola para que se ponga en contacto con una empresa que se encarga de la gestión de propiedades. Annie le pide a su padre que traslade algunas de las cosas de Juliette y Margot (como el tocadiscos y la colección de vinilos, así como otros objetos sagrados que pue-de ver si cierra los ojos) al trastero y lo cierre con llave. Le indi-ca a la inmobiliaria que deben mantener los muebles y el jardín tal como están y les da permiso de hacer lo que les parezca con tal de convertir Goldstone en una casa de alquiler vacacional. Cuando se imagina a unos actores en la ciudad para grabar el piloto de una serie y durmiendo en la cama de roble o recogien-do limones Meyer o melocotones maduros del huerto, le entran ganas de vomitar. Así que intenta no pensarlo.

Jacqueline la ayuda a que la contraten como asistente de una reconocida agente literaria que es amiga suya de toda la vida, y Annie se ve consumida por el trabajo. Disfruta de las tareas rea-lizables que implican adquirir billetes de avión y arreglos flora-les. Y, más que nada, le encanta la parte editorial del trabajo, desaparecer en las historias y quedarse a vivir en ellas. Se le da bien pulir oraciones, aligerar párrafos y ajustar tramas. Su jefa se da cuenta y se lo recompensa con más responsabilidades y un aumento de salario. Y, pese a que la ambición de Annie queda restringida por su propia creencia, en el fondo de su ser, de que no merece nada bueno, se dedica en cuerpo y alma a su puesto porque es lo que necesita. Le resulta tanto un ancla al mundo real como un espacio que le permite tener confianza en sí misma y abarcarlo todo. Ayudar a escritores a compartir sus historias le permite involucrarse con la tarea de contar duras verdades sin necesidad de contar la suya. Puede satisfacer su necesidad por el arte, por hacer algo de valor, dentro de los límites seguros de una relación profesional.

Fuera del trabajo, Annie pasa el rato con los demás asistentes, así como con las esposas y novias de los amigos y colegas de Spencer, en especial con Kelly, la prometida de su primo. Kelly y las demás chicas con las que pasa el rato le caen bien, pero no consigue quitarse la idea de la cabeza de que solo se está dejando llevar por lo que implica una amistad, en lugar de vivirla. Ir al centro comercial, a hacerse la manicura y a tomar el *brunch* le parecen una parte de la identidad que ha adoptado. La parte más profunda de su esencia ha vivido tanto tiempo ante la llama del dolor que se ha vuelto líquida, por lo que se vierte a sí misma en los moldes en los que se supone que tiene que encajar.

Annie y Spencer se mudan para que él pueda estar más cerca del trabajo, a un piso en el distrito financiero con un rincón para las bebidas que cuenta con su propio fregadero, suelo de roble francés y una cafetera italiana supercara que Annie escoge para que puedan «ahorrar al prepararse el café en casa». El único vestigio de quien solía ser que lleva al piso nuevo es la foto de ella y Juliette en la cama en Goldstone. Pese a que, en ocasiones, quiere guardarla, no lo hace. Quizá porque aún se siente encadenada a la promesa que hizo de que ambas colgarían sus fotos, aunque lo más probable es que sea porque es un modo de reconocer su pasado que no implica desastres: contenido dentro de un marco. La chica de la foto es una Annie de otra dimensión.

Su padre es el único puente humano que queda entre quien era antes y quien es ahora, y valora muchísimo los viajes que hace hasta Nueva York para ir a verla. En ocasiones Sandra lo acompaña, pero la mayoría de las veces la visita solo. Su presencia en su nuevo hogar parece hacerlo real, le proporciona una continuidad entre la Annie que vive con Spencer y trabaja en el mundo editorial y la que vivía en Los Ángeles.

Entre visita y visita, habla con su padre casi a diario. Llama para contarle cómo van cambiando las hojas en Central Park por el otoño, para preguntarle cómo preparar ceviche, para contarle sobre el libro que está leyendo, el mismo que él empieza a leer también para poder comentarlo con ella. Le pregunta cómo arreglar el triturador de basura y hace caso omiso de la sugerencia de Spencer de «llamar a alguien y ya está». Le cuenta las novedades sobre los planes de boda de Connor, las que la llevarán a conocer a su tío Jonathan.

A su tío se le llenan los ojos de lágrimas cuando Connor se la presenta en el banquete, el cual es todo un acto pomposo en la sala Rainbow en el Rockefeller Center. Cree que Jonathan va a darle un abrazo, pero se limita a estrecharle la mano.

—Madre mía, la hija de Suzi. Qué guapa has salido.

—Muchas gracias.

Su agarre es firme, con la palma ligeramente húmeda por el sudor.

—Me alegra saber que te va tan bien en la vida. Es que mírate —le dice, haciendo un ademán hacia Spencer a su lado, como si su novio fuese una prueba fehaciente del éxito que tiene Annie como ser humano. *Y sí que lo es*, piensa ella.

Dos semanas después de eso, un camarero les sirve unos Negronis congelados en el tejado en que Annie y Spencer están disfrutando de los últimos rastros del sol una tarde de principios de verano. Annie se siente guapa con su nuevo vestido de seda verde, que realza sus pecas y hace que su piel parezca bañada por el rocío.

—Por mi chica tan lista —brinda Spencer, alzando su copa.

Sonríe de oreja a oreja y choca su copa con la de su novio. Están de celebración, pues tiene un nuevo empleo como editora júnior en una editorial muy conocida. «Annie Ricci, editora asociada»; le encanta como suena.

—Deberíamos casarnos, ¿no te parece? —dice Spencer, como si nada, echándole un vistazo desde el otro lado de la mesa.

Unos latidos alarmados se le extienden a Annie por todo el pecho.

—Pero si apenas tengo veintiséis años —repone, a trompicones, lo que lo hace echarse a reír.

—Ni que fueras a ser una novia adolescente.

No entiende muy bien por qué le ha entrado el pánico. Dentro de su vida con Spencer es el único lugar en el que sabe cómo vivir. Solo que ¿podría vivir allí para siempre? Al pensar en cualquier cosa real, cualquier cosa que importe de verdad, Juliette sigue allí, esperándola. Le recuerda que la escogió a ella. Y entonces le llegan los susurros, el miedo, la sensación de culpabilidad que la consume, las palabras que tanto teme y que se repiten una y otra vez en sus adentros y que le impiden creer que es merecedora de la vida que lleva con Spencer: *Me abandonaste, te olvidaste de mí. Si hubieras contestado cuando te llamaba, quizá seguiría con vida. Si no te hubieses alejado de mí ese año, quizá seguiría con vida.*

Pero esos pensamientos turbios no los comparte con Spencer. Sabe que puede percibirlos en la penumbra cuando hacen el amor, la forma tan brusca que tienen cuando se arrebata con él, cómo necesita que la posea casi con violencia. Sin embargo, la mayor parte del tiempo deja el caos en la privacidad de su habitación. Recoge los trocitos que la componen y se levanta para preparar el café por las mañanas, para rizarse el cabello antes de ir al trabajo. Mantiene los rastros de su tristeza en unas dosis manejables y acude a Spencer cuando está bien, cuando es la versión más limpia de ella misma. Le gusta que le permita ser esa versión. Hace que sea fácil sacarla de sus adentros.

Se ha permitido quererlo justo porque es todo lo contrario a querer a Juliette. Juliette es su elegida, mientras que Spencer es... ¿qué es? Su compañero. Si su amiga no hubiese muerto, no estaría allí esa noche, hablando sobre la posibilidad de casarse.

Pero sí que está muerta. De verdad.

—¿Annie? —La voz de Spencer la hace volver a la realidad—. ¿Va todo bien?

—Sí, sí, perdona.

—No me digas que la idea de casarte conmigo ha hecho que tengas una crisis existencial.

—Más o menos. —Se ríe un poco, antes de estirarse para darle la mano—. Pero no es porque no quiera casarme contigo. Claro que quiero. —Aunque debe de haberse sentido un poquitín insultado, no es de los que guarda resentimientos. Spencer proyecta una confianza en sí mismo que a Annie le parece de lo más reconfortante. Es firme y privilegiado. Nunca la va a necesitar como Juliette lo hacía, y eso es todo un alivio—. Es que... Creo que no me siento del todo adulta aún.

—Pero lo eres. —Tiene razón. Y eso es lo que implica madurar, ¿verdad? No se supone que una siga siendo la misma que era cuando tenía dieciocho años.

—Creo que debería cumplir los treinta primero —le dice, tras unos segundos. No está lista para un «para siempre». Pero tal vez lo esté en un futuro. Tal vez pueda estarlo.

—Para entonces tendré treinta y cinco.

—No pasa nada, no será demasiado tarde para tener un bebé. —Le sonríe, en ademán coqueto.

—Pero ¿querremos tener hijos ni bien nos casemos?

—En la luna de miel —contesta ella—. Mira qué romántico. —A pesar de que está improvisando sobre la marcha, empieza a creérselo.

Spencer se lo piensa un poco y después le pregunta:

—¿Cuántos hijos quieres tener?

—Creo que dos. Porque ser hija única hace que te sientas sola.

—Vale, dos —concede él, con un tono de voz más cariñoso—. Niño y niña.

Annie se echa a reír.

—Creo que no puedes escoger qué quieres que sean.

Spencer se bebe lo que le queda en la copa de un trago.

—Cuento con que tengamos suerte.

Y Annie nota la sorpresa de la emoción al pensarlo: quiere tener hijos.

CAPÍTULO VEINTICUATRO

2014

—Tu padre estaría orgulloso de mí —dice Sara, la madre de Jesse, sentada frente a su hija a la mesa del comedor en el que su familia se reunía para cenar prácticamente cada noche cuando era pequeña. Están disfrutando de una ensalada caprese con la albahaca que han recogido del jardín de su padre.

—Habría puesto el grito en el cielo al saber que te vas de viaje sola —ríe Jesse, a pesar de los nervios que siente en el estómago. Su madre se ríe también.

—Bueno, mejor eso que suicidarme —contesta, como si nada.

Sara le acaba de dar la noticia: piensa hacer de voluntaria en el extranjero. Hay un programa en Fiyi que ayuda a comunidades indígenas, otro programa académico en Nepal y otro en Camboya. No ha tocado su parte del seguro de vida, porque además cuenta con la pensión de su marido y el resto de sus ahorros. Era una madre que se encargaba de su casa, de modo que, como sus hijas ya no viven con ella y su marido ha muerto, no queda nada para ella en ese lugar. Tiene pensado venderla, de hecho.

Al día siguiente, Jesse firma algunos ejemplares en su librería favorita del pueblo; una última parada que coordinó mientras volvía a casa desde su gira por Latinoamérica. Cuando su madre la deja en el aeropuerto, la sierra de Sandía brilla de color rosa como siempre, como una despedida de lo más dulce. Le gustaría que su madre permaneciera en el espacio que ocupa su infancia, para que esta no desaparezca, pero sabe que es imposible, claro.

Cuando Jesse empieza a alejarse, su madre se estira hacia ella, la toma de la mano y la atrae hacia sí para darle un abrazo más.

¿Y si usara el dinero del seguro de vida de su padre para comprar la casa? Es a lo que le da vueltas mientras espera su vuelo, con la vista clavada en las enormes ventanas conforme las montañas se van oscureciendo poco a poco y el crepúsculo da paso al anochecer. Está viviendo de lo que gana con sus libros; los cien mil dólares que llevan todos estos años guardados podrían ser suficientes para pagar la entrada de la casa en la que se crio. Y así podría asegurarse de no perder su ancla.

¿Y luego? ¿Estaría dispuesta a ponerla en alquiler? ¿Noah querría mudarse en algún momento a Nuevo México con ella? Porque podía escribir sus guiones en cualquier lado, ¿verdad? Solo que perdería su oportunidad de entrar en el mundillo. Lo vería como si se estuviese rindiendo. Está convencida de que así sería.

Quizás alquilarla podría funcionar, si con eso cubriera el gasto de la hipoteca. Podrían visitar la casa entre inquilino e inquilino. Algún día les podría mostrar el hogar de su infancia a sus hijos… Ella y Noah y sus bebés podrían recoger higos del árbol de su padre, podrían preparar tamales en la cocina en la que el padre de Jesse le enseñó a prepararlos.

Noah recoge a Jesse del Aeropuerto Internacional de Los Ángeles a las diez de la noche, y se abrazan entre el caos de los cláxones y el humo del tráfico. Recuerda a la chiquilla que recogió de su avión desde Albuquerque hace tantos años, lo que sentía por ella por aquel entonces. Por la mujer con la que se iba a casar.

Entonces le llega otro atisbo de esperanza dolorosa: quizá pueda hacerlo pronto. Quizás el guion que acaba de terminar dé la talla.

—Vamos —le dice, levantando su equipaje para meterlo al maletero.

Jesse huele a vino barato.

—¿Has bebido en el avión?

—Un poco.

—¿Y va todo bien?

—Solo estoy cansada. Y con hambre.

—No hay mucha cosa en casa.

Jesse suelta un suspiro, como si la hubiese decepcionado. Noah se las había arreglado para dejarlo todo recogido antes de ir a buscarla, pero no había ido a hacer la compra.

—¿Quieres que nos pasemos a por una hamburguesa?

—No, la verdad —contesta ella—. Estoy agotada.

—Vale, tal vez podamos pedir algo desde casa.

—Sí, supongo. ¿Qué seguirá abierto a esta hora?

—¿El restaurante ese de comida tailandesa vegana?

—Vale.

Jesse pide lo que suele pedir desde su móvil. Un silencio incómodo se extiende entre ambos, como si ninguno supiera cómo cruzar el abismo que se ha formado entre ellos tras haber estado separados tres semanas.

—He terminado con *El globo rojo* —dice Noah, tras un rato—. La nueva versión.

—¿Ah, sí?

—Sí, me muero de ganas de que la leas.

A la mañana siguiente, eso hace; el guion es precioso y devastador. Noah ha reescrito su versión original y, en esta ocasión, para cuando llega el tercer acto, el niño huérfano ha pasado a ser un adolescente que se busca la vida para poder pagar una habitación e intentar acabar sus estudios. Se lo ha pasado muy bien con las metáforas y pone al globo a flotar con impaciencia fuera de una puerta cerrada mientras el chico se lo pasa bien follando.

Cuando, al final, al chico lo persiguen unos policías, el globo termina fracasando en sus intentos por ayudarlo a escapar del peligro. Jesse está hecha un mar de lágrimas cuando lee que le disparan por la espalda y el globo termina deshinchándose sobre la acera.

Tras haber pasado años leyendo y releyendo cada línea de cada versión de cada guion que ha escrito, está convencida de que este es el ideal. Este es el que lo cambiará todo.

Hablan sobre lo que piensan hacer. Jesse le sugiere que le envíe *El globo rojo* a Josh, el agente que conoció, el que le dijo a Noah que estaría encantado de leer su próximo proyecto.

—Nah —dice él, con el ceño fruncido.

—Pero si te dijo que quería leer tu siguiente guion —le insiste ella.

—Lo dijo por decir, fue hace mucho tiempo.

—Se reunió contigo y todo. Está claro que le gustó tu estilo, si no, ¿por qué se habría molestado en hacerlo?

Al final, termina convenciéndolo. A Noah le repatea tener que recurrir de nuevo a un tipo sensiblero que lo rechazó, solo para darle la oportunidad de hacerlo de nuevo. Pero no es como si tuviera muchas opciones precisamente. Escribe un correo, hace que Jesse lo lea y debaten una y otra vez sobre las dos líneas en las que consiste el mensaje hasta que Noah, por fin, lo envía. «Eh, Josh, me dijiste que querías leer mi siguiente guion. Ha pasado un tiempo, pero este proyecto me hace mucha ilusión. Avísame si quieres que te lo pase».

Josh le contesta tres días después, cuando Noah ya está convencido de que no lo hará: «Claro, hombre. Pásamelo».

Noah se lo envía, y entonces se produce el silencio.

En su decimonoveno día de espera, Josh lo llama para decirle que le ha encantado.

A Noah le lleva un momento procesar lo que acaba de pasar: Josh lo ha llamado. Para decirle que le encanta.

—*Eres la hostia, chico* —le dice.

Tres días después de eso, mientras se beben una sidra artesanal, Josh se lo repite.

—Ha sido como leer un cruce entre *Bestias del sur salvaje* y *Doce años de esclavitud* —declara el agente.

A Noah le da un vuelco el estómago, pero Josh le da un golpecito en el hombro en un ademán juguetón.

—Que es broma, hombre.

Aunque sigue con el estómago revuelto, Noah se ríe un poco.

—Fuera bromas, creo que este es el tipo de historias que el público pide ahora mismo —continúa Josh—. Historias de verdad. Y después del desastre de la falta de diversidad de los Óscar, Hollywood está dispuesta a aceptar nuevas voces, ya sabes. —Aun con todo, le advierte que será difícil hacer la película, que tendrán que saber venderla bien.

La agencia de Josh le envía el guion a un par de directores con los que trabaja su empresa. El primero dice que no, gracias, pero al segundo le encanta. Ha hecho varias películas importantes, unas comedias con críticas reguleras, pero que han sido éxitos en taquilla.

El director le dice a Noah que lleva bastante tiempo haciendo ese tipo de pelis, por lo que está dispuesto a intentar un cambio. Ha estado buscando algo «mordaz» y cree que *El globo rojo* es justo lo que necesita.

Noah y Jesse celebran pidiendo comida (mejillones y patatas fritas) y se beben una botella de vino tinto que han sacado de la nevera antes de ponerse una peli. Hacen el amor antes de que acabe, con Jesse abierta de piernas y Noah sujetándola desde atrás, mientras le mete los dedos en la boca y apoya la cabeza contra la espalda de ella.

—Quiero un bebé —le dice él, lo que la hace sonreír.

—Cuando nos casemos.

—Eso haremos —le promete—. Pronto, ¿vale?

Empieza a revisar páginas de inmobiliarias (porque no puede evitarlo) y le pasa a Jesse los anuncios de unas casas en venta en Silver Lake, el barrio en el que vivieron durante sus primeros cinco años en Los Ángeles. Le dice dónde cree que podrían instalar un jacuzzi y qué habitación quedaría bien para que sea la del bebé.

El director ya se ha comprometido y envían el guion a los pocos estudios que hacen ese tipo de películas «artísticas». Montan unos cuantos discursos promocionales.

Con su tarjeta de crédito que solo usa para emergencias, Noah se compra camisetas, vaqueros y deportivas para asistir a sus reuniones.

De camino a Fox, Noah se toma un ansiolítico; entra junto al director y los ejecutivos del estudio le sonríen.

—Tienes muchísimo talento —le dicen—. En serio, eres un guionista excelente.

Noah sonríe y hace algunas bromas para restarse importancia mientras intenta esconder la esperanza que parece irradiarle desde dentro. Le preguntan al director cómo proyecta la película y este se pone a hablar, dando rodeos, sobre la importancia de la justicia social.

Durante los siguientes días, el rayito de esperanza que siente Noah se ve opacado por su sombra: la ansiedad. No puede separarse del móvil, no deja de revisar sus correos y llamadas perdidas a la espera de noticias. Está de camino al Hard Rock cuando recibe una llamada. Es Josh.

Ninguno de los estudios quiere hacer la película.

—Vale —dice Noah, haciendo caso omiso del dolor desgarrador que siente en el pecho—. ¿Y ahora qué?

—*Sé que no era lo que esperabas* —le dice Josh—. *Es una putada, pero tomémoslo con calma. Tienes muchísimo talento. Deberíamos ponernos a hablar sobre tu siguiente proyecto.*

Noah da un volantazo hacia la izquierda y se detiene en la ruta de senderismo Runyon Canyon. Con las Vans que usa para ir a trabajar, corre a toda velocidad para subir una colina y vuelve a bajar, una y otra vez, bajo el sol de la tarde, con los pulmones en carne viva y el sudor goteándole hasta los ojos. Le escuece, y hace que se le llenen de lágrimas. Se las seca y sigue corriendo.

Para cuando llega al Hard Rock Cafe, va cincuenta y cuatro minutos tarde, está cubierto de sudor y tiene las deportivas llenas de tierra. Es solo gracias a todos los años que ha trabajado sin dar problemas que no lo despiden ahí mismo. El encargado lo mira de arriba abajo y le dice que vuelva a casa. Noah conduce por la ciudad, sin rumbo. Se fuma un porro. Cualquier cosa menos ver a Jesse.

Al oír la puerta, Jesse sale de su oficina en sus pantuflas y un vestidito de andar por casa.

—¿Va todo bien? —le pregunta.

—Han dicho que no —contesta él a toda prisa, pasando por su lado—. Iré a darme una ducha.

Al salir, se encuentra a Jesse en la cocina, bebiendo una copa de vino. Hay un plato de pasta y un cuenco de ensalada en la mesa.

—Gracias —le dice—. Voy a ver el partido, si no te molesta.

—No, espera —repone ella, con una mirada nerviosa y la voz urgente—. Vamos a hacer tu película, Noah.

—Quizás algún día. Nunca se sabe. —Se siente derrotado, como si le hubiera pasado un camión por encima—. Si se me ocurre alguna otra cosa, a lo mejor me dan otra oportunidad.

—Solo que lleva tanto tiempo intentando que se le ocurra «otra cosa», que ya no sabe a qué recurrir. Se dedicó en cuerpo y alma a la idea que tenía y no bastó.

»Quizá todavía podamos tener un bebé —propone—. Seré un padre que se encarga de su casa. —Intenta sonreír.

—Claro —dice ella—. Una vez que hayas dirigido *El globo rojo*.

Noah se echa a reír.

—Pero si ni conseguimos que la hagan teniendo un director profesional. Jamás dejarían que me hiciera cargo yo.

—Pero es tu película —insiste—. Proviene de tu corazón y de tu cerebro. Siempre has debido ser tú quien se encargase. Ese director no lo habría hecho bien, seguro que se dieron cuenta. Esta es una historia personal. Lo sabes.

—Son sueños de opio, cariño. Los únicos estudios que podrían haber querido hacerla me han dicho que no.

Sin embargo, Jesse tenía un plan de contingencia, por si le decían que no. Se prometió a sí misma que no lo dejaría volver a caer. Hasta tiene listo el correo para Dexter en su carpeta de borradores:

«Dex, ¿recuerdas cuando te pedí que leyeras uno de los guiones de Noah hace años y dijiste que solo lo harías una vez? Vale, pues este es una obra de arte, así que no hace falta que me des las gracias. Queremos que sea una peli independiente, para que Noah pueda ser el director. Tenemos cien mil dólares para empezar con el presupuesto y a buscar inversores. Si no la quieres tú, alguien más la querrá, pero tenía que darte la oportunidad de ser el primero en quedarse con la producción. Un abrazo».

—Voy a invertir el dinero del seguro de vida de mi padre —le informa a Noah.

—¿Qué dices? —Noah niega con la cabeza, sin poder creérselo—. Jesse, no digas tonterías. Jamás te dejaría hacer eso. E incluso si lo hiciera, no sería suficiente para cubrir una película.

—Pero nos ayudará a empezar. Será nuestro capital.

Noah no puede evitar sonreírle.

—Nadie me ha apoyado tanto como tú, salvo mi madre… —empieza, sin saber cómo continuar—. Pero no puedo aceptar el dinero de tu padre, tu dinero…

—Somos socios, Noah. Es una inversión. Recuperaremos el dinero, es una buena apuesta. Eres increíble y el guion también. —Jesse va a dejar atrás su hogar de la infancia, la casa que albergaba tantos recuerdos. Quiere un futuro junto a Noah más de lo que quiere aferrarse a su historia.

—Jess… —No parece muy convencido, pero puede verlo empezar a llenarse de la esperanza de las posibilidades.

—Lo vamos a hacer ya —continúa ella—. No vamos a perder más tiempo. Vamos a hacer un presupuesto y conseguiremos el resto del dinero. Vas a dirigir tu película y nos vamos a casar. Vamos a estrenar *El globo rojo* en un festival y se la venderemos a uno de esos estudios que acaban de decirte que no. Vas a enamorar al público. Y vamos a tener un bebé.

Noah se la queda mirando. Al final, termina asintiendo, con lo que los ojos se le empiezan a llenar de lágrimas.

—Gracias —le dice, aferrándose a su mano.

CAPÍTULO VEINTICINCO

2015

El día en que Annie cumple veintinueve años, Spencer le monta una fiesta sorpresa y alquila su restaurante favorito entero para organizarle una cena un martes por la noche. Hasta su padre asiste con Sandra, con su gorra de pana, su camisa favorita de rayón y oliendo a loción para después de afeitar. Annie corre a abrazarlo.

En broma, le pregunta a Spencer por qué no se ha esperado a montar todo aquello para sus treinta y, cuando le da su regalo (una caja pequeñita con un lazo enorme), lo entiende todo: dentro de la caja hay un anillo de diamantes de lo más extravagante.

—¿Quieres casarte conmigo? —le pregunta, tras hincar una rodilla en el suelo.

—Sí —contesta ella, con las mejillas sonrojadas. El salón entero rompe en aplausos y vítores.

Annie se vuelve hacia su padre, sentado al lado de Sandra, y ve que le sonríe de oreja a oreja.

—Ya sé que querías esperar hasta que cumplieras los treinta —le dice Spencer—, pero es que a mi madre le va a llevar al menos un año organizarlo todo.

Annie se echa a reír con su familia y amigos mientras que Jacqueline da unas palmaditas llenas de emoción.

Siendo sincera, una parte de ella preferiría saltarse toda la ceremonia, pero está lista para casarse. Quiere quedarse embarazada. Quiere un bebé —o varios— para dedicarles su amor.

Quiere ser madre. Parece ser la respuesta al vacío que siente en sus adentros y que, alguna que otra vez, no puede hacer como si no estuviera.

Le parece muy sencillo imaginarlo: Spencer y ella empujando un carrito por Central Park hasta detenerse en el estanque de las tortugas; dejarlo todo perdido en la cocina mientras los niños la ayudan a cascar huevos para hacer tortilla los domingos por la mañana; los cuatro amontonados en la cama viendo una peli; colgar adornitos en el árbol de Navidad mientras Annie saca del horno una bandeja de galletas recién hechas. Quizás hasta lleve a sus hijos de vuelta a Los Ángeles para mostrarles las luces del pasaje Regaliz.

Junto con Jacqueline, Annie y Spencer deciden celebrar la boda en la Biblioteca Pública de Nueva York, lo cual le va de perlas a una novia apasionada por los libros. Hacen la reserva con dieciocho meses de anticipación, para otoño de 2015. Y Annie disfruta muchísimo más de lo que se imaginó de su papel de novia: la fiesta de compromiso, la búsqueda del vestido. Se imagina lo que sería tener una madre plantada a su lado en la tienda, mientras admira su reflejo en el espejo. Se imagina lo que sería contar con Juliette y Margot.

Se conforma con Jacqueline, Kelly y Deirdre, otra compañera con la que ha hecho migas. Ellas le bastan. Le gusta cotillear las páginas de las floristerías los domingos por la mañana mientras Spencer le lleva el café a la cama. Le gusta sentarse a su lado en el sofá por las noches después del trabajo, para hablar sobre las opciones del banquete y sobre qué cócteles podrían servir.

Hace lo que puede para pasar por alto la vocecilla que no abandona un rincón de su mente y que le susurra: «No te mereces nada de esto». Se ha construido esa vida, del tipo que puede señalar con orgullo, como una prueba de supervivencia. Porque Annie no está hecha pedazos. Es una mujer que sale a beberse una copa con sus compañeros de trabajo; que organiza un calendario compartido con su prometido, con todo y entradas para la ópera y escapaditas de fin de semana; que es la responsable de editar un libro que figura en la lista de novedades de Indie Next. Una mujer que tiene varios juegos de sábanas de lino, un loft decorado a la perfección, un anillo de diamantes de tres quilates en el dedo y una habitación llena de velas con olor a lavanda. Una lista de posibles nombres para su bebé en el iPhone. Es afortunada y cuenta con muchos privilegios. Lo sabe bien.

Y entonces, unos cuantos meses después de haber cumplido los treinta, mientras está hecha un ovillo en el sofá dándole sorbitos a una copa de vino blanco y hablando por FaceTime con su padre, este le cuenta con delicadeza que su médico le ha encontrado un tumor en el estómago. A Annie le da un vuelco el corazón. *No. No, no, no.* Su padre le dice que su pronóstico es favorable. Que se someterá a quimioterapia y, según los resultados, quizás a una operación.

—Iré a verte —le dice Annie. Han pasado muchísimos años desde la última vez.

—*No hace falta que vengas de momento. Quiero que tu regreso sea por una ocasión feliz.*

—Pero, papá…

—*Que a tu viejo no le va a pasar nada, ya verás.*

—Bueno…

Sigue hablando con su padre casi todos los días. Él le va contando sobre su tratamiento, sobre su última cita con el cirujano; más que nada le cuenta lo positivo, no le habla mucho sobre sus articulaciones inflamadas que hacen que tarde más de una hora en darse una ducha ni sobre las náuseas y demás dolores, sino que se concentra en los sabores de helado que está probando para subir un poco de peso (el de higo es su favorito) cuando consigue comer un poco o sobre el arcoíris que vio el día anterior. Empieza a hablarle de la muerte, aunque solo de forma hipotética, nunca como algo real. Le cuenta por teléfono que está pensando en vender su colección de discos y si quiere que le separe algo para ella.

—*Quiero empezar a organizarme* —le dice, restándole importancia—, *así no os dejo demasiado caos del que Sandra y tú tengáis que encargaros en caso…*

—¡Papá, no! —lo interrumpe Annie.

—*Hace falta más que un cáncer de nada para acabar conmigo, tranquila.*

En ocasiones la llama desde el laboratorio en el que recibe su tratamiento, con una voz cada vez más baja, lenta y cansada con el transcurso de las semanas. Annie se pone los mensajes de voz que tiene guardados en el móvil para escuchar su cadencia.

—Déjame ir a verte —le pide, de nuevo.

—*Ven cuando haya acabado con el tratamiento. Cuando pueda prepararte algo para comer. O, al menos, cuando tú puedas prepararme algo a mí.*

Annie y su padre siempre hablaban de comida, pero ahora que ya no puede comer y su dieta es estrictamente líquida, ella ya no lo menciona, por mucho que él parezca sentir más curiosidad que nunca por cada detalle de sus comidas.

—*¿Qué toca comer hoy?* —le pregunta. Annie no quiere decepcionarlo al admitir que, como cualquier otro día, le toca comer sin ganas otra ensalada de Sweetgreen para llevar en su escritorio, con toda esa col rizada que tanto cuesta masticar, así que de vez en cuando se inventa algo: empanadillas rellenas de calabaza o *noodles* de Singapur. Y, si hablan más cerca de la noche, le pregunta por la cena.

—No sé, quizá vaya a por algo de cangrejo a la marisquería y hierva algunas mazorcas de maíz. Todavía me quedan algunas por usar.

—*Qué bien suena* —dice él, con ganas de darle consejos—. *Una salsita de mantequilla y limón le iría de rechupete, ¿no crees?*

—Claro. —Le sonríe a través del teléfono, con el corazón que se le parte en mil pedazos.

—*Y una pizca de estragón, también.*

—Exacto. Bien pensado.

La boda de Annie y Spencer se pospone porque su padre es incapaz de subirse a un avión, así que vuelven a reservar el lugar para diciembre de 2016. Conforme su padre está cada vez más enfermo y se torna más complicado huir de la verdad de su enfermedad, Annie va perdiendo el control. Al principio con cosas minúsculas: se olvida de apagar la cafetera al salir, se deja la tarjeta de crédito en el bar, olvida la ropa que tenía que recoger de la lavandería y que Spencer necesitaba para una reunión o hace reservas para cenar en un día que no toca. Se queda con la mirada perdida en la nada cuando quedan con sus amigos o se le pasa reírse cuando alguien ha contado un chiste.

—Me preocupas —le dice Spencer, en un tono que a Annie le parece que alberga un pelín de fastidio.

Aun con todo, se las arregla para contener su ansiedad, se acostumbra a la tristeza enorme que se le asienta en el pecho cada vez que despierta por la mañana y a solo soltar unas lágrimas escuetas y reprimidas contra el hombro de Spencer. Se guarda los aullidos viscerales para cuando está bajo el agua, en la bañera. Estos provienen de algún lugar de su interior, de la caja fuerte que ha hecho para guardar todo su dolor. Y parece que está lista para estallar.

Cuando su padre lleva tres meses con su último ciclo de tratamiento, Annie intenta ponerse firme. Lo llama y le dice que ha comprado un billete para ir a verlo.

—*No, por favor* —le suplica, con voz desesperada—. *No quiero que me veas así. Ven cuando ya esté mejor, ya no me queda mucho con el tratamiento.*

—Vale —contesta ella en un susurro, para impedirse llorar—. Vale, papá. Iré cuando estés mejor.

La semana siguiente a que su padre empiece su último ciclo de quimioterapia, mientras está sentada a su escritorio comiendo una ensalada César, le llega una invitación a su bandeja de entrada. El museo Whitney está organizando una retrospectiva de las obras de Margot: *La juventud según Margot Marker*. El correo empieza con: «Como parte de los allegados de la artista y la última modelo con vida de la obra de Margot...» y a Annie se le hace un nudo en el estómago. Nota una presión en el pecho, casi ni puede tragar el bocado de col rizada que tiene en la boca. Lo primero que piensa es que debería borrar el correo, pero algo la detiene.

Cuanto más tiempo se sienta ahí, leyendo y releyendo la invitación, más le cuesta ocultarse a sí misma su propio deseo: quiere ir. Le intriga la oportunidad de que todas esas personas que donan a museos y visitan galerías de arte la vean como la chiquilla que era en Goldstone, la seduce la idea de adentrarse en el museo del brazo de su prometido. En algún rincón de su mente, imagina que quizás esa gala pueda ser la forma en que consiga conectar su antigua identidad con la del presente.

Para la noche de inauguración, Annie escoge un vestido lencero de seda que le recuerda un poco a los camisones que Juliette, Margot y ella se ponían para dormir. Hace que le trencen el pelo en una corona en el salón, como solía hacer su amiga, pero no es lo mismo. Así que se lo quita al llegar a casa y se deja el pelo lleno de ondas y rizos marcados.

Cuando ella y Spencer llegan al mar de bléiseres y tacones de aguja, Annie se encuentra con la mirada de Juliette colgada en la pared en la conocida foto bajo el granado. Y otra en la que sale con Annie en la terraza, comiendo unas fresas.

—Mírate, nena —le dice Spencer—. Estás igual que cuando tenías diecisiete. —Le aparta un poco el pelo del cuello, y ella intenta sonreírle—. Pareces algo nerviosa.

Annie pasa la mirada de un lado a otro por la galería.

—Es que ver todas las fotos así juntas es muy… intenso. Ha pasado mucho tiempo desde la última vez que las vi…

Spencer le da un apretoncito en la mano.

—¿Quieres que vaya a buscarte una copa?

—Sí, porfa.

Spencer desaparece. Y allí está Juliette, con su vestido de encaje rasgado a los doce años. Allí está en la bañera. Allí están las dos, tumbadas sobre la hierba. O también las dos, en la playa. Allí está Goldstone en todo su esplendor, y casi le da la sensación de que podría adentrarse en las fotos. Ve a Juliette, rebosante de alegría. Annie clava la vista en sus tacones de Prada hasta que su prometido vuelve con un par de martinis. Bebe un sorbito intentando que no se note que le cuesta respirar. El curador del museo le está diciendo algo, pero es incapaz de seguir la conversación. Intenta centrar la mirada en algún lugar de aquella galería que no deja de atormentarla, mientras el cuerpo se le inunda de recuerdos: Julie, Julie, Julie. *¿Qué le pasó a Juliette?* Se bebe lo que le queda en la copa de un solo trago, pero eso no detiene el caos de sus pensamientos. *Si hubieras contestado cuando te llamé cinco veces, quizá seguiría con vida. Si no te hubieses alejado de mí ese año, quizá seguiría con vida.*

¿Acaso se ahogó a propósito? ¿Querría acabar con su vida?

—Perdonadme un segundo —dice, obligándose a respirar hondo una y otra vez por mucho que el pecho no deje de estrujarla mientras sale de la galería, seguida de Spencer.

—Cariño, ¿estás bien? —le pregunta.

—Ajá. —El aire no le llega a los pulmones.

Spencer para un taxi.

¿Qué le pasó a Juliette? La pregunta cuenta con su propia corriente submarina, y a Annie le sería la mar de sencillo dejarse ahogar por ella. Lo sabe bien.

Una vez en casa, a pesar de que el mareo no se le ha pasado del todo, intenta convencer a Spencer de que no le pasa nada.

—Es que ha sido demasiado para mí —le explica—. Aún la echo muchísimo de menos.

Spencer le da un masaje en los hombros, y Annie se prepara otro Martini antes de meterse en la cama con todo y su vestido de seda.

El padre de Annie ha conseguido vender su colección de discos y le envía por correo los cinco álbumes que ella le pidió antes de que el comprador fuera a buscarla. Ahora los tiene colocados en la estantería que comparte con Spencer, asomándose por los bordes, en aquel piso elegante que no cuenta con ningún tocadiscos. En ocasiones, mientras se bebe un café por las mañanas, Annie se sienta a observarlos y oye la música en su mente: Fleetwood Mac o Paul Simon le cantan desde la ventana que tiene su corazón. Piensa si debería volver a la exhibición en el Whitney por su cuenta, pero no lo hace.

—¿Annie? —la llama Spencer—. ¿Dónde estás?

—Aquí, aquí —contesta ella.

Se dice a sí misma que su padre va a mejorar. Que la acompañará hasta el altar.

CAPÍTULO VEINTISÉIS

2014-2015

El ambiente huele a sal y a oro. Jesse lleva el mismo vestido de encaje blanco que su madre se puso para casarse con su padre, y en este día otoñal de octubre, todo parece posible.

Noah y Jesse han reunido a veinte de sus amigos y familiares más cercanos para que presencien cómo pronuncian sus votos en la playa al amanecer: allí está la madre de Jesse, sentada junto al tío y al abuelo de Noah. Erica está junto a Lucy y Mei. Pese a que Eric ya tiene diez años, han conseguido convencerlo para que sea quien les lleve los anillos. El mar tiene un tono intenso de azul, algo poco común; las nubes flotan en lo alto, como pintadas, y los cuervos se pasean por el cielo junto a las gaviotas. Noah lleva un esmoquin elegante a pesar del ambiente nada formal. *I Only Have Eyes for You,* una de las canciones favoritas del padre de Jesse, suena desde un altavoz por Bluetooth mientras ella avanza por la arena, descalza en su vestido, hacia su futuro marido. Va sola, pues nadie podría reemplazar a su padre.

Si bien los dos no pueden dejar de notar la ausencia de sus respectivos padres, su boda es una de esas raras ocasiones en las que la pérdida parece servir a un propósito más importante: el conducirlos hacia el otro. Si la madre de Noah no hubiese muerto, quizás él no se habría enamorado de Jesse en la Universidad de Chicago. Si Jesse no hubiese perdido a su padre, quizá no se habría arriesgado a seguirlo al mudarse a Los Ángeles. Pero ahí están. Haciéndole sus promesas al otro. Uniéndose de por vida.

Tras años de sufrimiento, sus sueños empiezan a volverse realidad, juntos. Consiguieron reunir el dinero que necesitaban para *El globo rojo* en tiempo récord; en parte gracias a Dexter, en parte gracias a los contactos de fondos de inversión de Afreem y en parte gracias a la potencia del guion. Según Dexter, es «perfecto para los tiempos que corren», por lo que lo han convertido en película. Y le parece que es incluso mejor de lo que podrían haber esperado: más valiente, más espléndida.

A Jesse le siguen llegando mensajes de todo el mundo de parte de lectores que le dicen que *El dolor es así* hizo que se identificaran con la historia, que sintieran que alguien los entendía. Terminó de escribir su segundo libro en un torbellino de ideas durante la primavera, según Noah se preparaba para la preproducción. Después de haber sufrido un año con el nuevo libro, este salió de ella en cuestión de meses. Y cree que podría ser incluso mejor que el primero. Se atrevió a contar una historia de aprendizaje (apenas distinta a la realidad) que nunca ha contado en su vida real: la de los tres meses que pasó en París, antes de conocer a Noah, en la que su vida tomó un rumbo sombrío cuando su camino se cruzó con el de un par de franceses. El personaje de su novela se viene abajo tras lo que le sucede, de un modo que Jesse nunca se permitió hacer, pues decidió enterrar el recuerdo en lo más hondo de su ser. Si bien el proceso fue muy doloroso, también fue la catarsis que Jesse no sabía que necesitaba.

Tras la ceremonia, los invitados van andando hasta el bungaló de la pareja para el banquete de boda, lo que desencadena unos cuantos bocinazos de celebración mientras Jesse cruza la calle Main con su vestido blanco. Unos ramos de flores otoñales adornan cada rincón de la casa y el jardín, obra de Elenore y

Suraya. La brasería favorita de ambos se ha encargado de la comida, y un barman (amigo de Noah de su época en el Hard Rock Cafe) les prepara unos julepes de menta. La propia Jesse se encargó de la lista de música.

Los brindis se alargan más de la cuenta. Afreem y John, amigos de Noah de la Universidad de Chicago, cuentan historias sobre cómo Noah era el más empollón de los tres en la universidad y que siempre decía que no a sus planes alocados. Dicen que siempre han sabido que tendría éxito, que haría algo increíble que los superaría con creces. Y, si bien su película es algo estupendo, le dicen que casarse con Jesse es su logro más importante hasta el momento.

Como Noah debe empezar con los arreglos de sonido y las correcciones de colores el lunes, después de las celebraciones conducen a una casita que han alquilado en el parque nacional Joshua Tree para pasar la luna de miel. Se quedan en el jacuzzi hasta tarde contemplando las estrellas, bebiendo champán y escuchando la noche en el desierto mientras recuerdan todo lo vivido ese día y hacen el amor hasta que el cielo empieza a teñirse de gris por el amanecer. Se quedan dormidos uno encima del otro y hacen el amor de nuevo al despertar, medio resacosos pero contentos, a la luz brillante del sol del desierto que se cuela por la ventana. Jesse está que no se lo cree. Han conseguido conectar las piezas de su vida juntos, ir montándolas una sobre otra hasta formar un rascacielos por todo lo alto y el aire que respiran desde allí es de lo más fresco.

Por la tarde, Noah y Jesse se arrebujan en sus albornoces suavecitos en el salón, con el fuego danzando en la chimenea, copas de cristal llenas de vino tinto y el aroma perfecto del desierto en otoño que les entra por las ventanas, mientras los cactus proyectan unas sombras extrañas con los halos blancos que son sus espinas. A Jesse le encantan por la violencia y la elegancia de su forma, la magia de la vida a la que tanto le cuesta brotar desde el suelo.

Comparten un porro mientras contemplan el anochecer de ese color rosa tan particular, suave pero salvaje, como si cargase con una electricidad viva. Es perfecto. Sin embargo, en la cúspide del ocaso, Jesse nota el susurro de la ansiedad, pues su felicidad es tanta que parece capaz de desafiar la gravedad. En el cielo, cada momento es igual de bello que el anterior, un morado apagado que da paso a un dorado suave mientras va bajando, según la corriente de la noche va tirando desde debajo de la superficie. Bebe un sorbito de su vino, apoya la cabeza en el hombro de Noah y le susurra al oído:

—Hazme el amor de nuevo, que quiero un bebé.

CAPÍTULO VEINTISIETE

Unos cúmulos de nubes, una vela de canela que huele como el popurrí que preparaba su madre por las fiestas, el fragmento de la sombra de un pájaro en el suelo cuando cruza volando, una mandarina a medio comer, los párpados pesados. Una manzanilla y un edredón. La vida que se va acumulando en los rincones. El invierno por fin ha llegado, con lo que ha conseguido desterrar el calor de Los Ángeles y reemplazarlo por unas nubes inquietas, por un sol tan puro como la nieve y una lluvia que se resiste a caer. Hoy, la bebé tiene el tamaño de una ciruela. Por mucho que sea algo nuevo en el cuerpo de Jesse, tiene la sensación de que su pequeña lleva allí toda la vida, como si el otoño en el que celebraron su boda hubiera transcurrido hace miles de años.

Siempre se encuentra mal, con unas náuseas difusas pero intensas que no la abandonan en ningún momento del día, una pesadez que se le ha apoderado del cuerpo y que parece querer arrastrarla hacia el fondo del mar. Lo único que quiere hacer es dormir. Y eso hace, solo para despertarse con náuseas y muerta de hambre. El embarazo hace que se le antojen cosas que comía cuando era pequeña: gofres, tortillas de harina y mantequilla, sándwiches de queso derretido y manzanas.

Kate, la publicista que Dexter ha contratado para que se encargue de supervisar el estreno de *El globo rojo* en el festival de cine que está por venir, está embarazada de seis meses y sale de cuentas en marzo, con lo que la barriga ya se le asoma por debajo de las blusas de estilo profesional que lleva. Siempre está animada y llena de energía, se lleva a Noah de compras, le manda horarios, lo asesora en las entrevistas y no parece que vaya a bajar el ritmo en ningún momento. Jesse la admira muchísimo. Desde que se quedó embarazada, ha sido incapaz de escribir nada y ha terminado abandonando la tercera novela que había empezado a escribir en una carpeta de su ordenador para concentrar las horas que pasa despierta en buscar comadronas, hospitales y las mejores vitaminas que puede tomar para el desarrollo cerebral de su bebé. No deja de preocuparse y procura evitar la polución, los huevos con la yema líquida, los envases de plástico y cualquier cosa que pueda hacerle daño a la pequeñita que crece en su interior. Anhela con desesperación que llegue su siguiente cita con la ginecóloga para poder oír los latidos de su hija dentro de ella y así confirmar que sigue viva.

Sin contar sus caminatas por las mañanas, se pasa el día escondida en el interior de casa. Sin embargo, hoy debe hacerle frente al mundo. Oye a Noah en la ducha, así que sale de debajo de las mantas para prepararse para su firma. Escoge un vestido que le queda suelto para esconder su tripa ligeramente hinchada. El cielo de principios de diciembre parece agitado, con unas nubes oscuras y un sol que no deja de esconderse. Es el día de publicación de su segundo libro.

Conforme ella y Noah se abren paso entre el gentío que se acumula por las fiestas en el centro comercial en dirección al Barnes & Noble, con el gigantesco árbol de Navidad ya encendido, la nieve artificial volando por doquier y unos villancicos a todo volumen en las tiendas de escaparates extravagantes, una oleada de melancolía la atraviesa. No ha habido muchas críticas de su nuevo libro hasta el momento, ninguna en los medios importantes y hasta los blogs a los que parecía que les había encantado su primer libro parecen estar pasando del segundo. Se le ocurre que puede deberse a que no es lo bastante comercial; demasiada poesía y no suficiente trama. Su editorial la presionó demasiado para sacarlo y a lo mejor no se ha publicado en el momento adecuado, pues la historia es demasiado deprimente para las fiestas. O quizás es que no es tan bueno y ya.

La mayor parte del tiempo no le resulta tan complicado hacer como que su fracaso inminente no es algo que la está consumiendo, ni siquiera ante ella misma. Tienen la emoción por la película de Noah, que está a punto de estrenarse en un festival de renombre el mes que viene, y también el embarazo, que prácticamente ha pasado a apoderarse de su mente. Sin embargo, muy en el fondo, Jesse teme perder aquello por lo que tanto se ha esforzado, cambiar su identidad como escritora por la de esposa y madre. ¿Y si el éxito que tuvo con *El dolor es así* fue una anomalía que no es capaz de replicar?

Cuando llegan a la librería, Jesse tiene que correr al baño para vomitar. Se enjuaga la boca, se echa un poco de agua en la cara de muerta que tiene y se obliga a sonreír.

Después de la lectura, Noah la lleva a por una cena elegante con bistec, pero lo único que le tolera el estómago es puré y agua con gas. Noah pide un Martini, una copa de vino tinto y un entrecot. Le masajea el muslo por debajo de la mesa y le dice lo orgulloso que está de ella, le habla sobre la película, la última persona a la que le ha encantado y el viaje que pronto tendrá que hacer a Nueva York, donde tendrá que hacer un poco de promoción y algunas entrevistas anticipadas. De pronto, sus vidas han pasado a dispararse en direcciones opuestas: Noah está viviendo su sueño mientras que ella está en un barco, flotando un poco a la deriva conforme una corriente la arrastra más y más mar adentro.

Es Nochebuena y Jesse está sola. Si bien apenas son las tres y media de la tarde, el sol vespertino ya parece querer ocultarse en el horizonte. La añoranza la tortura; por muchos años que pasen, no consigue dejar de echar de menos a su padre. Es la primera Navidad que pasará lejos de su hogar de toda la vida, de su madre y de Lucy. Saca los tamales de la olla (tras haberlos preparado desde cero con la receta de su padre, claro) y vuelve al sofá para cerrar los ojos un rato. Imagina que su bebé se da la vuelta mientras ella se va quedando dormida.

Hasta que una luz brillante se enciende y la despierta de sopetón.

—¡Feliz Navidad! —Es Noah, que está en la puerta principal, con su maleta y un ramo de lirios rojos.

»¿Qué haces ahí a oscuras? —le pregunta, al acercarse a ella.

Jesse se obliga a levantarse del sofá para dejarse caer en sus brazos.

—Te he echado de menos —dice él.

—Y yo. No sabes cuánto.

—Qué bien huele —le dice, entregándole el ramo de flores.

—¿Las ha escogido tu nueva asistenta? —pregunta ella. Es una pregunta malintencionada, pero no sabe por qué se la suelta. Ha estado de viaje mucho tiempo.

Pero Noah está contento y no cae en su trampa. En su lugar, la vuelve a abrazar.

—No, las he comprado yo. Y también he conseguido el anuncio de Nike. Nos pagarán cincuenta mil, solo por trabajar un par de días —le cuenta.

—Qué bien —dice ella, antes de devolverle el abrazo, darle un beso y, de pronto y sin darse cuenta, echarse a llorar. Sin saber por qué.

—Ay, cariño —dice Noah, atrayéndola hacia él.

El segundo libro de Jesse ha terminado siendo un fiasco se mire por donde se mire. A sus tres meses de embarazo, siente un miedo terrible mientras se busca a sí misma a tientas y no consigue hallarse.

Sin saber qué decirle, Noah la conduce al sofá y le lleva un vaso de agua.

—Cielo, ¿estás bien? —le pregunta, abrazándola—. ¿Qué pasa? ¿Qué te duele?

—Prométeme que no me vas a dejar —consigue articular, tras un rato—. Prométemelo.

Noah la atrae hacia su pecho.

—Jamás te dejaré, Jess. Yo me haré cargo de todo. Puedo cuidar de ti ahora. De nuestra familia.

Jesse se apoya en él y siente que algo en su interior se relaja.

—En serio, yo me encargo —repite—. Me haré cargo de todo, cariño. Lo prometo.

CAPÍTULO VEINTIOCHO

2016

Noah se vuelve hacia Jesse y no puede evitar que se le salten las lágrimas.

—Lo hemos conseguido —le susurra al oído. El público se queda de pie, vitoreando, mientras Noah hace que Jesse suba con él al escenario y llama también al resto del elenco y del equipo a su lado. Cuando soñaba con alcanzar el éxito, más que nada pensaba en el dinero (con la dignidad que puede comprar en el país en el que viven) y en el arte, en sus ganas de hacerse conocido. Nunca pensó en lo que sentiría al recibir una ovación, el modo en el que el sonido lo haría levitar. Lleva una mano a la cadenita de oro de su madre que tiene bajo la camisa y la acaricia con los dedos.

Es una noche muy larga y llena de celebración. Jesse no tarda en sentirse exhausta, por lo que Noah se retira para acompañarla al hotel en el que se están hospedando durante el festival. Se ha bebido unas copas y, a pesar del aire frío que nota en las mejillas, tiene el cuerpo caliente y ligero, como si la ansiedad estuviese escapando de todos los órganos en los que se había concentrado.

Al llegar al hotel, Jesse se quita con gusto las mallas y los zapatos. A sus dieciocho semanas de embarazo, está preciosa: ya se le han hinchado los pechos y tiene el rostro redondeado y deslumbrante con ese brillo que demuestra que es algo real. Se ha puesto el vestido más ceñido que ha encontrado con la idea de acentuar su barriguita diminuta y que, con suerte, la gente pensara que está embarazada y no que se ha pasado con las galletitas durante las fiestas. Así que se lo quita y se deja caer en la cama. Noah ha oído a otros hombres lamentarse sobre lo mucho que se quejan sus mujeres, lo agotados que están por las náuseas, las visitas al supermercado para satisfacer algún antojo y el tener que masajearles los pies. Pero Noah no es así. Le encanta la sensación de poder cuidar de Jesse.

Llama al servicio de habitaciones para pedir que les lleven un sándwich de queso y unas patatas fritas para ella, la arropa en la cama, le da un beso de buenas noches y vuelve a la fiesta.

Esos individuos de Hollywood que han llegado al festival de cine con sus bolsos y chaquetas de diseñador son los mismos que en su momento fueron los asistentes que escribían análisis sobre los guiones de Noah y que los tildaban de siniestros, descabellados, complicados y llenos de furia, esos que les dijeron a sus jefes que no lograría vender nada, que ignoraban sus llamadas, que lo rechazaron y lo pusieron de patitas en la calle. Y ahora le dedican sonrisas y montones de cumplidos sobre lo «relevante» y «real» y «potente» que es su película.

Una mujer de cabello castaño, dientes grandes y una chaqueta de estampado de leopardo se le acerca.

—Noah —lo llama.

—Hola. —Le suena, pero no la ubica.

—Solo quería decirte que tu peli me ha encantado. En plan que casi me da algo al verla. ¡Me ha hecho llorar y todo!

—Gracias —contesta él—. Le hemos puesto mucho esfuerzo entre todos.

—Es que tienes muchísimo talento, ¡en serio! O sea, ya había oído que eras talentosísimo, pero es que esto es de otro mundo, madre mía. Nunca había visto nada igual.

Y entonces lo recuerda. Es la chica que lo entrevistó para el trabajo como asistente de aquel director famoso, en sus primeros meses tras llegar a Hollywood, la que quería que le dijera qué guiones que aún no eran películas había leído.

Noah le sonríe.

—Muchas gracias. —Se pregunta si lo recuerda, a aquel jovencito de veintitrés años lleno de ambición y esperanza con sus deportivas recién compradas y que buscaba alguna puerta abierta.

—¿Me dejas ser una fan muy ñoña y que nos hagamos una foto? —le pide, sacando el móvil.

—Claro. —Y sonríe para la cámara.

Y para la siguiente, y la siguiente después de esa, con lo que deja que las gentes de Hollywood llenen sus cuentas de Instagram con Noah King, el engreído del festival, como si eso pudiera demostrar lo «buenos» que son. Que están «de su parte».

Cómo no, Noah es consciente de la ironía, pero se está convirtiendo en una «historia de éxito». Y es complicado enfadarse con algo así. Aún puede ver la expresión de orgullo de Jesse. Josh lo llama toda la noche para ir contándole qué estudios están haciendo ofertas. Por primera vez en su vida, Noah cree que nada es imposible. Sabe que es una sensación que la mayoría de las personas en aquellas salas ha conocido desde siempre, que se la han inculcado desde que eran niños. Y no puede evitar pensar que le sabe más dulce ahora que él y su mujer lo han conseguido por su propio esfuerzo. Espera poder hacer lo mismo con su bebé.

Cuando vuelve al hotel, el cielo brilla de un color azulado antes del amanecer. La comida que le pidió a Jesse sigue fuera de la puerta, sin que la haya tocado. Debe de haberse quedado dormida para cuando se la llevaron.

Su mujer se despierta con las primeras pinceladas de color del amanecer de invierno, con él a su lado, su piel desnuda contra su espalda. Noah quiere hacer el amor. Ella suelta un gemido soñoliento y deja que se acomode hasta que está dentro de ella y se pone a ronronear. Noah puede sentir el cuerpo de Jesse expandiéndose para él: las caderas, el vientre, la piel. Le sabe pura, como el agua, así que la devora. A su mujer y a su bebé dentro de ella. Fuera, el sol empieza a salir desde detrás de las montañas y unos haces de luz se dibujan por encima del cuerpo de los dos.

Le suena el móvil, y Noah lo silencia. Jesse llega al orgasmo, apoyándose una mano en el estómago. Noah la sigue, se tumba de espaldas y contesta el teléfono.

—Qué pasa —dice hacia el aparato, antes de agregar—: Hostia puta.

Jesse se da la vuelta. Su bebé se está moviendo, lo nota: las primeras burbujitas en su vientre. Magia pura.

Han vendido la película a uno de los estudios más grandes que les dijo que no cuando se la ofrecieron, por un precio muchísimo más alto de lo que Noah se había atrevido a soñar. Ya están escribiendo la nota de prensa: «*El globo rojo* hace uso del realismo mágico para retratar la injusticia racial en una cinta cinematográfica perfecta para los tiempos que corren que no se parece a nada que hayamos visto. Estamos muy emocionados por trabajar con Noah King, un guionista novel que demuestra una confianza asombrosa detrás de cámaras. Valiéndose de la metáfora del clásico francés adorado por todos, *Le ballon rouge*, King nos llevará en un viaje que es tan majestuoso como devastador». El estudio se ha comprometido con un presupuesto cuantioso para la publicidad, una gira publicitaria y un estreno para el otoño. Ya han llevado a los Óscar a otras películas independientes.

Noah se queda sin aliento. Y, por un instante, lo nota: el susurro del miedo, el vértigo de estar mirando hacia abajo desde tanta altura. Pero no piensa permitirlo. Insiste en ser feliz: por sí mismo y, en especial, por Jesse. Han esperado muchísimo para conseguirlo.

CAPÍTULO VEINTINUEVE

2016

Annie esquiva al director editorial y a su mujer de camino al ascensor. Ha tenido que huir de la fiesta para celebrar la publicación del libro, porque, después de beberse tres Negronis, ha visto al fantasma de Juliette. Su imagen era tan clara como si estuviese viva y había salido de la nada: Annie estaba contemplando las vistas por la ventana de la décima planta y allí estaba, descalza y envuelta en su bufanda roja, llamándola desde abajo como había hecho en el apartamento de Chelsea.

Sale a la calle con el corazón martilleándole en el pecho, aunque, como es de esperarse, Juliette no está. Se toma un momento para recuperar el aliento, mientras el aire húmedo de julio se le pega a la garganta.

Si bien lleva años sin fumar, se compra una cajetilla de cigarros en una bodega cerca de su piso y se enciende uno. Tras unas cuantas caladas, lo descarta a regañadientes. Que su padre tiene cáncer, joder.

Debería volver a casa y ponerse a hacer la maleta; su vuelo sale al día siguiente en plena madrugada.

Spencer está sentado en el sofá Chesterfield de cuero, abriendo el portátil y bebiendo de una botella de cristal de agua Voss.

Annie no había contado con que hubiera vuelto a casa aún y no quiere que sepa que ha fumado.

—¡Hola, cariño! —Está demasiado borracha para ser que es un martes a las ocho y media de la noche—. ¡Me estoy meando!

Va al baño, se enjuaga la boca y se echa un poco de agua a la cara.

—¿Todo bien? —exclama Spencer.

—Sí —contesta ella, saliendo del baño para acercarse y darle un beso, con cuidado de no separar los labios. Tiene la sensación de que no es ella quien se encuentra allí. ¿De verdad es ella quien se va a casar con ese hombre tan guapo y exitoso?

¿Es ella quien va a viajar a Los Ángeles por primera vez en doce años para lo que resulta ser la operación que le puede salvar la vida a su padre?

Va a la nevera y se saca una botella de agua Voss para ella. Echa un vistazo a una botella de vino blanco a medio acabar, pero se obliga a dejarla estar.

—¿Estás segura de que no quieres que te acompañe mañana? —le pregunta Spencer.

—No sé —contesta ella—. No tienes que venir —Y entonces añade—: Me refiero a que estaré bien. Como veas.

—Si quieres que te acompañe, me avisas y compras el billete.

—Puedes venir a verlo después —le propone—. Quizá para pasar el finde. —A Spencer le resulta complicadísimo alejarse del trabajo siquiera por un día. Además, tal vez lo mejor sea que se enfrente ella sola a Los Ángeles primero.

—Vale. Pero, si me necesitas, solo tienes que avisarme y allí estaré.

Conforme se le va pasando la borrachera, su ansiedad empieza a volverse algo palpable, como una enredadera que se le va asentando en el estómago y va subiéndole por el pecho hasta que se le envuelve alrededor del corazón. En la habitación, extiende algunas camisetas sobre el edredón, intentando decidir qué colores llevarse, cuántas y también qué mallas, si debería llevarse un atuendo más elegante o mejor no. Como si llevarse la ropa adecuada fuese a ser algo crucial para determinar el resultado de la operación.

—Oye —la llama Spencer, acercándose por detrás para apartarle el cabello del cuello con el dorso de la mano, como suele hacer. Su beso consigue hacerla volver a la realidad—. Te quiero; lo sabes, ¿verdad?

—Yo también te quiero —contesta ella, metiendo la pila entera de camisetas en la maleta.

—¿Quieres un ansiolítico para el vuelo? —Spencer suele tener unos cuantos guardados para sus vuelos internacionales.

—Sí, porfa.

En el pasillo, Annie sorprende a Juliette observándola, con las extremidades enredadas entre las sábanas y las de ella misma, cuando tenía diecisiete años. Con el transcurso del tiempo, es como si se hubiese inmunizado al poder de la fotografía que ha vivido con ella desde sus años en la universidad. Solo que, en ese instante, los ojos de Juliette parecen llamarla, por lo que parpadea y aparta la vista. No se puede permitir pensar en Goldstone. La única razón por la que volverá a Los Ángeles al día siguiente es por su padre. Apoya todo su peso sobre la maleta demasiado llena y cierra la cremallera.

Mientras va hacia el hospital Cedars-Sinai, Annie recorre dos versiones de Los Ángeles: la actual sobre el mapa de sus recuerdos. Hay más edificios, más tráfico, más densidad sobre lo que en sus recuerdos era una extensión más tranquila y vacía. El dolor que nota en el estómago se le extiende hasta los huecos entre las costillas y hace que le falte el aliento. Gracias a Dios por el ansiolítico que le ha dado Spencer, de lo contrario seguro habría tenido un ataque de pánico ni bien ha llegado al aeropuerto de Los Ángeles. Deja atrás montones de carteles publicitarios en la interestatal 10 que le hacen promoción al canal de

YouTube de algún chico, unos vaqueros de marca AG y una retahíla de series y películas. Se queda mirando la imagen de un niño negro que tiene un globo rojo en la mano y que flota por lo que parece ser Chicago. El Chicago donde vivía Juliette. Se pasa la salida que le toca, por lo que tiene que dar la vuelta.

Aparca en un garaje y se echa un chal por encima, a pesar del calor del verano. Entra en el hospital y se abre paso en el laberinto interminable de luces fluorescentes hasta que encuentra el ala de Oncología. Presiona el botón y le da a la encargada su nombre. Mientras busca la habitación 1020, intenta no mirar por las puertas abiertas que exponen las distintas formas en las que un cuerpo puede traicionarte.

Encuentra a su padre despierto, atado a unos tubos y hecho un saco de huesos, sentado cerca de la ventana y escuchando *Harvest* de Neil Young. El difusor que le envió de regalo suelta unas nubecitas con olor a lavanda. Se vuelve para mirarla y unas lágrimas le resbalan por las mejillas.

—Annie.

—Hola, papá.

—Annie —repite él, tomándola de la mano cuando se acerca.

Su padre le había dado a entender que su futura operación sería un éxito seguro, y ella había querido creerle. Había sido Sandra quien la había llamado (cosa rara) para decirle:

—*Deberías venir, Annie. La verdad es que no sabemos lo que va a pasar.*

Cuando se sienta en una silla al lado de su padre, este estira una mano hacia ella.

—Estaba recordando cuando eras una bebé —le dice—, y te gustaba hacer la siesta sobre mi pecho. —Se lleva la mano cerca del corazón—. Ponías la cabecita justo aquí, y los dos nos quedábamos dormidos así, juntos. En aquel piso en Magnolia.

Annie le sonríe. Teme que, si intenta decir algo, vaya a romper a llorar.

—Y ahora casi ni pecho me queda —le dice.

Pasa una mano por la piel sobre el corazón de su padre y la deja allí.

—¿Crees que vayan a poder volver a montar todas las piezas de este vejestorio, Annie?

Annie se traga el miedo que le ha subido hasta la garganta como una bola y lo manda de vuelta a las profundidades del estómago.

—Cuando terminen con la operación, te voy a llevar a casa y te voy a preparar unos pimientos a la parrilla con berenjena. Y unos capellini con albóndigas y tomate y albahaca del jardín.

—Qué bien suena. —Entonces pasa las manos por las mejillas hundidas que tiene—. Me han afeitado esta mañana, para ponerme guapo para tu llegada. Una de las enfermeras llamó a un chico, Jesús, de la Unidad de Cuidados Intensivos, y lo ha hecho de maravilla. En serio, se tomó su tiempo como debe ser. La última vez que intenté hacer algo así, el tipo me dejó todo cortado, pero Jesús lo ha hecho con mucho cuidado.

—Estás muy guapo, papá. —Le deja un beso en la mejilla y nota que no huele como siempre, a la loción para después de afeitar que viene en una botella con rayas como de piruleta—. A lo mejor deberíamos ir a presumirte por el pueblo.

Su padre deja escapar una risa débil.

—¿Ya has ido a ver el mar? —le pregunta.

—No.

—Vamos, pues.

Si bien Annie había estado bromeando, su padre no.

—¿Tienes permiso para algo así?

—Ni que esto fuera la cárcel.

—Papá…

—Le diré a la enfermera que voy a ir a dar un paseo con mi hija. No creo que pase nada.

Su operación es al día siguiente, y el proceso de recuperación puede que tarde semanas o meses.

—Vale —acepta ella, con una sonrisa—. Pero un paseo cortito y ya.

—Eso —dice, alzando el puño—. Ya sabía que tú me ibas a sacar de aquí.

Mientras Annie recorre la autopista Pacific Coast en el Volvo de su padre, las vistas del cielo y el mar la sobrepasan. Casi espera girarse y encontrarse con Juliette a su lado, en los tiempos en los que la música las transportaba y las hacía sentir como si estuviesen volando por la carretera.

Cuando llegan a Point Dume en Malibú, un promontorio no demasiado alto que se alza por encima del mar cristalino, Annie ayuda a su padre a bajar del coche, se agacha para quitarle las zapatillas y avanza despacio junto a él hacia la orilla. Él hunde los pies en la arena y cierra los ojos, mientras el viento le agita hacia la cara los pocos mechones de cabello que le quedan.

Durante los últimos doce años, Annie ha soñado con esa playa, la misma que visitaba con su padre y luego con Juliette. El olor del agua salada la transporta al pasado y hace que casi sienta como si hubiese retrocedido hasta meterse en otro cuerpo, el de la muchachita que dejó atrás cuando huyó de aquella ciudad.

—¿No te vas a meter? —le pregunta él. De pequeña le encantaba nadar.

—Creo que no, prefiero quedarme aquí contigo —contesta ella, dándole un apretoncito en la mano.

—Venga, date un chapuzón —la anima. Cree que se la está imaginando como cuando era joven, al recordar su alegría al zambullirse en el mar.

—Bueno, vale.

Su padre la observa sumergirse bajo una ola, sin haberse quitado ni la camiseta ni los pantalones cortos. El agua casi que está cálida, y Annie hace todo lo posible por irradiar la dicha que sabe que él quiere presenciar.

En el camino de vuelta, su padre se queda dormido. Por una cuestión de costumbre, Annie dobla en dirección al cañón Topanga, el camino hacia la casa de Juliette que tantas veces había recorrido al volver de la playa. Contempla las colinas a lo lejos, moteadas de verde y marrón. En otra vida estas fueron brillantes, llenas de vida, un bosque salpicado de luces y sombras. Ahora parecen listas para que les prendan fuego.

Resistiéndose al tirón de vuelta a su juventud, no dobla la esquina que la llevaría desde el cañón hasta Goldstone, donde lo único que encontraría sería a unos inquilinos disfrutando de su Airbnb.

Se queda con su padre esa noche, sentada junto a su cama y cabeceando ante el pitido de las máquinas hasta que la llegada de Sandra a primera hora la despierta, seguida de una enfermera que se pasa por la habitación para llevarse a su padre al quirófano.

—Papá —dice Annie, antes de apoyar la cabeza con cuidado sobre su pecho, justo por encima del corazón, resistiendo la mitad de su peso con el cuello para no hacerle daño. ¿Cómo se ha permitido a sí misma pasar tanto tiempo lejos? Su padre estira una de las manos hinchadas que tiene para apartarle el pelo de la cara.

—Deséame suerte, florecilla.

Le da un apretoncito en la mano, porque no le salen las palabras, y lo observa en silencio mientras se lo llevan.

CAPÍTULO TREINTA

El hospital está frío, nada consciente del calor intenso del verano que hace fuera y que parece incapaz de atravesar las paredes del edificio. Annie se arrebuja más en su chal y picotea las Lay's que se ha comprado en una máquina expendedora. Se ha valido de la grasa salada de las patatas para calmar la ansiedad de su estómago desde que era pequeña e iba hacia el norte con su padre. A su lado, Sandra teje una manta para que su padre esté calentito mientras se recupera. La vibración de su móvil hace que Annie pegue un bote. Es un mensaje de Spencer: Hola, ¿todo bien? Está a punto de responderle que sigue esperando cuando llega el médico de su padre. Su expresión, que suele ser más bien jovial, parece funesta. Sandra se pone de pie y se le acerca. El médico parece llamar a Annie, pero esta no consigue moverse. Los observa desde el otro lado de la estancia hasta que oye a Sandra soltar un gemido.

—Ay, no, Mikey.

Cuando el médico se le acerca para hablar con ella, Annie apenas consigue oírlo: que lo lamentan mucho, pero que la operación no ha ido como esperaban. Que había demasiadas adhesiones alrededor de los intestinos, que han hecho todo lo que estaba en sus manos. Que un respirador lo está manteniendo con vida y que le han dado un cóctel de medicamentos para que permanezca sedado.

Los siguientes días se desdibujan en un solo momento infinito en el tiempo; Annie se sienta junto a su padre para leerle, ponerle música y contarle historias de su infancia mientras las máquinas siguen soltando pitidos y él yace ahí tumbado, prácticamente inconsciente, con las manos y los pies hinchados. Cuando Sandra lo acompaña (se turnan para que una de las dos siempre esté con él), Annie conduce sin rumbo por la ciudad en el Volvo de su padre y duerme en la cama de su infancia sea la hora que sea.

Conforme contempla la máquina que introduce y extrae aire de los pulmones de su padre, no sabe cuándo es de día o de noche. De lo único que está segura es de que nada la ata a este mundo que no sea su padre.

Cuando Sandra, acompañada de la jefa de enfermería, le dice que ha llegado la hora de hacer planes para quitarle el respirador a su padre, parece como si hubiesen estado aferrándose al secreto de su muerte inevitable con los puños apretados.

La enfermera le explica que los medicamentos no le están haciendo efecto. Que no hay nada más que puedan hacer.

—Llevo mucho tiempo viéndolo sufrir —dice Sandra—. Annie, ha sufrido mucho. —Ha sido ella quien se ha despertado con su padre a horas intempestivas cuando le daban náuseas, quien limpiaba los vómitos, quien le preparaba sopas de pollo solo para ver que las echaba poco después, quien le ponía las intravenosas en el brazo cuando estaba en casa. Su mirada le dice todo eso y más.

—Pero… —responde ella, volviéndose hacia la enfermera—. Pero ¿no hay posibilidades de que vaya a mejorar? Si lo mantenemos con el respirador el tiempo suficiente, quizá sus pulmones mejoren e incluso si no pueden extraerle el tumor… Al menos podría volver a ver el mar, ir a casa y…

—Annie —la interrumpe Sandra, en un hilo de voz y con los ojos llenos de lágrimas. Annie quiere acercarse a ella y darle un abrazo, pero no sabe cómo.

Sandra se seca las lágrimas.

—Me quedaré con él esta noche —le informa. Annie quiere ser ella quien se quede, pero ha perdido ese derecho—. Y mañana nos despediremos de él.

Su padre va a morir dentro de un día.

Annie le da la mano a Sandra, y durante un largo rato, ambas se quedan así, congeladas en el tiempo.

Esa noche, en la cocina de su padre, Annie se prepara su comida favorita de cuando era pequeña: pasta casera a la carbonara. Coloca un plato para él en la mesa y sirve la comida para los dos. Enrolla su *linguini* en el tenedor hasta dejarlo caer y quedarse con la vista clavada en el espacio en el que su padre debería estar.

Durante la noche, se queda tumbada en la cama de la habitación que ocupaba cuando era pequeña, sin poder pegar ojo. Más allá de la máquina de coser de Sandra en un rincón, no ha cambiado en absoluto a pesar del tiempo que ha pasado, ni siquiera los horóscopos que recortó del periódico *LA Weekly* y que tenía pegados en el cabecero ni el jardín de flores que Juliette dibujó con esmalte de uñas. Sandra dejó que su padre mantuviera el cuarto de Annie exactamente como estaba mientras esperaban que volviera a casa. ¿Por qué no ha vuelto antes? ¿Por qué no contestó las llamadas de Juliette ni se había mantenido en contacto con ella más seguido durante todos esos meses? ¿Por qué abandona a las personas que más quiere?

Al día siguiente, cuando acude al hospital a primera hora, la enfermera se acerca a su padre para bajarle la dosis de los sedantes y que pueda recuperar la conciencia lo suficiente como para que Sandra y Annie puedan despedirse.

Conforme se despierta de su estupor, Annie nota que su padre le busca la mano con la suya, hinchada. Se le cierra la garganta; ¿qué se dice después de toda una vida? Al final solo consigue murmurar que lo quiere y que es el mejor padre que la vida le ha podido dar. A su padre se le llenan los ojos de lágrimas al tiempo que el respirador le llena los pulmones de aire hasta hacer que lo expulse.

Una vez que Sandra ha tenido su turno de despedirse, la enfermera les pide que salgan de la habitación un momento, mientras que un equipo entra para encargarse de las vías de su padre. Le administran unos medicamentos intravenosos que «reducirán su ansiedad» conforme deja de respirar para siempre.

Annie se sienta a su lado y apoya la cabeza cerca del pecho de su padre, imaginando que es una bebé durmiendo allí, sorteando las olas de su respiración. Hacia dentro y hacia fuera. Cada vez que se produce una pausa, Sandra y ella le dan un apretoncito en la mano, preparándose, hasta que él inhala de nuevo. En su habitación de hospital impoluta con vistas a la extensión de Los Ángeles, su padre se resiste a morir.

Hasta que no puede más y simplemente deja de respirar. El sonido de su ausencia lo ocupa todo.

Annie sale corriendo de la habitación, incapaz de estar al lado de un cuerpo en el que su padre ya no está.

CAPÍTULO TREINTA Y UNO

Spencer abre las gruesas y pesadas cortinas con motivos florales y mira de reojo a Annie, para evaluar su reacción a la repentina luz solar. Le cuenta que su padre le dejó comprar esas cortinas en una venta de segunda mano cuando era pequeña y que le parecieron elegantes, románticas, algo que una podría encontrar en un castillo. Annie siempre intentaba añadir toques «femeninos» a su hogar por aquel entonces, un esfuerzo que su padre consentía.

Tras abrir la nevera en la cocina del padre de Annie, Spencer se ofrece a prepararle unos huevos.

—No tengo hambre —dice ella.

—Podríamos salir a correr un rato —sugiere él.

—Ve tú.

Su padre está muerto, pero ni siquiera pueden organizar su funeral. Sandra ha dicho que no está lista y se ha ido a conducir por la costa unos días para despejarse un poco. Unas vacaciones que llevaba mucho tiempo aplazando, pues necesita respirar un poco de aire salado y ver algo más que las paredes de casa y del hospital. Necesita empezar a sanar.

Annie no puede ni imaginar lo que significa eso, lo que implicaría «sanar». Está tumbada en la cama, resiguiendo con un dedo una de las florecillas que Juliette pintó con esmalte en el cabecero.

—Tienes que salir de casa, Annie —dice Spencer, plantado en el umbral.

Ella lo mira, sin decir nada.

—Por favor —insiste—. Vamos a cenar algo. O deja que te invite al cine. —Parece desesperado. Entonces se pone a buscar algo en el móvil—. Tiene que haber una comedia o algo en algún cine de por aquí. Te hará bien reírte un poco.

No quiere moverse, pero termina cediendo y se levanta de la cama a regañadientes para ponerse unos pantalones cortos y una camiseta.

En el coche, de camino, pasan al lado de una heladería a la que su padre solía llevarla cuando era pequeña y Annie rompe a llorar.

—¿Qué? —pregunta Spencer—. ¿Qué pasa?

No puede dejar de llorar. Spencer tiene que aparcar y terminan perdiéndose la película.

Después de unos días que cada vez parecen más saturados con llamadas de trabajo, Spencer vuelve del porche para decirle que va a comprar billetes para volver a casa el lunes por la mañana. Tiene que regresar al trabajo el martes como muy tarde. Annie le dice que no, que no puede irse. Le prometió a Sandra que estaría en casa para recibir las cenizas de su padre.

Spencer no la acompaña cuando se hunde en el sofá, sino que se queda de pie, móvil en mano.

—¿No puede pasar a buscarlas cuando vuelva a casa? Fijo que la funeraria…

—No —lo corta Annie, con firmeza—. Tengo que hacerlo yo.

—De acuerdo.

—No puedo irme y ya —añade—. Esta vez no puedo salir corriendo.

Spencer suelta un suspiro, y ella sabe lo que no dice con palabras: «¿De qué te sirve quedarte cuando ya no queda nada?».

—Pero ¿no tienes que volver al trabajo en algún momento? —inquiere.

Annie se encoge de hombros. El cojín ergonómico cubierto con una piel de cordero suavecito, que se supone que debía darle comodidad a su padre para sentarse sobre su trasero huesudo cuando ya no podía comer, sigue en el sofá. Annie lo acaricia suavemente y resigue las marquitas que hay en la tela. Conoce este lugar, el hogar en el que se crio, la casa que su padre se esforzó tanto para comprar hace muchísimos años y que ahora hace que Spencer se sienta incómodo. Según él, uno asume las características del espacio en el que se encuentra. Su loft en Nueva York está limpio, es elegante y con mucha ambición. De modo que ellos también lo habían sido.

—¿Has avisado a Mark y a Katy de que no podremos ir mañana? —pregunta él, y Annie lo mira sin expresión—. A la fiesta de compromiso.

La del hijo del jefe de Spencer. Se le había olvidado por completo. No se imagina yendo a una fiesta ni cenando con sus amigos ni pasándose por una obra de teatro, una fiesta de publicación o un partido de tenis. Ni siquiera se imagina yendo al supermercado. No imagina volver a la vida que tanto le gustaba, la cual, desde su perspectiva sentada en el sofá de su padre muerto en Tarzana, le parece más bien vacía.

—Ya les avisaré yo —dice Spencer—. ¿Puedes enviarme la invitación y ya?

Le pregunta si ha pagado el alquiler y ella le dice que no.

Tras unos segundos, se sienta a su lado y le apoya una mano en la espalda.

—Creo que te sentirás mejor cuando volvamos a casa —le dice.

—Es que no lo entiendes —suelta ella, y la frase sale como una acusación.

—¿Qué no entiendo? ¿Por qué te enfadas conmigo?

Annie se hace un ovillo, apretándose las rodillas contra el pecho.

—Lo he perdido todo.

Ve la expresión de Spencer que parece decirle «¿Y yo qué?», por lo que intenta arreglarlo.

—Me refiero a todas las personas de mi pasado.

La mira como si no la reconociera, pues la Annie de Spencer jamás le pediría que cargara con todo el peso de su dolor. La Annie de Spencer hacía que quererla fuese algo sencillo. Su Annie, la de risa fácil, la que no exteriorizaba sus sentimientos sino que lo mantenía todo contenido, la que vivía en el presente y había aprendido a pensar en el futuro, no está por ningún lado.

—No sé por qué no puedes darme un abrazo y ya está —le dice, en voz baja.

Así que eso hace él.

Annie se gira en la cama, quejándose un poco y aún medio dormida.

—Vuelve pronto —le dice Spencer—. Te quiero—. Y le deja un beso en la mejilla.

—Y yo —contesta ella—. Que vaya bien el vuelo.

Imagina que, según cierra la pesada puerta de madera de la casa, una oleada de alivio lo inunda entero. En sus adentros, lo ve tomarse un segundo para respirar hondo el aire húmedo de la madrugada, con los brazos estirados a ambos lados en aquella calle de las afueras demasiado tranquila. Lo ve subirse a su Uber de lujo, de camino a la ciudad, al alboroto.

Solo que ella también siente el alivio de verlo marcharse, de que, mientras está tumbada en la cama, despierta por la noche, el sonido de su respiración no interrumpirá los recuerdos de su padre. Le alivia que deje de intentar sacarla de las arenas movedizas en las que sabe que debe hundirse.

Desde que perdió a su madre, la muerte había sido algo abstracto e intangible en su mente. Quizás hasta entonces una parte de ella había creído que Juliette nunca había muerto de verdad, sino que solo había desaparecido. Que, algún día, volvería a Goldstone y la encontraría en el jardín.

Hay una gran diferencia entre una muerte que uno ve y una que no. Ser testigo del último aliento de su padre hizo que la muerte pasara a ser algo real. Físico. Y ahora los últimos momentos de Juliette la atormentan.

¿Qué habrá experimentado su amiga cuando se adentraba en el lago Michigan, cuando, en lugar de oxígeno, lo que tragó fue agua que le llegó hasta los pulmones? ¿El miedo habría bastado para hacerla perder el conocimiento? ¿Habría luchado? ¿Habría sufrido? Seguro que sí. ¿La habría paralizado el miedo? Un momento de pánico en su estado más puro, antes de que el cuerpo se le entremezclara con el agua. ¿Se habría rendido?

¿Se habría ahogado a propósito?

Cuando Edna se ahogó en *El despertar*, oyó el zumbido de las abejas y olió el intenso aroma del almizcle de las clavellinas.

¿Cómo habría sido para Juliette? ¿Habría olido jazmín? ¿Las hojas de menta que frotaba entre los dedos? O el susurro de las hojas del roble o el sabor de un melocotón maduro. El lugar en el que el agua se encuentra con el cielo, por siempre jamás…

Conforme la luz blanca del sol se empieza a colar por la ventana, Annie le escribe a la empresa que se encarga de alquilar el Airbnb de Topanga y les pide que cancelen las reservas durante un mes.

Pero hay una reserva para esta noche. No podemos hacer eso sin nada de anticipación.

Decidles que ha habido una emergencia.

Vas a perder tu calificación de cinco estrellas.

No pasa nada.

Annie enciende el viejo Volvo de su padre en la entrada. Tiene unas Ray-Bans que ha usado toda la vida en un portavasos y su botella metálica de agua en el otro. Se pone las gafas de sol y arranca.

Por la radio suena *The Treatment*, un programa de entrevistas a personas del mundo del cine en la KCRW, la emisora que su padre siempre ponía desde que era pequeña. Elvis Mitchell está entrevistando a un director: «Tras la muerte de mi madre, lo único que podía hacer muchas veces era tumbarme en el sofá y encender la tele». Annie le sube el volumen a la radio cuando dobla en Ventura, con el sol iluminando con fuerza la tienda de animales y un restaurante de comida rápida, la licorería que hay en la esquina, un bazar y el restaurante al que solía ir con su padre. «Las películas eran como una vía intravenosa», sigue diciendo el director, «me daban vida cuando no tenía las fuerzas ni la capacidad para hacerlo por mí mismo. Me hicieron creer que aún existía un mundo allí afuera, en alguna parte, uno por el que quizá valía la pena vivir…».

Annie se pregunta qué puede ser aquello que consiga devolverla a la vida, pero no se le ocurre. Lo único que sabe con certeza, hasta lo más hondo de su ser, es que se ha quedado sin fuerzas para seguir huyendo. Quizás era algo inevitable: no le queda otra que volver con Juliette.

Se mete en la carretera 101, la vieja ruta de camino a Goldstone, con el estómago revuelto y la boca seca. Pone *Woodstock* para que la voz de Joni Mitchell se entremezcle con el recuerdo de Juliette y este flote en el aire, lo bastante tangible como para casi poder tocarlo. Puede imaginarla encendiéndose un cigarro, echando la cabeza hacia atrás para soltar el humo y sacando un brazo por la ventana como si fuese un ala, todo ello según la canción vuelve a empezar.

Por aquel entonces eran demasiado jóvenes para morir. La muerte jamás podría haberlas alcanzado.

Annie dobla en Topanga.

CAPÍTULO TREINTA Y DOS

Jesse dobla los pijamitas de bebé nuevos, los que acaba de lavar con detergente para recién nacidos, sentada en el sofá al lado de Noah mientras él lee un guion que sus agentes le han enviado para que decida si es un proyecto que quiere dirigir. Se echa hacia atrás en el sofá, cerrando los ojos, y Noah se estira para darle un masaje en los pies.

Por primera vez en su vida, el zumbido de la ambición parece haberse apagado en el cuerpo de Jesse. Su oficina es el cuarto de la bebé. Se dice que, una vez que nazca, volverá a ponerse manos a la obra, empezará su tercer libro. Lo que al principio la asustaba (la impresión de que su cuerpo había dejado de ser suyo) ha pasado a ser algo exquisito. Le gusta la sensación de sentirse poseída, de que una vida sirva a otra. Se ha resignado a esperar, ha entregado el cuerpo y pasa los días cocinando, cuidando del jardín y preparando su nido. Y no pasa nada. Todo va bien, porque va a dejar que Noah se encargue de ella. Nunca ha estado tan enamorada de él como lo está ahora mismo. Del padre de su hija.

Noah siente el amor que Jesse tiene por él, su satisfacción y, dentro de todo el dulzor del verano, eso es lo que lo hace más feliz. Está reluciente en su vestido blanco de lino, con la barriga redondeada y lista para traer al mundo a su bebé.

Deja su portátil a un lado, se inclina hacia su mujer y le apoya una mejilla en el vientre.

—Hola —saluda—. ¿Cómo está mi estrellita? ¿Lista para salir al mundo para vernos? —Le habla a la bebé todo lo posible, siguiendo el consejo de la comadrona que le dijo que, cuando naciera, la bebé iba a reconocer la voz de su padre y encontrar consuelo en ella. Jesse se ríe cuando los movimientos de su hija le hacen cosquillas.

—Por aquí —dice, señalándose la barriga. Noah sigue su movimiento y nota a su pequeña presionándose contra su mano. Sonríe, extasiado. Casi puede saborearlo en la lengua: el momento previo a la cosecha.

Según su hija ha ido creciendo, preparándose para el mundo, la carrera profesional de Noah ha ido despegando. *El globo rojo* se va a estrenar en un par de meses. Su anuncio con Nike ha tenido un éxito arrollador, es una «obra de arte político» que ha sacudido internet, y está a punto de hacer uno para Apple. Ha pasado a ser una persona «relevante para la cultura», según lo ha tildado la radio, y un director de los más buscados. Ha salido en artículos para *Forbes, Variety* y *The Hollywood Reporter,* con deportivas y mirando a la cámara como si la estuviera retando a apartar la mirada. Es fotogénico y, ahora que se ha quitado de encima un poco de inseguridad, también le va bien en las entrevistas. Tan solo cinco semanas después de que Jesse salga de cuentas, Noah va a empezar su gira publicitaria. Y, aunque le preocupa tener que dejarla, Jesse no lo hace sentir culpable. «Porque papi volverá con nosotras», le dice.

Le han pagado el sueldo mínimo que establecía el convenio del Sindicato de Guionistas por su trabajo como guionista y director y, si bien no es suficiente para comprarse una casa, al menos no en Los Ángeles, es un buen comienzo. Ha empezado a ahorrar. Sus agentes le envían un flujo constante de guiones y acaba de comprometerse a dirigir una peli de acción importante. No va a ganar más dinero con *El globo rojo* hasta que los beneficios en taquilla cubran los gastos de producción, pero, de momento, entre su salario como guionista y director, y ahora también con lo que gana con los anuncios, Noah es capaz de mantenerse a sí mismo y a Jesse y hasta puede enviar algo de dinero a su familia. Llevó a su mujer a una escapadita para celebrar el embarazo y compró todos los artículos caros que quedaron pendientes de la lista de regalos de su boda sin siquiera pestañear. Para él, que se ha pasado la vida luchando por ganar lo suficiente, los símbolos materiales de su éxito son algo más que una simple muestra de estatus. Hacen que se sienta seguro.

Dado que se ha deshecho de su viejo Impala y tiene un nuevo Panamera de alquiler, se siente menos nervioso al cruzarse con un coche patrulla. Hasta las señoras mayores blancas que lo evitaban en los aparcamientos del supermercado han pasado a mirarlo con interés. Los Audis que solían meterse por delante cuando iba conduciendo ya lo dejan pasar. Conduce con su esposa embarazada sin la capota puesta y la observa agitar las manos al viento y disfrutar del sol al alzar la cara hacia el cielo. Su esposa embarazada, cómo le gusta como suena eso.

En ocasiones se pregunta si sabrá ser padre. De pequeño, la figura ausente de su padre no tenía mucha relevancia en su mente. Su madre era suficiente para él. Además, tenía a Dev, a sus abuelos y a sus primos. Según se hacía mayor, fue consciente del estereotipo que vivía (un chico negro sin padre), y, si bien eso le molestaba un poco, la sensación se veía eclipsada por la intensidad de su dolor por la muerte de Gracey.

Dev le ha dado un buen ejemplo de cómo es ser padre con Eric. Sin embargo, a Noah le preocupa que le haga falta algo que no tiene, que no se formó a nivel celular en su interior. Hasta que mira a Jesse, que lleva a su bebé en su vientre. Su amor por ella es tan absoluto, tan intenso, que confía en que querer a su hija también le resulte algo natural.

Jesse está muy cansada últimamente (se queda dormida con su vestido blanco de lino cada noche a su lado en el sofá), pero, de alguna forma, se las arregla para despertarse cada vez que echan el tráiler de *El globo rojo* por la tele, como si tuviera un sexto sentido. Abre los ojos un poquitito, medio dormida, y contempla la pantalla como si estuviese viendo un sueño.

—Lo has conseguido —le dice, acariciándose el vientre.

—Lo hemos conseguido los dos —contesta él, cada vez que se lo dice. Cuando el tráiler llega a su fin, Noah la lleva en brazos hasta la cama y disfruta del enorme peso de sentirla en sus brazos. Por fin puede cuidar de ella. Esa sensación le ha dado un nuevo sentido al mundo, lo ha hecho pasar de ser un hombre que luchaba por sobrevivir y gastaba hasta su última molécula de energía para no ahogarse a uno que navega las aguas en su barco.

CAPÍTULO TREINTA Y TRES

A Annie le tiemblan las manos mientras marca el código en el teclado metálico de acceso y siente el corazón en la garganta. Cuando se adentra en Goldstone, su yo del pasado le devuelve la mirada, flacucha y cubierta de pecas en un bikini negro, apoyada en Juliette. Su amiga está por todos lados, congelada detrás del cristal. Una parte de ella se cuestiona, de forma algo distraída, su decisión de dejar todos esos cuadros valiosos colgados a vista y paciencia de un montón de desconocidos, pero ahí siguen todos, con la apariencia de ser incluso más grandes de lo que son al no contar con el caos elegante que era la vida de Margot y Juliette. En la mesa larga de madera en la que Margot celebraba sus cenas de invierno reposa una carpeta con instrucciones y un jarrón de flores blancas a la luz de la luna. El silencio es opresivo. Esa quietud tan extraña de un cuerpo cuya alma ya no está.

Como el de su padre, en aquella cama de hospital.

Annie rebusca en la casa hasta dar con cualquier vestigio de las posesiones de Margot y Juliette, como el tocadiscos y lo que fuera que su padre decidió guardar antes de que la inmobiliaria llegara a recogerlo todo. En el pasillo da con un armario cerrado con candado. No tiene idea de dónde pueda estar la llave, por lo que busca en Google algún cerrajero que esté de servicio veinticuatro horas al día y llama al primero que encuentra. Sale a esperarlo a la terraza.

A diferencia de la casa, el jardín sigue en su máximo esplendor, casi como en sus recuerdos, y eso la deja sin aliento.

Los melocotones cuelgan en sus ramas, maduros y listos para comer. Se enciende un cigarro e inhala el humo hacia el pecho, que no deja de dolerle, mientras la retahíla de siempre se repite en su mente: *Cinco llamadas perdidas. ¿Por qué coño no contestó? Joder.* Puede ver a Juliette, tras la muerte de Margot, sentada bajo el melocotonero. *¿Cómo podía haber abandonado a su mejor amiga? A su elegida.*

Una hora después, un hombre ruso y mayor llega en una furgoneta antiquísima. Conforme el hombre se acerca por la entrada, Annie se mete un sacacorchos en el bolsillo, por si necesita algo para defenderse. El hombre resulta no ser una amenaza; se confunde un poco y no tiene muy buena visión, por lo que le pide que lo ayude sosteniendo una linterna mientras él busca unas tenazas en el maletero de su furgoneta. Después de lo que parece una eternidad, las encuentra y puede liberar los objetos guardados en el armario.

Annie devuelve el tocadiscos a su sitio en el aparador y levanta un joyero que debería estar en la cómoda de la habitación. Dentro hay varios pendientes, un manojo de salvia a medio quemar envuelto en papel de aluminio y un sacacorchos que tiene pintado «Annie y Juliette» con un rotulador negro de cuando bebieron su última botella de Riesling. Mueve a rastras una caja enorme de la Universidad de Chicago hacia el pasillo, llena de las cosas que la universidad envió de vuelta a la dirección de Juliette tras su muerte. Apenas recuerda que su padre se lo mencionó, que dijo que se la guardaría. Empieza a quemar la salvia, saca los vinilos, pone el de *Canciones de Leonard Cohen* y se queda sentada sin moverse (solo se levanta para darle la vuelta al disco una y otra vez) conforme la luz del amanecer se cuela por el salón poco a poco hasta que parece inundarlo. Tiene hambre, pero deja que la sensación la carcoma por dentro con insistencia.

Debería comprar un billete para volver a Nueva York, debería volver a su casa con Spencer. Pero el dolor es así: hipnotizante.

Se queda en su sitio hasta que la luz da paso al atardecer y las sombras cambian de forma. Al final, se levanta y abre las alacenas, con lo que encuentra una bolsa de chips de mango de Trader Joe's que está casi vacía. Sal, pimienta y un poco de aceite de oliva. En el congelador hay una tarrina de Häagen-Dazs recubierta de escarcha, unos cuantos polos y un tercio de una botella de vodka. Considera si debería comerse las chips o el helado prehistórico y decide beber un sorbo del alcohol helado, el cual absorbe casi de inmediato, porque tiene el estómago vacío.

Sale al jardín, recoge un melocotón y le limpia la piel con el pulgar. El calor parece menos intenso allí fuera.

¿Cómo vas?, le escribe Spencer.

Más o menos, ¿cómo va el trabajo?

Va a ser una semana muy liada. ¿Cuándo crees que volverás?

No sé.

La señal de que Spencer está escribiendo permanece algunos segundos en pantalla.

Annie, tienes que volver a casa. Ya volveremos cuando sea el momento del funeral.

Deja el móvil a un lado. Spencer espera que arregle su vida y vuelva a ser la mujer que quiere, pero Annie no tiene idea de cómo encajar de nuevo en la versión que era antes.

Mi padre acaba de morir, le escribe al final.

Otra vez los puntos suspensivos.

Su dolor se ha convertido en una fuerza magnética que la ata al lugar de su pérdida. Y Spencer, el hombre que hincó una rodilla en el suelo y le pidió matrimonio, está a cuatro mil kilómetros de distancia, a cinco horas en avión, en otro planeta.

Vuelve a la casa, abre las ventanas y se tumba en la cama.

Le vibra el móvil. Lo siento, le ha escrito él. Y luego: Tienes razón, tu padre acaba de morir. Pero es muy difícil para mí verte tan triste. Quiero arreglar las cosas, aunque sé que no puedo. Necesitas tiempo.

Annie le contesta con un corazón.

Te quiero, le escribe él.

Y yo, contesta ella.

Mira por la ventana. Las hojas de la arboleda empiezan a caer demasiado pronto, para ser que recién están en agosto.

Va a la cocina a por un cuchillo para abrir la caja de las pertenencias de Juliette que le envío la Universidad de Chicago, como si fuese un regalo de su fantasma. Saca la colcha rosa que solía cubrir a Juliette, Margot y ella misma en la gran cama de roble. Esa que se llevaban al sofá para ver pelis antiguas hasta las tantas los sábados por la noche. Se la lleva a la nariz e inhala; quiere imaginarse que el cuerpo de su amiga sigue presente en la tela, pero la realidad es que principalmente huele al cartón de la caja. Saca la foto de Margot dándole el pecho a Juliette cuando era pequeñita, como un par de bellezas prerrafaelitas en pleno jardín, envuelta en plástico de burbuja. La de ella y Juliette enredadas en la cama.

Hay sábanas, ropa, el abrigo de Chicago que aún tiene restos de tabaco en el bolsillo. Una caja de cerillas de un bar de la ciudad y una barra de labios ya gastada. Unos ejemplares leídos más de una vez de *Las mil y una noches* y *El manifiesto comunista*, así como unos poemas de Jorie Graham. Y también está el diario, ese que

Annie le había regalado cuando cumplió los diecinueve, la noche en la que hicieron el amor por primera vez. Pasa las primeras páginas en las que le copió algunos poemas a su amiga, con un bolígrafo de tinta dorada. El resto del cuaderno, con papel rústico y flores prensadas, que tenía como objetivo registrar su primer año fuera de casa, cuando aún lo veían como una aventura, está cubierto de la caligrafía ligeramente ladeada de Juliette, en su mayoría poemas a medio acabar, con frases tachadas y reescritas. A veces tiene un poema entero escrito con una letra muy cuidada:

Revisa sus cajas de sombras.
Con raíces que se cuelan por los tablones,
saca la sombra de su madre,
la sombra de una dalia,
la sombra de una tarde que pasó flotando hacia el mar.
Cuelga una sombra de sí misma cerca de la ventana,
y entonces descubre que avanza a ciegas.
Y al pensar en el mañana,
cuando importará más que aún sea joven,
verá la leche que se le asoma entre los labios.
Porque no hay salida...

El disco llega a su fin y lo único que queda es el sonido de los sollozos de Annie. Porque el dolor es así: eterno.

Deja el diario a un lado para ir a la cocina a por la botella de vodka que había en el congelador y ve que ya casi se la ha acabado.

Se sube al coche, con el viento ardiente que le echa hacia atrás su cabello fino, y conduce hasta el súper del cañón de Topanga, dando sorbitos de la botella metálica de su padre. Al entrar en la tienda, casi le parece un ataque personal lo organizados que están los pasillos, los tubos fluorescentes, la gente viviendo con normalidad y el mundo que sigue girando, indiferente. *Mi padre ha muerto*, quiere decirle a la cajera. *Ya no tengo padres. Mi mejor amiga y su madre también murieron. Soy huérfana.* Agarra una cesta, pero no sabe qué comprar. Al final, termina en la cola con una botella de vino rosado, otra de vino blanco, una bolsa de espinacas, otra de galletas saladas y un bloque de queso cheddar muy intenso.

Vuelve a Goldstone conduciendo a toda prisa por el cañón de carreteras serpenteantes. Entra en casa y se olvida la compra en el coche.

Regresa a por ella, abre la caja de galletas y se deja caer en el suelo, antes de recoger el diario de Juliette para seguir leyendo. El día da lugar a la noche mientras Annie va pasando las páginas, leyéndolas con cuidado. Al final, llega a una entrada con fecha del día anterior a la muerte de Juliette.

23 de abril de 2004

Anoche me violaron.

Noah estaba en mi clase de Escritura Creativa en el instituto de Hyde Park. Creía que me caía bien. Era listo y callado y se le daba bien escribir. Sus poemas eran buenos. Creía que podía ser alguien que lo entendiera. No sé exactamente el qué, pero bueno. Menuda estúpida estoy hecha.

Siento que ya no quepo en mi propio cuerpo. Me sigo mirando el moretón que tengo en la muñeca, como si fuese la de otra persona. Porque esta ya no es mi muñeca, ni mi brazo, ni mi boca ni mi cara... Si estuviese hecha de arcilla, ya me habría aplastado en una bola para empezar de nuevo. Me duele todo.

Mami, vuelve, por favor. Te necesito. Si no vuelves, tendré que ir a buscarte porque no puedo con esto.

Lo único que quiero es volver a casa. Lo único que quiero es a mi madre.

He llamado a Annie esta mañana, pero no me ha contestado. Ya casi nunca lo hace.

Estaba esperando hasta estar enamorada. Se suponía que tenía que esperar hasta que me enamorara. Pero me pasé de copas. No sé por qué. Por los nervios, quizá. No salgo nunca. Creo que estuvo bien al principio o algo así. Recuerdo que en el bar todo me daba vueltas. Me entraron náuseas. Él me estaba llevando a casa, o eso creo... Había luna llena. Y lo siguiente que recuerdo es que estaba en la cama y él me la metía una y otra vez, como si fuese una muñeca. Me duele. Aún me duele mucho. Quise escapar de ahí, así que dejé mi cuerpo en esa cama y volé de vuelta a Goldstone, a nuestro jardín. Pero ahora los árboles de frutas, las granadas, las hojas de menta y las ciruelas, todo eso está entremezclado con su cuerpo, metiéndose en el mío, como vides que me ahorcan.

Fuera está todo precioso, pero noto el invierno en la piel y no consigo que se me calienten los dedos de los pies, haga lo que haga. Da igual lo hirviendo que esté el agua de la ducha, no consigo limpiarme.

Mami, ayúdame, por favor. No puedo dejar de llorar. Quiero volver a casa y estar contigo.

Ahí tiene la respuesta a la pregunta que la ha estado torturando: *¿Qué le pasó a Juliette?* Y es horrible. Una brisa violenta sopla fuera, mientras las hojas verdes centellean sin cesar bajo los últimos rayos de luz del día. Le entran ganas de vomitar.

¿Quién es Noah? Se vuelve a hacer la pregunta que se había hecho hace tanto tiempo, pero con una urgencia renovada. *¿Quién coño es Noah?* Camina de aquí para allá por la cocina, incapaz de completar la simple tarea de servirse una copa de vino.

Se le ha olvidado dónde está el sacacorchos y, cuando saca una copa, tampoco sabe dónde la deja. Mareada y como si tuviera fiebre, termina dejándose caer sobre el suelo de baldosas.

El recuerdo resurge como una piedra que ha aprendido a flotar: una noche de verano difusa, cuando Annie tenía unos diez u once años, mientras se despedían en el aparcamiento su madre le dio un apretoncito en la mano a su padre (una muestra de contacto física muy poco común entre ellos) y le dijo, en voz baja:

—Gracias por llevártela de allí.

Su madre había sido el primer hogar que Annie había conocido: el ritmo de sus latidos, el susurro de sus órganos, el flujo de su sangre fueron los primeros sonidos con los que se había familiarizado. Su madre, que acababa de cumplir los dieciocho y ya tenía casi nueve meses de embarazo y cargaba con el bebé de un hombre mayor cuando su hermano había intentado hacer que volviera a casa. Su madre, que dio a luz a Annie tres años después solo para dejarla ir. Quien se volvió una adulta por mucho que siguiera pareciendo una niña.

No se puede tener consentimiento sexual si tienes cuarenta y te acuestas con una chiquilla de diecisiete. A su madre también la violaron, no le cabe la menor duda. El paraguas que hay en la terraza se cae por el viento, así como unas cuantas ramas del roble. Cuando por fin se las arregla para abrir el vino blanco, empieza a beberlo directo de la botella.

No puede volver en el tiempo para rescatar a su madre. Quizá nunca sea capaz de encontrar al líder sin nombre de un culto venido abajo, cuyos miembros seguro que ya están muertos o lo han dejado hace mucho tiempo. Pero a él sí que puede encontrarlo. A Noah. Ahora que sabe lo que hizo, piensa encontrarlo.

Y no le cuesta tanto: vuelve a la caja de la Universidad de Chicago y sigue rebuscando dentro, para dar con alguna pista. Una barra de brillo de labios. Una bufanda roja. Un montón de papeles: «Máscaras y recuerdos», «El problema del capital», «La cuarta dimensión»… y entonces: un cuadernillo de páginas engrapadas con el título «Curso de Escritura Creativa, Primer Semestre». Annie lo revisa, es una colección de poemas de estudiantes. Va leyendo por encima los nombres hasta que da con «Noah King». Y es él. El tipo estaba en su clase, claro.

Lo busca en Google y ahí lo tiene: su foto en la cubierta de *The Hollywood Reporter*, «El director que ha llegado a Hollywood para petarlo». Y es él. El mismo chico de la foto granulada que le envió Juliette, con la lengua de ella en la mejilla, que ha crecido hasta convertirse en una estrella.

Noah King ha hecho esa película que ha visto en pancartas por toda la ciudad, esa del crío con el globo rojo. Se graduó de la Universidad de Chicago un año después de cuando Juliette habría terminado. «A Hollywood le encanta Noah King», dice un titular. Y ahí lo tiene en YouTube, hablando sobre lo que fue dirigir un anuncio para Nike. Era él quien hablaba con Elvis Mitchell por la radio. Juliette ya no está en este mundo y, mientras tanto, Noah ha seguido con su vida, hasta alcanzar sus sueños.

Si bien no puede devolverle la vida a su amiga, no piensa permitir que el violador de Juliette salga en portadas de revistas con su rostro impasible, bautizado como el más solicitado de la industria y con la misión de salvar a Hollywood de sus tendencias racistas gracias a su historia de superación personal en la que no menciona a la víctima (¿o tal vez más de una? ¿Era posible que hubiese más?) que dejó a su paso. La consume el deseo de soltar un grito desde lo más hondo de su ser y de no parar de gritar nunca.

Así que saca el portátil y se pone a escribir.

PARTE TRES

CAPÍTULO TREINTA Y CUATRO

Camille, con sus tres días de nacida, duerme en su tumbona para bebés en la mesa de la cocina. Jesse está contemplando los párpados de su hija. Sus puñitos apretados cerca de la barbilla, como en su ecografía. Inhala su aroma. Camille parece estar hecha del precioso sol del día de octubre en el que Jesse y Noah se prometieron el uno al otro, de las risas y la música, del aroma salado del océano.

Jesse aún lleva puestas las bragas desechables y las compresas enormes que le dieron en el hospital; todavía se siente en carne viva, como si la hubiesen partido en dos al parir, hasta que la bebé que estaba en su interior ahora yace tumbada durmiendo a su lado. Una sensación de reconocimiento la inundó en el momento en que Camille salió de ella, como si la conociese de toda la vida. «Eres tú», dijo en voz alta. «Eres tú. Ya estás aquí».

—Eres tú —le susurra ahora, acariciando con cuidado la cabecita de su hija.

Durante toda la noche, ambos se despiertan cada par de horas; Jesse se incorpora para darle de lactar a Camille, mientras come unas nueces de macadamia y bebe agua por montones, y Noah intenta mantener los ojos abiertos para levantarse y cambiarle el pañal a la bebé cuando ella termina de darle de comer. Incluso cuando la niña no llora, Jesse se despierta de todos modos para ver que esté respirando. Es un amor febril, que lo consume todo.

Suena *Kind of Blue,* de Miles Davis, en el tocadiscos, y tiene un zumo de naranja recién exprimido que Noah le acaba de servir. Está preparando el desayuno, y ella se muere de hambre. Le duelen los pezones. Lleva puesta una camiseta ligerita manchada con unos círculos donde se ha puesto un poco de pomada.

Noah tiene que marcharse a su gira publicitaria el mes que viene. Estará de viaje durante cinco semanas y volverá a casa con el tiempo justo para el estreno. Y, si bien creía que podría encargarse de todo ella sola, ahora teme un poco su partida. No podría haber previsto lo que implicaría hacerse cargo de una recién nacida y le preocupa tener que hacerlo sin ayuda. En realidad, lo que más le preocupa es que algo le pase a Noah mientras está de viaje. De pronto, teme por la vida de todos, pues su felicidad es tanta que parece que esté a punto de estallar.

Noah se ofreció a contratar a alguien que la ayudara, pero Jesse no quiere que nadie más toque a su bebé.

Le deja unos platos en la mesa: huevos fritos y un bistec que chisporrotea aún por la mantequilla, adornado con romero.

—Está buenísimo, amor.

—Me alegro —dice él, con una sonrisa.

A Jesse le suena el móvil y ve que es un mensaje de su hermana: *¿Estás bien?*

Escribe con una mano mientras se lleva el tenedor a la boca con la otra. *Sí, cansada pero bien. Ayer dormí tres horas ininterrumpidas, casi ni me lo creo.*

La señal de que está escribiendo aparece y desaparece de la pantalla un par de veces. Y entonces:

No lo has visto.

¿Qué no he visto?, a Jesse se le cierra la garganta al escribir.

—Ya te has despertado, preciosa —le dice Noah a Camille, estirando un dedo para dejar que se lo envuelva en su manita mientras lo mira fijamente con sus ojazos oscuros.

Lo siento mucho, Jess, le contesta su hermana, antes de pasarle un enlace a un artículo del *Hollywood Reporter*.

«Noah King, director y guionista de *El globo rojo*, acusado de violación».

Por un segundo, a Jesse se le nubla la visión. Camille se pone a llorar y Noah la toma en brazos.

—Creo que tiene hambre —dice él.

Jesse empieza a respirar de forma entrecortada y cada vez más deprisa. El llanto de Camille se vuelve más intenso.

—¿Noah? —Le pasa el móvil, mostrándole el artículo—. ¿Qué es esto? ¿Es cierto?

Noah entrecierra los ojos para ver bien. Jesse le quita a su hija de los brazos e intenta mecerla un poco. No sirve de nada.

—¿Qué coño es esto? —suelta Noah, en shock.

Mientras él se queda con la vista clavada en el teléfono, Jesse lleva a su hija al sofá y se saca un pecho de la camiseta: uno enorme, redondo y lleno. Demasiado lleno. Ya ha empezado a producir leche. Camille intenta empezar a beber, pero no puede. Arquea la espalda y se pone a gritar.

—Vamos, cariño —la insta Jesse, volviendo a ofrecerle el pezón. ¿Por qué su hija no lo quiere? Mira de reojo a Noah, quien está buscando su propio móvil con desesperación.

Se acerca a Camille un poco más. Le tiemblan las manos mientras le ofrece el pecho una y otra vez, y los labios de su hija le rodean el pezón, pero no consigue agarrarse. Berrea con tanto ímpetu que se le pone la cara roja.

—Hija, por favor —suplica Jesse.

Los gritos desesperados de Camille no cesan.

—Noah —lo llama, pero él se ha ido y no parece haberla oído siquiera.

Jesse lleva a su hija a la segunda planta y extiende unas mantas sobre la cama mientras la bebé no deja de berrear. Le envuelve los bracitos que no dejan de sacudirse, y Camille lucha y lucha por liberarse. Le pone otra manta encima y la envuelve aún más. La carga en brazos mientras la bebé llora, y le mueve la cabecita de lado a lado como la película *El bebé más feliz del barrio* le enseñó a hacer. Su marido. Acusado de violación. Camille sigue llorando hasta que, tras un largo rato y de golpe, cierra los ojos. Jesse siente que tiene los pechos ardiendo.

Cuando Noah encuentra el móvil, ve que tiene seis llamadas perdidas de Alyssa, la asesora de relaciones públicas del estudio, así como unos cuantos mensajes en el buzón de voz que nunca se tomó la molestia de escuchar de unos números desconocidos: uno de cuando Jesse estaba pariendo, otro más o menos cuando habría cargado a su hija por primera vez, de parte de *The Hollywood Reporter*, para confirmar la historia. Y otro de Alyssa, histérica: «Sé que tu hija acaba de nacer, pero contesta el puto móvil, joder». Se sienta en el suelo, con la sensación de estar bajo el agua. Le devuelve la llamada a Alyssa.

—*Esto no pinta nada bien* —le dice ella, de inmediato—. *En serio, nada bien.*

—Ya.

—*Has leído el artículo, ¿no?*

—Solo el titular. No es cierto.

—*Necesitamos que salgas a declarar.* —Oye barullo en el fondo, un perro que no deja de ladrar. Se imagina a Alyssa disfrutando de su desayuno de domingo en algún lado con todas sus amigas blancas con sus bolsos enormes de Michael Kors y sus lattes helados y sus tortitas saludables.

—Jamás he violado a nadie.

—*Bueno, pues lee el artículo y me llamas de nuevo. Tenemos que adelantarnos a todo esto.*

Noah vuelve al salón. ¿Unos minutos después? ¿Una hora? No tiene ni idea. Jesse ha perdido la noción del tiempo. La mira y ve el miedo, la vergüenza y la furia en su expresión. Solidificándose.

—No quiere mamar —le dice a Noah—. Dame el móvil, voy a llamar a la comadrona.

—Era una chica de la Universidad de Chicago, pero no la violé. Nos acostamos. Era una profe que vivía por la zona y que nos dio una clase de Escritura Creativa cuando estaba en mi último año de instituto.

—¿Por qué dice que la violaste?

—Es algo que escribió en su diario, su amiga lo ha publicado. Ella está muerta.

—¿Cómo dices?

—Se ahogó. Unos días después de que nos viéramos. No tenía ni idea. Creía que me había dejado de contestar y ya. No la vi en clase y nunca me devolvió las llamadas.

Jesse tiene ganas de vomitar.

—Pásame el móvil, antes de que se despierte. —Camille ha empezado a moverse contra su corazón que le va a mil por hora.

Noah se lo pasa.

Ve el artículo en la pantalla, junto a una foto en blanco y negro de una chica (se llamaba Juliette Marker) sentada a una mesa muy bonita frente a un plato de ostras flotantes. Es pálida, de cabello oscuro y tiene un amago de sonrisa en la que muestra ligeramente los dientes, del tipo que sugiere que tiene un secreto y hace que quieras inclinarte hacia ella para que te lo cuente. Es guapísima.

—Sabes que no la violé, ¿verdad? No soy un violador, Jesse.

La mejor amiga de Juliette, Anais «Annie» Ricci, acusa a Noah de haber violado a su amiga cuando ella estaba en la universidad, según dice el artículo. Cuando Noah aún no se había graduado del instituto. En 2004.

El artículo incluye una cita del diario. Al lado del texto hay una foto vieja y granulada de Noah y Juliette, juntos en un bar.

Si Jesse no tuviese en brazos a su bebé recién nacida que está durmiendo, se iría al baño a vomitar. En su lugar, se traga su angustia mientras lee las palabras de Juliette Marker: «Anoche me violaron...».

Camille se despierta con un berrido, y Jesse se saca el pecho para intentarlo de nuevo. Camille intenta mamar y no puede. Se pone a llorar con más fuerza.

Noah está sentado en el borde de la cama, sin moverse. Jesse lo conoce. Cuando está aterrado, se convierte en piedra, en hielo, para intentar aislar el pánico, como un eco del niño de siete años que se congeló ante una pérdida que fue capaz de devorarlo entero, ante un mundo que de pronto se volvía monstruoso al no contar con su protectora, con su madre. Conoce a su marido, y no es ningún violador. No podría haber violado a nadie.

—Noah —lo llama, intentando que su voz salga tranquila—. Sostenla un momento, tengo que llamar a Patrice. —A la comadrona. Deja a su hija que no deja de llorar en brazos de su padre y sale de la estancia para llamarla, pero Patrice no le contesta.

¿Puedes hablar? Es una emergencia, escribe, aunque luego lo borra. Termina escribiendo: Llámame en cuanto puedas, porfa. Me está costando darle el pecho. Camille tiene hambre, pero no mama.

Jesse deja el móvil, se lleva a Camille a la habitación y cierra la puerta. Se pone a mecer a su hija mientras las lágrimas le resbalan por las mejillas. Intenta cantarle una canción que su padre solía cantarle a ella. *Sueños dorados...*

—Es Patrice —dice Noah, entrando en la habitación y hablando en una voz tan baja que casi no lo oye por encima de los chillidos de su hija.

Le entrega el teléfono a Jesse y le quita a la bebé de los brazos.

—Has empezado a producir leche —le explica Patrice—. A veces, los pechos se llenan demasiado y para ella es como intentar beber de una manguera. Olvídate de lo que te dijeron en el hospital de cargarla como si fuese un balón, ponla en una posición más vertical. Así le será más sencillo tragar. Y tú intenta sacarte un poco de leche al principio, para que tus pechos estén más suaves.

Jesse hace lo que le dice. ¿Por qué no lo sabía? Si fue a clases de lactancia. Conforme Camille se le engancha al pecho y empieza a lactar, haciendo soniditos de gusto, el alivio que siente es tan intenso que hace que Jesse se ponga a llorar de nuevo. Camille se queda dormida antes de que pueda cambiarla de lado. Con su hija dormida contra el pecho y los labios aún moviéndose como si se estuviese alimentando, usa su mano libre para intentar extraer algo de leche de su pecho izquierdo, que aún siente como si estuviese ardiendo.

Baja la vista a la foto en blanco y negro que tiene en el móvil y se queda mirando los ojos de Juliette. Intenta imaginarse a Noah sobre ella en una habitación universitaria y la recorre un escalofrío. ¿Le habrá metido los dedos en la boca a ella también, como hace con Jesse?

Noah entra en la habitación mientras ella está sentada con el pecho descubierto y la leche que se le derrama por su barriga aún hinchada.

—He vuelto a hablar con Alyssa —le dice.

—¿Qué te ha dicho?

—Vamos a publicar una declaración para negar las acusaciones.

Jesse se limita a asentir.

—Jess —la llama él—. No puedo permitir que esto eche a perder la película.

Jesse intenta llevarse algo de oxígeno al pecho, pues siente como si fuese a colapsar.

—La película hablará por sí misma. Ya viste cómo reaccionó la gente en el festival.

Noah se queda callado algunos segundos, aún en el umbral de la habitación de la bebé.

—Pero puedes contarme la verdad. Sabes que puedes contármelo todo. Sobre lo que pasó.

—Ya te lo he contado todo —le dice, con la voz encendida por el dolor, por la rabia—. Nos acostamos. No la violé. Jamás violaría a nadie. Lo sabes. Tienes que saberlo.

Jesse baja la vista para contemplar la cara de su hija, su boquita abierta que sigue lactando en sueños, y nota un dolor horrible en el pecho. ¿Cómo han podido terminar así? Teniendo esa conversación en el tercer día de la vida de su hija. Inhala con dificultad.

—Es que... lo que dice en el diario es muy intenso. Si es cierto que escribió eso, debe de haber sentido... como si algo horrible de verdad le hubiera pasado. No lo entiendo, ¿qué pasó esa noche?

—Fue hace doce años, por aquel entonces me acostaba con muchas mujeres. Si te soy sincero, no lo recuerdo bien, pero sé que jamás violaría a nadie. Nunca me acostaría con alguien a la fuerza.

—Pero si se emborrachó tanto que no era consciente de lo que...

—¿Y cómo iba yo a saber eso? Los dos habíamos bebido, estuvimos en Jimmy's, pero ¿qué coño dices, Jess? —La voz se le endurece al recriminarla, y entonces suena el timbre.

Noah se va, y puede oírlo aceptando un paquete.

—Es de tu editorial —le dice desde la cocina, unos segundos después—. Una tabla de quesos y embutidos.

Y entonces se le presenta de nuevo en el umbral.

—Voy a salir a correr un rato, ¿vale?

—Vale.

Y se va. Jesse lo oye buscando las deportivas en su cuarto. Aunque se le ha dormido la mano debajo de la cabeza de Camille, teme moverla y despertarla. Siente como si se estuviera hundiendo en arenas movedizas.

—¿Noah? —lo llama.

—¿Qué pasa? —pregunta él, asomándose a la habitación de la bebé.

—Todo irá bien —le dice, e intenta volverlo cierto por pura fuerza de voluntad.

Noah asiente.

—Te quiero.

—Y yo a ti —contesta él.

CAPÍTULO TREINTA Y CINCO

Noah y Juliette salen en artículos que todo el mundo comparte, protagonizan peleas en Twitter y son el tema a debatir en pódcast que la gente se pone cuando el tráfico en las autopistas entre Los Ángeles y Nueva York está imposible. Cada cual se está posicionando y se va juntando con quienes opinan como ellos. Suben fotos de Margot Marker de cuando Juliette era una bebé hasta sus dieciocho años (es la personificación de la juventud en su forma más adorable, retorcida y trascendente posible, como la inocencia y la inocencia perdida). Desempolvan la foto que Noah subió hace cinco meses de su nuevo Porsche y lo llaman depravado, retorcido y presuntuoso. Hacen fotos del bloque de edificios hecho polvo en el que Noah se crio. Comparten una y otra vez la única foto de Camille recién nacida que Jesse tardó demasiado en borrar de Instagram, y la carita de su hija con un día de nacida está por todo internet. Suben fotos de sus propias hijas: niñas pequeñas en vestidos con las etiquetas #AdiósMasculinidadTóxica o #NoMásCulturaDeViolación.

Noah y Jesse se evitan lo máximo posible y solo hablan de lo que es estrictamente necesario: qué preparar para la cena o qué tarjeta de crédito usar para la suscripción de pañales. Jesse sube sola a acostarse, con Camille en brazos y el peso vacío que nota en su estómago aún hinchado. Se tumba dentro de los bordes de su almohada de embarazo en forma de U, al lado de su hija, quien duerme en su cunita hasta que se despierta con hambre y quiere que Jesse la tome en brazos.

Noah casi nunca duerme con ella.

Noah contempla el abismo de internet, donde Instagram vende complementos para mejorar la lactancia, zapatitos para bebé fáciles de poner y la promesa de una vida feliz, donde jugadores de fútbol americano protestan en contra del racismo cuando suena el himno nacional y el candidato a la presidencia dice que a lo mejor se va del país, donde las noticias falsas y las peleas en la calle se transmiten en vivo desde aparcamientos de supermercados, y también donde su propia cara está por todos lados. Alza la vista hacia la noche encapotada, con el cielo de un tono blanquecino que da muy mal rollo y no encuentra nada que pueda salvarlo. Nada, hasta que de pronto recibe una sonrisa ocasional: la carita graciosa que pone su hija cuando Noah la hace eructar, con sus mofletes de ardilla en acción. Tiene la misma cara que él. Hace la siesta sobre su pecho desnudo, con su piel fina contra la suya y su calorcito emanando sobre su corazón. Hace que se abra una herida en su interior, una que no puede localizar y que va cambiando según el momento. Se reconoce a sí mismo en ella de un modo que no le había pasado antes. Es un dolor crudo y extraño que su hija en ocasiones hace que descubra y, en otras, que solo ella puede calmar.

Al ver a su hija y a su marido quedarse dormidos juntos, Jesse quiere echarse a llorar por la añoranza. Esa es la familia que quiere, y la tiene ahí mismo y fuera de su alcance a la vez.

Conoce la calidez del pecho de Noah, el sonido de sus latidos donde su hija descansa. Lo echa de menos, así como su ternura. Pero no sabe cómo derribar la muralla que su propio corazón ha construido; su esfuerzo apresurado por protegerla de aquel ataque despiadado en aquel momento de vulnerabilidad posparto.

Cuando su padre enfermó, Jesse solía soñar lo mismo una y otra vez: que su hogar se les incendiaba. Hacía que su madre saliera de casa, luego su hermana y, al final, volvía corriendo para buscar a su padre, entre gritos.

En las semanas posteriores al artículo, tiene el mismo sueño, aunque un poco distinto: está de nuevo en el hogar en el que se crio, solo que es a Camille a quien busca, a quien está desesperada por salvar. El humo la asfixia y la casa se cae a pedazos. Oye los llantos de su bebé. Camille. ¡Camille!

Se despierta al oír a su hija llorar en su cunita a su lado. Enciende la lámpara y la sostiene en brazos. Nota cómo la leche va bajando y un poco de alivio cuando Camille empieza a lactar.

Sabe que hay un espacio entre lo que pasó y lo que no, entre la culpabilidad y la inocencia, aunque a su cerebro, confuso por el agotamiento y el miedo y consumido por las necesidades de su hija, le cuesta interpretarlo.

Puede que sea masoquismo en su estado más puro, pero Jesse no puede evitarlo. Se estira hacia el brillo del móvil en su habitación en penumbra. Mientras Camille se alimenta, Jesse cotillea el Instagram de Annie, intentando discernir algo sobre la mujer que destruyó su mundo en mil pedazos cuando su hija tenía tres días de vida. El contenido que sube Annie sobre su vida en Nueva York (*brunches* y espectáculos de ballet y libros, cenas dispuestas de forma artística, una fiesta de compromiso en el Cabo Cod) parece un anuncio sobre las ventajas de ser una mujer blanca y pudiente. Y luego están las fotos que tomó Margot Marker de la infancia como de cuentos de hadas de Juliette, de ambas adolescentes presumiendo de toda su belleza.

Cuando Jesse no puede soportarlo más, acude a las madres, a las mamis influencers que empezó a seguir durante el embarazo. Con su vestido de lino blanco y su barrigota, con el marido que la llevaba en brazos hasta la cama y la habitación de bebé decorada a la perfección con su mecedora de madera, quizá Jesse imaginó que no estaba tan lejos de alcanzar ese ideal. Y las náuseas y la acidez y las visitas infinitas al baño, así como su carrera profesional truncada y los pies hinchados, eran parte de ello. Porque estaba viviendo un milagro.

Se dedica a ojear las cuentas de colores pastel, los bebés durmiendo en camas blancas y perfectas, los sombreros de paja y las cestas de pícnic y los campos idílicos, todo eso mientras le duelen y le escuecen los pezones, mientras oye los pasos de Noah subiendo y bajando las escaleras, nunca lo bastante cerca.

La soledad que flota en el aire entre ambos es tan espesa que casi puede saborearla. No hay cómo hablar de todo lo que les espera, de todo lo que está en riesgo. Ya ha llegado la ola de calor de septiembre, sin piedad, para aplastar la ciudad bajo su peso.

El silencio que hay entre ambos no se ha producido por culpa de la furia, al menos no dirigida al otro, pero sí que deja un agujero cada vez más grande que la furia empieza a ocupar. Viven en la misma casa, aunque en planetas distintos: Noah está pegado al móvil en el sofá mientras Jesse da el pecho casi sin descanso. Quiere que le lleve un vaso de agua, pero no se lo pide. Él no parece notar el zumbido constante de la lavadora. Jesse dobla la colada mientras que él se va a hacer ejercicio, porque necesita salir de casa. Tiene la impresión de que su cuerpo la ha traicionado, porque no deja de sangrar. Noah pide comida a domicilio y comen frente a la tele.

Noah se puede imaginar lo que los ejecutivos del estudio que compró *El globo rojo* estarán diciendo sobre él. Seguro que creen que es culpable y se preguntan cómo podrán recuperar su dinero con la película de todos modos. Deben estar cubriéndose las espaldas, cómo no, como los expertos en esquivarlo todo que son.

Los mensajes personales van escritos con cuidado, como el que le envió Dexter:

Sabes que estoy de tu parte, pero no puedo meterme en el jaleo. Tengo que pensar en mis hijas.

Lo entiendo.

Sé tú mismo. Si te andas con cuidado, quizá podamos salvar el estreno.

Ya.

La caverna que es la ausencia de Jesse amenaza con devorarlo entero. Quiere trepar por las paredes de su propia vergüenza para estar con ella, pero le resulta imposible. Así que termina quedándose en silencio, despierto hasta las tantas fumando porros y viendo pelis viejas de Tarantino. Intenta no entrar en redes sociales, conduce sin rumbo por Los Ángeles y hace un esfuerzo para mantener la voz tranquila cada vez que habla con los asesores de relaciones públicas del estudio y también con Beverly, la «asesora de crisis» a la que le han cedido el mando de la situación.

Beverly hace que se publiquen nuevos artículos: «Noah King seguía siendo un alumno durante la presunta violación», «Juliette Marker era la profesora de Noah King», «Juliette Marker estaba demasiado borracha como para poder recordar la presunta violación». Solo que los ángulos con los que puede abordar la situación son limitados. Juliette está bastante cerca de ser la «víctima perfecta».

Mientras Beverly se las arregla para controlar la narrativa que se sale de control en internet, él procura idear alguna especie de plan de contingencia y de recordar cómo era que se respiraba. Se lo enseñaron en las clases de preparación prenatal: hay que apoyar una mano sobre el estómago y soltar el aire.

Jesse se mete en la ducha, uno de los pocos momentos que tiene para sí misma, y deja que el agua caliente le caiga encima con fuerza. Se toca un brazo, el cabello, una uña y la curva de su pecho enorme; el cuerpo le parece nuevo, como si no fuera suyo. Últimamente, unos recuerdos fragmentados sobre lo que le pasó en París se le han estado presentando en momentos que no tienen nada que ver.

Cuando cierra el grifo, oye a Camille llorando y se seca a toda prisa. Noah se la entrega en cuanto llega a la habitación. Mientras le da de lactar a su hija, aún envuelta en la toalla, le huele la cabecita y le susurra, como si fuese una plegaria:

—No te va a pasar nada.

Una bandada de pájaros hace que sus sombras se proyecten por la ventana y parecen enviarse un mensaje repetido. El ambiente es tan silencioso que puede oír los ruidos que hace su bebé al tragar.

Cuando su madre y su hermana llegan para ver a Camille, se encuentran con que la pareja está hecha pedazos. Su madre lava las sábanas manchadas. Su hermana tira la comida que se ha quedado abandonada en el fondo de la nevera, las bandejas y las cacerolas que les enviaron cuando Camille apenas tenía unos días de vida, y se pone a hacer la cena. A Jesse la invade una sensación de alivio; no se había percatado de lo intensa que era su necesidad de que alguien cuidara de ella.

Mientras su madre hace su cama, Jesse le da el pecho a su hija en una silla. El aroma de la comida de Lucy les llega desde la cocina: carne asada y tortillas recién hechas. Es un olor que le recuerda a su hogar y hace que quiera echarse a llorar.

—Cielo —la llama su madre, conforme va poniendo las fundas a las almohadas—. Estaba pensando en cambiar mi vuelo. Puedo quedarme a ayudarte un poco. Así estaré contigo y Camille cuando Noah se vaya de viaje.

—Pero ¿y tus alumnos? ¿Puedes quedarte tanto tiempo? —Si bien está desesperada por que su madre se quede, al mismo tiempo no quiere arrastrarla en todo el desastre que es su vida.

—Pues... —dice su madre, con apenas un atisbo de duda en la voz—, siempre puedo cancelar el programa y buscar otro más adelante.

—Ni pensarlo —contesta, de inmediato—. Estoy bien, mamá. Noah y yo tenemos que poder con esto por nuestra cuenta. —Ha visto cómo a su madre se le ilumina la mirada cuando habla sobre sus alumnos, sobre sus platos nepalíes favoritos y sobre su pisito desde el que se puede ver el amanecer sobre la ciudad; parece feliz por primera vez desde lo de la muerte de su padre. Y Jesse no puede arrebatarle eso.

—¿Estás segura? —le insiste su madre—. Me encantaría quedarme contigo. Y ya sabes que me haría muchísima ilusión pasar más tiempo con mi nieta preciosa.

—No, mamá. No hace falta. Ya nos veremos de nuevo pronto.

Camille termina de comer y empieza a quedarse dormida. Su madre estira los brazos en su dirección.

—¿Puedo? —le pide, y Jesse asiente antes de dejar que tome a su hija en brazos.

Sara se acomoda a su nieta sobre un hombro, contra su camiseta vieja, mientras el cabello rubio ceniza ligeramente ondulado que tiene se agita al mecerla. Camille parece de lo más cómoda allí, en los brazos de su abuela. Jesse cierra los ojos.

—Noah es un buen hombre —le dice su madre, tras unos segundos—. Siempre lo ha sido. Va a ser un padre estupendo.

Jesse asiente.

—Ve a echarte un rato, cariño —añade Sara—. Ya me encargo yo.

Jesse se tumba en la cama recién hecha, bien mullida y con olor a suavizante, y nota que su madre le acaricia el cabello. Le llega el recuerdo de cuando ella misma era una bebé a cargo de su madre y la hace sumirse en unos sueños que se vuelven pesadillas.

Y entonces, cuatro días después, su madre vuela de vuelta a Katmandú y Lucy, a Costa Rica.

Noah se dedica a prepararse para sus intervenciones en la prensa y practica su sonrisa, aunque nadie se la devuelva a él. Le dicen que tiene que disculparse, pero sin admitir ninguna culpa. Debe parecer comprensivo con Juliette (un alma perdida) sin dejar de insistir en que su encuentro fue consensuado.

—¡Es que lo fue! —les insiste.

—Y tienes que mantener la calma —repone Beverly. Noah suele ser capaz de ver más allá de una persona, pero ella le resulta impenetrable.

—Vale —asiente—. Tranquila, puedo con esto.

Según parece, Beverly no le cree ni media palabra, porque intenta cancelar todas las apariciones de Noah en los medios. Ha decidido que no deberían poner a prueba la teoría de que «cualquier tipo de publicidad es mejor que nada». Porque sí, Polanski ganó un Óscar por *El pianista,* pero intentó no llamar la atención y permitió que el público separara la obra de su autor.

La cuestión es que él es blanco. Es un artista establecido. Y también es culpable. A pesar de que Noah es inocente, es complicado intentar dejar atrás un escándalo cuando partes de ser un don nadie.

No piensa confiarle su vida a esa rubia de bote cincuentona, por lo que insiste en que sigan adelante con la gira publicitaria que habían acordado. Tiene que salvar su película. Tiene que poder mantener a su familia.

Noah entra en el salón, donde Jesse está sentada cortándole las uñas a Camille.

—Deberías salir un rato —le dice—, ya me quedo yo con ella. —Al día siguiente tendrá que marcharse durante cinco semanas.

Ella deja las tijeras a un lado y, con sumo cuidado, le muerde la uña del meñique a su hija para retirarla con los dientes.

—No sé yo… —contesta.

—Te hará bien.

Jesse no quiere alejarse mucho porque no sabe cuándo su bebé querrá comer de nuevo, por lo que se limita a caminar tres calles hacia el mar. Si bien el calor ha seguido presente, hoy, a veintidós de septiembre, el ambiente es suave. Puede sentir que el mar se va volviendo más oscuro, el crujido casi imperceptible del agua fría bajo la caliente.

Avanza directo hacia las olas azules con sus pantalones cortos y su camiseta manchada de leche y se sumerge más allá de la orilla. Se queda flotando de espaldas bajo el cielo sin nubes y la media luna de verano, para limpiarse a sí misma. Hace un día tan bonito que parece tocarle el corazón. Piensa en su hija cada minuto de los veintiséis que pasa fuera de casa.

Cuando vuelve, se los encuentra dormidos.

—Voy a darle un baño —le dice a Noah esa noche—. ¿Quieres venir?

Él asiente y deja su móvil a un lado. Colocan la bañera para bebés en el lavabo y se aseguran de que el agua tenga una temperatura exacta de treinta y siete grados. Camille suelta un ruidito de gusto por el calor y abre bien los ojos. Noah y Juliette comparten una sonrisa. Al fin y al cabo, hicieron a esa pequeñita tan perfecta entre los dos, así que quizá ser felices aún sea una posibilidad para ellos. Cuando terminan con el baño, Noah la saca del agua y Jesse la cubre con una toalla de patito. Se echan a reír al ver que el pico del animal le cubre la cabecita entera. Conforme van a la habitación y se tumban en la cama, Jesse empieza a notar las ganas de llorar en el fondo de la garganta. Así es como deberían ser las cosas: con los tres juntos.

Quiere echar al resto del mundo que se atrevió a entrar en su casa sin invitación durante el momento más sagrado y tierno de su vida.

Le da el pecho a su hija mientras ambas están tendidas en la cama, desnudas y solo cubiertas con una manta. Noah no se levanta y se marcha, como suele ser su costumbre, sino que se queda. La observa. No se había percatado de cuánto había necesitado eso, una simple mirada. El sol se va ocultando y un rayo de luz dorada cae sobre la mejilla de él.

—Siempre voy a recordaros así —dice Noah, antes de inclinarse hacia ella y dejarle un beso en la frente, mientras Camille se va quedando dormida en su pecho—. Eres preciosa. Las dos lo sois —añade—. Lo siento mucho. Y también lamento tener que irme. Pero voy a solucionar todo esto. Voy a intentar salvarlo.

—Vale —susurra Jesse, con unas lágrimas que escapan de su prisión.

Él le aparta un poco el pelo de la cara.

—Todo irá bien, ya lo verás.

CAPÍTULO TREINTA Y SEIS

Ay, pobrecito @kingnoah. *Al violador lo están mandando a la cárcel de las pelis cuando debería ir a la CÁRCEL de verdad.* / @kingnoah, *vi El globo rojo en invierno y fue la película que mi yo de quince años necesitaba ver. Muchísimas gracias.* / *Soy una persona negra y cristiana y no pienso ver nunca* #ElGloboRojo / @anniebannanie, *hace falta coraje para denunciar al patriarcado. Bravo. Que le den a la* #CulturaDeViolación *y* #QueLeDenANoahKing. / @anniebannanie *no es más que una blanquita privilegiada.* / @anniebannanie, *vale, que estaba borracha y no se acordaba muy bien de las cosas, pero ¿y si le dijo que quería acostarse con él?* / *Acusar a hombres negros de violar a mujeres blancas es parte de los cimientos de este país* #NoahKing #PrivilegioBlanco #YoCreoANoah / «Solo tenía diecisiete años» *es una excusa patética. Sigue siendo violación.* #YoCreoAJuliette #NoMásViolacionesEnCampus #BoicotAElGloboRojo / @kingnoah *era menor de edad, por qué nadie habla de eso????* / @kingnoah *es la personificación de la horrenda cultura de la violación.* / *Mi hermana fue víctima de una violación y no pienso ver* #ElGloboRojo *para apoyarla.* / @anniebannanie *está intentando que linchéis a* @kingnoah *o cómo es la cosa* #FalsasAcusaciones #truño #ALaMierdaElPrivilegioBlanco / *En el episodio de hoy de nuestro pódcast hablamos sobre el dilema de Noah King.* / @kingnoah *tan creído con su coche de lujo mientras que Juliette está muerta. Menudo asco.* #BoicotAElGloboRojo *A la mierda la* #CulturaDeViolación / *La madre de* #JulietteMarker *fue la primera en volverla una víctima al vender fotos de su hija desnuda, qué horror.* / @kingnoah, *una chica murió por tu culpa. Menuda cara tienes.* #BoicotAElGloboRojo

Los tuits parecen nadar frente a Annie y atraerla hacia un torbellino en el que nada es real: ni la caja con las cenizas de su padre que le mandó la funeraria (la cual pesa más de lo que parece) y que Annie se las arregla para llevar sola hasta Goldstone, ni la bañera llena de burbujas pero carente de Juliette, ni la vida que ha dejado atrás en Nueva York. El mundo virtual parece ser el único que se siente capaz de habitar.

Intenta leer una novela, pero las palabras le bailan por la página, así que se pone con el móvil. Intenta dormir en la oscuridad de la habitación y la atormentan los sonidos laboriosos de los últimos alientos de su padre, así que se pone con el móvil. Se le acelera el pulso cada vez que se encuentra con nuevos seguidores, comentarios, *likes* y el tiempo va pasando sin que se dé cuenta.

Es temporada de incendios. Una película de humo parece no abandonarle la piel, y Annie quiere la certeza de que su Julie por fin será vengada.

Se pone con el móvil y ahí está.

El conteo de seguidores de su cuenta de Instagram empezó con 420 y ahora va por los 267 000 y sigue subiendo. Hay mujeres que le escriben a todas horas para contarle sus historias: «Gracias por plantar cara por Juliette. A mí también me pasó…». Hay marcas que contactan con ella para ver si quiere promocionar bragas menstruales, vino rosado, servicios de terapia *online*. Desde que se publicó el artículo y Annie le contó al mundo la verdad sobre lo que le pasó a Juliette (desde que «arruinó la vida de Noah», según algunos comentarios), se ha vuelto famosa en internet.

Subió su declaración escrita con mucho cuidado bajo la foto que tomó Margot de ella y Juliette en la playa. Se le da bien escribir, gracias a todos esos años de experiencia como editora. La publicación se volvió viral y tiene casi medio millón de *likes*.

«…Otra versión de mí se habría guardado esta verdad tan horrible para sus adentros. Otra versión de mí habría intentado contener toda la furia que siente hacia Noah, habría dejado que me carcomiera hasta no ser capaz de reconocerme a mí misma. Porque a nosotras, las mujeres, se nos educa para dejar las cosas pasar. Para que protejamos a los hombres que nos hacen daño. Para que simpaticemos con nuestro agresor. Para hacer como que estamos bien cuando no es así. Para dudar de nuestra propia verdad. Para guardarnos nuestra furia en lugar de darle rienda suelta y dejarla salir al mundo.

»Una versión distinta de mí no habría dicho nada, pero ya he perdido demasiado. He perdido tanto que ya no puedo quedarme callada. Las agresiones sexuales ya han destruido demasiadas vidas. Juliette era una mujer maravillosa, la mejor de todas. Y es mi deber plantar cara por ella».

Por mensaje, Spencer le pregunta las proporciones que Annie usa para hacer el café. Cuando le contesta, le pregunta dónde guardan el molinillo (tres años viviendo en ese piso, ¿y aún no lo sabe?). Quiere saber a qué lavandería llevan la ropa si la que está en su calle no puede tener las prendas listas a tiempo (y, cuando usa el plural, en realidad se refiere a Annie, quien siempre se ha encargado de la ropa sucia). Le pregunta por esta contraseña y esta otra para pagar esta factura o esa de allá, con la esperanza de que le diga que ya se encarga ella, pero no lo hace. No puede. Está cabreada con él, aunque no sabe con exactitud por qué. ¿Porque espera lo que ella le enseñó que debía esperar de ella? Que sea la que cocina, la que hace la compra, la que le organiza el calendario social y le lleva la contabilidad. Ser la soldado que siempre tiene que seguir adelante, cueste lo que cueste.

Le pide que regrese, pero Annie no puede. No de momento. Todavía no.

Hace caso omiso de sus correos, del pésame que le dan sus compañeros de trabajo y de las preguntas de su jefa sobre fechas de entrega de manuscritos y se une a un ejército de mujeres de todo el país que están cabreadas. Sus mensajes la mantienen a flote. «Gracias por plantar cara por las mujeres del mundo», «A mí también me pasó». Se acerca a ellas, les da *like* a sus mensajes y contesta con corazones, con corazones partidos. Sube fotos nuevas de cuando eran adolescentes, bajo el sol, tomadas por Margot, en las que la belleza de Juliette parece envolverla a ella también. Sube enlaces a ensayos feministas que se relacionan con «el caso de Juliette Marker». Sube los poemas de su amiga y la gente los cita en tuits o sobre la cara de Juliette en fotos de Instagram.

Ha empezado a ir a Reactívate de nuevo, la misma clase de gimnasia colectiva a la que iba en Nueva York, y es el único momento en el que tiene contacto con seres humanos reales. La monitora les dice que «sigan aunque duela», y Annie le hace caso. «Tenéis que darle otra forma al dolor», dice, y Annie grita hasta que le duele la garganta y vuelve a Goldstone para ahogarse en alcohol. Compra sales de baño y barras de selenita para colocarlas frente a su esterilla, mientras que, en las noches en las que no puede dormir, se sienta en la terraza a fumarse cajetillas enteras de unos cigarros caros (porque ha vuelto a fumar después de años) con la vista clavada en el brillo de la pantalla. Está avivando las llamas, un método nuevo para sentir aquel chute de adrenalina de antaño.

Cuando la llama, Spencer parece estar muy lejos. Annie oye el ruido de la ciudad de fondo.

—*Es obvio que estoy de tu parte* —le dice—, *pero creo que ya has dicho lo que tenías que decir.*

—¿Qué quieres decir con eso?

El claxon de un coche llena el silencio.

—*Que estás todo el día en redes sociales. Tu padre acaba de morir, creo que deberías despejar la mente un poco.*

Annie apaga su cigarro contra el cenicero que ya está hasta arriba y contempla el mar en el horizonte.

—Lo que hago es importante. No solo se limita a Juliette; hay muchísimas más mujeres que han pasado por cosas así.

—*Ya, lo sé.* —Spencer hace una pausa—. *Pero el tipo está casado y acaba de tener una hija. Y él también era un chico. No digo que...*

—¿Qué? —lo interrumpe, sintiendo cómo se le acelera el pulso en la garganta. Saca otro cigarro y empieza a juguetear con él—. ¿Crees que debería dejarlo tranquilo porque siguió adelante y se forjó una buena vida después de haber violado a mi mejor amiga?

Spencer suelta un suspiro, claramente frustrado.

—*No me refería a eso. Es que no quiero que te pierdas a ti misma en todo esto.*

Sin embargo, Annie ya está abriendo Instagram antes de que él termine de hablar. Le dice que tiene que colgar y se queda mirando una foto de sí misma abrazando a Juliette, con diecisiete años y llenas de vida. Lee los mensajes que le envían, de parte de mujeres que aplauden su valentía.

¿Y qué hay de los comentarios que señalan el privilegio blanco o traen a colación la retahíla de acusaciones falsas contra hombres negros? Se recuerda a sí misma que no se ha inventado nada. Estaba escrito en el diario de Juliette. Noah la violó. Y el privilegio de Annie no cambia los hechos. Que Noah tenga una recién nacida no cambia los hechos. Así como tampoco el que hayan pasado doce años desde lo ocurrido. Juliette está muerta y será así para siempre. Nunca se hará justicia, él nunca irá a la cárcel. ¿Quién dice que al menos no debe pagar las consecuencias de sus actos a nivel público?

Annie se repite esos argumentos una y otra vez, mientras se

mueve por la casa vacía, y, aun con todo, siente que tiene algo atascado en el fondo de la garganta. Una semilla de angustia en el estómago. Pero no le hace caso. Hace todo lo que puede para evitar las incertidumbres, por miedo a ahogarse en ellas.

Se aferra a la furia, al fuego que la habita. Su furia parece más clara. Se dice a sí misma que, si no fuese por Noah, ella y su mejor amiga estarían juntas en Goldstone, preparando las tortitas que Margot preparaba los domingos y cantando hasta quedarse sin voz. Juliette habría sobrevivido a su dolor. Annie habría madurado y la habría ayudado a superarlo. Habrían pasado juntas ese verano y el siguiente después de ese. Habrían organizado cenas en honor a Margot. Quizá seguirían haciendo el amor. Quizá serían una familia. Quizás estarían juntas en su hogar.

Si no fuera por Noah, Annie no se habría quedado para siempre con una carga infinita de culpabilidad. Por esas cinco llamadas perdidas. ¿Por qué no había contestado el teléfono? ¿Por qué no había apoyado a su mejor amiga ese año? ¿Cómo había podido hacer a un lado a Juliette? Sin Noah, todo eso no la atormentaría.

Conforme el sol se oculta tras la arboleda de Goldstone, vuelve la vista hacia la pantalla para desaparecer en el único mundo en el que siente que puede vivir. Otra actriz le ha escrito un mensaje privado para darle las gracias y otra cantante famosa ha compartido su post. Y otra mujer y otra más y otra después de esa le han dicho que las está salvando. Que es una guerrera. Que lo suyo es una cruzada.

Esa noche, en sus sueños intranquilos, Annie ve unos campos de nieve, vastos e infinitos. Está acurrucada contra el pecho de su padre. Aunque tiene hambre, también tiene demasiado frío como para llorar. Oye los latidos de su corazón, el crujido escandaloso de sus pasos, y todo eso la arrulla.

CAPÍTULO TREINTA Y SIETE

Portland, Seattle, Boise, San Luis. Programas matutinos, emisoras de radio, telediarios. La técnica de respiración que Noah aprendió en las clases de preparación prenatal: inhalar por la nariz y exhalar por la boca. Unas melenas castañas y brillantes, otras rubias más cortas pero también relucientes, ojos azules detrás de unas gafas de monturas delgadas; las miradas intensas lo examinan. Las voces suaves lo acusan. Noah recuerda su preparación para lidiar con la prensa y les sonríe a todos.

Una maleta que lleva por el aeropuerto, whisky de Bourbon que pide en el avión para aislarse del mundo, la voz de Gucci Mane en sus auriculares.

Unos representantes del estudio lo esperan en la zona de recogida de equipaje para acompañarlo, con su aliento a menta y sus botellitas diminutas de agua de la buena, con sus sonrisas falsas y sus barritas de cereales. Lo miran de reojo al encender la radio. Se quedan mirando por la ventana o, en caso contrario, hablan demasiado, nerviosos, intentando disimular su incomodidad.

—Parece que te has metido en un buen berenjenal —dice un hombre blanco que se está quedando calvo cuando están dentro de un Chevrolet Malibu de ambiente estancado. Ante el silencio de Noah, el hombre sigue hablando—: ¿Sabes? En esta ciudad tenemos muy buenos platos con berenjenas. De hecho, tenemos un restaurante que se especializa en berenjenas…

En su habitación de hotel, Noah se da una ducha, se toma su media pastilla de ansiolítico de todos los días, se enjuaga la boca tres veces con enjuague bucal y se acomoda el cabello. Cuando está listo para su entrevista, se pone a mirar fotos de Jesse y Camille.

«Ahora puedo cuidar de ti», le había prometido.

El vídeo empieza con imágenes de la película según van contando la historia de su despegue: tomas de Chicago desde lo alto, el niño junto al lecho de muerte de su madre, fotos de Noah detrás de escena durante las grabaciones y con Jesse en la alfombra roja en el festival. *Y entonces llegó la controversia cuando se publicó la entrada de un diario en el que se acusaba a Noah King de haber violado a Juliette Marker cuando él aún seguía en el instituto.* Se reproducen unas imágenes del titular de *The Hollywood Reporter* que rezan: «Noah King, director y guionista de *El globo rojo*, acusado de violación». Unas letras grandes y anchas ocupan la pantalla. Acusado de violación. La foto de Juliette con su piel de porcelana, sonriendo. La foto de Juliette y Annie en la playa.

—Buenos días, Noah, ¿cómo estás? —le pregunta la presentadora en directo, una mujer con un casco inamovible de cabello rubio.

—Muy bien, muchas gracias.

Empieza a hacerle algunas preguntas sencillas sobre la película, y las respuesta de Noah están llenas de elegancia. Trae a colación a su mujer (como parte de su «entrenamiento», sí, aunque también lo hace porque quiere). Está casado con una mujer increíble, que escribe de maravilla y siempre ha sido una inspiración para él. Cuenta que aprendió de ella eso de comprometerte al cien por ciento con tu sueño, sin vacilar. Que ella creyó en él mientras se pasó años trabajando de camarero. Que se mantuvo a su lado y creyó en su película. Y que, sin ella, jamás podría haberla hecho. Que acaba de traer al mundo a una bebé preciosa. A su hija, que justo el día anterior acababa de cumplir seis semanas.

Y luego llega la siguiente pregunta. O comentario, más bien:

—Bueno, Noah, sé que muchos de nuestros espectadores quieren oír tu versión de los hechos respecto al caso de Juliette Marker. Sabemos que niegas las acusaciones, pero a muchas personas no les parece que proyectes mucha empatía.

Si Jesse estuviese allí con él, diría que eso era algo que había aprendido de él cuando empezaron a salir: cuando Noah está nervioso, preocupado o con miedo, da la impresión de que nada le importa. Nadie puede ver lo rápido que le va el corazón, cómo se le estampa contra el pecho. Aunque también es cierto que, justo en ese momento, a Noah le resulta complicado recordar a Juliette. En medio de una respuesta para salvarse el pellejo, no puede sentir nada más. Su vida está en riesgo.

—Claro que siento empatía —le dice—. Si bien no violé a Juliette porque nuestro encuentro fue consensuado, es horrible saber que ella lo estaba pasando mal. He aprendido mucho desde entonces y sé que jamás debería haber tenido un encuentro sexual si ambos habíamos estado bebiendo.

La periodista lo mira con unos ojos entornados y cubiertos con un exceso de rímel.

—¿Aceptas tener alguna responsabilidad por la muerte de Juliette?

Noah nota las cámaras. Se le pone la visión borrosa.

—Ojalá no hubiese permitido que nos involucráramos en un encuentro sexual cuando ambos habíamos bebido —repite—. Me sorprendió mucho enterarme de su muerte y me dio muchísima pena. No tenía ni idea. Le mando mi más sentido pésame a su familia y amigos que sufren por su pérdida. Pero en lo que respecta a culparme por su muerte —continúa—, eso es más difícil de procesar. Los titulares intentan hacer un circo de todo esto diciendo que se suicidó, cuando bien podría haber ido a darse un chapuzón y haberse quedado atrapada en una corriente. Así como los que dicen que yo la violé. La cuestión es que no se puede declarar culpable a alguien sin un juicio —dice, intentando quitarle un poco de intensidad a su voz—, por mucho que eso lleve pasándoles a los hombres negros de este país desde hace siglos.

La periodista abre un poco los ojos por la sorpresa, pero asiente como si lo entendiera.

—Comprendo el impulso de querer traer el tema racial a colación, pero ¿no te parece que hay una cuestión del bien y el mal que va más allá de la raza o el género?

Cuando era pequeño, Noah se congelaba al tener que hacerles frente a sus miedos. Se hacía una bolita a los pies de su madre moribunda, como si fuese un cachorro. Y, cuando ella murió, se tumbaba frente a la tele durante horas y horas. Como hombre adulto con una esposa y una hija recién nacida, su mecanismo de respuesta tiene que ser distinto. Tiene que luchar, no solo por su vida, sino por la de su familia.

—En nuestro país no hay nada que vaya más allá de la raza —dice, haciendo un esfuerzo por mantener una voz neutra—. Es parte de nuestra historia. No es ninguna coincidencia que la gente me vea de cierto modo. Juliette era mayor que yo, era mi profesora, pero nadie menciona ese detalle. Yo la admiraba. Me gustaba y quería salir con ella. De verdad que no entiendo cómo o por qué creyó que podría haberla violado…

Se pone a sudar bajo los focos conforme la presentadora le devuelve la mirada.

Puedo con esto, se dice a sí mismo, haciendo que las manos le dejen de temblar al apoyarlas contra las perneras de sus pantalones. *Puedo con esto.*

CAPÍTULO TREINTA Y OCHO

Jesse se despierta tres, cuatro, cinco veces por noche; es imposible encapsular el transcurso de ese tiempo durante la oscuridad. Le da el pecho a Camille y revisa que tenga el pañal limpio. La mece en brazos hasta que los músculos le arden con tanta intensidad que tiene que rendirse y volver a darle de lactar. Hace caso omiso de las lágrimas que le resbalan por las mejillas. Son dos cuerpos, dos almas que buscan el sueño.

Cuando intenta salir a la calle, se siente demasiado vulnerable, como si la hubiesen abierto en canal y fuese una foto demasiado expuesta de quien solía ser. Bajo las aguas del nuevo mundo de la maternidad, solo está Camille. Y Jesse no quiere salir a la superficie, no quiere ver cómo es el mundo en tierra firme. Sale cuando no le queda otra, toma una bocanada de aire y se vuelve a sumergir. Se niega a recibir visitas; su única conexión con su antigua vida social es a través del móvil, y sus conversaciones con mensajes titubeantes de parte de sus amigos hacen que se le queden los nervios de punta: ¿Cómo vais con todo lo que está pasando?

Estamos bien, contesta ella, y envía fotos de su preciosa hija vestida con unos trajecitos de algodón orgánico.

¿Quieres compañía?, le pregunta Suraya.

Apenas consigamos dormir un poco jajaja, contesta Jesse.

Cuando salen a pasear, con Camille atada a su pecho, Jesse hace unos ruiditos tranquilizadores para acallar el tráfico mientras su hija se va quedando dormida. Tiene la impresión de que están en una dimensión distinta que la de los hombres que fuman en los portales de sus casas, que la de las jóvenes que van enfundadas en pantaloncitos cortos y pasean al perro.

Cuando Noah la llama, Jesse está intentando prepararse algo para desayunar mientras Camille sigue en pijama en su cochecito.

—*Hola* —la saluda él—. *¿Cómo estás?*

—Creo que bien. Agotada. ¿Y tú?

—*Bien. Y cansado, también, pero creo que todo está yendo bien.*

—Me alegro.

Noah hace una pausa antes de agregar:

—*El estudio cree que una declaración de apoyo de tu parte podría ser de ayuda. Quieren resaltar mi faceta de padre y esposo.*

Jesse le da al botón de la tostadora (porque tostar pan es lo máximo que se puede permitir cocinar estos días) y sale al porche. Últimamente los incendios forestales están por todas partes y el ambiente huele a humo.

—Vale —acepta, por mucho que sienta que el estómago se le hace un nudo—. ¿Qué debo decir?

—*Pues ya sabes, que me conoces, que llevamos juntos diez años y que no soy el tipo de hombre que haría algo así... Ese tipo de cosas. Que nos queremos y que tenemos una hija recién nacida y... Beverly me dijo que tenía un modelo que podías usar, te lo pasaré.*

Capta la incertidumbre en la voz de su marido. Sabe que ha querido mantenerla alejada de todo lo que está sucediendo e imagina que no es la primera vez que Beverly se lo ha pedido.

—Claro, envíamelo.

—*Me dijo que sería de ayuda si usabas tus redes sociales, dado que tienes un mayor alcance y tus lectoras son principalmente mujeres. Cree que podría marcar la diferencia que añadamos la voz de una mujer en la conversación. Le gustó mucho* El dolor es así.

—Vale. —Aunque Noah intenta mantenerse tranquilo, Jesse sabe que está nervioso. Tanto que usa las palabras de la asesora de relaciones públicas en lugar de las suyas.

Lo que le pide no es poca cosa y sabe que no lo haría si no estuviese desesperado. Lo sabe bien, y eso la atormenta. De todas las veces que se ha ofrecido a ayudarlo en el tiempo que llevan juntos, jamás ha sentido que eso le hiciera daño.

Sin embargo, Jesse tiene la sensación (como es lógico) de que al defender a su marido estará entregando su propia y modesta identidad pública, la cual en su momento tuvo miedo de habitar, pero que ha aprendido a valorar con el tiempo. Es un reflejo de sí misma como escritora, como persona que tiene un lugar en el mundo. Desde que es madre, esa identidad se ha vuelto incluso más valiosa que antes, porque la conecta a una versión de sí misma que, en ocasiones, parece haber desaparecido.

Se lee la declaración que le ha escrito la «asesora de crisis» de Noah y le parece una porquería.

A las 2:43 a. m., Jesse se despierta ante el primer gimoteo de Camille, exactamente dos horas y siete minutos después de haberla puesto a dormir por última vez. La saca de la cuna, le quita las mantas que la envuelven y se atrae su boquita perfecta y con forma de corazón hacia el pezón. Se pone a ver fotos de ella y de Noah que tiene en el móvil. Si bien no sabe lo que pasó esa noche con Juliette, sí que conoce a su marido.

Puede que estén viviendo en mundos totalmente distintos de momento, pero sigue siendo su esposo. ¿Y quién es ella si no puede defenderlo?

Entra a la cuenta de Instagram de Annie y se queda mirando la foto que tiene de ella y Juliette en la playa. Llevan unos bikinis negros clásicos, con el brillo traslúcido del mar que se extiende hacia el horizonte como las posibilidades infinitas de su vida. Ni siquiera ella es inmune a esas fotos. Al contemplarlas, desempolva del baúl de los recuerdos el vientre plano que tenía cuando era una jovencita.

Paradójicamente, una de las fotos que a la prensa más le gusta usar de Noah es la misma que él usó para su post de #SiMeMatanATiros, de su anuario del instituto. Es un chico negro que pronto será un hombre, ya maltratado por el mundo, con cara de bebé pero sin sonreír, la capucha puesta y los ojos oscuros llenos de recelo.

Jesse escoge sus propias fotos: ellos dos en Chicago a los veintidós, sonriendo con sus birretes de graduación. Un selfi de los dos, con cara de sueño en la cama de su infancia en Albuquerque. Noah sentado en el sofá con su portátil en su piso en Silver Lake; Noah y Jesse sonriendo encantados el día de su boda; Noah dándole un beso a su barriga de embarazada. Y entonces escribe: «Hemos visto montones de fotos de Juliette y de su amiga Annie en las que ambas parecen estar llenas de dicha, de vulnerabilidad, de belleza. Sus versiones adolescentes han quedado preservadas gracias al inmenso talento de Margot Marker. Mientras tanto, los medios (tanto las redes sociales como la prensa convencional) siguen mostrando la única foto de mi esposo que he visto en la vida en la que se podría decir que sale enfadado. ¿Por qué será?

»Cuando veo esa foto de Noah, no veo a un chico peligroso, como parece que es el caso de mucha gente. Lo que veo es a un adolescente asustado. La noche de su encuentro con Juliette, Noah seguía en el instituto, tenía diecisiete años. Él también era un crío que necesitaba que lo protegieran. Que lo merecía. Pero el encasillarlos en un estereotipo (a Noah como el agresor y a Juliette como la víctima) es algo que se ha plantado con firmeza bajo nuestra conciencia colectiva y eso dificulta muchísimo que el mundo pueda oír la versión de los hechos de Noah.

»Como su mujer, puedo afirmar que Noah no es ningún agresor. No es un violador. Lo que sí es: un esposo, un padre, un luchador. Un hombre que ha trabajado sin descanso durante diez años. He visto cómo ha conseguido alcanzar sus sueños a pesar de tenerlo todo en contra. Noah es un hombre que me proporcionó un hogar tras la muerte de mi padre. Un hombre que me apoyó la mano en el vientre noche tras noche, con la esperanza de notar a nuestra hija moverse. Un hombre que me susurró al oído, tras notar su primera patadita: "Parecen fuegos artificiales". Un hombre que le cantó a nuestra hija recién nacida en el hospital *You Make Me Feel Brand New*, porque sí, como dice la canción, lo hacía sentir como si hubiese vuelto a nacer.

»Claro que apoyo a las supervivientes. Apoyo a todas las mujeres que quieran contar su verdad. Lo que no apoyo es que se condene a alguien sin un juicio previo. Tan solo Noah y Juliette estuvieron presentes esa noche, pero sé que mi marido jamás le haría daño a alguien de forma consciente. Es un buen hombre. Un hombre de bien. Un hombre lleno de ternura. Es el hombre más bello que he conocido en la vida. Y es el padre de mi hija».

Añade una foto de Noah cargando a Camille en el hospital, mirándola embobado. Conforme Camille se le va quedando dormida contra el pecho, Jesse comparte su publicación.

Y entonces empieza el ciclo: la gente comparte sus palabras, los medios las recogen y las vuelven a publicar, y montones de sus seguidoras, indignadas y sintiéndose traicionadas, se vuelven en su contra, le escriben comentarios mordaces e hirientes al tiempo que unos desconocidos la aplauden por señalar el racismo o la tildan de ser antifeminista. Como si no hubiese humanos de carne y hueso en ambos bandos. Jesse pasa a ser un personaje más, y la vida que ha construido, el hombre con el que se ha casado, todo ello se convierte en la comidilla que toda esa gente se sienta a devorar frente al ordenador en el trabajo, en cafeterías o en la cama bajo la luz del móvil.

Jesse cambia pañales (todo el santo día) y se asegura de narrarle a su hija paso a paso lo que hace, sin importar lo mucho que su cerebro hecho polvo necesite silencio. Se pasa horas consultando foros de maternidad para determinar cuál es la mejor pomada contra el sarpullido del pañal. Le sale un bulto en la nuca por dar tanto de lactar, con la vista hacia abajo y clavada en su hija. Y ni siquiera lo nota. Cuando Camille se le queda dormida sobre el pecho, Jesse se queda en su sitio, sin moverse, por mucho que empiece a notar punzadas y aguijones en el brazo. A pesar de su agotamiento, no se permite quedarse dormida junto a su hija, pues la enfermera del hospital le dijo que no era seguro.

En su lugar, se pone a mirar el móvil con la mano que tiene libre. No puede evitarlo. Las mujeres escriben por internet: «Yo creo a Juliette» y «A mí también me pasó». Le escriben: «Eras mi escritora favorita. Me violaron hace cinco años y me has roto el corazón al defender a Noah» y «Jesse Baca, se te tendría que caer la cara de vergüenza. Jamás volveré a comprar ninguno de tus libros».

En las noticias, el candidato a la presidencia presume de que a las mujeres se las puede «agarrar por el coño». Sus mítines terminan en violencia.

En la cuenta de Annie ve fotos que la gente ha compartido con frases del diario de Juliette sobre unos paisajes desiertos, así como otras de árboles de fruta, el mar y de ambas como unas adolescentes de ensueño. Jesse se lleva una mano a la mejilla, al pecho, a su barriga vacía. ¿Y ella dónde está?

Necesita salir de casa. Cuando Camille se despierta, pierde una hora buscando las llaves y se frustra tanto que termina dándoles puñetazos a los cojines del sofá. Entonces se sienta en el suelo y se pone a llorar, mientras que Camille, en un momento de calma poco común, se queda tumbada en su alfombra, observándola. Al final, encuentra las llaves en la nevera. Mientras empuja el cochecito cuesta arriba en dirección al parque, Jesse intenta ignorar su piel fofa, los kilos de más que no consigue perder, el ya no sentirse cómoda en su propia piel.

—¿No te parece un día muy bonito? —le dice a Camille—. ¿Hueles el aire del otoño?

A pesar de toda la pomada que le pone, a su hija le sale un sarpullido por el pañal de todos modos. Tras una visita al pediatra, hacen cola en la farmacia para recoger lo que el médico ha recetado, y Camille no deja de chillar. Jesse intenta arrullarla al oído, pero eso solo consigue que su hija llore más fuerte y que haga que los demás clientes de la farmacia se la queden mirando. Jesse está en el punto de mira en todos lados: en la vida real y en el mundo virtual. Se pone a hacer unas sentadillas profundas, de arriba abajo, porque a Camille le gustan los movimientos bruscos. Le duelen los muslos, pero no sirve de nada. Camille está inconsolable. Si estuviese intentando comprar cualquier otra cosa, se rendiría y volvería a casa con su hija, pero de verdad necesita la crema para el sarpullido. El cliente al que están atendiendo tiene algún problema con su seguro y la cola no avanza.

Cuando por fin consiguen volver al coche, Camille sigue berreando conforme Jesse la ata en la sillita para bebés y sale del aparcamiento. Con los nervios de punta, dobla por donde no debe, en su afán por volver pronto a casa, y hace que le piten. Los ojos le escuecen. No sabe si podrá con esto. Prueba subiéndole el volumen a la música, porque el llanto de Camille es casi intolerable.

Y entonces se calla. Jesse aparca un momento, preocupada porque algo le haya pasado a su hija, pero solo se ha quedado dormida, con su boquita en forma de corazón moviéndose sin parar. Al llegar a casa unos minutos después, levanta la sillita del coche con cuidado para no despertarla y hace unos malabares peligrosos con el antebrazo para soportar el peso (una madre con niños mayores la vio hacerlo en un aparcamiento y le advirtió que eso la llevó a desarrollar una tendinitis, pero lo único que le preocupa a Jesse son las soluciones a corto plazo).

A medida que se acerca a su casa, se encuentra con una colección de arreglos de flores en la entrada: rosas y hortensias.

Sus favoritas. Hay diez en total, en honor al 10 de octubre, la fecha de su boda con Noah. Han cumplido un año de casados, y Jesse lo había olvidado. Lleva a su hija dentro y deja la sillita en la mesa de centro para empezar a meter las flores en casa. Solo que entonces Camille se despierta y se pone a llorar. Jesse la alza con un brazo mientras sigue agachándose para levantar un arreglo tras otro.

Tras cada viajecito hacia la mesa del comedor, se siente más y más frustrada con el gesto de Noah. Aunque sabe que está intentando tener un detalle tierno, todo eso le recuerda que su marido no tiene ni idea de lo que implica vivir su vida, cuidando de una bebé. Además, con el saldo de su cuenta que no deja de bajar, no se pueden permitir tanta extravagancia. Cuando ha conseguido llevar todos los arreglos hasta la mesa del comedor, apretujados en un solo sitio como un montón de adolescentes en un baile del colegio, Jesse se deja caer en el sofá, agotada. Se muere de sed, pero no tiene fuerzas suficientes para ir a por agua.

Se hace de noche, como suele pasar, pero los planes de Jesse de irse a dormir están fuera de su alcance. Porque Camille no se calma. Quizás es que la pomada para el sarpullido no funciona y se siente incómoda. Solo que Camille no suele dormir bien de todos modos, como si Jesse le hubiese transmitido toda su ansiedad.

Le canta *Dreaming of You*, una y otra vez, por lo que le parecen horas, hasta que, por fin y alabado sea el Señor, a su hija se le empiezan a cerrar los ojos. Sigue tarareando hasta que Camille deja de tragar y solo son sus labios los que se mueven en un ritmo suave alrededor de su pezón, y entonces puede sentir su cuerpecito haciéndose más pesado casi de forma imperceptible, como si se hubiese rendido. Es algo muy bonito el verla ceder al sueño. Pero entonces el tono intenso y monótono de su móvil irrumpe en el silencio de la casa desde donde lo ha dejado enchufado, en la habitación, y Camille se remueve, abre los ojos y pega un berrido. Y el momento ha pasado, el inicio tranquilo de unas horas de sueño ha vuelto a quedar fuera de su alcance.

Desesperada, atrae a su hija hacia su cuerpo mientras llora, la acuna entre los brazos y aprieta la mejilla contra la de la bebé haciendo soniditos tranquilizadores, unos *shhhh* que parecen olas, altos como el mar cuando lo tienes cerca. Camille intenta cerrar los ojos, solo para volver a abrirlos y cerrarlos de nuevo. Vomita un poco y el líquido se le derrama por la mejilla y también por la de Jesse, pero esta no se aparta, sino que sigue arrullándola sin cambiar el ritmo. Por un instante parece que su hija va a volver a dormirse, hasta que se aparta, abre la boca de par en par y se pone a llorar a todo pulmón.

Jesse se balancea, se mece y se desliza de un lado para otro, conforme las horas pasan y se siente derrotada. ¿Qué puede hacer? Deja a Camille en su cuna mientras esta sigue llorando, desesperada. Se va al baño a mear, bebe un sorbo de agua y se pone a llorar ella también.

—Lo siento, Camille —susurra—. Lamento mucho no poder arreglarlo.

Vuelve a la habitación de su hija para tomarla en brazos. Haciendo caso omiso de sus propias lágrimas, se pone a cantarle la canción que Noah le cantó en el hospital. *You Make Me Feel Brand New.* Camille va dejando de llorar poco a poco hasta que, al final, se queda dormida.

Una oleada de alivio la inunda mientras se lleva el bultito que es su hija contra el pecho y, poco a poco, se acomoda en la mecedora gris. Y entonces no puede evitarlo, al sentir el cálido aliento de Camille contra su pecho, empieza a quedarse dormida. Se despierta en su piso en Hyde Park con Noah y con su hija entre ambos. Están enamorados como antes, como cuando eran unos críos. Tienen la hija que siempre habían querido tener. Cuando vuelve a abrir los ojos, ya está amaneciendo, y la punzada de anhelo que siente es tan intensa que le cuesta respirar.

La luz del sol centellea sobre las hojas verdes del bambú que tienen fuera de la ventana hasta colarse y caer sobre la carita perfecta de su hija. Esta alza la mirada hacia ella y le sonríe, antes de estirar una manita diminuta para tocarle la cara. A Jesse le gustaría poder contarle a Noah lo que se siente cuando la electricidad de un amor tan fuerte la recorre y la impulsa a seguir.

CAPÍTULO TREINTA Y NUEVE

Durante ese fin de semana, hace un frío que pela, nieva a pesar de ser inicios de octubre y ya están bajo cero. Noah tiene una llamada perdida de Jesse y quiere volver al hotel para devolvérsela. Cree que, a pesar de todo, la entrevista que ha tenido ha ido bien.

La representante del estudio, Martha, es de Iowa. Es una mujer de mediana edad con un corte de pelo bastante moderno, más amigable de lo que suelen ser los demás. Se pone a parlotear sobre el hielo en las carreteras y sobre que la ciudad se quedó sin sal el año anterior y luego se ofrece a llevarlo a cenar a algún lugar del centro. Con una risa nerviosa, le dice que le vendría bien una copa, y se aparta el pelo detrás de la oreja.

Noah se excusa porque está agotado y lo mejor será que descanse un poco antes de su vuelo del día siguiente. La mujer se pone a tararear *Dreams,* de Fleetwood Mac, que suena en la radio del coche, y lo mira de reojo. Es atractiva, del modo en que las mujeres mayores pueden serlo cuando aún se esfuerzan, y una parte de él quiere darle lo que está pidiendo…

Joder. Últimamente lo único que hace es pensar en sexo y luego odiarse por ello. Como si hubiese vuelto al instituto, como si fuese aquel chico perdido deambulando por las calles de Hyde Park en su chaqueta de invierno hecha polvo, en busca de alguien que lo hiciese sentir como si no fuese un don nadie, siquiera por unos minutos.

Hace mucho que dejó atrás los detalles tan dolorosos de esa parte de su vida, hasta quedarse solo con un borrón de calor y frío, de agotamiento, del sabor de los macarrones con queso precocinados que cenaba cada día, del sudor tras los entrenos de baloncesto y del tamborileo del hiphop, del sabor a barra de labios y vodka que notaba en la boca de las universitarias. Ah, las universitarias. En retrospectiva, quizás alguien podría haber dicho que era adicto al sexo. La cuestión es que jamás habría obligado a una mujer a estar con él, jamás le habría hecho daño a nadie. De eso está convencido.

¿Por qué Juliette creía que la había violado? Lo llevó hasta su habitación en la residencia universitaria y se acostaron. Nunca la oyó decirle que no. Nunca lo apartó. Rebusca en sus recuerdos, con la intención de volver a verla con claridad, pero ella lo esquiva, la ve con los bordes borrosos. Consigue recordar una imagen difusa de su atuendo esa noche, de una camiseta que le quedaba grande y un cinturón. Recuerda que le pareció muy sofisticada.

También recuerda que su madre había muerto hacía poco. Y, debido a eso, él había sentido que se comprendían uno al otro. Craso error.

Se supone que el Ramada, el hotel que le han asignado, es uno de los mejores de la zona. A pesar de que pone la calefacción al máximo, no consigue descongelar el hielo que siente en los dedos de los pies, en los huesos. Intenta llamar a Jesse, pero no le contesta. El hotel no cuenta con servicio de habitaciones ni tampoco con una zona de bar, por lo que una parte de él se arrepiente de haber rechazado la invitación de Martha.

Sale corriendo del hotel, hacia el frío, solo con la chaqueta de su traje y en dirección al Chili's que hay frente al aparcamiento. Mientras está sentado a la mesa, dando sorbos a un cóctel de whisky, azúcar y un toque cítrico y comiendo un plato de cebolla frita con forma de flor, ve su propia cara en una de las teles colgadas en lo alto del restaurante, en un adelanto de la entrevista. Si bien nadie parece percatarse de su presencia, es como si estuviera desnudo, como si todas las miradas estuvieran centradas en él.

Pide la cuenta, se pone la chaqueta y se levanta. Cree oír que alguien le murmura «violador» por lo bajo, pero se le está yendo la olla.

Pasa al lado de una mesa con tres veinteañeras comiendo unas patatas fritas y con unos cócteles gigantes y coloridos. La que está sentada al fondo, con el pelo recogido en dos trenzas, lo mira a la cara, con superioridad.

—Violador —suelta, como si fuese una flecha que está dejando volar desde un arco, totalmente segura de que dará en el blanco.

Vete y ya, se dice a sí mismo. *Tú sigue caminando.*

De vuelta en la habitación, intenta llamar a Jesse una vez más. Cuando no le contesta, se pone de nuevo el mensaje que le dejó, en el que le da las gracias por las flores. Suena agotada. Y él también lo está. Saca de su maleta una botellita de whisky de esas que dan en los aviones, se lo sirve en el vaso que hay en el baño y se lo bebe de un trago para luego meterse en la ducha con el agua hirviendo, hasta casi quemarse la piel. No obstante, cuando sale y se envuelve en una toalla, vuelve a tener frío. Tendría que estar en su casa, con su mujer y su hija.

La llama una última vez, y nada. *¿Qué estará haciendo?*, piensa. Con suerte, durmiendo. El año pasado, por estas fechas, estaban concibiendo a su hija.

La felicidad existe, Noah la ha probado. Ha alcanzado su sueño. ¡Lo ha hecho de verdad! Pero está usando cada pizca de fuerza en el cuerpo, hasta su última reserva de energía, para tragarse su ira y darlo todo por mantener la cabeza fuera del agua, para intentar volver a donde estaba.

Se pone a rezar, tras abrir otra botellita de whisky y darle un sorbo, mientras capta su reflejo en la pantalla oscura de la tele.

Después de meterse bajo las sábanas blancas y limpias, apoya la cabeza en la almohada demasiado mullida del hotel y tirita por el frío. Reza, por mucho que él no sea de esos. *Dios, te lo suplico, ayúdame a seguir adelante.*

Mira fotos del hospital, de su pequeña Camille envuelta en una mantita entre sus brazos. Es en lo que quiere pensar, en su hija. No en una chica que lo acusa de haber hecho lo impensable, en una chica que lo vio como a un monstruo.

Solo que tampoco quiere odiarla, a esa chica que quizá se suicidara en el lago Michigan o quizá no. Tenía diecinueve años, apenas empezaba la universidad. Él tenía diecisiete, estaba en sus últimos meses en el instituto. No eran más que un par de críos, solos en el mundo.

No quiere odiarla. Así que, en su lugar, odia a su amiga. A la rubia que desempolvó un diario viejo y publicó esa entrada como si fuesen hechos. La mujer blanca con un privilegio desmedido y que le ha declarado la guerra por todo internet.

CAPÍTULO CUARENTA

—*H*ola. —Spencer le contesta a la primera. Ya debe de haber vuelto del trabajo, pues pasan de las nueve de la noche en Nueva York.

—Hola —contesta Annie.

—*Me alegro de escucharte.*

Annie puede imaginarlo en su sofá Chesterfield, con los pies enfundados en sus calcetines de color burdeos y apoyados en la otomana, un Manhattan en la mesita al lado del sofá y ESPN en silencio en la tele.

—Spence, creo que tenemos que admitir lo que está pasando —le dice, tras unos segundos en silencio.

—*¿A qué te refieres?*

A pesar de que había estado segura de lo que quería decirle, nota una presión en el pecho.

—A que… creo que ya no vamos a casarnos. Creo que no somos lo que creíamos ser.

Lo oye contener el aliento.

—*A ver, espera. Sigues de duelo por lo de tu padre y lo entiendo. Pero tienes que volver a Nueva York. Lo verás todo distinto cuando estés aquí.*

No le dice que ya renunció a su empleo la semana pasada cuando su jefa perdió la paciencia al esperar su regreso. Hace casi dos meses que se fue, seis semanas desde que publicó el artículo. Le había encantado el libro con el que estaba trabajando, le encantaba su trabajo. Pero no pudo volver a acomodarse en la persona que tendría que ser para volver. Con todos los años que había pasado en Nueva York, no se había percatado de

312

lo sencillo que podría ser que la identidad que había creado se rompiera en mil pedazos. Porque el dolor es así: como una bola de demolición.

Siente que se le entrecorta la respiración cuando unos momentos de su vida se le presentan frente a ella al azar: los viernes por la noche en Raoul's, el restaurante favorito tanto de Spencer como de ella desde que vivían en el SoHo; el hombre que siempre los atendía con una sonrisa detrás del mostrador de su bodega más cercana; el día que encontraron aquel sofá Chesterfield de cuero desgastado en esa tienda de muebles de lujo para su nuevo piso; los orgasmos que no se hacían de rogar. El vestido de novia colgado en un rincón del armario, a la espera. Las vacaciones de verano con los padres de él en el Cabo Cod. Los bebés que creyeron que iban a tener.

—No soy quien ambos creíamos que era —le dice.

—*Volverás a ser tú misma cuando estés en casa.*

—Es que ya estoy en casa, Spence, eso es lo que pasa —insiste, pasando las manos por la madera de la terraza donde está sentada, en Goldstone. El horizonte está cubierto por una capa de humo de los incendios. Las granadas empiezan a madurar.

—*Claro que no. Te pasas el día metida en el internet de los cojones.*

El enfado de Spencer le facilita las cosas. Deja que el silencio se alargue y no se disculpa por nada de lo que ha dicho.

—*¿Y qué hago con todos tus trastos?* —pregunta él, al final.

—Me da igual. Puedes enviármelo o tirarlo todo, si quieres. Lo único que quiero es la foto.

Spencer le cuelga el teléfono.

Ya no es algo que sospecha para sus adentros, sino un hecho innegable: está sola en el mundo. No tiene nadie a quien recurrir, ningún lugar donde escapar, nadie que cuide de ella.

Conduce hasta la playa, donde se pone a caminar pasada la medianoche, con la luz de la luna jugueteando sobre el mar. Se quita el anillo de diamantes del dedo.

Si estuvieses a punto de casarte con un tipo de Wall Street con quien compartes una vida más que buena y yo hubiese muerto, ¿con quién te quedarías?

Contigo. Siempre me quedaría contigo.

Connor le envía un correo tres días después:

Annie, ¿qué coño pasa? No me contestas el teléfono. Spence está hecho un desastre. Creo que el artículo que publicaste en el Hollywood Reporter fue muy valiente, pero no puedes envenenarte a ti misma quedándote en el pasado.

Hace diez años conocí a una chica de mirada brillante y ganas de sobrevivir que solo necesitaba que alguien la arrastrara de vuelta al mundo real. Te ofrecí a mi mejor amigo, él te ofreció su vida entera, y hemos sido felices todos estos años juntos. ¿A que sí, prima?

Con todo esto, lo único que haces es coronarte como la hija de Suzanne.

Annie le contesta:

Lo siento, Con. Creía que podría hacerlo, que podía ser algo cercano a ser feliz, pero todo esto me ha terminado hundiendo. Te echaré de menos. Supongo que salir huyendo es algo que va en los genes.

El lavabo del baño se atasca, y Annie quiere llamar a su padre. En los años que pasó en Nueva York, su padre le enseñó cómo arreglar una puerta de armario, cómo ajustar los conductos para obligar a la calefacción a llevar más calor a una habitación demasiado fría, cómo deshacerse del moho de la ducha. Pero ahora deja que las tuberías se atasquen, así que se lava los dientes en la cocina. Duerme hasta el mediodía, y lo único que la obliga a salir de la cama es su vejiga. Vive a base de café y vino de la nevera, galletitas saladas y los últimos melocotones y ciruelas de los árboles.

Si fuese a meterse en el agua para ir tras Juliette y nunca más volver, ¿quedaría alguien en el mundo que llorara su muerte?

Con los músculos ardiéndole tanto que sobrepasa sus límites y un dolor que se intensifica más y más hasta que deja de doler, Annie se siente bien. Ella y las demás mujeres enfundadas en licra en su clase Reactívate dan pisotones, saltan, se menean y lo dan todo, con lo que dan rienda suelta a la rabia que han dejado encerrada en los músculos, en los órganos, que han absorbido en los huesos y ha hecho que se mantuvieran en silencio. En clase, esta sale en sonidos y gritos que solo comparten entre ellas.

En su coche de vuelta a casa, Annie vuelve a estar sola. No hay nadie que la ate a ningún sitio, nadie a quien pertenezca, así que recurre a sus redes sociales para ahogar ese terror existencial. Tiene 467 000 seguidores y el número va en aumento. No está tan sola, después de todo.

Sale al jardín a recoger fruta, se enciende un cigarro y va revisando sus mensajes privados. Cuando va por la mitad, uno de ellos hace que se detenga en seco: Lamento mucho lo que le pasó a tu amiga y te aplaudo por haber decidido denunciarlo. Tuve un encuentro con Noah hace un par de años, antes de que se casara... No sé por qué se lo cuento a una desconocida, pero es que tenía que decir que creo a Juliette.

Annie le responde: Jodi, gracias por escribirme. Tienes que contar tu historia, por favor. Juliette ya no está en este mundo. Hazlo por ella.

CAPÍTULO CUARENTA Y UNO

Cuando Jesse levanta a Camille de su cuna después de su siesta vespertina, con los rayos del sol anaranjados derramándose por el suelo, nota que sus manitas irradian más calor de la cuenta, así que empieza la terrible tarea de tomarle la temperatura de forma rectal. Camille llora y llora, sin saber a qué se debe semejante trato. Tiene 38 °C. Llama a la pediatra prácticamente en pánico, y la mujer le dice que debe seguir controlándole la fiebre y que, si esta no aumenta, puede llevarla por la mañana. Jesse se queda despierta toda la noche, acunando el cuerpecito caliente de su hija contra el suyo.

Al día siguiente, en la consulta, le dicen que Camille está bien; solo tiene un resfriado, pero eso no quita que Jesse casi se lo haga encima por el miedo. En casa, Camille permanece pegada a su pecho, con lo que se asegura de que su madre no se pueda alejar de ella. Jesse la deja dormitar toda la tarde sin dejar de mamar, y pasa lo mismo con la noche, el día siguiente y el siguiente: la toma en brazos y la levanta cuando empieza a llorar en sueños.

Se siguen produciendo incendios que hacen que la ceniza caiga del cielo.

Para la tercera noche sin dormir, Jesse empieza a perder la cabeza, por lo que llama a Noah.

—Camille sigue mala. Estoy tan cansada que ya no sé qué hacer. —Al otro lado de la línea, hay demasiado silencio—. ¿Por qué no puedes estar aquí? —pregunta, entre sollozos—. Necesito ayuda.

—Lo siento mucho. Ojalá pudiera estar allí con vosotras.

Jesse sigue llorando, porque oír su voz solo hace que se sienta más sola.

—¿Quieres que cancele el resto de la gira y vuelva a casa? Lo haré si eso es lo que quieres.

Pero claro que no puede hacer eso. Hay demasiado en riesgo.

—No.

—Avísame si cambias de parecer —le dice, y Jesse oye la impotencia en su voz—. ¿Quieres que contrate a una enfermera para las noches o algo? ¿O que le pida a alguno de nuestros amigos que vaya a verte?

No se imagina dejando que alguien más entre en su hogar con la que está cayendo ni permitiendo que alguien que no sea Noah la sostenga en brazos.

—No, da igual. Estaré bien.

—Te quiero, Jess. Todo irá bien, lo prometo.

Tras colgar, Noah pide unas patatas fritas del McDonald's en el aeropuerto de Atlanta, algo que lo alegraba un poco cuando era pequeño, y se pone los cascos.

Ha empezado a llevarlos las veinticuatro horas hasta que tiene que quitárselos para hablar con alguien, para contestar más preguntas horribles y pretender que no es un hombre negro lleno de rabia. Es como si alguien le apuntara con un cuchillo y él tuviera que sonreírle.

Su hija está con fiebre, su mujer ya no puede más y él está a miles de kilómetros de distancia. Tiene tantas ganas de volver a casa con su familia que lo invade un dolor que lo tortura entero.

Jesse tiene a Camille en brazos, la mece y la arrulla.

—No te va a pasar nada —le susurra, como si estuviera rezando. Al quinto día, le baja la fiebre. Fuera, los incendios se siguen extendiendo.

En las muchas horas que pasa sola y sin dormir, su móvil la acosa: *@jessebaca, ¿cómo has podido escribir ese libro y luego ponerte a excusar una violación?* / *@kingnoah es el típico ejemplo de masculinidad tóxica.* / *Este mundo sería un lugar mejor si personas como @kingnoah y su mujer @jessebaca desaparecieran.*

Se dice a sí misma que tiene que pasar de esas palabras tan hirientes, pero no puede. Noah y ella son personas de verdad, son seres humanos. ¿Por qué resulta tan sencillo para las redes olvidarse de eso? En su angustia, no puede evitar preguntarse por la mujer que está liderando el bando opuesto, quien también es humana.

En la cuenta de Annie, ve un selfi en el que sale con un conjunto deportivo de mallas y sujetador, unos calentadores de piernas y la cara cubierta de sudor. Se ha etiquetado a sí misma en Reactívate, una clase colectiva de ejercicio moderno en Santa Mónica. Hace algunas horas, Annie estaba haciendo ejercicio a menos de un par de kilómetros de su casa.

En las cuentas de las mamis influencers, hay jarrones con flores silvestres por todos lados, galletitas decoradas con flores comestibles, una colada blanca y de encaje remojando en unos lavabos impecables en unas casas de campo, familias perfectas con pijamas de otoño a juego, arcoíris de madera, botitas de nieve diminutas y dónuts caseros.

¿Cuántas de esas mamis que hay en redes sociales tendrán una historia como la de Juliette? Como la suya. Como lo que le pasó en París. Cuántas habrán aprendido a enterrarlo —toda esa vergüenza, ese miedo, esa rabia— bajo la colada y esas galletitas preciosas que hornean.

Le duele la espalda y el estómago. Los jarrones con rosas empiezan a marchitarse y sus pétalos ya se están cayendo. Las hortensias se han secado. Tiene el grifo lleno de platos sucios.

Se saca leche para meterla en el congelador y lava las partes que componen el sacaleches, asegurándose de usar el jabón más suave posible y de que no quede ningún residuo. Ni una gota de agua puede quedar en las piezas, de lo contrario podría contaminar la leche, y ninguna impureza debe entrar en el cuerpo de Camille.

En las redes escriben: *Los libros de @jessebaca eran una mierda de todos modos. / Qué harta estoy de oír a #NoahKing y a sus defensores escudarse detrás del racismo.*

En el bar del vestíbulo del Four Seasons, Noah contempla el abismo que son las redes sociales, donde la gente vende el culo y también las rutinas de ejercicio que harán que este se te levante, donde Jesse se ha convertido en una defensora de violadores y lo mismo le pasa a la primera candidata presidencial, donde la comunidad masculina de internet sale en su defensa con sus banderas confederadas ondeando de forma virtual y en lo único en lo que el país puede estar de acuerdo, al menos, es en que Adele tiene unas capacidades impresionantes para hacer karaoke en un coche.

Beverly lo llama.

—*Te estás pasando con lo del racismo, Noah* —le dice—. *Basta ya de sacar el tema. Te deja como un arrogante, no como si estuvieras arrepentido. Lo único que estás logrando es echarle más leña al fuego.*

«¿Tú has sido negra alguna vez, Beverly?», es lo que quiere preguntarle, pero termina la llamada con toda la educación que es capaz de reunir y se pone su música, donde Kanye y Jay-Z y Nicki Minaj afirman ser unos monstruos desalmados.

La gente tiene que ir a ver su película y ya. Cuando la vean, lo verán a él. Y entonces lo entenderán.

¿Por qué Juliette habría creído que la había violado? Su cerebro no deja de intentar responder a esa pregunta imposible, como si, al hacerlo, pudiera dar con su redención.

Se termina su whisky y sube a su habitación para llamar a Jesse.

#BoicotAJesseBaca / @jessebaca, creía que lo entendías. / @jesseba-ca, menuda cara la tuya. Escribes sobre agresiones sexuales y luego sales a defender a un violador. A Jesse se le empañan los ojos. Cuando suena el móvil y el ruido despierta a Camille, su llanto hace que vuelva a la realidad de sopetón, un subidón de adrenalina que le cae como un rayo hasta partirla en dos.

Si bien podría ponerlo en silencio, lo que hace es levantarse, ir al baño y tirarlo al retrete para dejar que se ahogue. No puede permitirse apartar la vista de su hija. No puede permitirse venirse abajo.

Se pone a mecer a Camille, haciendo caso omiso del dolor que nota en los hombros, en el cuello. Está tan cansada que se nota inestable, así que mete a su hija en el portabebés y se pone a dar vueltas por el salón, cantando y haciéndole soniditos tranquilizadores en la oreja.

Con Camille aún chillando, Jesse saca una bolsa de basura de debajo del fregadero y empieza a vaciar los jarrones de flores en ella, uno a uno, para luego tirar el agua turbia y su peste a podrido por el desagüe.

Saca su teléfono mojado del retrete y también lo mete en la bolsa.

Se tumba en la cama con su hija y vuelve a empezar el proceso de intentar apaciguarla. Según Camille empieza a comer, Jesse crea mentalmente una burbuja que las envuelve a las dos, invisible pero impenetrable.

CAPÍTULO CUARENTA Y DOS

Jesse se pone a dar vueltas, sin saber muy bien en qué emplear los veinte a cuarenta minutos que tiene para sí misma mientras Camille se echa una siesta en su columpio. Todos sus quehaceres le parecen demasiado imponentes para esa ventana de tiempo tan corta: la pila de ropa para doblar es demasiado grande y no tiene tiempo suficiente para echarse una siesta ella también. Le echa un vistazo al libro que tiene en la mesa, va a por él y lee la misma página dos veces. Llena una regadera y sale al porche para vaciarla sobre las plantas que están muriendo por culpa del calor. Habría sido mejor si se le hubiese ocurrido regarlas por la mañana en lugar de a media tarde. Al final, termina tumbándose junto a su hija en el sofá y se cubre con una mantita de bebé. El peso del agotamiento le impide moverse.

Suena el timbre y Jesse pega un bote, pues casi se había quedado dormida. Se levanta, cansada y fastidiada, según Camille se remueve y se pone a llorar. La toma en brazos y se va con ella a abrir la puerta. Aunque espera encontrarse con un paquete de Amazon, a quien ve es a Suraya, con una botella de vino rosado en mano y un regalo.

—¡Hola! —dice, sonriéndole a Camille—. Madre mía, si estás hecha una preciosidad.

¿Qué haces aquí?, pregunta la expresión que pone Jesse, aunque en su lugar dice:

—Hola.

—Lo sé, lo sé —se apresura Suraya—. Recuerdo que dijiste que dejáramos las visitas para cuando hubieras dormido un poco, pero para eso seguro que queda mucho tiempo aún. Y me preocupas. —Cuando eso no consigue que Jesse le diga nada en respuesta, le muestra lo que lleva en las manos—. ¡Que vengo con regalos! —Uno envuelto y el otro es la botella de vino.

Mientras contempla a Suraya con su melena perfectamente peinada, sus uñas rojas y en punta y su vestido de terciopelo sintético, cae en la cuenta de qué apariencia debe tener ella, con su pantalón de chándal y su camiseta manchada con pomada para los pezones. Ni siquiera lleva puesto el sujetador. No es justo que Suraya se le haya presentado así, sin avisar y exponiéndola tanto.

Sin embargo, tiene que reconocer que una parte de ella se siente aliviada de contar con algo de compañía. Más allá de los pediatras de Camille, los farmacéuticos, los encargados de la cafetería y los cajeros del súper, Jesse lleva sin hablar con un adulto desde que Noah se fue. Si bien solo han pasado dos semanas y media, le parece una vida entera. Así que, tras unos segundos, se aparta de la puerta y deja que su amiga entre en casa.

Suraya estira los brazos hacia Camille, quien está medio dormida en brazos de su madre.

—¿Puedo?

—Claro —dice Jesse, un poco insegura—. ¿Te importa lavarte las manos primero?

—Ningún problema.

Suraya va hacia la cocina y se lava las manos en el fregadero lleno de platos sucios. Avergonzada, Jesse aparta la pila de ropa limpia que tiene en el sofá para hacer sitio para que se sienten.

—Perdona el desastre —le dice, cuando Suraya vuelve al salón.

—Ay, calla, que estás sola con una recién nacida. —Entonces estira los brazos hacia Camille—. Ven aquí, encanto.

Jesse deja el peso frágil de su hija en los brazos de su amiga.

—Por Dios, que vas a hacer que me ponga a ovular —dice esta, acariciándole la cabecita a Camille con la mejilla—. No es nada fácil, ¿a qué no? —El hijo de Cal y Suraya ya casi cumple los dos años. Jesse asiente.

Camille se queda mirando a Suraya durante unos instantes antes de ponerse a llorar.

—Creo que tiene hambre —dice, dándose prisa por recuperar a su bebé en brazos.

—Y bueno —comenta su amiga, cuando Jesse ha empezado a darle el pecho a Camille—. ¿Estás bien?

—Sí.

—¡Es que no me contestas los mensajes! No me has dejado más opción que venir y presentarme aquí sin avisar.

—Ya, es que se me ha estropeado el móvil y aún no he podido ir a por otro.

Suraya se la queda mirando unos segundos.

—He traído un vinito —dice, tras un rato, antes de ir a la cocina y volver con dos copas de vino rosado—. ¿Bebes si estás dando de lactar? No he pensado en preguntarte antes.

Jesse se encoge de hombros mientras mira la copa sobre la mesita.

—Sí, un poquito y ya.

Suraya asiente.

—Yo no lo hacía —le cuenta, pero luego añade—: Aunque sé de muchas mujeres que sí. Estoy segura de que te vendría la mar de bien una copa, la verdad.

—Gracias.

Suraya se acerca la bolsita de regalo que ha dejado al lado de su bolso.

—Abriré el regalo de Camille por ella —anuncia, para luego sacar un par de zapatitos de bebé y un flamenco de peluche. Parecen de calidad, del tipo que se compran en esas tiendas de bebé muy caras que hay en algunos puntos de la ciudad.

—Qué monada, muchas gracias.

—No es nada. —Suraya bebe un sorbo de su copa—. Pero dime la verdad. ¿Cómo estás? Esto es mucho que procesar así de golpe y porrazo.

—Ahí vamos —le dice, esforzándose para sonreír un poco.

—Jess, venga, que soy yo. Puedes hablar conmigo.

Jesse se queda mirando el flamenco de peluche y los zapatitos que se han quedado en la mesa. Se estira hacia uno de ellos y lo agarra para recorrerlo con un dedo.

—Tengo la esperanza de que todo esto acabe pronto —dice, al cabo de un rato—. Con suerte la gira publicitaria ayuda…

—No ha hablado sobre las acusaciones que le han hecho a Noah con ninguna de sus amigas. Porque no quiere que la miren así, justo como Suraya está haciendo ahora, con lástima. Como si creyeran que Noah es culpable. Una cosa es que unos desconocidos crean que su marido es un violador y otra muy distinta que lo haga una mujer que conocen desde hace casi ocho años.

—Deberías cambiar de lado —le aconseja su amiga—. A mí me daba flojera y terminé con la teta derecha más grande que la izquierda como por un año. Intenté corregirlo, pero Max siempre quería la derecha porque tenía más leche. —Se mira su propio pecho—. De hecho, creo que sigue siendo más grande. —Entonces la vuelve a mirar—. Perdona, ya sabes que me pongo a parlotear cuando no sé qué coño decir.

Jesse asiente, distraída. Le mete el meñique en la boca a Camille para hacer que la suelte, y ella llora hasta que consigue acomodarla en su pecho izquierdo.

Suraya da otro sorbo a su copa, y ya va casi por la mitad.

—No pareces cabreada.

—¿Cabreada con quién? Parece una pérdida de tiempo.

—¡Pero si te puso los cuernos! —dice, frunciendo el ceño.

—¿Qué dices? —El pozo de angustia que Jesse tiene en el estómago parece a punto de rebalsar, incontenible.

—Ay, hostia. —Suraya cierra los ojos con fuerza—. No lo has visto, ¿verdad?

—¿Qué tengo que ver? No he entrado en redes.

—Joder, Jess, lo siento.

—¿Qué tengo que ver? —insiste Jesse.

Suraya respira hondo antes de hablar.

—Una mujer anónima escribió un artículo para la página de Vox en el que describía un encuentro que tuvo con Noah hace un par de años. Dice que empezó como algo consensuado, que le estaba haciendo una mamada, pero que entonces se puso violento. Que no pudo parar porque él la estaba asfixiando.

Una nube oscura le cubre la visión a Jesse y no puede ver nada. Cuando vuelve en sí, se da cuenta de que Camille sigue lactando y de que Suraya no ha apartado la vista de ella.

—Lo siento mucho, Jess.

Jesse baja la vista a su hija. Se parece muchísimo a Noah.

—Esto tiene que ser horrible para ti —dice Suraya—. Recuerdo cómo fueron los primeros días después del parto. Y además de eso todo este caos con Noah, es que es demasiado. No sé qué pensar…, pero quiero que sepas que te apoyo. Estoy de tu parte y, siendo sincera, también Cal.

La furia que Jesse siente hacia Noah no tiene límites.

Y lo más retorcido es que lo quiere allí, con ella. Quiere que la abrace. Que le diga que no es cierto.

—Lo quiero. —Le devuelve la mirada a su amiga y articula las palabras en un susurro entrecortado—. Es mi marido. Es el padre de mi hija.

—Sé que lo quieres. —Suraya hace una pausa al verla llorar—. Lo único que digo es que tienes que priorizarte. A ti y a Camille.

Jesse quiere echarla a patadas de su casa y no dejar que nadie entre nunca más. Le dice que necesita tumbarse un rato y que ya la verá otro día, para luego ponerse de pie y acompañarla hasta la puerta.

Cuando Suraya se ha ido, Jesse cierra la puerta y echa la llave. El corazón le va a mil por hora. Sin demora, va a por su portátil y busca el artículo para leerlo, con Camille tumbada a su lado en la cama, jugando con un sonajero con luces. A Jesse le cuesta procesar lo que lee, se siente mareada. Noah a veces puede mostrarse dominante cuando follan, lo sabe y es algo que le gusta. Pero es algo horrible y retorcido tener que ver esa faceta descrita a través del punto de vista negativo de otra persona. La obliga a imaginárselo follando con alguien más cuando se suponía que era suyo. Y esa imagen retuerce todo lo que siente en relación a todas las veces en las que han hecho el amor durante esos años, de forma salvaje y brusca, pero también tierna.

Y ahí está su hija, empezando a lloriquear para llamar su atención. Jesse creía que conocía a su marido. Solo que todo lo que creía que era sagrado ha empezado a desmoronarse. Durante todos esos años, creía que eso era lo único de lo que podía estar segura. Nunca se cuestionó su confianza en él, nunca consideró que podría mentirle.

El teléfono fijo suena y sigue sonando. Jesse lo pone en silencio.

Contempla a Camille, tumbada en el lugar de la cama que le pertenece a su padre, y puede ver la burbuja traslúcida que las encierra, solo a las dos. Con la fuerza de su voluntad, la obliga a volverse más fuerte. Se obliga a sí misma a volverse más fuerte.

CAPÍTULO CUARENTA Y TRES

Jesse no le contesta las llamadas desde hace días. ¿Es así como se siente uno cuando lo pierde todo? A tope de ansiolíticos solo para poder respirar y con el estómago hecho nudos a pesar de todo, Noah camina de un lado para otro del aeropuerto mientras el tono de llamada suena y suena en sus cascos. En el abismo que es internet, la primera candidata presidencial dirige una red de explotación sexual camuflada en una pizzería y él también ha llegado a los titulares: «Noah King parece tener un historial de violencia sexual e infidelidad»; «Noah King se escuda en el racismo y no se disculpa por las acusaciones de violación»; «El panorama de la muy esperada *El globo rojo* ya no es nada seguro tras la segunda acusación contra Noah King».

Su vuelo empieza a abordar. El tono de llamada lleva sonando tanto tiempo que ya se ha vuelto un ruido de fondo.

Le toma por sorpresa oír su voz.

—*¿Diga?*

—¿Jess?

—*¿Fue con Jodi?*

—Sí, pero...

—*Que te den, Noah. ¿Cómo pudiste?*

—Solo fue una vez. Y ella empezó. No supe cómo negarme. Era mi jefa y no tenía a nadie más en el mundo y me dio pena. Me odié muchísimo después y me prometí que no volvería a pasar. —La asistente de la aerolínea está haciendo la última llamada a los pasajeros.

—*Con todo el tiempo que he estado ahí, apoyándote, con todo el tiempo que creía que éramos tú y yo contra el mundo y tú te estabas tirando a otra.* —Oye una furia en la voz de Jesse que no había oído antes.

—No me la estaba tirando. —A Noah se le revuelve el estómago—. Me hizo una mamada una vez. Fue un asco. Me prometí que nunca más haría algo así, que nunca más te traicionaría, y no lo he hecho. Que haya decidido contarlo así es una puta locura.

—*Estás jodido, Noah. Estamos jodidos.*

—No digas eso.

—*Es que es cierto.* —Si tan solo estuviera en la misma habitación con él, si pudiera verle la cara, si pudiera estrecharla entre sus brazos...

—Jesse...

—*No sé qué decirte. Estoy sola aquí. Tengo que encargarme de nuestra hija.*

—Jesse, lo siento mucho. Te juro que no significó nada. Lo eres todo para mí. Tú y Camille sois mi mundo entero.

—*No puedo hablar. No puedo hablar contigo ahora mismo.*

Noah oye que su hija se ha puesto a llorar.

—*Debo irme* —le dice Jesse.

—Vale. Te quiero, Jess.

Se produce un segundo de silencio, uno muy largo antes de que ella finalmente le conteste.

—*Y yo, pero joder. No sé si puedo con esto.*

—¿Con qué? —le pregunta Noah, con la respiración entrecortada—. Jesse, ¿qué quieres decir? ¿Te refieres a nuestra relación?

Pero ya le ha colgado.

Tiene anclas en los tobillos y en las muñecas. Se debate para llegar a la superficie, pero no consigue subir. El pánico se le apodera del pecho. No puede respirar y, de pronto, ve el cadáver de Juliette en el fondo del lago, su cabello oscuro ondeando en las aguas también oscuras. Lucha

más. No quiere ahogarse ahí con ella, pero no puede... No puede salir a la superficie.

Noah se despierta enredado entre las sábanas, sudando. Busca a Jesse a tientas. ¿Es a su bebé a quien oye llorar? No, solo es su imaginación.

Ha sido un sueño; se estaba ahogando en sueños.

No sabe dónde está, al menos no de inmediato. Las habitaciones de hotel con las sábanas blancas son todas iguales.

Tantea en busca de una lámpara; intenta decirle a su cuerpo que no está bajo el agua, que puede respirar bien. Prueba llamando a Jesse, pero no le contesta.

Está en su ciudad natal. En el hotel Ritz-Carlton de Chicago. Puede ver el lago desde su ventana en la planta veintitrés, la extensión negra que abarca. El lago en el que Juliette se ahogó.

El lago en el que él nadó con su madre, por el que ambos iban a pasear. Está en el Ritz-Carlton, en el centro de Chicago. Bien podría haber sido un sueño hecho realidad.

Después de su entrevista en *Windy City Live*, se va al Instituto de Arte para ver los cuadros favoritos de su madre y quedar envuelto por sus recuerdos.

La última vez que lo visitaron, ella ya estaba enferma y muchísimo más delgada que nunca. Cuando Noah se le acomodaba en el regazo, ya no lo encontraba suavecito y cómodo. Aun con todo, seguía teniendo la misma mirada, y eran sus ojos los que conseguían envolverlo en un abrazo.

Frente al cuadro *Madre e hijo*, de Picasso, su madre se quedó más tiempo de lo normal. Se puso a llorar, y su mirada parecía alejarse más y más de él.

Cuando le preguntó qué le pasaba, ella se secó las lágrimas, pero estas no dejaron de caer. Le dio un apretoncito en la mano, sin apartar la vista del bebé con su madre. A Noah le parecían un poco raros, como si tuvieran el cuerpo del tamaño equivocado y la cabeza demasiado cuadrada.

—¡Mamá, para ya! —le gritó, incapaz de contenerse. Su mirada parecía despedirse, y él no quería que se fuera. La necesitaba. Creyó que le echaría la bronca por pegar voces en un museo (porque él nunca hacía ese tipo de cosas), pero terminó estrechándolo contra ella y preguntándole si quería ir a por un helado.

Menos de un año después, la perdió.

Y, si pierde a Jesse, será él quien estará perdido. Para siempre.

Noah se abrocha el abrigo al notar que el viento lo azota en las mejillas. Con todos los años que ha pasado en Los Ángeles, ha perdido la costumbre. Cuando entra en Lem's Bar-B-Q, Dev ya está sentado a un reservado, en su lugar de siempre. De pronto, Noah vuelve a tener ocho años, nueve, diez, está comiendo salchichas con la vista clavada en sus rodillas de piel seca, pues nadie le ha puesto crema desde que su madre murió. Echaba de menos a su madre en todo momento; cuando no era con un pensamiento, era una sensación, un vacío en el estómago que no podía llenar sin importar lo que comiera. Su tío intentaba hacerlo reír o incluso que se enfadara a veces, para que la mirada ausente de sus ojos desapareciera. Dev lo llevaba a ese restaurante después de clase todos los viernes y lo dejaba servirse 7UP de la máquina. Se esforzaba mucho por él, no había cómo negarlo.

—Sí que la has liado parda esta vez —le suelta su tío—. Sabes bien que te dije que no te metieras con chicas blancas. —Entonces se ríe, como si fuese una broma. Erica y Eric están de viaje, visitando a la madre de ella en Atlanta—. No me pongas esa cara —dice—. Tú siempre con la cara larga.

—No dejes que lo vea, por favor —pide Noah, refiriéndose a su sobrino—. No dejes que vea *Windy City Live*. No quiero que escuche que me llaman «violador».

—Estoy intentando que no vea esas cosas, Noah, pero tiene once años. Tiene acceso a internet.

Noah se queda mirando al infinito.

—Pero bueno, en algún momento tenía que enterarse de las cosas que nos hacen por ser negros.

—Pero no tiene que ser ahora.

—Quizás así mantenga su distancia con las blanquitas, como tú nunca hiciste —dice su tío.

—¿Erica cree lo que están diciendo? Todas esas acusaciones.

Su tío se queda callado un instante.

—Claro que no —contesta, antes de añadir—: Pero no deberías haberle puesto los cuernos a Jesse.

—Lo sé.

Dev come un bocado de su plato de costillas.

—Tienes una mujer y una hija preciosas. Ruega para que te perdone. Y ya pasará. Has hecho una película. Sales en la tele. Lo has conseguido, Noah, como tu madre siempre dijo que harías.

Noah se siente al borde de un abismo.

CAPÍTULO CUARENTA Y CUATRO

Enfundada en su chándal de maternidad y su camiseta gigante que le queda como un saco de patatas, Jesse conduce por la calle Main, con las ventanillas abiertas, e intenta seguir la canción que va cambiando en la radio, de rap a rock clásico y de vuelta a más rap. De camino, le envía un mensaje a Kat, la hija mayor de Dexter, desde su nuevo móvil: ¿Todo bien con Camille? Solo lleva diez minutos fuera. Kat le contesta con un pulgar hacia arriba.

Por fin ha contratado a una canguro. Tal vez lo que ha hecho falta es una furia incandescente para despertar a su antiguo yo, lo suficiente para reconocer sus propios deseos. La cascada de emociones que Noah ha desatado con su traición la ha llevado a fantasear con acostarse con un desconocido, drogarse, hacer la maleta y llevarse a Camille a otro país. Sin embargo, el impulso que ha decidido seguir es muchísimo más razonable, sin duda. Se ha apuntado a una clase en el gimnasio. Y no cualquier clase. Se ha apuntado a Reactívate, la clase que vio en la cuenta de Instagram de Annie.

Quizá se le ha ido la pinza. Conduce hasta el estudio sin tener una idea clara de lo que espera que pueda pasar si se cruza con Annie. ¿Acaso quiere que tenga que plantarle cara y afrontar todo el daño que le ha hecho? ¿Quiere darle una buena tunda o ponerse a chillarle? ¿Quiere descubrir alguna verdad oculta que pueda exonerar a Noah de todo? O quizá lo único que quiere es ver quién es esa mujer en la vida real, quién es la persona que se lo ha arrebatado todo.

Llega a Reactívate de los nervios, casi tarde tras haber perdido tiempo buscando dónde aparcar, y le envía un mensaje a Kat mientras entra a toda prisa. *¿Ya se ha bebido el biberón?*

Aún no, pero está tranqui, le contesta Kat.

Jesse respira hondo, se guarda el móvil y busca un lugar en un rincón alejado. El ambiente huele a salvia y a palo santo. Hay velas encendidas y las persianas están bajadas para impedir que entre la luz del día. Examina la sala llena de mujeres con ropa de deporte muy sofisticada. *Quizás Annie no haya venido hoy,* piensa, pero entonces la ve en primera fila, un poco a la izquierda del centro, con sus calentadores de piernas absurdos y unos mechones rubio platino que se le escapan del moño. A Jesse se le acelera el corazón antes de que haya empezado la clase siquiera.

Entonces ponen música, y la monitora les dice a todas que se apoyen una mano en el corazón y en la tripa.

Se ponen a hacer sentadillas, todas a la vez.

—¡Jaaaaa! —gritan, mientras la monitora les indica que muevan la energía por el cuerpo, que la dejen salir. Dan brincos de lado a lado y también saltos de tijera. Annie se distingue de las demás no porque no se parezca al ejército de mujeres blancas y delgadas que hay en la clase, sino porque salta con un brío exagerado, siempre a tiempo y con unos gritos bastante potentes.

—¡Jaaaaa! —exclama Jesse desde la última fila, en un intento por liberar el cúmulo de energía, la furia concentrada en su interior. Sea lo que fuere que esa clase debe lograr, puede que esté empezando a hacer efecto en ella. El cuerpo que parió a su hija y que luego se volvió un extraño para Jesse, ese que le da de lactar a Camille y que la cuida y que permanece en un estado de pánico constante…, por un instante, se siente dentro de él. La monitora les dice que Jesse y Annie y todas las mujeres que están en esa clase son las bolas de energía incandescente que notan en su interior. Que están llenas de poder. Y se ordenan no huir del dolor. Jesse hace un *burpee* tras otro, recurriendo a una energía que le ha llegado de quién sabe dónde. Está desatada, bañada en sudor y goteando leche.

»¡Jaaaaa! —Todo lo que la recorre parece querer desatarse en su interior: el artículo que Jodi publicó en Vox. El piso de Pablo en París, cuando echó la llave a la puerta. El control que Jesse tenía sobre su vida y que ha empezado a perder, la vida que iba a llevar y que se aleja de ella; Annie, la mujer que lo destruyó todo, a tan solo unos metros de donde está; su hija en casa, su hija que la necesita. Da pisotones en el suelo y puñetazos al aire y grita como si estuviera poseída—: ¡Jaaaaa!

—¡Jaaaaa! —Annie deja que el sonido le brote desde el estómago. Se imagina que las mujeres que llenan aquella sala son las mismas con las que habla por internet, las que le cuentan sus historias, las que lloran por Juliette desde lejos.

—Permitiros sentir vuestro cuerpo. Oídlo, vedlo —grita la monitora, y Annie no se siente sola en ese lugar.

—¡Jaaaaa! —exclama, junto a las demás mujeres que hacen saltos de tijera todas a la vez, elevando los brazos y pisando fuerte. Y entonces, a través del auge de la música, oye el sonido de una agonía feroz a sus espaldas, un grito primordial que no tarda en convertirse en un sollozo devastador. En un rincón de la sala, una mujer con una cortina de cabello oscuro y liso se hace una bolita sobre su esterilla en medio de todas las demás mujeres dando pisotones. Y a Annie le entran ganas de ayudarla. Conforme la canción termina con un último «¡Jaaaaa-aaah!» de parte de todas, algo más suave, musical y triste da inicio. La mujer se pone de pie y sale a toda prisa, aún llorando. Sin pensársselo, Annie la sigue.

Se queda en el vestíbulo un segundo y la observa cruzar las puertas de cristal en dirección al aparcamiento. Se le corta la respiración al reconocerla. Es la mujer de Noah King. Jesse Baca, la escritora. Tiene los brazos delgados, un cuello largo y elegante, como el de una bailarina, unos ojos grandes y marrones y la piel perfecta. A diferencia de la mayoría de las mujeres que van a la clase, no está enfundada en un atuendo deportivo a juego, sino que lleva una camiseta enorme y desgastada, con la imagen de Selena en el pecho, y un pantalón de chándal muy holgado.

Annie recuerda la furia que la embargó al leer que defendía a Noah. Solo que, al verla allí, tan claramente vulnerable, la furia retrocede y se ve eclipsada por un dolor extraño. La observa entornar la vista al salir al sol y secarse las lágrimas, mientras intenta recuperar el aliento.

Sale del edificio para seguirla, como impulsada por un imán.

—¿Estás bien? —le pregunta.

Jesse se vuelve hacia ella y parece sorprendida de verla ahí. No le contesta, y Annie se da cuenta de que sigue intentando respirar con normalidad.

—Yo también me puse a llorar en mi primera clase —le cuenta.

La mujer, Jesse, asiente.

—Soy Annie.

Otro asentimiento.

—¿Puedo invitarte a un té o algo? O, no sé, lo que te apetezca beber —le dice, con una risa nerviosa.

Jesse le echa un vistazo a su móvil.

—Tengo una bebé con la que debo volver pronto para darle de comer.

Y ahora es Annie quien asiente.

Jesse se la queda mirando un largo rato.

—Aunque quizá nos dé tiempo de ir a tomar algo aquí al lado —dice, al final.

Para cuando entran en el Starbucks, Jesse ya se ha recompuesto un poco: lleva la cabeza en alto, pero aún tiene los ojos rojos. Sus capas externas parecen porosas, vulnerables ante la repentina efusión de dolor, miedo o sufrimiento.

Al observarla, por alguna extraña razón Annie recuerda la primera vez que vio a Juliette, aquella sensación de quedarse boquiabierta por su belleza, una especie de sed que, si bien no era de naturaleza sexual, aun así provocaba un deseo imposible de negar.

Piden un café helado para Annie y un té matcha con leche de coco para Jesse, los cuales paga antes de que Annie pueda impedírselo. Se sientan a una mesa bajo el sol que hace que Jesse parezca tener un halo en torno a la cabeza. Annie tiene que entrecerrar los ojos; hay una electricidad en el ambiente, como si el aire entre ellas estuviera cargado. ¿De qué hablarán? ¿Jesse la habrá reconocido?

—La clase es muy intensa —comenta Annie, tras algunos segundos—. Pero tras la muerte de mi padre y otras cosas que han pasado, creo que es lo único que ha conseguido salvarme.

—Lo lamento mucho —contesta Jesse—. Mi padre también murió.

—Yo también lo siento —dice Annie—. Es algo horrible.

—Sí. ¿Cuándo murió?

—Hace poco más de dos meses.

—Ay, qué reciente —dice Jesse—. Lo siento mucho.

—¿Y el tuyo?

—Cuando me gradué de la universidad. De cáncer.

—El mío también.

—Me gustaría decirte que las cosas mejoran y supongo que sí, en cierta forma es verdad, pero es como si llevara procesando el dolor a cámara lenta desde entonces. O quizás es por haber tenido a una bebé… —Jesse se interrumpe—. La verdad es que no suelo hablar con desconocidos —añade, con una risa nerviosa—. Mucho menos sobre padres muertos.

—¿Cómo te llamas? —pregunta Annie.

—Ay, perdona —suelta otra risita nerviosa, y los ojos le parecen brillar un poco—. Soy Jesse.

Annie asiente.

—Encantada, Jesse. —Intercambian una media sonrisa, un gesto a juego que indica que eso será lo único que se digan.

CAPÍTULO CUARENTA Y CINCO

Annie y Jesse van a por un café después de Reactívate unas cuantas veces. Y entonces Annie le pregunta si quiere ir a por una copa, pero Jesse le dice que no tiene a nadie que cuide de su hija. Que su marido está de viaje por trabajo.

—¡Pues tráetela! —sugiere Annie.

—Puede ser… —concede Jesse—. Tendría que ser antes de su hora de dormir. Yo te aviso si está de ánimos. —E intercambian números de teléfono.

Jesse se dice a sí misma que no piensa llamarla, aunque, tan solo un día después, al tener que enfrentarse al atronador silencio de su casa, termina haciéndolo.

¿Y por qué? No ha salido aún de su «cuarto trimestre», y está sola con su hija recién nacida. La trayectoria profesional por la que tanto se esforzó puede que se haya ido al traste. Su marido la ha engañado. ¿Acaso lo que busca es vengarse? Es posible. La cuestión es que Annie, la mujer que le ha arruinado la vida, es muy agradable. Y graciosa. La verdad es que le fascina.

Annie se ofrece a conducir hasta un bar de vinos en el barrio de Jesse, así que esta se viste, se pone rímel en las pestañas por primera vez desde antes de que su hija naciera y prepara el bolso con pañales y demás cosas necesarias para Camille. A su bebé la viste con un bonito mono de algodón y le dice que van a salir. Aunque le preocupa que Camille se vaya a aburrir o a montar una rabieta, le emociona tener un lugar al que ir. Se pone el portabebés y juntas van al encuentro de Annie, quien ya está sentada a la mesa y las saluda con entusiasmo. Se piden una copa, y Jesse le da el pecho a su hija mientras bebe unos sorbitos de vino blanco. Annie no la juzga por las decisiones que toma como madre, no tiene ninguna opinión sobre si está bien o no que beba mientras su hija se está alimentando y nunca le pregunta si el chupete de Camille es orgánico. Lo que sí le pregunta es cómo se siente al ser madre y se dedica a escucharla con una atención plena cuando Jesse intenta contarle aquello que no se ha atrevido a contarle a nadie: el agotamiento a veces es tanto que le impide pensar, sí, pero también es cierto que nunca ha sentido un amor tan profundo, tan real. Le cuenta que, cuando Camille le dedica esa mirada tan abierta e intensa, es como si estuviera en contacto con la raíz de todo lo que es humano.

Tendría que estarle contando todo eso a Noah, no a ella. Lo echa tanto de menos que es como si el dolor la atravesara por completo. Solo que él no está, y ella está en casa, durmiendo y despertando y cambiando pañales y dándole de comer a su hija y bañándola, con nadie con quien compartir el milagro que se está desarrollando frente a sus ojos. Deberían estar juntos. Pero, en lugar de eso, todo el mundo (o cualquier persona con acceso a internet que quiera leer al respecto) puede enterarse de que otra mujer le hizo una mamada a su marido hace tres años, cuando ya llevaban siete años juntos.

¿Acaso Noah podría culparla por tener una amiga?

Una amiga que debía ser su enemiga.

Pues sí, seguro que podría. Pero bueno, él la había traicionado primero, así que qué se le va a hacer.

Mientras Jesse y Annie repiten su aventura en el bar con unos vinitos (Annie siempre está ahí esperándolas a las cinco en punto), ambas se cuentan muchísimas cosas, mucho más de lo que cualquiera le contaría a una desconocida. Hablan sobre sus respectivos padres, sobre lo que implica ver a un padre sufrir, al hombre que fue un héroe, un protector, aplacado por el dolor y encadenado a una cama. Sobre esa sensación horrible de impotencia. Sobre lo mucho que se tarda en procesar el dolor, sobre sus cambios tan extraños, sobre cómo se cuela en todas las partes de su vida.

Dado que Annie se muestra muy abierta, sin esconder nada, Jesse hace lo propio. No tiene energía suficiente para socializar del modo correcto, pero con Annie puede ser ella misma, tan vulnerable que parece que su piel deja ver todo lo que lleva dentro.

En ocasiones, Jesse se pone a fantasear con que su amistad puede cambiarlo todo, que podría salvarles la vida, que podría hacer que Annie comprendiera la verdad que Jesse sabe en el fondo de su ser a pesar de todo, a pesar de su furia: que Noah no es un monstruo.

Solo que no sabe cuándo decidirán abordar el tema que las une. Annie le habla de todo, menos de Juliette. De vez en cuando, después de sus reuniones para tomar algo, Jesse no puede evitar buscar la foto de Annie en la playa, con su amiga, y quedarse mirándola. Annie está apoyada contra Juliette, de cara a ella, mientras que su amiga mira a la cámara. Puede ver que la alegría en el rostro de Annie es una que tomó prestada de Juliette. Una alegría que, quizá, nunca pudo encontrar por sí misma. Tiene la impresión de que Annie alberga un espacio vacío en su interior que intenta llenar, quizás uno que quedó en ella hace muchísimos años, cuando su madre la abandonó.

Annie acaba de ponerle fin a su compromiso, ha dejado a su prometido en Nueva York. Suele reírse con frecuencia, en especial al hablar de la vida que acaba de «destruir por completo». Jesse sabe que las carcajadas de Annie no son más que una máscara para su dolor, que su soledad la cala hasta los huesos. Piensa que, si Annie lo necesitara, ella podría prestarle algo de la alegría que aún le queda, esa que su hija le ha concedido.

Annie está buscando al reemplazo de Juliette en la mujer de quien violó a su amiga... ¿Cuán retorcido puede ser eso? Aun con todo, al verla cara a cara, Jesse es muchísimo más que eso. Con su risa fácil, su estilo desenfadado y su pozo de ternura, Jesse parece ser la única capaz de entender el torbellino de dolor que arrastra a Annie.

Su nueva amiga es madre, y quizás es justo eso lo que consigue atraparla: ver a madre e hija juntas. El modo en que Jesse se encarga de atarle los zapatitos a Camille, esos que no dejan de escapársele de los piececitos; cómo Jesse se inclina hacia abajo casi de forma inconsciente para olerle la cabecita a su hija. La forma en la que el cuerpo de Jesse parece sumirse en un estado de alarma súbito cada vez que Camille se pone a llorar, pues la necesidad de ocuparse de su hija es imperativa. Cómo resigue las líneas de las palmas de Camille, cómo se sueltan ruiditos la una a la otra como si estuviesen conversando.

Presenciar la maternidad en primera fila, en sus primeras etapas, hace que se desate un anhelo profundo en su interior. Solo que no es capaz de precisar exactamente lo que anhela. ¿Que Jesse cuide de ella? ¿Tener su propio bebé?

De todos los fragmentos de su vida pasada, los hijos que pudo haber tenido con Spencer es lo único por lo que sufre. Los niños a los que les habría dedicado un cuidado de lo más meticuloso, a quienes habría dado de comer de su propio pecho, habría bañado y les habría señalado las flores y las hojas del otoño al caer, mientras les acariciaba la cabecita y los arrullaba con nanas para que se durmieran. Los habría ayudado a prepararse para el cole, les habría hecho tortitas para desayunar y habría preparado bocadillos para el recreo. Habrían plantado un jardín y les habría puesto protector solar. Quizá se habría convertido en una versión distinta de las madres que tanto había querido cuando era pequeña, con el bolso lleno de gomas para el pelo, chucherías y potingues varios. Jesse es ese tipo de madre y mucho más. Jesse posee el tipo de magia que hará que el mundo centellee para su hija. Una magia igual a la de Margot.

Hoy piensan llevar a la nena a la playa. Annie prepara una cesta de pícnic, de esas que uno podría ver en una revista, llena hasta arriba de ciruelas maduras de Goldstone, las más dulces de todas. Un vino blanco frío y unos vasos de metal. Pan y queso y olivas. La manta blanca y tejida que solía usar con Juliette. Y entonces conduce hasta la casa de Jesse en Santa Mónica, donde madre e hija la esperan fuera. Lo meten todo en el coche de Jesse y esta le pide a Annie que escoja la música.

—¿Qué se te antoja? —le pregunta Annie.

—Lo que tú quieras. Yo me conformo con haber salido de casa y tener planes de verdad.

Annie piensa y piensa lo que debería poner. ¿Algo clásico, tal vez? ¿Bob Dylan o Leonard Cohen? Solo que no le parece del todo correcto poner la música que escuchaba con Juliette. Al final, se decide por *Lemonade*. Dado que Jesse está casada con Noah y él le puso los cuernos, se imagina que se sentirá identificada.

Jesse se pone a cantar de inmediato junto a Beyoncé, mientras enfila por la autopista Pacific Coast.

Cuando suena *Don't Hurt Yourself*, Jesse se deja llevar por completo y se pone a cantar a todo pulmón según Beyoncé le pregunta a su marido quién coño se cree que es. Annie la acompaña cantando y es testigo de toda la furia que lleva Jesse en su interior, una no tan distinta a la suya. El mar está en el punto perfecto de otoño, de un azul intenso y cristalino. Sacan un brazo por la ventana para sentir como si volaran. Camille menea los deditos de los pies.

Junto a Jesse, por primera vez desde que llegó a Los Ángeles o quizás incluso desde que perdió a Juliette, Annie se siente como ella misma. Como una versión nueva, como si fuese el núcleo de una versión que Jesse puede ver, como si no fuese un fantasma. Como si no estuviera vacía por dentro. Ella y su nueva amiga han hecho un pacto sin palabras: van a hacer que exista un nuevo mundo, por muy efímero que sea. Uno en el que su amistad no solo sería algo posible, sino totalmente natural.

Aparcan en la playa Zuma, y, mientras Jesse baja a su nena del coche, Annie se dedica a sacar todo lo demás: la cesta de pícnic, la manta y la sombrilla enorme que ha escogido para resguardar a Camille del sol. La marea está alta y se extiende sobre la arena que parece brillar. Unos delfines rodean la costa. Mientras Jesse se baja la parte de arriba del bikini para darle de lactar a Camille, Annie le pone protector solar en la espalda; un acto de lo más íntimo. Jesse le cuenta que vino a esa playa en el quinto aniversario de la muerte de su padre y que se puso como una gamba.

—Pero hoy estoy feliz —le dice, entre risas—: Tan feliz como se puede sentir una madre que se está encargando sola de su hija de momento con solo cuatro horas de sueño, claro.

Picotean la fruta que Annie ha recogido de Goldstone y se ponen un poco piripis con el vino. Le muestran a Camille los cangrejos que se pasean por los charcos de la orilla y disfrutan de su risa como una campanita que se oye por encima de los sonidos del mar.

Camille se queda dormida bajo la sombrilla, y luego Jesse se duerme junto a su hija. Mientras Annie las contempla, con el cuerpo inclinado la una hacia la otra, se pone a recordar una época que es imposible que recuerde: cuando era bebé en las montañas con aroma a pino, siguiendo a sus padres por la tierra y cavando unos agujeritos para plantar las semillas. Un paseo muy largo en una noche de verano en la que por fin hacía algo de fresco, el sonido de las respiraciones de su madre. Lo arriba que se estiraban los árboles, lo rápido que se hacía de noche, como si alguien bajara una cortina.

Porque el dolor es así: como un hechizo.

Cuando se despiertan, Jesse le dice que ojalá pudiese nadar un rato.

—Ya me la quedo yo —la tranquiliza Annie, antes de mirar a la bebé—. ¿Te parece si te alzo yo un ratito mientras tu mami se da un chapuzón?

Camille le sonríe, así que Jesse se estira para dejarle en brazos a su bebé.

Annie baja la vista hacia esa bebé diminuta, al peso de pluma de un cuerpecito que contiene un alma humana; Camille le devuelve la mirada, directo a los ojos, y parece como si la conociera. Ambas se ponen a mirar el mar, donde Jesse se sumerge bajo la superficie.

El tiempo parece ralentizarse; ¿siempre han estado ahí? ¿Podrían quedarse para siempre?

Pasan el día entero en la playa. Las tres contemplan el atardecer, un milagro que ocurre todos los días, pero de una forma especial. Annie y Jesse se beben lo último que queda del vino.

—Tienes la misma sonrisa que tu papi —le suelta Jesse a su hija sin pensárselo. Echa un vistazo a Annie y aparta la mirada. Ha conjurado al fantasma de Noah, ha llegado hasta el límite de su línea invisible.

Annie baja la vista y la deja justo donde unas gotas de agua salada se han secado sobre los pechos de Jesse. Esta bebe otro sorbo de su vino.

—Me recuerdas a mi mejor amiga. Un poquitín —le dice Annie, en lo que parece un comentario de pasada, pero que es una respuesta a lo que ha dicho antes.

Jesse asiente. Unas hiedras se le extienden desde el fondo del estómago y se le empiezan a enredar en torno al corazón.

—¿Cómo es? —le pregunta, tras algunos segundos.

Annie alza la vista para mirarla.

—Se ahogó.

Por instinto, Jesse aparta la mirada.

—Lo siento —le dice, sintiendo el agarre de las hiedras que le estrujan el corazón con más fuerza. ¿Habrán llegado a su final? Quizá debería decirle: «Sé que echas de menos a Juliette, pero hay otras cosas que deberías tener en cuenta. ¿Te has puesto a pensar en lo que tu acusación le ha hecho a mi hija?», y ponerle punto final a todo.

Annie se queda mirando a una gaviota dando vueltas en el cielo, usando su copa para ver a través. Camille empieza a mamar y le da tirones de vez en cuando.

—Era como agosto —dice Annie, tras un buen rato—. En julio, te da la sensación de que el verano va a durar para siempre. En agosto es cuando obtienes la fruta más dulce, la luz dorada más bonita, pero sabes, en algún rincón de tus adentros, que no durará demasiado. Que llegará el otoño. Así que lo hace todo más valioso. En retrospectiva, creo que todos los días que pasé con Juliette fueron un poco así.

—Te entiendo —le dice ella, devolviéndole la mirada.

Aunque el sol se ha ocultado, el cielo sigue lleno de una luz rosa y salvaje que no tardará mucho en desaparecer también. Camille termina de comer y se pone a gimotear.

—¿Vamos recogiendo? —propone Jesse.

—Vale. —Mientras Jesse consuela a Camille, Annie devuelve la botella de vino vacía, los huesos de la fruta y los restos de queso cubiertos de arena a la cesta.

Busca la mano de Jesse para darle un apretoncito.

—Hoy ha sido un día perfecto —le dice, en un hilo de voz.

—De verdad que sí —contesta Jesse. Y se aferran la una a la otra.

CAPÍTULO CUARENTA Y SEIS

El frío le cala en los huesos. Noah no puede dormir a pesar del zolpidem que se ha tomado y da vueltas y más vueltas en su cama de hotel de sábanas blancas e impolutas.

Se queda mirando el frasco de pastillas. Qué fácil sería tomárselas todas.

Podría cubrirse con las mantas, cerrar los ojos y esperar hasta sentir que empieza a hundirse.

Podría ver a Jesse caminando por la arena en su vestido blanco, con flores en el pelo, con sus ojos brillantes clavados en él y prometiéndole que lo querrá para siempre.

Sumido en su angustia, Noah ha empezado a entrelazar las dos cosas para sus adentros: si es capaz de salvar su película, podrá salvar su matrimonio. Si consigue ganarse el perdón del país, podrá ganarse el de su mujer. Si *El globo rojo* llega a ser un éxito a pesar de todo, Jesse se quedará a su lado. Podrían seguir con su vida, su vida feliz, su vida maravillosa…

En el mundo de internet, la gente adopta perritos, dispara armas de fuego, actores jóvenes comparten en Instagram fotos de sus carteles de *Hamilton*, el vídeo del *flashmob* con traje pantalón se vuelve viral y él es un violador. Un libertino. Un cabronazo depravado.

Lo único que tiene que hacer es convencer al mundo de que vaya al cine. Cuando vean las imágenes que han estado viviendo en su interior prácticamente toda la vida, verán que no es ningún monstruo. Y entonces podrá mantener la promesa que le hizo a Jesse; podrá cuidar de ella y de su hija.

Dos horas después, se despierta con un sudor frío.

Y ahí la tiene, apareciéndose frente a él a las cuatro de la madrugada en su última habitación de hotel sin nombre: Juliette, aunque no como un amorío, sino como profesora. Enfrente de la clase, con sus manos que se agitan nerviosas como aves, el cabello oscuro y enredado que le cae por la espalda, las mejillas sonrojadas por el frío y dictando su clase:

—No tenéis que saber exactamente lo que queréis escribir antes de que os pongáis a ello. Dejad que el poema os lleve a nuevos lugares. Dejad que vuestro subconsciente haga asociaciones…

¿Por qué creyó que la había violado? ¿Por qué escribió eso en su diario? No saberlo lo tortura, como si Juliette hubiera vivido en una realidad totalmente distinta a la suya.

No quiere odiarla. No quiere odiar a la chica que les leía poesía con una voz melodiosa que parecía hacer énfasis en cada palabra, como si fuesen algo comestible, como si las estuviera saboreando. Recuerda que le caía bien. Era buena profe. Eso lo recuerda bien.

Se levanta cuando aún está oscuro, se da una ducha hirviendo y se pone el traje.

En el vestuario, ya maquillado y tras haberse bebido un café, se pone a ver la foto de Camille que Jesse le envió por correo electrónico cuando estaba en Boise: su hija pequeñita, sonriendo por primera vez. Se ha perdido su primera sonrisa. Lleva lejos de casa casi cinco semanas. Dentro de setenta y dos horas, *El globo rojo* se estrenará en todo el país.

—Sales en tres minutos —le avisa la asistente al asomarse. Es una chica guapa, de piel oscura y atuendo profesional. No lo mira a los ojos.

Noah cierra los suyos e intenta concentrarse en su respiración, como aprendió en las clases de preparación prenatal. Inhala contando hasta tres, exhala contando hasta seis. Se relaja. Esta entrevista es su última oportunidad.

—Noah King, por aquí… —le dice entonces la asistente, al volver por él.

La sigue por unos cuantos pasillos, hasta llegar al plató con los focos cegadores. Inhala contando hasta tres, exhala contando hasta seis. No te sueltes, que la caída es muy larga.

«Y ahora nos quedamos con *El globo rojo*, una película que dio mucho que hablar y se rumoreaba que podría calificar para los Óscar… hasta que el pasado de su director y guionista salió a la luz y condujo a unas acusaciones que se han convertido en el tema del momento…».

Jesse nota un subidón de adrenalina en el pecho. Una parte de ella quiere apagar la tele, pero no puede. Deja olvidada la tostada a la que estaba a punto de untarle mantequilla, se va al sofá y se lleva a Camille contra el pecho.

A Noah el corazón le late a trompicones. Le sudan las palmas de las manos. Aun así, contesta las preguntas con voz tranquila. Habría sido mejor si hubiese podido dormir la noche anterior. No se encuentra bien; el cuerpo le falla.

—Muchas supervivientes siguen esperando que asumas la responsabilidad de tus actos. ¿Por qué no te has disculpado hasta el momento? —le pregunta la presentadora.

Noah respira hondo. Da un sorbo a la taza que tiene en la mesita y se imagina a madres y padres de todo el país mirándole la cara en televisión mientras preparan el desayuno para sus hijos e hijas.

—Intento contar la verdad lo mejor que puedo —se explica—. Juliette me caía muy bien. Era mi profesora de Escritura Creativa y me ayudó a que me gustara escribir. Cuando ya no asistía a su clase, nos encontramos de casualidad en un museo, al que fui para ver los cuadros que solía contemplar con mi madre, y entonces nos enrollamos y quedamos para vernos otro día. Nos pasamos de copas y nos acostamos. Ambos éramos menores de edad y no sabíamos lo que hacíamos, y ese es un error del que me arrepiento muchísimo. Pero yo no la obligué a nada y no tengo ni idea de por qué creyó que sí, salvo que quizás estuviera demasiado borracha como para no recordar bien las cosas y se imaginara algo que no pasó.

La presentadora frunce el ceño.

—Sin ofender, lo que has dicho me parece, una vez más, otro modo de evitar ofrecer una disculpa.

Noah hace todo lo que puede por evitar que la tensión se note en su voz.

—En serio, es que ya no sé cómo más explicarme. Lamento mucho que Juliette sufriera, pero no puedo disculparme por un crimen que no cometí...

La presentadora alza las cejas, y la desesperación de Noah se vuelve más evidente.

—Me encantaría que nos centráramos en la película, porque cuenta una historia que creo que es muy importante, lo que les está pasando a los hombres negros, a los niños negros de este país y...

—Sí, sí, y estoy de acuerdo, pero no podemos pasar por alto lo sucedido.

—No pretendo pasarlo por alto. Me he pronunciado al respecto, pero tengo la sensación de que, diga lo que diga, nada va a cambiar la opinión que se tiene de mí —dice, antes de soltar un suspiro. ¿Cuántas veces ha tenido que repetir lo mismo? Siente que algo en su interior está cada vez más cerca de estallar—. Si la gente me ve como a un monstruo, esa es una razón para no afrontar el mensaje que intento transmitir con esta película, uno muy importante sobre la vida de las personas negras en este país, sobre la injusticia racial y económica que…

—Y has hecho un trabajo excelente al transmitirlo, pero, antes de ponernos a hablar de la película, hay otro tema del que me gustaría hablar primero.

La foto de su boda con Jesse aparece en la pantalla frente a él.

—Has hablado mucho sobre tu esposa y el amor que le tienes. Pero ha salido otra persona anónima a denunciar que tuvo un encuentro sexual contigo, hace solo un par de años, cuando Jesse y tú ya erais pareja. Esta persona describe tu comportamiento como agresivo e inapropiado. ¿Sueles caer mucho en conductas sexuales inapropiadas?

No puede apartar la vista de su Jesse, con su sonrisa radiante y su felicidad prácticamente tangible incluso a través de la foto. Es incapaz de protegerla, de proteger a su mujer. Un eco de la sensación de impotencia que lo ha perseguido la mayor parte de su vida se asoma, hace que su vergüenza, la más vulnerable y peligrosa de sus heridas, se despierte. Y la vergüenza toca todo lo que es sagrado para él: su papel como esposo y como padre. Amenaza con acabar con él. Tiene que respirar hondo, para poder calmarse.

—Está claro que no me enorgullece nada lo que pasó, pero la mujer que escribió ese artículo era mi jefa y fue ella la que se me insinuó. Que me tilde de violento es una locura. De verdad que me ponéis en una situación muy complicada al tener que defenderme una y otra vez de estas acusaciones. Soy director de cine, y creo que, si la gente se limitara a ir a ver la película…

—Hace poco que tu mujer y tú os convertisteis en padres, ¿verdad?

En la pantalla sale una foto de Noah y su bebé recién nacida, Camille. Aquel fue el momento en el que más cerca de Dios iba a llegar a estar, eso fue lo que pensó en esa habitación de hospital, mientras cargaba a su bebé. Y ahora han sacado una imagen de Instagram de su bebé para ponerla en un segmento de un programa de televisión a nivel nacional en el que lo acusan de ser un violador.

—Como padre, ¿te imaginas que algo así le pasa a Cam...?

—Ni se te ocurra pronunciar el nombre de mi hija —advierte Noah, con una voz fría y grave—. Deja a mi familia fuera de toda esta mierda.

El silencio que se hace en el estudio es arrollador.

Camille se separa del pezón de su madre, al habérsele quedado dormida en los brazos. El pánico que Jesse siente no está solo en su pecho, sino que le llega a lo más profundo de las entrañas, al último rincón del vientre, al lugar en el que llevó a su hija, donde el cuerpo se le apretuja en sí mismo como un puño por el miedo.

Apaga la tele y deja a Camille en su cuna. Se va al armario de las bebidas y se sirve un vaso de un whisky caro que Dexter le regaló a Noah cuando vendieron la película. Son las siete de la mañana. El día que tiene por delante le parece imposible; las semanas, los meses y los años, más aún.

Camille se despierta unos minutos después, llorando por ella.

Jesse se queda en la habitación de Camille todo el día, meciéndola en brazos y dejando que su peso sea lo único que la ancle

351

a este mundo. «No te va a pasar nada, no te va a pasar nada…». Solo que ¿a dónde van a ir? ¿Qué pueden hacer? Había querido que su hija tuviera una vida persiguiendo las olas entre gritos y carcajadas, que soplara dientes de león, comiera polos que se le derritieran bajo el sol y manchara unos vestiditos de fiesta. Entre bailes de la escuela y fiestas de Halloween y saltitos en charcos… ¿Aún es posible alcanzar ese nivel de inocencia?

—No te va a pasar nada… —le asegura a su hija, una y otra vez, pero Noah es su padre. ¿Cómo le va a afectar saber que lo acusaron de violador? Que le puso los cuernos a su madre.

Annie le envía un mensaje: Tienes que emborracharte, yo lo veo claro. Salgamos esta noche. ¡Yo te pago la niñera!

Jesse se queda mirando el móvil. No puedo, le responde al final. Noah va a volver esa noche. El estreno es al día siguiente. Se pone a oler la cabecita de su hija para tranquilizar su miedo.

Noah se está ahogando. Tiene anclas en los tobillos y en las muñecas y no puede subir a la superficie. El pánico se le apodera del pecho. No puede respirar y, de pronto, ve el cadáver de Juliette en el fondo del lago, su cabello oscuro ondeando en las aguas también oscuras. Lucha más. Lucha y lucha hasta que lo único que quiere es ahogarse con ella. Y la oscuridad total.

Se despierta con un sobresalto cuando el avión aterriza en Los Ángeles.

CAPÍTULO CUARENTA Y SIETE

El coche negro que les envía el estudio huele a demasiada colonia, como a décadas de fragancias concentradas. Suena *Hotel California* por la radio, y Jesse baja la ventanilla. Ya no queda ni rastro del sol en el cielo de noviembre. Saca el móvil y usa la cámara como espejo para arreglarse el rímel bajo los ojos, que se le ha empezado a correr mientras cerraba la puerta al salir detrás de Noah. No ha podido evitar ponerse a llorar al oír a Camille llorando al otro lado.

No han hablado sobre lo que pasó con Jodi en las veinticuatro horas que lleva él en casa, ni tampoco sobre el desastre que fue su última entrevista. No han hablado de nada que no sea su hija. Aunque Jesse dejó que la abrazara en cuanto cruzó la puerta de su bungaló, ni bien sintió que las lágrimas empezaban a inundarle los ojos y que su cuerpo quería derretirse junto al de su esposo, se apartó.

—Estás guapísima —le dice Noah, para romper el silencio. Ella se siente cualquier cosa menos guapa. Se ha puesto los pendientes de diamantes que él le regaló por San Valentín después de las rebajas, se ha hecho un recogido trenzado y va ataviada con el vestido largo y rojo que ha alquilado por internet y que le queda lo bastante ceñido como para hacerla sentir ridícula.

Ha dejado a Kat con dos páginas de instrucciones impresas y se ha sacado toda la leche posible antes de vestirse, pero ya empieza a sentir que los pechos se le van llenando otra vez y le preocupa mancharse incluso a través de los discos absorbentes. El conductor cambia de emisora a un programa que habla sobre los votantes blancos de clase obrera. Todas las encuestas dicen que el primer presidente negro será sucedido por la primera presidenta.

Jesse despega el hombro del asiento de cuero y le envía un mensaje a Kat para ver cómo sigue Camille, si ha dejado de llorar, si ha comido, si Kat ha encontrado el pijama que ha dejado fuera. Nunca ha dejado a Camille una noche entera, siempre ha estado con ella para darle el pecho antes de dormir, y en lugar del estreno o las terribles predicciones de la taquilla, en lugar de su país al borde de unas elecciones históricas, en lugar del abismo que hay entre ella y su marido (esa sensación de que han dejado de ser el Noah y la Jesse que se casaron hace un año), lo que la tiene tan nerviosa y le estruja el pecho es la ansiedad de tener que separarse de su bebé. Kat le contesta que ya le ha puesto el pijama, pero que Camille no quiere el biberón. La faja en la que ha apretujado su barriga de piel aún suelta hace que se le dificulte todavía más respirar.

A medida que el coche se acerca a su destino, todo es peor de lo que se había imaginado: hay quizás unas mil personas protestando en Hollywood Boulevard, en una fila y con velas en la mano. Guardan silencio y llevan unas camisetas blancas con letras rojas que rezan: Yo CREO A JULIETTE.

El conductor avanza lo más rápido que puede, hasta que no les queda otra que pasar por su lado. Jesse mira de reojo a su marido. Noah tiene la vista clavada al frente, inexpresivo.

Uno de los dos tiene que abrir la puerta; tienen que bajarse del coche.

Y entonces es el conductor quien abre la puerta del lado de Jesse, para ayudarla a salir. Noah abre la suya, rodea el coche y le da la mano. Tiene la palma sudada. Jesse se aferra a él. Un paso y luego otro; se nota mareada, como si no estuviera dentro de su propio cuerpo. Los manifestantes no apartan la vista, y decide no mirar a las mujeres cuyos ojos parecen gritarle que es una traidora.

Cuando llegan al principio de la fila y doblan hacia la alfombra roja, ve a Annie en su camiseta blanca pintada a mano, con el mensaje: Yo CREO A JULIETTE. Con su cabello rubio estirado hacia atrás, su frente llena de pecas y la cara sin una gota de maquillaje, casi parece una niña. Su mirada se cruza con la de Jesse y ambas se quedan congeladas en su sitio.

Noah tira de ella, pero no puede moverse. Por un instante, cree que Annie se va a poner a gritar o a llorar. O que se acercará a darle un abrazo. Y quizás eso es lo que quiere que haga, pero Annie se limita a mirarla, sin romper el contacto visual, desde su lado del frente de batalla.

Cuando por fin consigue volverse, ve que Noah la ha estado mirando.

En el vestíbulo hay palomitas y refrescos alineados para que la gente se los lleve, mientras que los asistentes hacen un esfuerzo mediocre al pretender que los manifestantes no existen, le dan palmaditas a Noah en la espalda, aunque sin mirarlo a los ojos, lo felicitan por la película y le preguntan por su bebé. Es la primera vez que Jesse se ve obligada a socializar desde lo del «escándalo» de su marido, y tener que hablar con todas esas personas hace que se sienta inestable, prácticamente incapaz de comportarse como una persona normal. Siente que el pecho le arde y que todo le da vueltas por el cansancio y la ansiedad.

Estar sentada en la oscuridad del cine junto a Noah casi que es peor. La última vez que Jesse vio *El globo rojo,* estaban juntos entre el público del festival. Al ver la película, siente que el estómago se le llena de una horrible sensación de tristeza. La parte de ella que quiere proteger a Noah, que quiere proteger lo que ha hecho, resurge en su interior. Se esforzaron mucho para hacer esa película, y es preciosa. Sin importar los pecados que haya cometido, es espantoso tener que ver al mundo pisotear la creación de su marido.

Vuelven a casa en silencio. Cuando llegan, Camille está dormida. Jesse le da las gracias a Kat, le paga y le da las buenas noches. Tiene los pechos demasiado llenos de leche y le duelen. Quizás una parte de ella había esperado que su hija estuviera despierta y llorando por ella, para así poder dedicarse a darle de comer y a consolarla, y de ese modo evitar cualquier tipo de interacción con Noah. Solo que, en cuanto Kat sale por la puerta, Noah sigue a Jesse al sofá, donde se ha sentado para quitarse los tacones. Lo mira de reojo.

—Lo siento mucho, Jesse.

Ella asiente, y se quedan en un silencio incómodo. Justo cuando está a punto de levantarse e ir a servirse un vaso de agua, Noah le pregunta:

—¿Por qué Annie Ricci y tú os habéis quedado mirándoos así?

—¿Así cómo?

—Como si quisiera algo de ti.

—¿A qué te refieres?

—Cuando estábamos en la calle aún. Os habéis quedado mirando la una a la otra.

Jesse traga en seco.

—Me la encontré —le dice, tras unos segundos—. En una clase del gimnasio.

—¿Qué? —Noah la mira, sin comprender.

—Fuimos a por un café un par de veces —le cuenta, admitiendo a medias lo que ha hecho. Todo le da vueltas—. Me invitó ella, no se dio cuenta de quién era.

—¿Qué? —repite él, y el dolor en su voz se vuelve más intenso.

—No es… tan mala como parece. —Dígase, que es humana. Se ríe y sangra y llora y sufre, como el resto del mundo. ¿Qué diría Noah si supiera que ha tenido en brazos a su hija? Le entran náuseas solo de pensarlo.

—¿Te has hecho amiga de la mujer que le ha dicho al mundo que soy un violador?

Jesse nota que la culpa la invade e intenta hacerla a un lado.

—No era mi intención. Solo quería ver quién era. Creía que... si nos conocía, se daría cuenta de que había cometido un error.

—¿Ah, sí? ¿Y cómo te ha salido la idea?

Jesse aparta la mirada en lugar de contestar.

—Esa mujer nos ha destruido, Jesse. ¿Cómo has podido hacer algo así?

El enfado en la voz de él le da permiso para desatar el suyo.

—¿Nos ha destruido ella? ¿O has sido tú? —le devuelve la pregunta, con intención.

Noah menea la cabeza, encajando el golpe.

—No sabes lo que ha sido —sigue Jesse—. El estar aquí sola con Camille. Se suponía que íbamos a ser una familia. Y tú te fuiste. Lo he hecho todo sola, necesitaba a alguien con quien hablar.

—¿Alguien con quien hablar? —repite él, alzando la voz—. Podrías haberme llamado y hablado conmigo. Pero mandaste el móvil a la mierda y nunca me contestabas al fijo. Y, en lugar de eso, ¿vas y escoges a la persona que nos ha arrebatado todo por lo que tanto nos hemos esforzado?

—Me engañaste, Noah. ¡Me pusiste los cuernos y tuve que enterarme a través de nuestra amiga que se enteró por medio del internet de los cojones cuando yo estaba sola en casa con nuestra recién nacida!

Jesse se puede poner en el lugar de Noah. ¿Y entonces qué sería peor? ¿Una simple mamada o una amistad con la mujer que lo acusó de violador, que arruinó la película por la que pasó ocho años luchando y que ha impedido que cumpliese su sueño y que su carrera despegase?

La cuestión es que Noah no sabe la violencia que su mentira ha causado en ella, en su amor por él, hasta destruir los cimientos sobre los que había construido su vida adulta.

—Lo siento —le dice, tras varios segundos en silencio y con un hilo de voz.

Una parte de ella quiere ceder y permitir que la consuele, pero no puede.

—¿Acaso la gente no puede cometer un error? —sigue él—. ¿No tengo derecho a cometer un puto error sin que se me castigue por ello para siempre?

Jesse siente que se queda sin fuerzas ni ganas de pelear, y en su lugar solo la invade un agotamiento absoluto.

—Supongo que no —contesta, también en voz baja, y se marcha del salón.

CAPÍTULO CUARENTA Y OCHO

#ElGloboRojo se ha dado un batacazo en taquilla / @king-noah, puede que nunca más consigas trabajo en Hollywood, pero, si no te linchan, date por bien servido #PaísRacista / No culpéis al racismo por el fracaso de su película, culpad a @kingnoah y a sus actos inmorales. / Pobrecita la hija de @kingnoah, que la va a criar un violador. / @anniebanna-nie lo ha conseguido: ha acabado con un hombre negro / #El GloboRojo es un ejemplo del #TriunfoNegro que no quieren que veamos. / @anniebannanie se ha hecho famosísima con todo esto / Alucino, me ha hecho llorar. Buenísima y muy real #ElGloboRojo / @anniebannanie quizá deberías habértelo pensado mejor antes de arruinarle la vida a un hombre solo al basarte en una entrada de un diario de hace diez años. No sabemos qué pasó esa noche. / Deberíamos cancelar a @jesse-baca junto a su marido. / #ElGloboRojo es una película pre-ciosa. / No dejéis que toda la controversia de Noah King os impida ver El globo rojo. Es un PELICULÓN. / @jessebaca, ya sé que es tu marido, pero @kingnoah es un violador #Cree-dALasMujeres / Fuerte ovación para #ElGloboRojo en un cine en Chicago! / @anniebannanie eres mi heroína / @jesseba-ca, despierta, que el tipo te puso los cuernos. ¿Qué haces defen-diéndolo? / #NoMásViolación / #NoMásPrivilegioBlanco

Annie deja el móvil a un lado, porque la película va a empezar.

Si bien *El globo rojo* se estrenó en 2130 cines, una semana después solo unos pocos siguen pasándola. Está en el cine Laemmle en Santa Mónica, en la función de las dos de la tarde de un martes. Aunque creía que se iba a encontrar la sala vacía, hay otra persona más, un anciano negro que entra en la sala con un andador y se sienta en la tercera fila, contando desde la pantalla.

Y es cierto: la película es preciosa. ¿Qué más podría decir al respecto? El hombre que violó a Juliette hizo una película preciosa, tanto que duele, como el arte de verdad suele hacer. Si Annie aprende algo al verla no es que tiene talento, porque eso ya se lo había imaginado, sino que está herido. Y no quiere acercarse a su dolor. No quiere saber que a él también lo abandonaron de pequeño. Quiere aferrarse a su furia. Por ella misma y por Juliette y por su madre. Porque ¿con qué se quedará si la pierde?

Con una tristeza sin fin.

Esa misma tarde, Annie le manda un mensaje privado a Matt Brody. Él había dado con ella después de que alcanzase la fama en internet y le había enviado unos cuantos mensajes:

Siento mucho lo de Juliette. Sabía lo mucho que os queríais.

Estaba muy celoso de vuestra relación.

Lo que le pasó fue una putada. Me alegro de que hayas tenido los cojones para denunciarlo.

Gracias, Matt, le había contestado ella.

Dos días después, él le contestó:

Siento como si hubiese sido ayer cuando teníamos dieciséis.

Ya, a mí también me pasa, contestó ella.

Y con eso había acabado su conversación. Desde entonces, le había estado dando *like* a las fotos que subía con los amigotes en el bar, de sus caballos y de los partidos de los Dodgers desde unas de las peores gradas.

Qué planes tienes para esta noche, le escribe, mientras sale después de ver la película de Noah hacia la concurrida Promenade, ya decorada para Navidad. Quiere que se la folle. Quiere emborracharse hasta no saber ni dónde está.

Matt le contesta una hora después y se ponen de acuerdo para verse en el Sagebrush Cantina, en Calabasas, el barrio de las afueras extenso, lujoso y medio rural en el que vive él. Annie se ha arreglado demasiado para el sitio al que van, con sus botas de New Yorker y su vestidito negro y ceñido. Se sientan a una mesa de madera oscura y Annie pide unas margaritas. Matt ha dejado las drogas y tiene una start up, algo sobre marketing digital o una cosa así. Conduce un Corvette. La piel perfecta que tenía cuando era joven ha envejecido y hace que parezca que tiene más de los treinta y cinco que en realidad tiene. Están sentados lo bastante cerca del grupo que toca canciones country como para tener que alzar la voz para hablar, pero Annie lo hace de todos modos. Hablar con Matt es sencillo; ahora tiene un poco de panza, un cerebro simplón tras haber pasado demasiados años metiéndose éxtasis y los mismos ojos carentes de expresión que tanto recuerda.

Conducen de vuelta a su piso en el Corvette de él. Annie cierra los ojos, nota el viento cálido que le alborota el pelo e intenta excavar ese subidón de adrenalina de antaño. Tras haber bebido varias copas, le resulta más fácil ver al muchacho que Matt solía ser, justo por debajo de la superficie del hombre que es en el presente.

Debería empezar a practicar paracaidismo. Debería irse de viaje a Australia. Debería encontrar algún otro modo de salir de su propio cuerpo. Sin embargo, termina llevando a Matt a un dormitorio extragrande y helado por el aire acondicionado y se sube el vestido. Se acuesta con él para intentar sentirse como si tuviera dieciséis años de nuevo, para intentar recordar lo que era salir de su casa a la luz de la tarde, aún mojada y acalorada, y encontrarse con Juliette en el establo, hablando en susurros con Disco, el caballo. Menuda experiencia esa de conducir junto a su mejor amiga de vuelta al cañón, recién follada, fumando y con el cabello ondeando al viento. Sabe que nunca volverá a ser así de guapa.

De vuelta en la cama de Juliette, Annie casi no puede pegar ojo y, cuando lo consigue, sueña con Jesse. La echa de menos por mucho que no quiera. Anhela a la chica de las camisetas holgadas, con sus pechos grandes que deja al descubierto mientras bebe una copa de vino y esa monada de bebé que suelta unos soniditos satisfechos de lo más suavecitos. Se levanta a las seis de la mañana y se bebe un café en el jardín, medio dormida. Se cambia cinco veces su ropa deportiva. Recoge los primeros caquis de la temporada y piensa en llevárselos a Jesse, por si va a Reactívate, pero luego decide que es una tontería, los deja en una cesta en la encimera y conduce hasta Topanga a las nueve. Ha llegado pronto y es la primera en el estudio. Escoge una esterilla en el fondo, en el rincón en el que Jesse siempre se pone, y guarda la de al lado con su jersey, por si acaso.

La monitora pone la primera canción y le dice a la clase que se suban a sus esterillas, se apoyen las manos en el cuerpo y se toquen los talones. Y ni rastro de Jesse. Echa un vistazo a la puerta conforme la música se acelera y una habitación llena de piernas empieza a doblarse y estirarse.

Y entonces, por un milagro del destino, allí está, con su camiseta de Selena, tarde como siempre.

Solo intercambian una mirada cuando Jesse se acomoda en la esterilla a su lado. Durante sesenta minutos, hacen sentadillas, saltan, gritan, hacen planchas y elevaciones de glúteos y sudan a montones. Llevan el cuerpo al límite (quizá demasiado), pero ¿qué más podrían hacer con todo lo que tienen? Gritan de nuevo. Al final, se sientan una al lado de la otra y mueven los brazos de adelante hacia atrás en un intento por abrir el corazón.

Cuando la canción termina, Annie se vuelve hacia Jesse al notar el impulso urgente y repentino de aferrarse a ella. Ambas están bañadas en sudor.

—Debería volver a casa —dice Jesse, antes de que Annie pueda decir nada, recogiendo sus cosas a toda prisa—. Seguro que Camille tiene hambre. Estaba dormida cuando me he ido.

—Espera.

Jesse se vuelve hacia ella.

—Ven a mi casa mañana —le suelta—. Organizaré una cena.

Jesse duda un poco.

—¿Una cena?

Annie asiente.

—No puedo dejar que me tomen fotos en tu casa y que terminen en redes.

—Nadie te hará fotos, lo prometo.

—¿Quién más va a ir?

—Nadie.

Jesse clava la vista en ella, con las cejas alzadas, y Annie le dedica una pequeña sonrisa. Entonces Jesse se echa a reír.

—¿En serio nadie?

—Bueno, nadie nadie no. Tú y yo. Y Camille, si quieres llevarla.

Jesse guarda silencio un segundo, para luego decirle:

—Mándame tu dirección por mensaje.

Será estupendo, como lo era antes. Annie se pasa el día entero preparándolo todo: hornea las tartas con la cesta de caquis, cocina a fuego lento las lentejas, asa las calabazas, les saca las semillas a las granadas, mete el vino en la nevera, cuelga unas lucecitas y junta leña para la fogata. Se va de tiendas y compra un mantel de lino blanco, como el que tenía Margot, y unos candeleros de latón. Goldstone se llena de los olores tan reconfortantes que aún recuerda.

Espera fuera, con el aire otoñal en las mejillas y los robles agitándose. Y entonces aparece el coche de Jesse en la larga entrada de Goldstone y allí está ella, con unas botas negras, pintalabios y un vestido negro y suelto con flores, con Camille en brazos.

Cuando Jesse entra en casa, la recibe un montón de fotografías de Juliette que colonizan el salón. Son preciosas y casi hasta opresivas, de lo grandes que son. Annie la toma de la mano y la lleva por unas puertas dobles hacia la parte de atrás de la casa. Hay un huerto de árboles frutales, un jardín muy variado y una mesa de madera llena de lujos. Unas lucecitas parpadeantes y una fogata lo iluminan todo.

—Vaya. Qué bonito está todo.

Annie le entrega una copa de vino.

—Gracias —dice Jesse, con el estómago hecho un manojo de nervios. A Noah le ha dicho que llevaría a Camille a cenar con Suraya.

—Espero que tengas hambre —le dice Annie, y su risa que tan bien conoce le pone fin al ambiente incómodo—. Sé que parece que se me ha ido la pinza, pero es que me gusta mucho cocinar.

Jesse se siente.

—Yo siempre tengo hambre.

Mientras le da de lactar a su hija, Annie le prepara un plato de comida, con la luz de las velas iluminando su cabello rubio. Está muy guapa, y la comida, riquísima. Jesse no deja de preguntarse si todo eso es real, si de verdad está en esa casa.

Ya puestos, ¿por qué lo ha hecho?

Porque quería. Quería escapar del silencio opresivo que hay en la casa que comparte con Noah, con la desesperación que ambos sienten espesa en el ambiente. Lo quiere, por supuesto que lo quiere. Es algo que siente hasta lo más hondo de su ser; lo que no sabe es lo que implica quererlo sin confiar en él.

No quería que el último momento que compartiera con Annie fuese en el estreno de Noah, en bandos opuestos. Aún tienen algo que resolver entre ellas.

Como si se hubiese adentrado en un extraño cuento de hadas, Camille se sume en un sueño tranquilo casi al instante y se queda así mientras Jesse la envuelve en una manta y la deja en la sillita del coche. El humo de la fogata se ha despejado y la noche de otoño es perfecta. Annie y Jesse se deleitan con la comida y el vino blanco. Vuelven a su farsa.

Annie sirve lo último del vino y se acerca un poco más a Jesse, para apoyarle la cabeza en el hombro. Nota cómo esta se tensa antes de volver a relajarse. Le encanta cómo huele, a rosas, leche y sal.

Quiero besarte, casi le dice en un susurro.

Y entonces, como si lo hubiese estado planeando, Camille se pone a llorar desde su sillita. Casi se había olvidado de que la bebé estaba ahí con ellas.

—Deberíamos volver —dice Jesse—. Ya pasa de su hora de dormir.

—¡Pero si no has comido el postre! Y las tartas son la mejor parte de la cena. —Annie está desesperada. El llanto incesante de Camille es un eco de lo que siente su propio corazón.

—Tengo que llevarla a casa, son casi las diez.

Jesse parece completamente lúcida, concentrada. Annie quiere estirarse y atraerla hacia ella, mantenerla a su lado. Se pone de pie, algo temblorosa. No puede dejar que se vaya, porque entonces se quedará sola de nuevo.

—Has sabido quién soy desde el principio, ¿verdad? —pregunta, mientras Jesse recoge sus cosas, en un intento por impedir que se vaya.

—Sí. —Jesse saca a Camille de su sillita, y la bebé deja de llorar por un momento—. ¿Y tú?

—También —contesta ella, antes de añadir—: Creo que me gustaba la idea de que pudiésemos existir en una dimensión diferente, lejos de todo esto.

—Y a mí. —Jesse acomoda a su hija en brazos. Los árboles de fruta se ven muy bonitos y extraños bajo la luz de la luna—. Quería odiarte, pero no pude. Me caíste bien. Me vi reflejada en ti. Y en Juliette... —Hace una pausa—. Yo también soy una superviviente, supongo... Tenía dieciocho años, fue en París.

—Lo siento mucho —contesta Annie, dando un paso hacia ella—. Escribiste al respecto —le dice—. Me encantaron tus libros, los dos.

—¿Los has leído?

—Sí, se te da muy bien.

—Gracias, pero mi carrera como escritora ha llegado a su fin.

—Yo creo que no para siempre.

—Si algún día vuelvo a escribir —dice Jesse, tras unos segundos—, será sobre esto. Sobre cómo más de una cosa puede ser cierta al mismo tiempo, sin que la otra sea mentira. —Camille empieza a empujar a su madre, para llegar a sus pechos—. Puede ser cierto que Juliette sea una superviviente y que Noah no sea un violador.

Annie le devuelve la mirada, un poco a la defensiva.

—No digo que Noah sea inocente —continúa—. Ninguno de nosotros lo es. Pero no es un monstruo, no le haría daño a alguien de forma consciente. —Rebusca en su corazón para comprobar que sus palabras son ciertas, en las partes a las que Noah ha hecho daño, y sigue creyéndolo—. Quieres poder decir que ella es la buena y él, el malo —añade—, y todo sería más sencillo si fuese así. Todos queremos formar parte del bando de los buenos. Pero tenemos que coexistir en la misma historia, y las cosas se complican.

Annie asiente. Su corazón acelerado empieza a calmarse, y el tiempo también se ralentiza. Se siente atrapada donde está, como uno de los robles cuyas raíces lo atan al suelo.

Camille se sigue debatiendo en brazos de su madre.

—Debo irme —dice Jesse, encaminándose a la puerta.

—Al menos llévate una —pide Annie, mostrándole una tarta.

—Vale.

Vuelven a la casa, donde Annie envuelve el plato en papel de plata. Jesse se pone a doblar las rodillas para mecer a Camille. Juliette las observa desde las paredes, mientras Annie la acompaña hasta la puerta principal por la que entró por primera vez hace ya diecisiete años.

—De verdad lo siento mucho —le dice Jesse, una vez está fuera—. Por Juliette. Que tuvieras que perderla.

Annie siente un dolor en el pecho. Camille gimotea y Jesse avanza hacia su coche.

Se queda en el porche, con la vista clavada en la entrada en penumbra mientras Jesse le pone el cinturón a su hija.

Quiere quedarse, quiere seguir mirándolas. Quiere subirse al coche de Jesse, decirle que lo siente, que tiene hambre, que necesita una madre, porque nunca tuvo una. Las tres podrían irse en el coche, conducir a algún lugar lejos de la ciudad. Podrían ir a algún lugar tranquilo, donde puedan volver con todas las promesas de su juventud.

Cuando Jesse alza la vista hacia ella, Annie se despide con la mano. Sabe que es probable que sea la última vez que se vean.

Camille está dormida en su sillita mientras Jesse conduce por el cañón a oscuras, con un nudo de angustia bien asentado en el centro del estómago. Quiere estar junto a Noah, respirar su aroma. Quiere volver a un momento antes de que todo eso pasara. No sabe qué hacer con la tarta. ¿De dónde dirá que la ha sacado? No soportaría tirarla, los diseños de los caquis en la cubierta son demasiado perfectos. Annie parecía demasiado perdida, demasiado joven, demasiado llena de anhelo cuando se han despedido.

Jesse aparca a una calle de su bungaló y se come la tarta entera con las manos: le sabe tanto ligera como llena de sabor. Dulce, compleja y exquisita.

CAPÍTULO CUARENTA Y NUEVE

Noah saca un par de deportivas de la fila ordenada de zapatos que tiene en su armario. Las deja sobre la mesa, les hace fotos desde varios ángulos y sube las imágenes a una página de ropa de segunda mano. Cree que le darían unos ciento cincuenta pavos por ellas. Saca las siguientes, un par de Jordans de diseño exclusivo por las que deberían darle unos quinientos o seiscientos, con suerte.

Sube las fotos y se queda mirando el abismo que sigue siendo internet, donde lo único de lo que habla la gente es sobre el nuevo presidente. Su nombre ha dejado de ser un tema destacado. Al igual que el de Annie, Juliette o Jesse. Una sarta de análisis *a posteriori* de las elecciones hacen sus hipótesis para determinar qué ha ido mal. ¿Es culpa del racismo? ¿Del machismo? ¿Del director del FBI? ¿De la falta de «carisma» de la candidata presidencial? ¿De algún otro país que se haya entrometido? ¿De los bulos? ¿O tal vez de la falta de entendimiento mutuo?

Noah y Jesse no saben cómo empezar a abrirse paso entre sus propios escombros; no saben cómo mirarse el uno al otro ni mucho menos cómo enfrentar el terror que los invade o cómo hacer planes para el futuro.

En su lugar, se dedican poco a poco a agotar los fondos de su cuenta bancaria. Les queda lo último de los cheques de Noah por su trabajo como director, así como las regalías de Jesse, que son cada vez menos. No van a poder recuperar lo que invirtió ella. Además de sus deportivas, Noah vende sus joyas en eBay: los pendientes, las cadenas, el reloj que había llevado con orgullo al estreno en el festival. Lo vende todo menos la cadenita de oro de su madre, pues la está guardando para su hija.

A pesar del terrible vacío que siente en el estómago, le dedica unas sonrisas enormes a Camille, mientras ella le toca la cara con las manitas al estar tumbados lado a lado sobre su alfombra de juegos.

Su hija es preciosa, así como lo fue él alguna vez, y está desesperado por protegerla. Camille llama a su madre y llora por ella. La madre de Camille y... su mujer. Les ha fallado a ambas.

Ha sido muy idiota al dejarse seducir por la esperanza. Un idiota al aferrarse tanto a la idea de que podría vivir una vida de posibilidades infinitas. Cuando ya sabía cómo son las cosas. Un optimismo cruel, como lo llamaba su profesor favorito en la Universidad de Chicago.

Antes de cancelar el contrato y devolver el Porsche antes de tiempo, lo conduce una y otra vez por la ciudad, como si así pudiese descifrar qué es lo que ha ido mal o qué pueden hacer para remediarlo: visita su primer piso con Jesse, en Silver Lake, donde los jóvenes llenos de ambiciones saturan las terrazas de las cafeterías. Se abre paso por Hollywood a través de mareas de turistas y allí está el Hard Rock Cafe en el que trabajaba. Aparca en el que era su sitio de siempre. Piensa si debería entrar y pedir su antiguo puesto, pero no consigue obligarse a bajar del coche. Se queda congelado en el asiento. Tras pasar una hora allí aparcado, arranca el coche y conduce por su ruta antigua al salir del trabajo, hacia el cañón de Laurel, rodeado de buganvilla y jazmín, hasta salir de la carretera Mulholland hacia la 405. Sube por una colina en Santa Mónica para ver el mar centellear en el horizonte.

Es un fantasma en su propio hogar.

Noche tras noche, se tumba solo en el sofá de la primera planta e intenta dormir. Quiere que Jesse vaya a verlo y, cuando oye sus pasos, por un momento cree que así será.

Solo que termina yendo hacia el otro lado, hacia el cuarto de su hija.

Noah clava la vista en su frasco de zolpidem y lo levanta para calcular cuántas pastillas le quedan. Cree que serían suficientes. Camille tiene a Jesse, una madre estupenda. Quizá la vida de su hija sería más sencilla si no tuviera padre.

Podría cerrar los ojos y sentir que se hunde.

Y así vería a su propia madre, le apoyaría la cabeza en el pecho y sentiría sus dedos de uñas largas hacerle cosquillas en la espalda, mientras lucha por mantener los párpados abiertos según la nieve cae y cae fuera de la ventana. Una nieve extraña y a cámara lenta, con sus copos gruesos que pintan la tierra de blanco.

De pequeño, solía obligarse a despertar para lanzarse a los brazos de su madre y mirarla a la cara. El amor que le tenía su madre era eléctrico; lo notaba trazarle caminos en el cerebro, caminos por los que ya nada circula.

Sería vacío y tranquilo, como una capa de nieve que lo ha cubierto todo hasta dejar el mundo en silencio…

Es el llanto de su hija lo que lo saca de aquellos pensamientos. Camille llora como a él le gustaría llorar. Y entonces su madre acude a ella, y se calma. Desde su lugar en el sofá, oye a Jesse hablarle en susurros a su hija, y esta consigue tirar de él con el magnetismo de un planeta.

Se despierta hecho un lío con su manta en el sofá, en pleno amanecer. En la radio de su despertador, las noticias hablan sobre la división del país. Un cuervo pasa volando por su casa y suelta un graznido. Casi puede notar la sensación fantasmagórica de la presencia de Juliette.

Se pone a pensar en el día en el que la vio en el Instituto de Arte. Lo recuerda un poco mejor: estaba sentada frente al cuadro favorito de su madre, secándose las lágrimas de los ojos. Lo siguió por el museo, oliendo a tabaco, tristeza, jazmín y flor de azahar.

El recuerdo lo deja sin aliento.

Por aquel entonces no eran nada más que unos críos, ¿no? Al menos así lo recuerda él. Dos críos solitarios en Hyde Park; un chico y una chica que buscaban algún modo de escapar de sí mismos, ambos anhelando que los viesen. Con la esperanza de encontrar una conexión. Dos hijos sin madre.

PARTE CUATRO

CAPÍTULO CINCUENTA

1992

Cuando Gracey se pone a rememorar su vida, lo que recuerda es el inicio de la de Noah. Como si ella misma hubiera nacido cuando lo hizo él. Fue una fiesta del insti sin más. O bueno, no exactamente, y ese fue el problema. Era la fiesta del hermano de Sheena. Se había graduado el año anterior y había conseguido trabajo en la fábrica, así que otros jovencitos de la fábrica también habían ido, unos que a ella le parecían ligeramente conocidos, que quizás había visto cuando aún eran unos críos, antes de que el rostro se les volviera anguloso y flacucho y lleno de cansancio como si fueran viejos.

Gracey había ido con sus amigas; se habían juntado para prepararse para la fiesta, cambiarse de ropa, ir a la farmacia a comprar pintalabios y colonia. Al llegar, los chicos (o más bien, los hombres) estaban preparando piñas coladas, de color amarillo intenso. Aunque no solía beber, se veían tan monos y se los iban pasando en sus copas grandes con sus sombrillitas de papel, que le parecieron inofensivos. Aceptó uno y le gustó el modo en que hacía que sintiera como si tuviese la cabeza flotando, como si fuese un globo con una cuerda atada a su cuerpo. Uno de los tipos de la fábrica era guapo. Parecía más joven que el resto, más bajo y más delgado, con el rostro aún redondeado. Y la estaba mirando. Su atención hizo que Gracey se pusiera nerviosa y se emocionara a la vez, cómo sus miradas se cruzaban como si fueran imanes y se atrajeran uno al otro, para luego soltarse y volver a atraerse. Cuando iba por la mitad de su segundo cóctel y se había quedado sin aliento tras bailar al ritmo de *Let's Go Crazy* y *P.Y.T.* con Sheena, él se le acercó y le tendió la mano de un modo que le pareció demasiado formal.

—Soy Joel —se presentó, y lo nervioso que estaba hizo que ella se sintiera más confiada.

—Gracey —contestó ella, y él repitió su nombre para sí mismo.

Cuando Joel la invitó a ir a dar una vuelta en su coche, ella aceptó. ¿Por qué? Pues porque estaba un poco borracha. O del todo borracha, más bien, por culpa de los cócteles. Y porque él era guapo.

Mientras iban por la calle en su viejo Cutlass Supreme, con las ventanillas bajadas, Gracey sintió que su vida estaba empezando. Un tipo mayor que ella la había llamado «guapa»; le había sentado de maravilla cómo se lo había dicho, con su voz grave, tanto que había dejado que le pasara la mano por los muslos, por la espalda baja hasta rozarle el culo, todo ello sin apartar la otra del volante. Le parecía muy distinto a cuando lo hacían los chicos del insti. Aquello era real. Adulto. Romántico. Según aparcaban cerca del lago, él le habló sobre las fases de la luna y la historia de la ciudad. Era principios de verano, por lo que el ambiente se sentía cálido de una forma suave, como prometedora. Él puso a The Shirelles —la música que escuchaba la madre de Gracey— y fue marcando el ritmo dándole golpecitos al volante. Ni bien empezaron a enrollarse, Gracey extendió una mano para apoyársela en el pecho como había visto que hacían en las películas, como había ensayado con sus amigas, pero lo que sintió fue el latido acelerado de su propio corazón. Él sabía a tabaco y al esfuerzo del trabajo y al regusto dulzón que se queda cuando la fruta ya no está fresca. Aun así, lo dejó estirarse y rodearle los pechos con sus manos grandes. Fue cuando hizo que le tocara la entrepierna que ella se apartó.

—Sabes que te mueres de ganas —declaró, obligándola a volver. Y el cuerpo de Gracey reaccionó, encendiéndose, como si de verdad lo quisiera.

—No —contestó ella—. Eso no.

»En serio, esto no —siguió insistiendo—. Por favor, para. No quiero, esto no. —Estaba demasiado asustada como para hundirle los dientes en la carne hasta hacerle sangre, como se imaginaba haciendo para sus adentros. Demasiado asustada incluso para gritar. En la radio, The Shirelles cantaban *Baby It's You*. Sentirlo dentro de ella fue como si un rayo la hubiese partido por la mitad. Antes de que se le ocurriera qué podía hacer, lo notó temblar y soltar un gemido que Gracey no iba a olvidar ni siquiera cuando ya no recordase mucho más sobre él, un sonido que entretejía el dolor y el placer, todo en uno. Joel se le aferró a los hombros, le apoyó la cabeza contra el pecho y se puso a llorar. La hizo alzar la barbilla para que lo mirara a los ojos.

—Eres una buena chica —le dijo—. Lo siento.

Entonces la llevó a comer una hamburguesa con patatas y, pese a tener el estómago revuelto, Gracey se lo comió todo. Al acabar, se puso un poco de sal en el dedo y la lamió. Él hablaba y ella se mantenía en silencio. Estaba adolorida, y la cuerda que le había atado la cabeza al cuerpo como un globo había sido cortada. Se sentía como si se hubiera ido flotando, para contemplar el mundo desde el cielo oscuro de Chicago.

Al mes siguiente no le bajó la regla, ni el siguiente a ese tampoco y, aunque había empezado a sospechar por qué, no pudo decir nada, ni siquiera para sus adentros. Nunca vomitó, a pesar de sentir náuseas todo el día. Volvió a empezar las clases a finales de agosto, haciendo como si nada hubiese pasado, hasta que su madre se presentó en su habitación una mañana temprano, con la luz grisácea del amanecer calentando su cortina amarilla, y se sentó en su cama. Le pasó una mano por la frente con cariño, como había hecho cuando Gracey era pequeña.

—He tenido un sueño —le dijo—. ¿Estás embarazada?

Gracey se puso a llorar como había necesitado hacer desde aquella noche con Joel, como si el mundo se estuviera abriendo bajo sus pies para tragarse entera a la niña que solía ser.

—No sé —contestó, por mucho que sí lo supiera.

Ese día, su madre la llevó al médico para confirmarlo. Tenía tres meses de embarazo y el corazoncito del bebé latía con la misma fuerza que un montón de caballos. Gracey pensó que eso debía significar que el bebé era fuerte, que iba a sobrevivir. Su madre le dijo, antes de los resultados del análisis de sangre, que sería un niño.

Si bien encontró una bolsa de papel arrugada en la que Joel le había dejado escrito su número, no lo llamó. Ese bebé era suyo; Joel no tenía nada que ver con él.

Según le contaron a Gracey, Joel se pasó por el instituto una vez, dando vueltas con su Cutlass y preguntando por ella a cualquier estudiante con el que se cruzara. El hermano de Gracey amenazó con matarlo si se volvía a pasar por ahí. Para entonces ella ya tenía ocho meses de embarazo y era incapaz de disimular su barriga, ni siquiera un poquito, por lo que sus padres habían empezado a dejar que se quedara en casa, durmiera hasta tarde y se pusiera la tele al levantarse.

Desde el exterior, alguien podría haber dicho que Gracey estaba deprimida, pero ella no lo habría descrito de ese modo. Lo que sentía era que se estaba quedando en blanco, que se encogía, como si, cuanto más espacio ocupaba el bebé en su interior, menos espacio quedara para ella. Se refugió en sus padres, pues lo único que quería era volver a ser su niña pequeña. Cuando su madre regresaba del trabajo, le hacía masajes en los pies a su hija, y su padre le llevaba cajas enteras de naranjas de California. Se le antojaron durante todo el invierno, como si fueran unas bolitas de sol bajo el cielo frío y blanco.

Noah nació en abril, durante una tormenta de nieve. Cuando empezaron las contracciones (ocho días tarde), fue algo intenso y sin pausa. Gracey parecía un animal salvaje, se retorcía en la cama de hospital, se sacudió y gritó hasta que llegó un hombre que la inmovilizó y le puso una inyección que hizo que no pudiera mover las piernas. Su mente y el tiempo también parecieron congelarse. Le dijeron que empujase y eso hizo, por mucho que pareciera imposible que pudiera sacar lo que vivía en su interior solo empujando. Quién sabía cuántos minutos u horas después, un bebé —su bebé— llegó al mundo, llorando y dejándola vacía. El hogar en el que él había vivido, el que su propio cuerpo había construido, seguía allí (dentro de su estómago aún redondeado y suave), pero él ya no. Al oírlo llorar, le pareció que lo que quería era volver dentro de ella.

—Noah —lo llamó, cuando el médico se lo trajo, limpito y envuelto como si fuese un paquetito. Él no iba a ahogarse como les pasaba a los otros muchachos que venían de donde él había venido. Él no iba a trabajar en una fábrica de acero ni en un restaurante de comida rápida. No se iba a convertir en un rufián. No se iba a parecer en nada a su padre. Noah les iba a construir un arca, como su tocayo, y los iba a sacar a los dos de allí.

Aquel verano llegó intenso y sin pausa, como Noah lo había hecho, tan caluroso como el invierno había sido frío, y, de pronto, su hijo se convirtió en una personita que se podía pasar una eternidad con la vista clavada en los ojos de su madre. Y ella se enamoró de él, tres meses después de que naciera, justo a mediados de un julio sudoroso. Lo único que quería hacer era tumbarse en la cama con su hijo, los dos mirándose el uno al otro sobre sus mantas de color rosa satinado, con un póster de Prince observándolos desde la pared. Le daba el biberón cuando tenía hambre y, cuando seguía llorando después de eso, se lo ponía contra el pecho y le acariciaba la cabecita hasta que se dormía sobre ella. A veces ella también se quedaba dormida, y ambos parecían convertirse en una sola persona con el sube y baja de sus respiraciones, con los bordes borrosos por el sueño, como si se estuviesen fusionando.

Para cuando Noah iba a cumplir los dos años, Gracey empezaba a sentirse como ella misma; no como su versión anterior, no la Gracey que era antes de Noah, sino una persona que se volvía visible de nuevo, que despertaba hacia el mundo. En sueños, corría por unos bosques ancestrales, unos que nunca había visto en su vida, pero cuyo intenso aroma a tierra captaba en el ambiente, cuyas agujas de pino notaba quebrarse bajo sus zancadas. Huía de algo: la sensación era una mezcla de miedo y euforia. Aunque huía de algo terrible, había conseguido escapar. Y entonces gritaba hasta dejarse los pulmones, desde lo más hondo de su ser, para soltarlo todo.

En la vida real no tenía dónde gritar de ese modo. Pero sí que podía correr. Durante la primera mañana de primavera, se fue al lago con su hermano, Dev, y con Noah. Su hijo daba sus pasitos temblorosos por la orilla, señalaba el lago y decía:

—¡Aua! ¡Aua gande! ¡Hala!

—Mamá va a ir a correr —le dijo a Noah. Se había puesto su ropa deportiva y Dev se iba a quedar con su hijo mientras ella daba sus vueltas. Gracey se puso a correr, más y más rápido; notaba cómo le costaba llevarse el aire a los pulmones, la fuerza de las piernas, la propulsión que la impulsaba hacia adelante como si pudiese atravesar una pared para abrirse paso. *Esfuérzate más*, se decía a sí misma, mientras rodeaba un árbol que estaba muy lejos para dar la vuelta, y fue entonces que vio a Noah, corriendo tras ella, con sus bracitos estirados y sus piernecitas golpeando el suelo.

—¡Mami lejos! —exclamó—. ¡Muy lejos! —le insistió, mientras ella volvía corriendo hacia él, casi sin aliento. Se le aferró a la mano y clavó los ojos en ella, con una mirada de traición que se escondía bajo todo su alivio. Se negó a soltarla.

—Noah, no pienso dejarte —le aseguró Gracey—. Mami estaba corriendo y ya.

—Muy lejos, mami —repitió él. Y mientras volvían caminando de la mano, añadió—: Mami. —Y nada más. Con un tono de satisfacción en la voz, un amor seguro y singular.

Noah se detuvo para recoger un diente de león amarillo. Lo examinó un poco y se lo entregó.

—Mira —le dijo—. Una *flo amailla.*

—Sí, cariño —contestó ella—. Ya veo.

—Toma —dijo él, antes de señalar a un perro que corría por la hierba y soltar una risita, maravillado. Gracey deseó poder darle el mundo entero.

Desde su lugar en la cama, cubierta por una pila de mantas pero aún con frío, Gracey piensa que su Noah construirá un arca algún día. Otra vez está nevando. Sus pensamientos son lentos pero continuos, se deslizan fuera de su alcance. En ocasiones, le cuesta encontrar la palabra que necesita. Su madre dice que es porque no tiene suficiente sangre. Pero lo único que ella hace es esperar a Noah, porque él es lo único que importa. Cuando vuelve del colegio cada día, se mete en la cama con ella, lo aferra contra sí misma y le acaricia el cabello mientras él le apoya la cabeza contra el pecho. Si bien el dolor que siente nunca la abandona, es menor que el amor que siente por su hijo. Se quedan así tumbados hasta que la madre de Gracey va a verlos y dice que ha llegado la hora de hacer los deberes, por lo que Noah saca sus libros de la mochila y le cuenta cómo le ha ido el día. Gracey sonríe cuando él sonríe, se ríe cuando él se ríe e intenta prestarle atención a todas las palabras que salen de la boca de su hijo, trata de imaginarlo entre el mar de niños en la escuela. Le dice a su hijo que encontrará un tesoro y que construirá su propia arca.

Gracey ya no puede correr. Ya no puede perseguirlo mientras corren por la orilla del lago. Aunque no quiere morir, sabe que eso es lo que está pasando. No quiere dejar a su hijo. No quiere que Noah crezca sin ella, sin el refugio de su cuerpo, de su hogar, sin que su amor lo acompañe. Daría lo que fuera para quedarse con él. Sin embargo, nota la llegada a cámara lenta del final de su vida, como un tren que se sacude hasta arribar a su estación. Desearía poder darle algo, algo que le durara para siempre, pero lo único que puede hacer es susurrar su nombre en un hilo de voz:

—Noah. Te quiero, Noah. —Mientras él se queda dormido contra su pecho.

Porque el dolor es así: se lleva en la sangre.

CAPÍTULO CINCUENTA Y UNO

2004

Juliette va tarde para su cita, y a Noah no le gustan las tardanzas. Esperar hace que le entre la ansiedad y luego, la tristeza. Le recuerda los meses posteriores a la muerte de su madre, mientras esperaba a que su tío o su abuelo fueran a buscarlo al colegio. Los miércoles eran los días en los que salía pronto, y, cuando Gracey estaba viva, siempre iba a buscarlo a tiempo, lista para envolverlo en sus brazos en cuanto salía por la puerta. Solo que, tras su muerte, Dev tenía que ir corriendo desde el trabajo o su abuelo durante la hora de comer (porque su abuela no sabía conducir), y solían llegar después de la última campanada, lo cual lo dejaba solito en un extremo del patio, echando de menos a su madre.

Unos grupos de universitarios pasan por su lado y se meten en el bar. Noah recorre la calle de un extremo a otro y vuelta a empezar. Si bien las temperaturas nocturnas han empezado a subir un poco, el aire húmedo de la primavera se le cuela bajo la piel y hace que le entre frío. La cara pálida de la luna lo mira desde arriba. Se queda un poco lejos de la entrada, pues no quiere que Jason, el portero, lo vea esperando a una chica que quizá ni se presenta. A lo mejor tendría que pirarse y ya.

Y entonces la ve, acercándose desde el otro lado de la calle. Le sonríe, con un gesto que es tanto lleno de confianza como una muestra de disculpa. Una sonrisa que dice que sabe que lo ha hecho esperar, pero que, una vez que la vea, eso dará igual. Una sonrisa con la que es difícil discutir. Así que se la devuelve.

—Perdona la tardanza —dice ella.

—No pasa nada, ¿va todo bien?

—Sí, todo bien.

Noah saluda a Jason, quien los deja pasar, y le dedica un pequeño asentimiento con la cabeza en dirección a Juliette como para felicitarlo. Está más nervioso de lo que le gustaría y no quiere que ella lo note, por lo que espera que una cerveza lo ayude un poco.

P.I.M.P. suena desde la gramola, y unos chicos blancos y borrachos que siguen la letra a todo pulmón hacen que Noah se ponga de mal humor, eso y que no le gusta 50 Cent. Mientras espera en la barra a que el camarero prepare la bebida de Juliette y le caliente sus hamburguesas, pone unas cuantas monedas en la gramola y escoge algunas canciones de Prince, las favoritas de su madre. La cola de canciones suele ser bastante larga, por lo que no sabe si estas sonarán a tiempo, pero se dice que vale la pena intentarlo.

Vuelve a la mesa con un whisky con refresco para Juliette, a pedido de ella, y una cerveza y tres hamburguesas para él, en unas bandejitas de cartón.

—¿Quieres una? —le ofrece, deslizando la bandeja por la mesa.

—No, gracias, no como carne.

Noah se encoge de hombros y se acerca la hamburguesa de vuelta. Lleva desde la mañana sin comer, pues lo que sirven en la cantina del insti le da asco.

—Una rata ha muerto dentro de una de mis paredes. En el armario —suelta Juliette, de pronto.

—Suele pasar en los edificios antiguos —comenta él. Incluido en el de su tío. Como el casero nunca se pasó por su casa, terminaron sacándola ellos mismos y cubriendo el agujero con un poco de yeso.

—¿Ah, sí?

Él asiente.

—Ajá.

Juliette bebe más rápido que él y se levanta a por otra copa antes de que él se termine su cerveza. Aun así, no tarda mucho en ponerse a la par y empezar a abrirse un poco, más de lo normal en él. Si bien no suele ser muy hablador, el que Juliette haya leído sus poemas y los haya calificado con unos signos de exclamación para mostrar su aprobación hace que se sienta más seguro con ella.

Aun con todo, prefiere escuchar. Las universitarias le encantan en parte porque le gusta mucho coleccionar historias, las ventanas que le pintan a mundos que son distintos al suyo. La tierra de la infancia de Juliette que le describe como si fuese parte de un cuento de hadas. Algo mágico.

En cuanto a la muerte de su madre, lo único que menciona es su propio dolor; unos puñaditos de arena de lo que él imagina que debe ser un mar muy vasto. Le cuenta que, sin la cámara de su madre para hacerle fotos, a veces no está segura de si existe propiamente.

Yo te veo, quiere decirle Noah. *Estás aquí mismo*. Quiere estirarse y tocarla.

Cuando Juliette se va al baño, tarda bastante en volver. Noah se pide un vodka de arándanos con los últimos cuatro pavos que le quedan y se lo bebe deprisa. La gramola pone su canción.

Cuando se pone de pie para ir al baño, todo le da vueltas. Tal vez debería haber cenado algo. El océano de cuerpos parece mantenerla a flote y conducirla hasta el baño. Se oye una canción de Prince. Juliette murmura para sí misma la letra de la canción, mientras Prince le recuerda que todos vamos a morir. Que es mejor vivir el momento y soltarse las trenzas. Beber otro whisky. Sacude un poco la melena y se mira en el espejo. No le encuentra sentido a las piezas que ve. Intenta ver a la chica que iba en coche con Annie, la que estuvo en brazos de su madre, la que posó frente a la cámara de su madre, pero es que no la encuentra. La persona que ve frente a ella parece cansada, demasiado mayor, como una desconocida afligida. Aunque se arrepiente de haber bebido tanto, también quiere beber más. Se echa un poco de agua a la cara, saca una barra de labios roja que le robó a Annie y se reaplica el maquillaje.

Quiere que Noah la vea.

—Venga, hagámonos una foto —le dice cuando vuelve del baño, para luego sacar el móvil Nokia que solía ser de su madre y estirar el brazo—. Anda. —Él se acerca un poco, y ella saca la lengua para pasársela por la mejilla, una broma que solía gastarle a Annie, y hace la foto. Noah se echa a reír mientras se limpia sus babas. Le envía la foto a Annie y le escribe un mensaje:

te presento a noah. si crees que estoy intentando ponerte celosa, pues no te equivocas

—He traído un poema —anuncia, con la intención de cumplir su promesa de compartir uno con él. Se tomó su tiempo para escogerlo y ahora, con las copas que sea que se ha bebido, ha juntado el coraje para mostrárselo. Porque quiere que la conozca, quiere que alguien la conozca.

Más tarde no recordará esta parte de la conversación, pues el alcohol está haciendo mella y hace que unas nubes oscuras le cubran zonas de la mente.

Abre su mochilita para sacar su diario, ese que Annie le regaló por su cumpleaños. El papel está hecho a mano y tiene pétalos de rosa. Lo abre, avanza hasta una página casi al final y se lo tiende.

—Toma —le dice—. ¿Quieres leerlo?

—Quiero que me lo leas tú.

—¿Yo? Pero hay mucho escándalo aquí.

—Pues vamos a tu habitación.

Juliette nota que se sonroja.

—Vale —acepta, y salen juntos del bar.

CAPÍTULO CINCUENTA Y DOS

La luna en lo alto es más brillante, mística e inquietante que nunca, todo a la vez. Los árboles siguen con las ramas desnudas, salvo por unos cuantos brotes de florecillas de color rosa por aquí y por allá. Juliette apoya su peso en Noah mientras caminan por la calle Woodlawn y dejan atrás las casas de ladrillo de los profesores. Tiene la sensación de que ella quiere que la sostengan, tanto de verdad como en sentido figurado. Y él puede hacerlo, o eso cree. Él puede darle el apoyo que necesita. Con la mirada, Juliette le pide que la desnude. Hace tanto frío que pueden verse el aliento mutuamente. Ella va fumando y avanzando a trompicones, por lo que Noah tiene que guiarla. Él mismo se siente un poco inestable, confundido, pero de un modo agradable. Beber hace que su ansiedad pierda un poco de intensidad y que sienta como si pudiese llenarse hasta decir basta.

Cuando llegan a la habitación de Juliette, ella lo besa, desenfrenada y exigente. El asociar a esta chica que está a punto de desnudar con la que se plantaba frente a todos para dictar su clase de Escritura Creativa lo pone a mil. Parecía una figura de autoridad del arte, una jovencita con tantísimo privilegio que creía de verdad que lo único que uno necesitaba hacer es estar dispuesto, y entonces la poesía llegaría, como por arte de magia. Y así había sido, ¿verdad?

Su aliento cálido y que huele a alcohol le roza el cuello. Le busca el cinturón y empieza a darle tirones. Como le cuesta desabrochárselo, él la ayuda. Juliette se tropieza un poco. *Ha bebido demasiado,* piensa, *quizá no debería...* Solo que, antes de que el pensamiento termine de formarse, Juliette le toca la polla. Y es demasiado tarde; su deseo se ha apoderado de su mente. Se concentra en sus piernas, en ese culo que se ha estado asomando para provocarlo toda la noche debajo de esa camiseta que hace las veces de vestido. La empuja hacia la cama, y ella cierra los ojos cuando empieza a acariciarle las piernas por encima de las mallas.

Juliette cierra los ojos e intenta que la habitación deje de dar vueltas. De golpe, siente el cuerpo muy muy pesado. Noah le está besando el cuello, aunque casi le parece como si se lo estuviera haciendo a otra persona. Suelta un gemido en voz baja, casi por instinto, cuando él le sube las manos por las mallas hasta colárselas bajo la camiseta. Está dando vueltas y vueltas, como si se hubiera subido a una de esas atracciones de feria que hacen que parezca que el suelo se viene abajo.

Debería pararlo, debería decirle que no.

Intenta incorporarse, pero él la empuja hacia atrás y le da un beso en la boca. Le entran náuseas. Él le rodea las muñecas con las manos.

Mientras la embiste, una exclamación de placer mezclada con dolor escapa de ella, clara como una campana. Noah la folla con tanta fuerza que pierde la noción de dónde está. Porque así es como folla él, con sus dieciséis, diecisiete años: para perderse a sí mismo. Para escapar de los confines de su cuerpo y su mente.

Más adelante, se permitirá olvidar aquello que nota: apenas unos segundos antes de que se corra, los gimoteos como de animalillo que suelta Juliette se apagan y su cuerpo se vuelve ligeramente más pesado, como un peso muerto. Y, como está a punto de correrse, no se detiene. Hay tantas cosas que podrían cambiarlo todo, tantas cosas que ocurren en un solo instante.

Cuando se deja caer sobre ella, Juliette sigue con los ojos cerrados. Noah le pasa una mano por la mejilla, pero ella no reacciona.

—¿Juliette? —la llama. Si estuviera despierta para oírlo, le parecería que su voz suena ligeramente infantil por la incertidumbre, por su necesidad de que lo tranquilice. Pero no lo está. Él apoya la cabeza a su lado, dejando que su aliento caliente le roce el cuello, y se sume en un sueño profundo.

CAPÍTULO CINCUENTA Y TRES

El dolor es así: ancestral.

Es más temprano de lo que Juliette creía: el campus está en silencio y el sol apenas se cuela entre los edificios de piedra. Aunque el ambiente sigue un poco frío, los primeros rayos de sol le proporcionan una calidez que llevaba meses sin sentir, y le da la impresión de que la primavera ha escogido justo ese día para empezar su gloria.

Entra en la lavandería para volver a poner su lavadora, pero se percata de que ya no tiene las monedas que había cambiado en Jimmy's. A lo mejor se le cayeron cuando su abrigo terminó en el suelo la noche anterior. Al abrir la lavadora llena de su ropa apestando a humedad, el olor hace que se le revuelva el estómago. Y ya lo tenía revuelto desde antes. Le da la sensación de que el cuerpo se le ha cerrado por completo, como si llevara unos cardenales por debajo de la piel y todo le doliera tanto que no podría soportar ni siquiera su propio roce. La cabeza le palpita con insistencia y las náuseas no la dejan en paz.

Tras apoyar la cabeza en el frío metal de la máquina, se sienta sobre el suelo de cemento y se echa a llorar.

El día en que su madre no volvió a casa, le dejó su ropa limpia en un montoncito desorganizado sobre su cama, a la espera de que la doblase y oliendo a suavizante y a la fragancia de las láminas para la secadora. No recuerda qué hizo con la ropa que se suponía que su madre iba a doblar cuando volviese de su paseo por la playa. *¿Qué le habrá pasado?*, se pregunta.

Al cabo de un rato, saca todo el embrollo de camisetas, pantalones y jerséis de la lavadora y tira toda la masa mojada y apestando a humedad a una papelera.

Empieza a caminar sin saber a dónde va, lejos del campus y de su cabeza que no deja de palpitar. Por allí hay unas ramas, sin hojas. Por allá hay un cuervo que se posa sobre una rama. *Estoy aquí*, se dice Juliette a sí misma, mientras sigue caminando. *Estoy aquí*, repite. *Estoy aquí, estoy aquí, estoy aquí*, pronuncia una y otra vez. El hombre que dormía bajo el refugio de una escalera de incendios se asoma hacia la luz. Juliette se toca la cara e intenta movérsela un poco. No le parece que sea una cara.

Intenta llamar a Annie, pero no le contesta. No le deja un mensaje porque no se le ocurre qué decirle.

Lo intenta de nuevo y luego una vez más. Y nada.

Sigue caminando hasta llegar al final del barrio, donde el parque da con el lago, y el sol se ha alzado lo suficiente para rozar las copas de los árboles. Se sienta en un columpio y contempla a la gente que empieza a salir de sus casas: un hombre con barba con su perro negro, una madre joven empujando un carrito cubierto con una mantita con estampado de rosas. La madre habla con la bebé que probablemente esté escondida debajo. Juliette observa a las personas que están vivas en un universo distinto al de ella. Intenta llamar a Annie de nuevo, y todavía nada.

Alguien corriendo con un conjunto de ropa deportiva de Nike pasa por su lado, y luego una pareja que también va corriendo. Otra madre con un carrito.

Cuando era pequeña, se escondía bajo las mantas y practicaba el abandonar su cuerpo. Como este era un peso muerto, ella se iba flotando: al principio solo unos centímetros, hasta que aprendió a salir por la ventana y flotar por la noche, a través del jardín. Podía ir a donde quisiera.

La noche anterior, según yacía tumbada sin moverse mientras Noah se hundía en ella, vio las calles congeladas de Hyde Park en la oscuridad, los árboles quietos y desnudos, los brotes que aún no habían florecido, la extensión oscura del lago. Pero aún seguía doliendo. Flotó más lejos y más rápido, hasta que se encontró de vuelta en el jardín secreto de Goldstone, en pleno apogeo: los jacarandás, los ciruelos, los melocotones y el jazmín. Su madre en la terraza, esperándola.

Saca su diario, ese que le regaló Annie con el papel de flores: «Anoche me violaron», escribe con manos temblorosas mientras traza las palabras que le devuelven la mirada con insistencia, con indiferencia. Una confirmación que solo posee su cuerpo. No puede llamar a su madre y Annie no le contesta, pero las páginas pueden ser testigo de esa verdad tan horrible.

«Noah estaba en mi clase de Escritura Creativa en el instituto de Hyde Park...».

La primera madre con el carrito da una vuelta y quita la manta. Juliette se asoma para echarle un vistazo a la bebé, cuya edad tan corta parece corresponderse con el color dorado de una mañana tan temprano.

Su madre le contó que solía llevarla al parque cuando apenas tenía unos meses de vida, que la sacaba del carrito para mostrarle las maravillas del mundo: la hierba verde, los patrones en los viejos pinos, las aves volando. Según ella, Juliette nunca quería dormir cuando era bebé, no quería dejar de observarlo todo. Y ahora lo único que quiere es cerrar los ojos.

La madre que da vueltas por el parque ya no parece habitar otro universo, solo otro tiempo. Pensar en su madre cuando era joven hace que sienta un anhelo en lo más profundo del estómago por algo que no podrá saciar, así que no se levanta del columpio.

Vuelve al día siguiente, para sentarse entre los narcisos que empiezan a florecer. Lleva consigo la petaca que ella y Annie solían usar, llena de whisky. Conforme el sol y su calidez empiezan a ponerse, se acerca a la orilla del lago, con el aire soplándole con suavidad en las mejillas y una presión cada vez más notoria en el pecho. Un par de loritos verdes están posados en un árbol cercano, observándolo todo.

Quiere meterse en el lago. Cuando era pequeña e iba a la playa con su madre, correteaba de aquí para allá por la orilla, escapando de las olas, mientras su madre la perseguía entre carcajadas. Margot nunca dejaría que se ahogara, lo sabía sin que tuviera que decírselo. Tenía libertad para disfrutar de su felicidad.

Se quita los zapatos y sumerge la punta de los dedos en el agua helada del lago. Habla con su madre y la llama, mientras unas lágrimas le resbalan por las mejillas. Está allí, en su propio cuerpo; está allí, respirando el aire de primavera; está allí, notando el sol en la piel. Él no le quitó su cuerpo, porque está allí, adentrándose en el agua y notando el impacto del frío en la piel. Está allí y se sumerge en unas aguas salvajes.

CAPÍTULO CINCUENTA Y CUATRO

Después de que Juliette saliera a toda prisa de la habitación, Noah se cubre hasta la cabeza con su manta rosa y suavecita y se queda un momento allí, en su cama, que huele a ella: tiene ese aroma extraño y embriagador. Aunque quiere cerrar los ojos y volverse a dormir, termina levantándose y busca su ropa que está apilada a los pies de la cama. De pronto le parece un poco agobiante estar solo en esa habitación. Alza la vista para contemplar la foto de Juliette y su madre que está sobre su cabeza, con su belleza insistente. Y también la otra, de Juliette y una chica rubia, enredadas en la misma colcha rosa que está en su cama. Se percata de las velas aromáticas que tiene en su escritorio y que ya casi se han acabado, de la bolsita de almendras abierta y de las horquillas desperdigadas por doquier, todo ello en lo que se viste y sale de la habitación. A pesar de que se muere de ganas de mear, sale de la residencia a toda prisa y cruza la plaza, como si él mismo fuese un alumno. Se siente como un desconocido en ese campus en el que algún día espera encontrar su lugar.

Es a la tarde siguiente que su carta llega en un sobre enorme, para darle la bienvenida a la Universidad de Chicago, promoción del 2008.

—Mamá —pronuncia, en voz alta. Le parece que todo le da vueltas, como si no fuera real.

Va hacia la otra estancia, donde su tío está viendo un partido de baloncesto.

—Me han aceptado —le dice.

Dev se pone de pie de un salto y le da una palmada en la espalda.

—¡Claro que te han aceptado!

Llaman a sus abuelos para contarles la buena noticia (y ellos le dicen que su madre estaría muy orgullosa) y luego Dev, Erica y Noah salen juntos a cenar para celebrar.

Quiere contárselo a Juliette, porque, a diferencia de lo que había pensado, follar no ha conseguido librarlo de su agarre. Quizá lo ha soltado un poco, solo un poquitín, pero aún quiere verla. Quiere follar con las luces encendidas. Quiere que le lea uno de sus poemas. Tres días después, la llama. Le sudan las palmas. Camina de un lado para otro en lo que se podría decir que es su habitación improvisada y le salta el buzón de voz.

—Hola, soy Noah. Solo llamaba para, eh, saludarte y ver si querías quedar para ir a comer algo un día de estos. —Ella nunca le contesta, y Noah no se entera de que ha muerto.

Durante su primer año en la universidad, Noah a veces piensa en ella: al pasar por la residencia en la que vivía; cuando su clase de Humanidades lee «Canción de amor de J. Alfred Prufrock», un poema que leyó por primera vez en la clase optativa de Juliette en el insti; cuando va a ver los cuadros favoritos de su madre en el Instituto de Arte y recuerda el día en que ella lo siguió por el museo. Aunque no puede evitarlo, aparta los pensamientos tan rápido como estos aparecen en su mente. Nota una especie de dolor difuso al pensar en ella, además de una angustia en lo más hondo de su ser que no consigue procesar como culpabilidad. Una parte de él se pregunta si la verá en el campus, en la tercera planta de la biblioteca, en la cafetería de la universidad o en las zonas comunes. Pero no en la cantina, no, señor. No soporta comer en la cantina. En lugar de eso usa los puntos que ha ido acumulando en el súper carísimo de la universidad y se compra unas sopas instantáneas que se prepara en el microondas de su residencia, unas nueces demasiado saladas y unas botellitas de zumo de naranja.

Ese primer año se siente muy solo. Se esforzó tanto por que lo aceptaran en esa universidad que debió haber imaginado que eso sería suficiente. ¿Suficiente para qué, exactamente? ¿Para demostrar su valía? Porque no lo es. En su lugar, descubre que es una tarea infinita y agotadora.

En la Universidad de Chicago, donde es uno de los únicos alumnos que es tanto negro como pobre, blande su inteligencia como si fuese un arma: siempre en guardia y listo para la batalla. Porque no piensa ser de los que sufren para aprobar, como se espera de él. A medida que se abre paso entre mares de páginas y trasnocha incontables veces leyendo ensayos en unos rinconcitos iluminados con luces fluorescentes, todo su esfuerzo le parece agotador, pero no menos interesante. Es como desmontar un reloj para ver cómo funciona por dentro: economía, sociología, teoría psicoanalítica, antropología y teoría cinematográfica. Se muere de ganas de descifrar el mundo a través de sus libros. Sus estudios universitarios suponen un «cambio de paradigma», como lo denominan en sus clases.

Incluso adopta algo del lenguaje pretencioso que usan sus demás compañeros universitarios. Algunos dirían que está alardeando, por supuesto, y sí que lo hace, pero también demanda creatividad eso de convertir el lenguaje en un juego. Siempre ha tenido buen oído para los diálogos y puede replicarlos sin esfuerzo. Se vale de las palabras que oye —y también de las propias—, hasta que habla en un lenguaje híbrido que basta para convertirlo en alguien diferente y a menudo solicitado.

Si bien tiene amigos o conocidos amistosos, como mínimo, toda la vida social que se permite tener, eso no hace que se sienta como en casa. Vuelve a la habitación que comparte con un chico blanco de Greenwich, se calza los cascos y pone la música a todo volumen para calmarse a sí mismo, por lo que en ocasiones le lleva horas quedarse dormido.

Noah recibe la noticia de la muerte de su abuela en otoño de su segundo año. Ha fallecido en casa, de un infarto. Desde que se mudó con su abuelo a San Luis cuando Noah estaba en quinto de primaria, solo la ha visto de forma esporádica, pero había imaginado que algún día podría hacerse cargo de ella, que haría lo que había soñado que podría hacer por su madre.

Ese semestre sufre un bajón, las clases se le hacen muy cuesta arriba y se pregunta si todo eso habrá valido la pena. Pero entonces conoce a Jesse, la chica de mirada brillante de su seminario de Escritura Creativa. Su necesidad de conectar con alguien ha empezado a ganarle a su miedo a que lo abandonen, y algo en ella despierta un anhelo muy fuerte en él, quizá su empatía. Lo nota en lo que escribe y en el modo en el que lee lo que escribe él. A pesar de que no regala sus sonrisas, cuando le dedica una a él, siente como si el corazón le fuese a estallar.

En Doc Films, la sociedad cinematográfica de la universidad en la que trabaja como voluntario, organiza una maratón de las pelis de Wong Kar-wai, más que nada para invitar a Jesse a ver *Deseando amar*. Ella no tiene ni idea de lo nervioso que está cuando la invita, pero le dice que sí.

Cuando Jesse lo invita a su habitación en su segunda cita, Noah empieza a ver un hogar en ella. Su cama está hecha con un conjunto de sábanas; está quemando salvia, tiene cortinas de verdad y unas velas con aroma a vainilla adornan el alféizar de la ventana. Tiene una neverita con comida saludable: le ofrece queso y galletas, manzanas y uvas. Y entonces la idea le llega como si de un rayo se tratase: quiere casarse con ella. Le encanta la ligereza de sus dedos al apoyarse en su pecho, el modo en que le acaricia el cabello con sus uñas largas, como su madre solía hacer. Es un roce que consigue calmar los demonios que todo ese tiempo han seguido torturándolo. Le gustan sus pausas largas y lo meditadas que son sus palabras, la intensidad con la que lo mira, como si fuese lo único que pudiese ver.

Se enrollan un rato, y él suplica más. Como Jesse se niega, Noah le pide quedarse a dormir con ella. Dos meses después, cuando ambos se apretujan en su cama individual y se despiertan gracias a la luz del sol invernal que se cuela por las ventanas congeladas, ella le susurra al oído:

—Quiero follar. —Y lo toma por sorpresa. Ya se había acostumbrado a las erecciones matutinas, a acomodársela un poco y dejarle un beso en los cabellos diminutos que tiene en la nuca, pues siempre se negaba a girarse hacia él para ahorrarle su aliento por la mañana. Pero entonces él la atrae hacia su cuerpo, esconde el rostro en su melena y le recorre la piel con los labios.

Jesse es distinta a todas las mujeres con las que ha estado antes; lo obliga a mantenerse presente. Si Noah empieza a quedarse con la mirada perdida, como siempre le pasa cuando folla, ella llama su atención y lo hace volver en sí. A veces es difícil, hasta doloroso incluso, pero, cuando acaban, se siente satisfecho.

Sabe que la quiere muchísimo antes de que se atreva a decirlo.

CAPÍTULO CINCUENTA Y CINCO

2016

*E*n sueños, Noah se ahoga. Tiene anclas en los tobillos y en las *muñecas. Se debate para llegar a la superficie, pero no consi-gue subir. El pánico se le apodera del pecho. No puede respirar y, de pronto, ve su cadáver diminuto —el de su hija— en el fondo del lago, su cabello oscuro ondeando en las aguas también oscuras. Inten-ta alzarla en brazos y llevarla a la superficie. La saca del agua y procura hacerla volver a respirar.*

Entonces se despierta.

Le lleva un momento darse cuenta de dónde está, por mucho que lleve casi dos semanas durmiendo enredado en una manta en el sofá. La luz de la luna entra por la ventana. Una bandada de cuervos cubre el eucalipto. Una vez más, nota la presencia del fantasma de Juliette cerca: su extraño aroma, su cabello largo y ondulante.

No eran más que unos críos por aquel entonces, ¿verdad?

Solo que él no la había mirado, no en realidad, una vez que se habían estrellado el uno contra el otro. Una vez que estuvo dentro de ella, se limitó a saciar su hambre, a devorarla con los ojos cerrados, quizá. Era un intento por llenar el terrible vacío que tenía en su interior.

El peso de la culpabilidad es aplastante, y le cuesta ponerse de pie. La luna llena lo observa.

Lo único que le queda es hacer lo correcto con su mujer y su hija.

Entra de puntillas en la habitación en la que Jesse y Camille duermen juntas. Se tumba con toda la delicadeza que puede y se coloca a su hija en el pecho, como hacía cuando ella era una recién nacida. Y entonces ahí la ve, a su propia madre: Camille parpadea con los ojos almendrados y oscuros que tiene, y son los mismos que tenía Gracey, la misma forma exacta. Su hija le mira el alma con su presencia infinita mientras él se llena de su aroma, a leche y polvo de estrellas, y cierra sus deditos en torno a uno de él. Juntos, se vuelven a quedar dormidos.

Cuando Jesse abre los ojos, horas más tarde, se los encuentra a su lado.

—Hola —dice él.

—Hola —contesta. Noah estira una mano para apartarle el cabello con delicadeza.

Y, tras unos segundos, Jesse también estira una mano hasta posarla sobre el hombro de su marido.

—Vámonos —le dice.

Mientras Noah termina de colocar las últimas cajas, Jesse pasea por la playa con Camille, la misma que han recorrido muchísimas veces juntas. Con sus cinco mesecitos, sigue quedándose dormida acurrucada junto a su madre, y la criaturita que es su cuerpo se va volviendo cada vez más pesada.

Jesse recuerda ese primer invierno en Los Ángeles que pasó con Noah, cuando ambos se enamoraron de California. Acudieron el uno al otro como todas las personas que habían sido en la vida y como todas las que querían llegar a ser. Por aquel entonces, todo era posible.

Es el final de una era.

Nota el corazoncito de Camille latiendo contra el suyo; no quedan muchos días en los que pueda seguir cargando a su hija en brazos así. Respira el olor de su cabeza, y su aroma es aquello que consigue atarla a la tierra.

—Estás a salvo —le susurra—. No te va a pasar nada. —Es una plegaria.

El agua le roza los pies, y el cielo nocturno parece teñir la arena. No deja de sorprenderle, sin importar las veces que lo vea, cómo el sol se puede ocultar tan rápido.

Noah y Jesse meten todo lo que pueden en su Highlander de doce años, el cual es nuevo para ellos. Noah saca una mandarina de su árbol, la pela para Camille y ve cómo arruga la carita ante la sorpresa sabrosa. Deja el resto de la fruta para quien sea que vaya a vivir en esa casa después de ellos.

Conducen hacia el este por la interestatal 10, dejan atrás unas palmeras y unos centros comerciales y cruzan Ontario, Riverside y Redlands. Pasan por un parque eólico cerca del parque nacional Joshua Tree, donde celebraron su luna de miel, en dirección al condado de Mohave. Noah no puede deshacerse de la angustia que parece colarse en su interior, de la sensación de que algo está a punto de salir mal.

Solo que ya lo ha hecho. Algo ya ha salido mal.

Conforme cruzan la frontera de California, con Camille dormida en el asiento trasero y Jesse, en el del copiloto, Noah por fin se rinde y deja que las lágrimas le resbalen por las mejillas. Se trata de un nuevo dolor: ¿cómo será el tener que vivir sin un sueño? ¿Qué será lo que le dé sentido a su vida?

En el abismo del desierto, nota la historia y los cuerpos enterrados que lo llaman; llevan ahí desde el principio, sin que él se hubiera dado cuenta. Sus antepasados, quienes llenaron al país de riquezas y no obtuvieron nada a cambio. Cuyas historias no se contaron, cuyos nombres nadie sabe; todos esos hombres y mujeres cuya única marca fueron sus huellas, el resultado de su esfuerzo. Los que lo llevaron hasta donde está.

Se recuerda a sí mismo que hizo una película: por mucho que no haya sido un éxito, es su legado y existe.

El futuro es incierto: lo único que puede ver en él es un terreno amplio y vacío, con la silueta de su hija en el horizonte.

Pasan la noche en un Motel 6, en algún lugar de Arizona. Con Camille dormida en el moisés y la luz de la luna colándose por las cortinas, Noah y Jesse hacen el amor por primera vez desde el nacimiento de su hija.

—Por favor —le suplica Jesse, mientras él la acaricia con una mano y, con la otra, le envuelve el cuello con delicadeza. Le araña la espalda cuando se hunde en ella, como si fuesen dos individuos hablando en un idioma secreto.

Con Noah le resulta sencillo, incluso a pesar de todo; fluido como el agua. Tiene los pechos llenos de leche y la barriga aún suave. Su cuerpo es nuevo, pero es suyo, y se reconocen mutuamente. Follan a lo bruto y, cuando acaban, Jesse quiere echarse a llorar. Noah le besa los párpados, el cuello, los pezones.

—Te he echado de menos —le dice él.

Regresan el uno al otro en pedazos y, durante años, tienen la impresión de que volverán a hacerse trizas.

CAPÍTULO CINCUENTA Y SEIS

2017

Tras haber subido unos cuantos kilómetros por la carretera sin asfaltar, Annie empieza a sentir cómo la ansiedad le va estrujando el pecho conforme el viejo Volvo de su padre va avanzando a trompicones, con el velocímetro que roza los veinticinco kilómetros por hora en todo momento. Los abetos se alzan muy altos a ambos lados del camino. Veinte minutos más tarde, entornando la vista por el parabrisas, distingue un cartel viejo y desgastado que reza RANCHO SIX RIVERS y aparca.

Se baja del coche y le da la impresión de que jamás había respirado un aire tan puro. Se hace una idea de por qué su madre podría haberse enamorado de un lugar así cuando llegó por primera vez, cuando aún era una chiquilla que huía desde Kansas.

Internet no le ha proporcionado ni una pista de lo que podrá encontrar en ese lugar. Creía que aquel podría ser su siguiente paso para confrontar las injusticias, pues quizás habría chicas en ese rancho, como su madre, que necesitaran que alguien las rescatara. Sin embargo, no queda ni rastro de la comuna ni de sus habitantes, más allá de unas pocas estructuras abandonadas.

Tumbada en el suelo del bosque y contemplando los árboles ancestrales que se estiran hasta el cielo, Annie es consciente de su propia insignificancia, aunque esta la llena de alivio. Este mundo, este mundo increíblemente hermoso, con su tierra, su aire puro y sus ríos extensos, está siempre ahí.

Y es allí donde ella nació. Se imagina a Indigo arrodillada sobre un lecho de agujas de pino, aullando de dolor. Quizá le habría parecido imposible hasta que había dejado de serlo.

Se permite imaginar a su madre respirando hondo y quedándose en silencio, solo lo suficiente para notar la textura de la luz de la luna. La siguiente vez que empuja, es capaz de tocar la cabecita de su bebé y, entonces, llega una nueva vida. Indigo tira de Annie hasta llevársela al pecho. El cordón umbilical queda sin cortar, con lo que la sangre de Indigo aún pulsa hacia el cuerpo diminuto de Annie. Siguen unidas la una a la otra antes de que todo lo que se interpondrá entre ambas llegue en tropel.

Esa noche, Annie cena en el restaurante Pie Grande, se deleita con su mousse de fresa y se permite regodearse en el dolor que amenaza con tragársela entera, pero que no lo consigue.

Cuando sale del restaurante, se encuentra con que el cielo es un estallido de colores. A su madre le encantaban las puestas del sol. Es el único momento en que Annie recuerda que Indigo la tocaba: una noche, al salir hacia el parking del restaurante tras su cena trianual, descubrieron que el firmamento estaba teñido de un rosa maravilloso. Su madre le pasó un brazo por encima del hombro, sin previo aviso, y la atrajo hacia ella.

—Mira, Annie —le dijo—. Es hermoso, ¿a que sí?

Annie se quedó a su lado, congelada e insegura, pues no quería perder el abrazo de su madre. Pero Indigo tenía razón. Era muy muy hermoso.

El dolor es así: imposible.

Imposible, sí, pero Annie consigue seguir a pesar de él. De vuelta en Goldstone, los ciruelos ofrecen sus últimos frutos oscuros y los caquis empiezan a madurar de nuevo. Los ecos del movimiento Me Too resuenan por todo el país. Encuentra un trabajo a unos minutos del cañón de Topanga, en el restaurante Canyon Bistro. Ha empezado a pedir que la llame Anais; le ha sentado bien adecuarse al nombre que su madre le dio y proclamarse como la hija de Indigo.

Incluso tras verse empujadas hacia los límites de la pérdida, incluso destrozadas por el trauma, la mayoría de las personas continúan viviendo su vida. Es posible que se automediquen, que trabajen demasiado, que se echen a llorar en el coche, que beban después del trabajo y que apenas consigan mantenerse a flote, pero se las arreglan para seguir existiendo. Annie los reconoce, a los que sufren como ella. Ve la mirada de la anciana, esa que se sienta a la misma mesa todos los días y pide una ración de mejillones a las cinco, así que no le cobra la copa de vino blanco que se pide. Se percata del padre que llega solo con sus hijas pequeñas, así que pide en cocina que le añadan algunas cerezas de más a sus helados.

Cuando llega la Navidad, va al pasaje Regaliz para decorar la casa con luces por última vez y descubre un cartel de una inmobiliaria. Sandra va a vender la casa y a mudarse de vuelta a su hogar de la infancia, en Michigan.

La casa está pintada de beis, tiene muebles nuevos y se ha erradicado cualquier rastro de su padre. En la cocina, Annie prepara chocolate caliente en el par de tazas del Día del Padre que Sandra ha dejado para ella. Sentadas a la mesa y dándole sorbos a sus bebidas, Sandra se estira para apoyar la mano en la suya y darle un apretoncito que Annie devuelve.

—Lo siento —dice Annie—. Lamento mucho que lo hayas perdido y que yo no haya estado aquí todos estos años.

—Lo sé —contesta Sandra. Tras dedicarle una mirada, añade—: Pero creo que ha llegado el momento de que tú también te perdones.

Sandra se sube a su Prius y se marcha conforme Annie apoya una escalera para subir al tejado. Se pasa todo el día colgando las decoraciones, como su padre habría hecho.

Vuelve a Goldstone para cocinar: se ensucia los dedos de amarillo con cúrcuma y prepara una sopa de lentejas en la olla a cocción lenta. Los sonidos de la secadora, de una sierra eléctrica a lo lejos y de unas campanillas de viento la envuelven. Se sirve una copa de vino blanco de la nevera. Quizás algún día vaya a clases de cocina. Quizás escriba un libro. Quizás escriba un libro de cocina, incluso, en honor a Margot y a su padre. O quizá se vaya de viaje. Espera poder ser madre algún día.

De momento, se registra como voluntaria en WriteGirl, una organización sin ánimo de lucro que ayuda a adolescentes y les da clases de escritura creativa. Ha decidido quedarse en la ciudad y seguir trabajando como camarera; al menos ha dejado de huir.

Hay una entrada en el diario de Juliette, escrita una semana antes de su muerte, que Annie lee una y otra vez. Una prueba de la chica que conoció.

Cosas que echo de menos: escuchar a Bob Dylan en el tocadiscos, el huerto de menta bajo el sicomoro, las tortitas de domingo con frambuesas, encontrar billetes enterrados en la arena en unas mañanas llenas de neblina, conducir por la calle del cañón en la que sopla mucho el viento en el Subaru verde (o en el bubasu, como lo llamaba cuando era pequeña) y cantar las canciones de Fleetwood Mac con mi madre, el centro comercial de Topanga y su heladería, el olor de los caballos y de los pinos, las carcajadas de mi madre cuando tenía visitas y el sonido se colaba por mi ventana al quedarme dormida, pasarme la piel suave y llena de pelusilla de los melocotones por las mejillas, trenzar el cabello dorado de Annie en unas coronas, cantar las canciones de Joni Mitchell mientras voy conduciendo por la autopista Pacific Coast, el sonido de las campanillas de viento durante una tormenta, a mi madre con su bata rosa mientras me arrullaba para ayudarme a dormir…, la sensación de que todo parecía seguro.

Porque el dolor es así: un ladrón.

AGRADECIMIENTOS

A mi editora, Bridie Clark Loverro, gracias infinitas por creer en esta historia y ayudarme a convertirla en su mejor versión posible. Te admiro muchísimo y te doy las gracias por toda tu inteligencia y tu corazón tan grande, así como por tu dedicación y concentración absoluta.

A Richard Florest, mi maravilloso agente y compañero, gracias por acompañarme en este viaje, por querer conocer este libro, por tus correcciones tan acertadas y por dejar espacio para la montaña rusa emocional que viví durante todo el camino.

A Zibby Owens, Kathleen Harris, Jordan Blumetti, Leigh Haber, Graca Tito y todo el equipo de Zibby Books: estáis creando algo extraordinario en el mundo de la literatura y me siento muy agradecida de formar parte de ello. Gracias por vuestra dedicación y pasión sin límites, por vuestra maestría y generosidad y también por arriesgaros con esta novela.

A mis primeros lectores y amigos: muchísimas gracias por vuestras opiniones inestimables y vuestro apoyo que me ayudó a poder darle forma a esta historia. A Willa Dorn, quien se abrió paso entre el primer borrador y todo su caos y creyó que esta historia podría convertirse en un libro; a Lila Shapiro, por animarme a ser más valiente y atrevida; y a Mayana Gathers, por ver ambas partes con sensibilidad y elegancia. A Trace Albrect, por ayudarme a seguir entera y poder escribir a pesar de lo peor del dolor, el embarazo y el posparto. A Kate Trefry y Marina Dabel, por darme un lugar para escribir, y a mis hijos, un lugar para jugar, en especial durante aquel primer año tan delicado cuando experimentábamos con ser madres de dos niños. A Hannah Davey, por sus consejos editoriales expertos y una maravillosa amistad que empezó cuando ambas estábamos en tercero de ESO, como Annie y Juliette. A Katie Tabb, por los años de universidad y por los de adultez también. A Stephen Chbosky y Liz Maccie, quienes desde el principio me dijeron que podía llegar a ser escritora. A Heather Quinn, por ayudarme a reunir el valor y la fe durante el camino y por vislumbrar la cascada. A mi preciosa hermana Laura, que me recuerda quién soy.

Algunos fragmentos de los correos entre Annie y Juliette los saqué de unos correos que Hannah Davey, Anat Benzvi y yo intercambiamos durante nuestra época universitaria. Muchas gracias por los amuletos, los calcetines sucios y las promesas de amor eterno.

A mi madrastra, Jamie Welles, muchas gracias por la felicidad que le concediste a mi padre y por lo mucho que cuidaste de él durante todos esos años tan duros en los que luchó contra el cáncer.

A mi suegra, Tammi Hall, por tu cariño y apoyo incondicional, por cuidar de nuestros hijos con tanta dedicación mientras yo escribía y por estar siempre ahí para nosotros. No habría sido capaz de escribir este libro sin ti.

A Gia y Dominic, empecé a escribir este libro mientras estaba embarazada de Gia, y, según lo acabo, ya tenéis cinco y casi dos añitos. Mis primeras experiencias con la maternidad se encuentran en estas páginas de algunas formas obvias y otras no tanto. Gracias por la felicidad y lo maravilloso que es pasar cada día a vuestro lado. Gracias por un amor tan infinito que jamás creí posible y que llena todo lo que hago y la persona que soy.

A mis padres, Mary y Tom, quienes me allanaron el camino hacia mis sueños. Mi amor y el dolor que siento por vuestra muerte están presentes en esta historia. Os llevo conmigo siempre.

A Gloria, que me recibió en su familia con los brazos abiertos, sigues siendo como una baliza para mí.

A mi marido, Doug. Mi amor, mi mellizo, quien me acompaña desde el principio, cuando escribíamos mi primer libro y tu primer guion en nuestro piso en Cloverdale y compartíamos mesa en esa cocina diminuta en Venice. Muchas gracias por soñar conmigo y por lo maravilloso que ha sido construir esta vida juntos. Gracias por enseñarme a ver más allá y recordarme que las historias siempre tienen más de una versión. Gracias por apoyarme mientras escribía este libro durante estos últimos años, llenos con el nacimiento de nuestros hijos y con la pérdida de padres y muchísimo más. Eres mi hogar y mi inspiración. Muchísimas gracias por todo. Hoy y siempre.

¿TE HA GUSTADO
ESTA HISTORIA?

Escríbenos a...

plata@uranoworld.com

Y cuéntanos tu opinión.

Conoce más sobre nuestros libros en...

plataeditores

PlataEditores